有爱的青春陪伴者

落日出逃

渴柚 著
Aiyou

台海出版社

图书在版编目（CIP）数据

落日出逃 / 蔼柚著. -- 北京：台海出版社，
2023.11
　　ISBN 978-7-5168-3659-0

　　Ⅰ.①落… Ⅱ.①蔼… Ⅲ.①长篇小说－中国－当代
Ⅳ.① I247.5

中国国家版本馆 CIP 数据核字（2023）第 183667 号

落日出逃

著　　者：蔼　柚

出 版 人：蔡　旭　　　　　　　责任编辑：俞滟荣

出版发行：台海出版社
地　　址：北京市东城区景山东街 20 号　　邮政编码：100009
电　　话：010-64041652（发行，邮购）
传　　真：010-84045799（总编室）
网　　址：www.taimeng.org.cn/thcbs/default.htm
E - mail：thcbs@126.com

经　　销：新华书店
印　　刷：长沙鸿发印务实业有限公司
本书如有破损、缺页、装订错误，请与本社联系调换

开　　本：880 毫米 ×1230 毫米　　　　1/32
字　　数：407 千字　　　　　　　　　印　张：11
版　　次：2023 年 11 月第 1 版　　　　印　次：2023 年 11 月第 1 次印刷
书　　号：ISBN 978-7-5168-3659-0

定　　价：42.80 元

目 录

CONTENTS

目录

CONTENTS

第一章

雨与蔷薇 相遇在夏日末尾。

晚上十点，许佑迟走出酒店的时候，天空刚好飘起绵绵细雨。

杉城依山傍水，算是个不太出名的旅游小镇。环境很好，打造"森林氧吧"主题，别墅群及酒店这一带的欧式建筑浪漫不失庄严，隐匿在葱茏成荫的绿林间。

幽静的道路上空荡无人，路边绿化带的雕花栏杆上攀附的蔷薇沾着细碎雨珠，路灯静悄悄的。

许佑迟戴着耳机，接通母亲打来的电话："妈。"

嗓音融进寂静的雨夜里。

此时赵蔓女士正坐在梳妆镜前进行每日睡前必备的贵妇护肤环节，见电话接通，随口问："睡了？"

许佑迟回答："没。"

"哦。"赵蔓对着镜子用指腹匀开面霜，"你爸爸说你今晚住在杉城？"

"嗯。"许佑迟说，"玫瑰花饼今天卖完了，明天早点去，住这边方便点。"

玫瑰花饼是赵蔓在父子两人出发前特意千百遍叮嘱要买的。

许行舟这次出差的地点在隔壁枫城，玫瑰花饼是杉城特产，纯手工制作，只在一家开了近百年的糕点铺里每日限量销售。

这样一来，赵女士安排的任务就落到了许佑迟身上。

事情起源于前些年，有商业伙伴在和许行舟谈生意时送过一盒玫瑰花饼，最后糕点悉数落进赵蔓腹中，吃完后便挂念至今。

许佑迟不明白那些甜食到底能有多好吃，分明赵蔓平日里正餐都只吃三分饱，就许行舟好言相劝的时候能稍微多吃那么一点点。

"不保持贵妇您引以为傲的绝美纤细身材了吗？"他问。

"闭嘴。"赵蔓打断这个话题，又问，"你那边有雨声，在外面？"

"嗯。"

"行吧。"赵蔓懒得管他，也不多问他出门干什么，只简单吩咐道，"这么晚了别在外面待太久，早点回去休息。晚安。"说完便挂了电话，母上大人的架子端得很足。

雨还是细小缠绵的，轻飘飘地落在外套上。

许佑迟沿着这条路往前走，经过一个狭窄幽深的巷口，听到里面传来声音。

很清甜的一道女声，偏偏语气嚣张倨傲，目中无人地嘲讽。

"喂，到底是谁给你的勇气，长这么丑半夜还敢出来吓唬人家小弟弟？"

许佑迟脚步一顿，望进那条深巷里。

张丰昊好歹是这一带有名的社会"狠人"，初中没毕业就出来混了，蛮横凶狠至今，长这么大还没这么被人羞辱过，更何况是当着自己这一帮兄弟的面。

对方是个年纪不大的女生，长得漂漂亮亮的，姿态高傲又轻佻，嘴里说出来的话句句扎心。

他眉头一横，本就丑陋的五官即刻皱作一团，嗓音也粗，像夹着沙粒："你活腻了？知道我是谁吗？"

借着不远处的昏暗灯光，陆茶栀隐约看见张丰昊一张脸越来越臭也越来越丑，有些疑惑自己到底是作了什么孽，上天要如此折磨她的眼睛和耳朵。

她勾唇扯出一个嘲讽的弧度，扬起下巴哧了一声。

"东西南北四条街。"她抬眸重新看了张丰昊一眼，毫无畏惧，半点不掩饰眼里的嫌恶，一字一顿道——

"打、听、打、听、谁、是、爹。"

"你算个什么东西！"身后有人按捺不住冲出来，扬起拳头就要往陆茶栀脸上招呼，"昊哥！等什么！打啊！"

陆茶栀面无表情，单手捏住他的下颌。

墙角原本蜷缩着的那个瘦小身影一点点爬过来，颤抖的手抓住陆茶栀的脚。

不要打。赤手空拳的女孩子，打不过这群人的。

脚边人的意思很明显，但陆茶栀熟视无睹，抬脚就把那个嚷嚷着要打的人往墙上踢。

张丰昊原本压着的火气又冒起来，拳头被攥紧，衣服下的一身蛮肉快撑破衣衫了。

自己手下的兄弟被人动了，说什么都得上。

他身后还有两个男的，三个人一起冲上来，陆茶栀弯腰躲过，绕到他们背后。一直藏在身后的右手终于露了出来。

空啤酒瓶上有很清晰的雨滴印子，在夜里闪着冷冽的光。

玻璃破碎的声音响彻深巷，碎碴纷纷掉落。

两个人被酒瓶砸中后背，顷刻痛倒在地上。

张丰昊愣了一下，转而怒火中烧，吼道："你还给脸不要脸了是吧！"

陆茶栀手里只剩下一截断开的酒瓶，黑灯瞎火的，万一玻璃不长眼刺到了人，她担不起这个责任。

她皱着眉头收了手，还在犹豫着要不要抓着墙边那个小可怜一起跑，张丰昊就发了疯似的给了她一巴掌。

力道恶狠，根本不给她反应的时间。

张丰昊刚伸出腿，要把面前这个不识好歹的女的踢到地上，自己就先被人从腿弯处踹了一脚。他往地上一跪，小腿扎进地上的碎玻璃里。

他还没来得及号叫出声，又被狠狠补了一脚，整个身躯在地上翻滚几圈，脑袋猛地磕上墙壁。

他捂着膝盖骂骂咧咧，再回头时身后已经空无一人，只剩下他那几个没用的兄弟倒了满地。

雨还在下。

许佑迟捏着陆茶栀的手腕走得很快。

两人身后，跟着那个浑身是伤的小可怜。

陆茶栀被打了一巴掌，脑袋嗡嗡不停地响。她还没缓过神来，被动地被牵着往前走，目光落在跟前那个人的背影上。

他很高，也瘦。她要仰着头才看得到他的侧脸。

他穿一件单薄的白 T 恤，白色衬衫外套的扣子没扣，下摆被风吹起。

耳边是呼啸的风声和雨声，夜色里弥漫着薄雾和冷冷的蔷薇花香。

鹅黄色路灯光忽明忽暗，飞速靠近又远离。

光影在他脸上交织，晃过他侧脸的五官线条。

秀气漂亮的桃花眼，长而密的睫毛似鸦羽，深邃的眉骨，高挺的鼻梁。

陆茶栀这辈子就没见过这么好看的人。

呼吸一滞，她的大脑空白一片，身上近乎所有的器官都在这一刻停止运作。

整个人仿佛沉溺冰冷漆黑的深海底，只能感受到手腕皮肤上传来他指尖的凉意，以及一下又一下她正用力跳动着的心脏。

咚。

咚。

缓慢又清晰，敲动心腔壁。

许佑迟凭借自己下午来时对附近道路的印象，把陆茶栀带到一家二十四小时营业的药店前。

手腕上的力度突然消失，陆茶栀眼里终于有了聚焦。

此时的街道冷冷清清，药店里值班的姐姐打着哈欠在看手机。

许佑迟迈着长腿走进去，要了酒精、棉签和消炎药。

小姐姐把视线从手机上移开，在看到他的脸后，眸光一亮，困意转瞬消失殆尽，急忙转身离开柜台去给他翻找药品。

用微信付完钱，许佑迟转身走出药店，又去隔壁的便利店买东西。

门口的长椅上，那个瘦骨伶仃的小可怜坐在上面。靠着药店里明亮白净的光线，足以让人看清他脸上的污泥和血迹，白色短袖也满是脏污。

陆茶栀蹲在他身前，看见他夏季校服胸口的校徽，有些意外道："你也是一中的？怎么会走到那里去？那几条巷子里都是些不好惹的人，你不知道吗？"

小可怜垂着脑袋，声音微微战栗着："我读初一，刚来杉城没多久。妈妈在医院，我照顾完她晚上赶回学校，就遇到了……"

"我就是问问，你别怕。"陆茶栀放轻声音，问，"你身上的伤，是他们打的？"

"嗯……"小可怜抬手擦了擦红肿的眼眶，"他们问我要钱……我没有……"

可怜的模样，看得陆茶栀越发觉得心疼了。

许佑迟把塑料袋轻轻放在长椅上，发出细微的塑料摩擦声响。

陆茶栀仰起脸，瞥见他额前碎发下疏淡的眉眼。

他皮肤是偏冷调的白，深深的双眼皮下，瞳仁漆黑纯净。揉碎了桃花眼本身的温柔缠绻，添上几分纤尘不染的清冷。

气质比这晚的雨还要冷上几分。

陆茶栀及时收回视线，拿出一瓶矿泉水，倒在纸巾上，抬手擦拭着小可怜脸上的血迹。

小可怜叫于旭，此刻他安静地盯着面前这个神情专注，正在替自己擦脸的姐姐。

她束着利落的高马尾，穿黑T恤和黑色格子裙，脖子上挂的金属制山茶花项链在灯下反着光。

挺鼻红唇，肤白如纸，很漂亮，是那种看了一眼，就很难让人忘掉的，具有攻击性的美艳。

她巴掌小脸的右侧泛着微红，五根指印清晰可见地覆在上面。

眼前的面容突然变得模糊，于旭缓缓说："对不起。"

陆茶栀用了好几张纸巾才将这个小可怜的脸擦干净，听到他的话后，不由得挑眉笑起来，明净艳丽的五官变得生动。

"干吗道歉啊，被欺负的是你又不是我。"她说着，无所谓的语气里突然多了几分玩味，"喂，小可怜。"

于旭抬起头，一双懵懂无知的眼睛盯着她。

"认识我吗？"

他慢吞吞地摇头。

"这样啊——"陆茶栀有些惋惜道，"我还以为我在学校应该是尽人皆知呢。"

于旭不说话。

她还是那样没心没肺地笑，嘴角勾起弧度，活像个月黑风高夜出没人间的狐狸妖精。

陆茶栀伸手拍了拍于旭毛茸茸的小脑袋，说："小朋友，他们要是再来欺负你，就来高一（3）班找陆茶栀，记住我的名字，知道了吗？"

第二天是周日，雨仍下个不停，淅淅沥沥地拍打在窗户上，汇聚成水珠，顺着玻璃滑下，留下一道道雨痕。

陆茶栀从床上醒来，茫然地盯着周围不熟悉的环境看了五秒，反应过来自己在好友方槐尔家里。

昨晚九点多开始下雨，陆茶栀在家正准备洗漱上床，突然接到方槐尔的电话，听见她在那头哭诉自己不该在父母外出的雨夜看鬼片，导致现在感觉满屋子都是红衣幽魂盯着她看。

陆茶栀哄了方槐尔好一会儿，挂了电话后跟外婆说了声，就认命地收拾了点东西匆匆赶去方家，走到外面才发现忘了拿伞。

本想着反正雨还不大路程也不远，淋雨过去也不是什么大事。

谁知道路上碰到小可怜被恶霸拖进小巷子里欺凌，她又不能坐视不管，只能在垃圾桶旁捡起唯一的空酒瓶去行侠仗义。

最后把小可怜安全送回学校，顶着湿透的身躯和脸上鲜红的巴掌印按响方槐尔家的门铃。

狼狈透顶。

得到了女侠的称号，代价就是失去引以为傲的美貌。

昨晚方槐尔开门后吓了一大跳，差点以为真的出现了女鬼半夜来找她索命的事。

看清楚那人是陆茶栀后把她拉进家里，盘问事情的起因经过。

陆茶栀又累又困，洗完头和澡后把衣服扔进洗衣机，只跟方槐尔说了个大概就缩进被子里闭上眼睛。

迷糊间感觉到有什么冰冰凉凉的东西贴在自己脸上，似乎是冰袋。

她的意识清醒不过半秒，又昏昏沉沉地睡去。

卧室里拉着窗帘，光线很暗。

陆茶栀在枕头下摸到手机，费力地睁开眼睛看了下屏幕。

上午十一点半。

方槐尔推开卧室门走进来，开了灯，一眼看见直愣愣坐在床上望着窗帘的陆茶栀。

方槐尔拍拍床的边缘："发什么呆呢，快起床，直接去吃午饭了。"

陆茶栀的思绪还是乱作一团，她慢吞吞地转头看向方槐尔，半晌，才终于从半梦半醒的状态中清醒过来。

"我的衣服昨晚洗了。"她身上穿着方槐尔的睡裙，开口说话时，嗓音还带着点梦境里的无力，"没衣服穿了。"

方槐尔在衣柜里翻箱倒柜找了会儿，扔给她一条纯白色的荷叶边衬衫裙。

陆茶栀打了个哈欠，总算找回点力气。她赤脚下床，提着裙子在全身镜前比了比，看向镜子里方槐尔的身影，真诚发问："尔尔，你觉得我穿这种小清新的软妹裙子合适吗？"

方槐尔侧头，认真看了两眼，说："挺合适的啊，好看。"

陆茶栀鼓着小脸，憋着一口气，说："尔尔姐姐，我的人设你忘了吗？我怎么可以穿这么可爱的裙子？"

"哦。那你就穿着你身上这件睡裙出门吧。"过了两秒，方槐尔歪头说道。

陆茶栀在镜子里直视着方槐尔的眼睛，说："方槐尔，你变了。"

方槐尔斜倚在门边，神色无辜，说："我怎么了？"

"你昨天在电话里哭得稀里哗啦，求我来陪你睡觉的时候，你不是这样的。你现在对我居然是这种作威作福的姿态了。"

不等方槐尔开口，陆茶栀就把她推出房间，毫不留情地关上房门，带起一阵风。

冷漠的声音隔着厚重的门板传出来："不用解释，我已明白了。我只是一个在你怕鬼时候的陪睡工具人罢了。"

出门的时候已经过了中午十二点半，陆茶栀怀里抱着一个牛皮纸袋，小心翼翼地钻进方槐尔的伞下。

方槐尔偏头问她："你想吃什么？"

"去便利店吧。"陆茶栀没多犹豫，"想吃他们家的便当了。"

杉城很小，也算不上繁华，只在高铁站对面开了一家便利店。

方槐尔"嗯"了声，她对吃的不挑，随陆茶栀就行。

十多分钟的路程，到了便利店门口，方槐尔收了伞，随手扔进门口的伞篓里。

陆茶栀怀里还抱着那个纸袋，方槐尔瞥了一眼，不解地问："你干吗抱着件衬衫当宝贝？用吹风机吹了半天，吹干了你又不穿。"

"你不懂。"陆茶栀摇摇头，把纸袋又抱紧了点，说，"这不是一件普通的衬衫。"

方槐尔越发越不懂了，问道："什么东西？"

"唔……"陆茶栀低下脑袋，认真回忆了一会儿，"简单来说，就是……昨天晚上，除了我舍身救下那个小可怜这件事，我还碰巧遇见了一个超级超级好看的漂亮哥哥。他碰巧，又救了我——"

昨晚睡前，陆茶栀说得简略，中间省去了很多情节。此刻站在酸奶货架前，她絮絮叨叨，讲得要详细很多。

"……最后我给那个初中生上完药的时候，转头想去看他，结果才发现他已经走了。不过他留了他的衬衫外套在长椅上，就放在门口那个长椅上。"

她往纸袋里看了一眼，又抑制不住地弯起嘴角，说："应该是给我的吧。他看我只穿了一件 T 恤，怕我感冒。肯定是给我的。"

方槐尔无奈扶额，说："你知不知道你现在像什么样子？"

陆茶栀眨眼睛，问："什么样子？"

"花痴的少女，口水收收。大庭广众之下的，注意自己的形象。"

陆茶栀没好气地瞪了方槐尔一眼，弯下腰去选酸奶，不想再理会这个不解风情的"钢铁直女"。

半响，方槐尔拍拍她的肩，又问："我十分好奇，那位哥到底有多帅，比闻启泽还帅？"

听到熟悉的名字，陆茶栀顿了一下，随后面无表情地看向方槐尔，说："答应我，眼睛不用可以捐给需要的人。"

"不是吧。"方槐尔被她的话逗乐，"全校公认的'校草'，还是学生会会长，你不也是学生会的嘛，不会看不出来他对你有好感吧？"

"什么全校，我可从来没说过他好看。你们审美不在线，以偏概全，别带上我。"陆茶栀的目光重新回到酸奶上。

"开学都快一个月了，他对你好像还挺好的吧。"

陆茶栀听完，似乎是没想到方槐尔能迟钝到这种地步，极为失望地看了她一眼，说："这么简单的问题，你真的不明白吗？"

许佑迟把黑色行李箱放在便利店门口，走到饮料柜前，打开柜门。

指尖刚触碰到泛着水汽的可乐瓶身，他听到身后传来熟悉的声音，慢条斯理道："你比较一下我和他，还不明白吗？

"——我，他配不上。"

方槐尔懒得附和这位自恋鬼，即刻转换了话题："那你说，你昨晚遇见的那个大帅哥，他是有多好看，才配入您——高贵冷艳的吱吱仙女——的眼。"

"这个嘛……"陆茶栀纠结许久，终于从货架上挑了一瓶樱桃、玫瑰混合果粒的酸奶，"他的好看已经不是我用语言能形容的了，你懂吧。"

她又给方槐尔拿了一瓶，直起腰身："总之就是，我愿一生吃素，祈求上天再给我一次跟'冷面人'相遇的机会——"

玻璃柜门合上，发出轻响，打断了接下来的话。

陆茶栀下意识回眸，毫无防备就撞进了一双过分昳丽的桃花眼。

不同于昨日，他换了一身黑色的长袖卫衣，衬得皮肤又白了几分。

身形清瘦高挑，手里拿着瓶冰可乐。

依旧是那张令人惊艳的脸，没什么表情，眉目间倒是写满了"生人勿近"的疏离。

耳边传来方槐尔倒吸冷气的声音，还有极为小声的一句"天啊"。

四目相对着，明明是极为平静的对视，陆茶栀却似乎从他漆黑的眼瞳里读出了点什么别的情绪来。

两秒，"冷面人"目光轻飘飘扫过陆茶栀怀里抱着的东西。他只看了一眼，就收回了视线。

陆茶栀回过神来，跟着低下头。

怀里除了那个装着他衬衫的牛皮纸袋，还有一瓶酸奶，以及一盒装有炸鸡的，茄汁嫩鸡蛋包饭便当。

耳畔回响起短短几秒前自己说过的话。

其实，老天爷倒也不必，如此显灵。

陆茶栀本是抱着试一试的心态，来这个便利店碰碰运气。大不了在这里等一个下午，看看能不能再碰到那个让她念念不忘的"冷面人"，顺带将白衬衫还回去。

没想到重逢来得如此猝不及防。

在她整个人还沉浸在迷茫时，"冷面人"已经用手机付完钱，推门走进雨幕中。

陆茶栀反应过来，把怀里的东西一股脑扔给方槐尔，抓着牛皮纸袋就追了出去。

方槐尔被塞了满手的东西，还没来得及说上什么，就看见陆茶栀连伞都不打就跑进雨里。

顾不上雨点无情地拍打在身上，陆茶栀快步跑着，朝前面那道黑色的身影大声喊："喂！你等等！"

女声掺着淅沥的雨声传到许佑迟耳朵里，他的脚步很明显地停顿了一下。

转过身的瞬间，陆茶栀恰好钻进他的伞下。

他眯了眯眼，看见她被打湿的整个肩膀。纯白的衣料颜色浅了不少，贴在皮肤上，隐约透着皮肤原本的颜色。长发也被雨水打湿，稍显凌乱。

倒是她怀里的纸袋被保护得严严实实，一点雨丝都没沾上。

陆茶栀忽略掉他眼里的冷淡，笑盈盈地把纸袋递到他面前，说："谢谢你的衣服。"

许佑迟神色未变，完全没有要伸手接住的意思，静静垂眸看着她，拒绝的态度再明显不过。

距离拉近，陆茶栀发现面前这个人是真的三百六十度无死角的好看。

干净清冷似神明，一身的黑色，像被拽进了炼狱，碰撞出近乎刻薄的禁欲气息。

无论怎么看，都是一个高不可攀的矜贵少爷。

陆茶栀被无声拒绝，也不觉得难堪。她把纸袋放在他的行李箱上面，又甜甜一笑，就十分自觉地退出他的伞下。

许佑迟望着那道白色的身影渐行渐远，瞳仁里的情绪沉下去，握着伞柄的力道不自觉加重了几分。

等陆茶栀重新跑回店里，方槐尔已经在餐桌前坐下吃起了便当。抬眼瞥见她回来，方槐尔便把另外一份加热好的便当推到她面前，说道："吃。"

陆茶栀坐下，将被雨打湿的发丝捋到耳后随手扎起来。她打开塑料盒，沉默了一会儿，突然拿起筷子，把炸鸡夹到方槐尔碗里。

方槐尔正吃着饭，冷不丁看到自己碗里突然多了块炸鸡，她抬起头，好看的远山眉拧成"川"字形，疑惑地问："干吗？"

"刚发完誓，吃素。"陆茶栀认真地解释。

方槐尔将不属于自己的那块炸鸡重新夹回去，说："自己吃，老天爷那么忙，哪有时间搭理你。"

陆茶栀"哦"了声，心安理得地动筷。反正是方槐尔逼她吃的，她不是有意要违背老天爷的。

她咬下一小口炸鸡，听见方槐尔问："刚刚那个就是你昨天碰到的，那个……'冷面人'？"

"嗯呢。"一想到他，陆茶栀突然就笑起来，感觉盒子里的饭菜都变好吃了不少，"我没骗你吧，他好看吧？"

"先前是我错了。"方槐尔真心实意地忏悔，"你说得对，闻启泽确实赶不上他。"

"明白就好。"陆茶栀拍拍方槐尔的手，语气慷慨大方，"念在你年少无知，最后又迷途知返，我就替我家哥哥原谅你了。"

方槐尔闻言，神色戏谑地盯着她，问："怎么就成你家的了？你刚刚去要联系方式了？"

陆茶栀淡定地咽下一口饭，回："没有。"

方槐尔又迷惑了，问："这么好的机会，你是不是傻？他都去高铁站了，说明他可能只是单纯到这儿旅游的啊，又不是本地人，你以后打算跟你家哥哥在网络的海洋里用漂流瓶联系吗？"

"你先别急呀。"陆茶栀眼睛弯起来，末尾多了个撒娇的语气词，坐在她对面的方槐尔感觉自己遭到一击。

有被甜到。

陆茶栀平日里穿得最多的就是黑色，又冷又酷。今天她换上一身白色的连衣裙，黑发低低束在脑后，柔化了整个人的气场，笑起来显得软萌无害。

她说："漂流瓶联系肯定是不可能的。谁说搭讪一定要我去加他，不能让他主动来加我吗？"

方槐尔顿时想撤回自己刚刚的想法。

良久无言，方槐尔评论："你好心机。"

陆茶栀思考了一会儿，弯唇一笑，对这个评价很是满意，回了句："谢谢夸奖。"

谁在夸你，吐了。

从杉城到枫城的高铁全程一个小时，许佑迟戴上了黑色口罩，遮住大半张脸。他坐在位置上，点开了堆满未读消息的QQ。

班上的男生群里，最新的消息是在昨晚，一眼望去全是一模一样的内容，易卓在疯狂刷屏艾特他。

【许佑迟：？】

【易卓：迟宝，你失联这么多天，终于通网了吗？】

【许佑迟：。】

【姜卫昀：哈哈哈哈哈，我要笑死了，不愧是高贵冷艳的许少爷。够绝情，

我喜欢。】

还补了一张粉粉嫩嫩少女心十足的"爱你"表情包。

群里安静了两分钟。

【易卓：@姜卫昀，迟宝为啥不回你，你自己心里真没点数？能不能别搁这儿恶心兄弟们。】

【易卓：@许佑迟，多久回来？】

【许佑迟：明天。】

【易卓：这就是中考状元的特权吗？你回老家萍姐都直接给你放一个国庆假期。我上次肠胃炎，去找她，她就只给我放一个晚上假。双标就这么厉害？〔/疑惑〕】

【易卓：其实也没什么大事儿，就是想告诉你，你赶紧回来吧，周五的时候你课桌里面的情书、零食就已经塞满了，再不回来就堆课桌上了。】

【易卓：小心萍姐到时候又把你找过去，让你不要再当芳心纵火犯给德育处制造麻烦。】

这句话成功让许佑迟回想起不久以前的糟心事。

这学期开学第一天，就有初中部的一群学妹为了看他，逃掉体育课围在他的班级门口，恰好他们班那一节是班主任聂萍的生物课，那群学妹被赶走了不一会儿又跑回来，聂萍压着火上完一整节课。

这件事不知道怎么传到德育处老师的耳朵里，德育主任找聂萍过去谈话，聂萍又找了许佑迟去谈话。

内容就是让他在学校里尽量遮掩锋芒，不要给别人和自己制造麻烦。

这件事被易卓他们笑到现在。

一群男孩时不时就在他面前捂着心口演："我承受了我这个年纪不该拥有的帅气。长得好看，怪我咯？啊，我浑身上下散发出的该死的魅力啊——"

想到这里，许佑迟有点烦了。

【许佑迟：下午返校帮我扔了。】

【易卓：？？？不是吧哥哥，还有一盒酒心巧克力，你不吃给我吃啊。】

【许佑迟：随你。】

许佑迟关了手机，靠着椅背，闭上眼睛，眼前却忽地浮现一个场景。

雨夜脏乱的巷子里，女生黑衣黑裙，雪白的颈，细长的项链末端挂着金属制的山茶。

纤瘦伶仃的身形，轻蔑被装进笑里，眼中的高傲无人触及。

就在半个小时前，她的白裙被雨打湿，像个破落可怜的洋娃娃。

许佑迟睁开眼睛，低头时碎发打下阴影，瞳孔里晦暗不明。

他打开放在行李箱上方的牛皮纸袋，白衬衫被折好，安安静静地躺在里面。衣服下面，似乎露出了一点粉色的绒毛。

许佑迟皱了下眉，拿出来。

一个钥匙扣上面的兔子玩偶。

还有一张字条，上面有一个电话号码。

【哎呀，我好像不小心弄丢了我的兔子，麻烦你帮我寄过来，直接搜我的电话号码，加我微信就好啦，谢谢你哦！】

句句结尾都是可可爱爱的用词，语气也软，许佑迟倒是一点没读出可爱在哪里。

他捏着字条，几乎要被她这一通厚脸皮操作给气笑。

她可从来不是什么需要人心疼的娇气包。

吃过午饭，陆茶栀买了把伞就和方槐尔告别，各自回家。

一路上陆茶栀都很纠结。

其实她心里也没底，"冷面人"的态度太过冷漠决绝，她也不确定他会不会真的好心帮她把玩偶寄回来。要是他嫌烦直接扔掉了，那她就真的再也联系不到他了。

自己还倒贴一个小兔子。

唉。

院子的大门没关。菜园里藤蔓疯长，雨水滑过叶子的脉络。黑猫懒懒散散趴在屋檐下没被雨淋到的地方。

外婆在廊道上绣鞋垫，看见陆茶栀回来，立刻放下手里的东西，说："吱吱回来啦。"

"嗯，婆婆。"陆茶栀弯腰把伞晾在廊道上，"我去房间画画了哦，等下四点半回学校。"

打开卧室的灯，陆茶栀把手机充上电，坐在书桌前，吐出一口气，垂眼在画纸上写下日期，开始用铅笔勾勒。

下午四点钟，她把已经用水粉颜料上好色的画放在桌上，起身去收拾返校的行李。

把要带的东西装进行李箱，陆茶栀坐在床边，打开手机微信，通讯录那个界面干干净净的，没有任何新的好友提示。

高高悬在半空中的心脏突然像被针刺了一下。

陆茶栀面色麻木地拔掉充电线扔进行李箱里，关掉手机屏幕。

也不知道在奢望些什么。

把风干了的画用双面胶贴在床头的墙上，她正在换校服，外婆隔着一道门在外面提醒她："吱吱，今天秋分，你记得多带点衣服去学校，别穿短袖了，小心感冒。"

陆茶栀有点恍惚，紧跟着应了声"好"。

秋分了。

这一天太阳到达黄经 180 度，阳光直射地球赤道，阴阳相半，昼夜相等，无极昼极夜。此后北半球昼短夜长，南半球昼长夜短。

原来她和他相遇在这一年杉城昼长夜短的最后一天。

这也意味着，今年夏天，彻底结束了。

第二章

山茶栀子 我的名字的意思。

杉城一中返校时间是周日下午六点。陆茶栀到学校后先把行李放在宿舍，然后背着书包去教学楼。

时间接近五点半，教室里还没什么人，到了的几个同学都坐在自己的位置上玩手机或者补作业。

陆茶栀戴上耳机，物理练习册写了两道大题，有同学在后门喊她："陆茶栀，有人找你。"

陆茶栀取下耳机往回看，看到一道瘦小的身影，正局促不安地站在门口。对上她视线的那一刻，那人霎时红了半张脸，连忙低下头。

昨天晚上的小可怜？

陆茶栀想起昨晚跟他说过的话，快步走到他面前，问："怎么了，出什么事了吗？他们又来找你了？"

"没，没有。"于旭咬咬牙，抬起头，不料一对上陆茶栀的眼睛，说话又磕绊了，"我，我来跟你说……昨天，谢谢你。你是个，是个……好人。"

"好人？"陆茶栀细细品味了一下这个词，噗的一下笑出声，说，"你知不知道，这个词是不能随便用来道谢的。"

于旭显然没明白她的意思，担心自己惹她生气，顿时有些无措道："我，我不知道。对不起。"

"没事儿。姐姐不跟小屁孩计较。"陆茶栀见他这副涉世未深的单纯模样，明眸里漾着笑意，"你就跟我说这些吗？"

"不，不是。"于旭沉下脸，站得端端正正，尽量让自己显得郑重，解释，"我来，来给你送东西，我妈妈做的……吃的……"两人眼神相对，于旭越对视越紧张，说话的声音越来越小，最终败下阵来，把脑袋埋得很低。

半响，他鼓起勇气，字句清晰地告诉她："我不是小朋友，也不是小屁孩。"

陆茶栀觉得新奇。

他充其量刚到她的下巴，不是小屁孩是什么，刚上初一的小孩子，能成熟到哪去？她刚刚话说得那么直白，是不是伤到小朋友强烈的自尊心了。

陆茶栀自顾自反思着，很久都没有说话。

气氛沉重又僵硬，于旭耳根又热又烫，恨不得挖个洞把自己埋进地里。他硬着头皮把手里的一个袋子塞进陆茶栀怀里，转头就跑开。

陆茶栀盯着他跑下楼的身影片刻，好笑地弯了下嘴角。

回到座位上，她打开袋子看了眼，是一盒桂花糕。软糯的糕点整齐摆在小盒子里，隐约散出淡淡的桂花香气。

"看什么呢？"

头顶洒下一片阴影，陆茶栀抬头，方槐尔已经在她前桌的位置上坐下，似笑非笑地盯着她，问："喂，刚刚那个小弟弟是谁啊？"

"昨天晚上被欺负的那个弟弟。"陆茶栀把手里的那盒桂花糕打开后递给方槐尔，"喏，给我道谢来了。这是谢礼。"

方槐尔不客气地拿起一块吃进嘴里，吃完后颇为享受地点评："嗯——好吃。"

陆茶栀很是无语道："我还以为你能说出点什么多高雅的评论，看来是我想多了。你喜欢就都拿去吃吧。"

"你不吃？"

"不吃。"陆茶栀没骨头似的趴在课桌上，语气沮丧，"没胃口。"

"怎么了，谁惹我们公主不高兴了？"方槐尔笑眯眯的，低下头拍拍她的脸蛋，问，"是那个'冷面人'吗？"

"对啊。"陆茶栀把脸埋进臂弯里，闷闷不乐的样子，说，"可能真的要像你说的那样靠漂流瓶联系了。"

"他没主动联系你啊？计划失败了？"方槐尔的表情越发幸灾乐祸，问，"不是剧本都写好了吗？怎么回事啊陆导，人家演员突然要临场发挥啊？"

陆茶栀咬牙切齿道："方、槐、尔、你、能、不、能、闭、嘴。"

"错了，错了，我真错了。"方槐尔抓住她的手攥在手心里，好脾气地给她顺毛，"真动心啦？不会吧。"

陆茶栀："嗯。"

方槐尔被噎了一下，说："吱吱宝贝，吱吱公主，我知道这么多年呢，咱们杉城这个十八线小城里也没有什么帅哥入得了你的眼，但'喜欢'真的是一件非常非常非常严肃的事情，你明白吗？"

"明白啊。"陆茶栀收了手，抬眸看她，语气云淡风轻，却格外坚定。

方槐尔不说话了。她面色不太好，露出很不赞同的表情。

"哎呀尔尔，你别担心嘛。"陆茶栀下一秒笑起来，抱着方槐尔的手臂晃了晃，继续道，"我不是小朋友了，他昨晚不是救了我嘛，我没那么肤浅好吗。"

方槐尔脸色这才稍微缓和了些，说："你自己心里有数就好，可不要以后看见谁长得好看，傻乎乎地就被骗走了。"

陆茶栀点头，十分乖巧地答应："嗯嗯嗯，尔尔说得都对。"

许佑迟这次同父亲许行舟一起回枫城，主要的目的就是去看望爷爷奶奶。

许氏家族根基深厚，一直在沿海的黎城发展。许佑迟的奶奶是枫城人，爷爷把许氏交给独子许行舟后便彻底隐退，陪自家夫人回远在内地的枫城养老。

许奶奶近些年身体不好，上周又生了场大病，所以格外盼望自己唯一的孙子多来陪陪自己。

许佑迟小时候和奶奶关系一直很亲，跟班主任请了一周的假，和刚好来枫城出差的父亲一起回来。

在家陪了奶奶几天后，许佑迟才挑了一个下午，到杉城去买玫瑰花饼。结果花了将近两天时间，才买到赵女士心心念念的东西。

许佑迟走出枫城高铁站，许行舟已经安排好了司机在出口接他。

回到偌大的别墅里，奶奶在楼上午睡，爷爷在阳台上看报纸。许佑迟去问了个好，就回自己房间整理行李。

卧室里，他打开行李箱，拿出那几盒包装精美的玫瑰花饼，放在书桌上。

早听说那玫瑰花饼不好买，所以才会带上行李箱去杉城，由此引出接下来发生的那些事。

昨天晚上，以及今天中午。

许佑迟盯着那几盒玫瑰花饼，回想起那个行事风格傲慢乖张的女生。

救人的时候不顾一切，一个能打三个。搭讪的时候，故意把兔子玩偶放进去让他主动去联系她。

须臾片刻，他轻嗤了声，随手捞了件衣服，转身走进浴室。

杉城一中明令禁止携带手机，带了的同学都必须把手机交由班主任保管，周六中午放学时再发下去。

陆茶栀交了手机，不知道"冷面人"到底有没有联系自己。周三晚上，她实在是按捺不住自己迫切想知道结果的内心，找了个借口找班主任拿到手机。

打开微信，通讯录仍是安静一片，一点动静也没有。

陆茶栀心里仅有的那么一点小火苗也被一盆冷水浇灭了。

她把前两天在草稿纸上画的无数个"冷面人"一页一页撕下来，要将这些纸张扔进垃圾桶时，她又犹豫了。

痛苦挣扎了一番，她艰难地收回手，嘀咕："算了。"

她把纸张折好，夹进不会用到的《信息技术》教材里。

做完这一切，陆茶栀算是彻底死了心。

童话故事里都是骗人的。

许佑迟回到学校时，他原本整齐放在课桌里的书都被拿出来堆到了桌面上，桌洞里放着厚厚一沓信封和明信片。

他一张也没兴趣看，全部扔进了班级门口的垃圾桶。

易卓就坐在他旁边，对这波操作叹为观止。

他凑到许佑迟跟前，说："这么绝情啊？你就这么对待你的那群小迷妹的心啊？"

许佑迟懒得搭理他。

易卓挤眉弄眼道："你刚刚扔的信里面还有唐月真的呢，就楼下三班那个艺术生，迎新晚会上跳芭蕾跳得贼好看那个，出了名的冰山美人。怎么样，你是不是后悔了？是不是立刻就想去垃圾桶里把情书捡回来了？"

许佑迟低着头，把桌上一摞课本都重新放回课桌里，说："你要是想要就自己去垃圾桶里找。"

易卓深深地叹了口气道："许大少爷，我们学校里美女那么多，情书都写好了递到你面前你看都不看一眼。我跟你一起长这么大，就没见你身边有过同龄的异性。"

说到这里，易卓像是突然明白过来了些什么，不可置信地瞪大双眼。

"你不会是……喜欢我吧？"

许佑迟：我看你好像不太清醒。

许佑迟抬起头，从上至下仔细打量了易卓一遍。

"我非常地……"许佑迟对上易卓的眼睛，淡淡道，"佩服你的自信。"

易卓听出他话里的嘲意，气急败坏地就要伸手去掐他，喊："许佑迟你以为你长得好看就可以随便嘲笑别人吗，你给我死！"

周四下午有年级统一的篮球赛，许佑迟身穿 29 号球衣，穿梭在球场上，利落地投进一个空心球。

哨声和欢呼声一同响起，比赛结束。

许佑迟退到球场边缘，拧开瓶盖仰头喝水，喉结上下滚动几圈。他的黑发被打湿，汗水顺着脖颈线条滑过锁骨，一路没进衣服领口。

站在一群肤色过于健康的男生中央，他整个人白净到晃眼，一秒就能抓住人的眼球。

天之骄子大抵如此，生来就该万众瞩目。

易卓灌完水，用手肘戳了戳许佑迟，抬起下巴示意他往观众席看。

许佑迟脸上没什么表情，拧上矿泉水瓶盖，回头望过去。

看台上一个女生穿着白色的连衣裙，乌黑的长发散在腰后。她站在最高处，什么动作也没有，只隔着人海，安静地和他遥遥相望。

距离太远，并不能看清她的脸。

但许佑迟在看见那个女生的那一刻顿住了。

可也只有短短一瞬而已。

易卓只看见了许佑迟愣住的表情，于是露出一副早就预料到的模样，欣慰地说："看吧，不愧是这么多年的好兄弟，我就知道你喜欢唐月真这一类型的女生，之前那盒酒心巧克力也是她送你的。我突然有点期待你们两座冰山能碰出什么火花来……"

易卓越说越兴奋。

许佑迟皱起眉头，搞不懂易卓脑洞怎么这么大。

他用矿泉水瓶敲在易卓手肘上，出声将他打断："闭嘴。"

"噢。"易卓霎时消了音。

许佑迟不愿多说，他只是想起了一个人。

那天下午，在杉城高铁站，陆茶栀也是这身打扮。

黑发及腰，白裙及膝。

破碎雨幕里，她穿着最素的白色，却是鲜活娇艳、生动又明艳的。

黎城九中在周五下午六点放学。

和许佑迟一周未见，晚上几个玩得好的男生一起去吃火锅。牛油锅底咕噜翻滚，易卓夹了一筷子牛肉，嘻嘻哈哈地跟别的男生打趣，转头的间隙，余光瞥见从一开始就盯着手机，没怎么动筷的许佑迟。

易卓放下筷子，凑近了问："看什么呢？"

许佑迟几乎是在他贴过来的瞬间就熄灭了手机屏幕。

易卓凑过去的时候还是不小心瞄到了，许佑迟刚在看的那个界面，似乎是一个女生的……微信主页？

易卓猛地一惊。

他好像发现了什么不得了的大秘密！

一行人吃完火锅，从店里走出来，姜卫昀提议去玩游戏。

许佑迟站在路灯底下，穿着藏青与素白相间的校服，拉链拉到胸口上方。他身形挺直瘦高，气质很独特，面无表情时很容易就给人一种拒人于千里之外的冷淡。

他说："我不去了，你们玩。"

他也没说具体原因，简单道别后就离开，坐上出租车回家。

姜卫昀总觉得今晚的许佑迟有点奇怪，他问易卓："哎，你觉不觉得许佑迟今晚有点不一样？他从什么时候开始这么喜欢玩手机了？"

"你以为谁都跟你一样幼稚？"易卓高深莫测地笑着摇摇头，"咱们迟崽终于长大啦。"

姜卫昀气极反笑，抬手给了他一肘子道："能不能说点听得懂的话？"

"滚。"

在易卓这里是听不到什么有用的消息了。

姜卫昀想，反正学霸的世界他不懂，更何况许佑迟还不是学霸，是学神。他的所作所为，凡人自然是无法理解的。

许佑迟回到家，许行舟和赵蔓出门去参加晚宴，别墅里空荡荡的。

狗富贵听到开门的声响，立马蹦跶着扑过来，爪子扒拉住他的裤腿不放。

许佑迟带着这只黑不溜秋的大狗回到房间，上楼打开卧室门，他一眼就看见了自己床头摆着的那个粉色毛绒兔子。

他坐到床边，拿起这个让他烦扰一整周的罪魁祸首。

端详了一会儿，他把兔子玩偶放进抽屉里。

眼不见为净。

狗富贵被忽视了这么久，呜咽几声，抬起两只前爪放到许佑迟腿上，示意他陪自己玩。

许佑迟盯着狗富贵傻憨的大脸看了两秒，抓住它一只软趴趴的爪子，敷衍地晃了两下。

他要是真的主动去联系她，他才是真的"傻狗"。

周六中午十二点，杉城一中放学。

陆茶栀拿到手机，嘴里咬着一根蓝莓味的棒棒糖，坐到自己的课桌上，在半空中晃荡两条腿，百无聊赖地等方槐尔那一组打扫卫生。

她把手机界面翻来覆去看了好几遍，最终还是忍不住又打开了那个让人心碎的绿色的 App。

意料之中的，没有新的好友添加提示。

她在心里暗骂自己有病找虐，正点开后台试图彻底关闭这个软件。

突然，屏幕上方出现一条新的提示栏。

【用户"xyc"请求添加您为新的好友】

陆茶栀心头那头本已经没气了的小鹿瞬间又开始活蹦乱跳，毫无章法地撞击着胸腔。

"汪！"

许佑迟坐在书桌前，面前那本厚厚的数学必刷题三个小时也没翻页。

他盯着手机上添加好友的界面半晌，锁屏把手机丢到床上去。

狗富贵在桌下绕着他的腿蹭来蹭去，毛茸茸的尾巴摇摇晃晃。

他低头看了一眼。

"傻狗"。

也不知道在说谁。

陆茶栀看到微信里那条验证消息为"兔子。"的好友申请，恨不得立马蹦跶三尺高在空中旋转跳跃闭着眼。

她把那个人的头像放大看了好几遍，尽管那只是一张全黑的没有任何意义的图片，她也越看越觉得开心。

激动过后，陆茶栀平复心情，拉平自己疯狂上扬的嘴角，指尖触到绿色的"同意"键。

这边刚加完好友，方槐尔已经打扫完卫生，背上书包喊她："吱吱，走了。"

"来了。"陆茶栀满面春风，收起手机走到她身边。

方槐尔狐疑地睨着她，问："你笑什么？莫名其妙的，毛病。"

陆茶栀瞬间收了笑容。

她俩在城区新开发的商圈吃完饭，方槐尔下午要去补习班，陆茶栀自己坐公交车回家。

顶着烈日骄阳在站台等了十多分钟，公交车才晃晃悠悠地到来。

杉城是旅游城市，交通工具这一方面一直做得很用心，公交车车身印着杉城独有的产物，车厢内开了空调，挂着很多小巧精致的装饰品。

车厢内乘客很少，陆茶栀拉着行李箱刷了公交卡，坐到中间单人单座的空位上去。

她的脑袋靠着车窗，打开手机微信，点进新好友"xyc"的主页。

结果发现他的主页里并没有朋友圈这一选项。

陆茶栀顿时有点蒙。

要不是他的微信号并不是"wxid"开头的一串乱码，她几乎都要怀疑这是个几百年都不会用的小号。

她纠结了一会儿，点进和他的聊天页面，在打字栏删删减减。

——在吗？

不出意外他未来几十年内都会在的。

——在干吗？

她和他好像还没有熟到可以互相问候日常的地步。

——你好呀，我们可以聊一聊吗？

过于亲昵，他会不会以为她是个花痴？

陆茶栀失落地放下手机，望着窗外往后倒退的景色叹了口气。

搭讪真难。搭讪帅哥更难。

所以她到底要不要迎难而上？

好难。

许佑迟丢开手机，写了两页必刷题，起身带着那只一直在他脚边晃悠的笨狗下了楼。

给它喂了狗粮和水，刘姨就过来喊他去餐厅吃午饭。

许行舟去公司了，赵蔓一大早就和她的好姐妹们出门逛街做护肤理疗，许佑迟一个人随便吃了点，又把自己关进楼上的房间里。

打开手机，他看见自己发送的那条好友申请已经被通过了。

点进和陆茶栀的聊天界面，他看见最上方她的昵称变成了"对方正在输入"。

许佑迟重新坐到书桌前，合上必刷题的书页，把手机摆在桌上，等着陆茶栀主动发来第一条消息。

五分钟过去了。

十分钟过去了。

十五分钟过去了。

聊天界面里仍是只有他在添加好友时发送的那条好友申请——两个字加一个句号，孤零零地被绿色聊天框包裹。

而"对方正在输入"也早就变回了她原本的微信昵称。

一切都像是他的错觉。

许佑迟面无表情地关掉手机屏幕。

陆茶栀回到家洗完澡趴到床上，捧着手机冥思苦想，到底该如何开始聊天之旅。

她在宽大柔软的床上滚了两圈，张开手臂，望着头顶的天花板，真的是一点头绪都没有。

从前凑上来想跟她说话的男生排长队，她只嫌他们聒噪烦人。

此刻陆茶栀脑子里全都是那些对她搭讪失败的案例，关键时刻一点作用都起不到。

她垂下浓密纤长的睫毛，又看了眼手机。

屏幕上只有那条来自验证消息的两个字。

他估计对她印象不太好吧。

陆茶栀似乎有点明白什么叫作"因果相报"了。

想到这里，陆茶栀垂头丧气地把手机放着充电，随便从衣柜里扯出一件黑T恤套上，坐到书桌前化"悲愤"为学习的动力。

既然他不为她美丽的外表折腰，那他必然百分之百会喜欢上她努力上进的内心！

晚上九点，陆茶栀的 QQ 收到新的消息。

【方槐尔：我终于下课了。每次上完物理，我都觉得对我的身心造成了极大的损伤。】

【陆茶栀：说人话。】

【方槐尔：这试卷好难。】

【陆茶栀：……】

【方槐尔：你在干吗？】

【陆茶栀：我在思考。】

【方槐尔：你还对那个"冷面人"念念不忘呢？】

【陆茶栀：他今天中午加我微信了，但是我们俩到现在还一句话都没说过。我真的不知道怎么开口啊，好烦。［/ 难过］】

【方槐尔：不会吧不会吧，不会真有人笨到连这个都想不到吧？】

陆茶栀成功被她阴阳怪气的语气激怒，她一个电话拨过去呛声道："不会吧不会吧，物理那么简单的科目不会真有人学不明白吧？"

两人吵吵闹闹地挂了电话，室内又归于安静。

陆茶栀鼓励自己不能放弃要振作。她先是翻了翻自己手机里的图库，发现自己存的都是些跟别人斗图的"沙雕"表情包，一个能发给心动男嘉宾的都没有。

又登录微博，搜集了一大堆可可爱爱的表情包后，终于打开与"冷面人"的对话框。

她在刚刚存的图里选了一张最可爱的粉粉嫩嫩的猫咪表情包，点击发送。

发完图片，她长长地舒了一口气，心满意足地走出卧室去洗漱。

刷牙时，她盯着镜子里的自己，脑袋里开始想象对方收到她的消息后的反应。

想着想着，陆茶栀突然就笑了出来，瞳仁亮晶晶的，连带着手上刷牙洗脸的动作都快了不少。

另一边，许佑迟正散漫地坐在一楼客厅的沙发上，边看电视，边逗趴在自己腿上的猫。

突然，放在茶几上的手机连续响起了新消息提示音。

他伸手捞过来。

微信里，陆茶栀发来两张图片。

许佑迟懒懒垂下眼睫，一手轻捏着勿相汪脖子处的软肉，一手点开那两条新发来的微信消息。

第一张图片里，一只白猫伸出爪子看向镜头，后期添上了粉色的滤镜和涂鸦，配字是"可爱"。

第二张图片里，一个化着浓妆的女性动漫人物单手撑着下巴，眼神迷离中带着点勾人的魅惑。

陆茶栀洗漱完后飞速跑回卧室，把自己摔进大床里，下巴枕在一只印着神烦狗的狗头抱枕上。

刚按亮手机屏幕，她就看见锁屏中央通知栏里，显示着一条非常简洁的回复，一个问号。

陆茶栀看了半秒，大概读懂了这个问号背后的含义。

——你找我有什么事吗？

不愧是他，说话方式能用标点符号的坚决不打字，不然显得自己不够高冷。

陆茶栀用指纹解锁屏，映入眼帘的就是她和他的微信聊天界面。

一切都按着她预想之中的情节在发展，除了她发给他的表情包，从一张变成了两张。

而且多发出去的那张还非常令人难以启齿。

陆茶栀不再笑了，转而十分淡定地重启了微信，并且在心里告诉自己，一定是自己眼花了，以后可不能再像今天下午那样长时间地看书学习了。

都出现幻觉了。

嗯。

她再次点进和"xyc"的聊天界面，一切都和三十秒以前别无二致。

陆茶栀给自己先前做的阅读理解画上红叉，打了零分。

他到现在为止都还没有把她删除好友可能就是他留给她最后的温柔了。

一腔热血的她逐渐心灰意冷。

电光石火间，一个可怕的念头在她眼前闪过。

——他不会已经把自己拉黑了吧？

陆茶栀瞬间清醒。

她打开对话框，输入，发送。

消息成功送达，并没有看见大红色的感叹号。

她这才松了一口气。

幸好，"冷面人"还没有那么绝情。

　

许佑迟看着手机上陆茶栀发的那张调戏意味十足的表情包，又好气又好笑。

他并没有陆茶栀那些奇奇怪怪脑洞大开的想法，只觉得离谱。

消息提示音再次响起。

陆茶栀收到了回复，虽然依然只有一个标点符号，依然那么冷冰冰不近人情，她也感动得快要哭出来。

不，公主绝不轻易落泪。

【落日出逃：我要是说，我刚刚手滑了。是真的手滑了……你会信吗？】

【xyc：嗯。】

【落日出逃：算了，你不用安慰我了：（】

……其实也没有在安慰你。

【xyc：嗯。】

陆茶栀认真解读了下他的回复，虽然只回了一个"嗯"字，略显冷淡和敷衍，但他对她态度不算太恶劣。

至少比起单独一个问号，他的态度已经开始走向友好了。

说不定再聊半个小时，他们就可以敞开心扉畅谈人生了。

陆茶栀如是想着，聊天的语气也不自觉变得轻快。

【落日出逃：你是今天才看到那个兔子吗？】

【xyc：没。】

【落日出逃：噢，我原本还以为你不会加我了。那个真的是我不小心弄掉的兔子！】

"此地无银三百两"的意思不要太过明显。

【xyc：知道了。】

【落日出逃：我怎么称呼你呀？】

他回了三个字。

【xyc：许佑迟。】

许、佑、迟。

陆茶栀在心里默念这个名字。

【落日出逃：我叫陆茶栀。】

【落日出逃：是茶花和栀子花的意思。】

【xyc：嗯。】

【落日出逃：我可以再问一下你的生日吗？】

为了避免对方误会自己意图不轨，虽然之前那张表情包已经非常不轨了，但陆茶栀还是决定解释一下。形象这个东西，能挽回一点是一点。

【落日出逃：我就是单纯问一下！我想知道我和你谁更大一点！】

【落日出逃：你不说也没事。】

许佑迟说了一串数字，在某一年的七月九号。

【落日出逃：那你比我大一点点。】

【落日出逃：我跟你同年，但我是七夕那天出生的，八月份了。】

【xyc：嗯。】

陆茶栀觉得，今天和"冷面人"的进展，已经向前迈进了非常大一步。

人要学会知足常乐，所以差不多到了结束这段聊天的时候了。

毕竟温水煮青蛙的攻略方式，最重要的一点就是懂得适可而止，让猎物在不知不觉中沦陷。

【落日出逃：那晚安啦，我不打扰你休息了。】

【xyc：晚安。】

【落日出逃：晚安呀。】

陆茶栀又补了一条。

【落日出逃：阿迟哥哥：D】

许佑迟没再给她回复。

陆茶栀躺进被窝里，关了顶灯，只留一盏夜灯亮着暖色柔光。

她从被子里露出两条纤瘦手臂，摸到床头柜上的手机，打开，翻到许佑迟和她的聊天界面。

她想了想，给他改了个备注——"迟"。

改完后，她放下手机，关掉夜灯，满心欢喜地合眼进入梦乡。

许佑迟盯着她发来的"阿迟哥哥"，莫名轻哂。

等他去浴室洗完澡出来，姜卫昀已经给他发了十多条消息。

【姜卫昀：阿！迟！宝！贝！】

【Xu：？】

【姜卫昀：好了好了，你终于来了。】

【姜卫昀：等我把你拉进讨论组。】

许佑迟打开电脑，登录了电脑游戏账号。一上线，他就收到了姜卫昀的匹配邀请，顺手点下同意。

姜卫昀已经拉好了讨论组，刚进语音，许佑迟就听见了一道甜得发腻的女声，拖腔带调道："哎，哥哥你说我这局该玩什么呀？"

？

许佑迟私聊给姜卫昀发了个问号。

【姜卫昀：前两天打游戏认识的妹妹，她刚玩这个游戏，带她一下。怎么样，这个萝莉音，爱了吗爱了吗？】

【许佑迟：……】

【姜卫昀：怎么样你倒是说啊？甜不甜，软不软，有没有让你心花怒放如沐春风的感觉！】

【许佑迟：。】

【姜卫昀：……好了，你别发句号了，我懂了。】

游戏结果他们逆风翻盘取得了胜利，许佑迟退了语音和组队。

【姜卫昀：不来了吗？】

【Xu：嗯。睡觉了。】

许佑迟关了电脑，躺到床上，手机弹出来一条好友申请。

来源是姜卫昀先前拉的那个五人讨论组，粉色萝莉头像的女生向他发起好友申请，备注里有一行字：【你好厉害啊！以后一起玩游戏呀 ^_^。】

许佑迟左滑删掉这条好友申请，顺带退出了五人讨论组。

昏暗卧室里，手机屏幕发出微弱的光线，落在他安静的脸庞上。

他点开微信，点进和陆茶栀的对话框。

看见她发来的那句晚安。

他关掉手机，在心里轻声道：

晚安。

第三章

兔子玩偶 绝世小可爱迟崽崽。

周三那天是九月三十号，下午放假。

上午最后一节是美术课，在艺术楼的美术教室里上课。

美术老师抱着厚重的教材走进来，站到讲台上说："同学们，前几节课我们讲解了水粉画的基本要素和构图，也欣赏了一些作品。这节课大家就自由创作，内容不做要求，下周返校的时候课代表把画收上来。我会给大家打分，成绩计入期末考试，请大家认真对待。"

教室里的桌子都是大圆桌，一张圆桌坐六个人。位置是大家自己选的，基本上都是熟人。老师刚说完，教室里便响起不大不小讨论的声音。

许佑迟从笔盒里拿出一支 2B 铅笔，在纸上起线稿。

坐在这桌的几个男生的讨论声不绝于耳。

姜卫昀："画什么画什么画什么？我急了我急了我急了。"

易卓提起笔，游刃有余地边画边解说："来看我，我给你表演一个什么叫大艺术家。先画一个横着的 6，再画脑袋、耳朵、眼睛，底下是爪子……"

向帆也凑过来，说："你画的是个什么玩意儿，好丑啊。"

"小猪佩奇，你瞎？"易卓翻了个白眼。

姜卫昀冷笑道："这是猪还是鸡，你自己心里真没点数？"

易卓不想跟他们说话了，看向自始至终都没有参与这场讨论的许佑迟，问："阿迟画的什么？"

许佑迟的画纸上，左半边完全空着，右半边画的东西，从轮廓上能看出来，是一朵栀子花。

易卓隐约觉得这个构图有些眼熟，皱了皱眉，说："我怎么感觉我好像在哪儿见过你画的这个东西。"

姜卫昀无语地扯唇，说："初中教学楼底下种的那一大片栀子花，你是失忆了吗？你连这个都不认识，菜鸡。"

"我不是这个意思。"易卓实在是想不起来在哪里见过这幅画，朝姜卫昀摆摆手，"我懒得跟你解释。"

许佑迟一直低着头在画画，神情很专注，没说话。

易卓挑起的这个话题很快略过去，一群人边画边商量接下来的七天国庆假期的安排。

杉城一中的国庆假期高三只放三天，高一高二也只有五天的时间。

放假那天下午，十多辆货车停在学校门口，工作人员忙着从上面卸下一堆又一堆的东西。

陆茶栀在学校对面的文具店门口复印资料，等待的时候，她往车上看了一眼，问："那是什么？"

方槐尔在一旁给她解释："车上那些是要搬去新图书馆的书，致恒捐的。"

她顿了顿，又继续道："那栋图书馆和新修的宿舍楼也都是致恒捐的。下个月不是我们学校五十周年校庆嘛，到时候那个公司的老总会来，所以学校才这么重视这次校庆。"

"嗯。"陆茶栀说完，突然觉得有点奇怪，问，"你怎么知道得这么清楚？"

"好歹我也是学生会社联副秘书长吧。"方槐尔撇嘴，伸手轻轻揪了下她的脸，"你的尔尔姐姐无所不知，明白了吗？"

"哦。"陆茶栀直视方槐尔的眼睛，神色无比认真地发问，"那你知道甲、乙同时同地出发，甲做匀速直线运动，乙做初速度为零的匀加速直线运动，甲、乙什么时候相距最大吗？"

方槐尔："……啥玩意儿？"

陆茶栀付完钱后转身走出了文具店，最后留给方槐尔一个意味深长的眼神。

方槐尔在原地咬牙切齿。

陆茶栀本来是可以做贴心宝贝的。

如果没有她那张嘴。

这个国庆陆茶栀一有空就泡在画室里，对着颜料和画纸一坐就是一整天。

时间临近傍晚，整个城市笼罩在夕阳中。方槐尔站在画室楼下给陆茶栀打了个电话，无人接听。估计又是开了静音模式在画画。

她抬头望向二楼的画室，想了想还是决定上楼去找人。

画室里坐着几个学生，各自坐在自己的画板前画画。陆茶栀坐在靠窗的地方，背对着教室门，正端着颜料盘给画上色。

画纸上是一只黑猫，前爪交叠趴在满是银杏落叶的地上，金黄色的瞳孔泛着冷冽的光，看起来慵懒又危险。

陆茶栀察觉到一片阴影自头顶洒下，她抬起头，对上方槐尔的眼睛，招呼："来了啊，坐。"

方槐尔边扯了张凳子过来坐，边说着："等你画完，再去吃饭时间就差不多了。"

"行。"陆茶栀又蘸了点白颜料，用笔尖勾出猫的细毛，"你们学生会领导班子聚餐，干吗一定要把我叫上？"

"你这么好看，整天待在画室里干吗，带出去多给我长脸啊。"

陆茶栀目不斜视地看着眼前的画纸，语气疑惑道："我是你的工具人吗？"

"你终于有这种觉悟了。"方槐尔伸手拍了拍她的头顶。

陆茶栀笑着拍开她的手。

方槐尔没再打扰陆茶栀，坐在一旁安静地玩手机。

陆茶栀给画上完最后一点色，把画板搬开，收拾了东西去卫生间洗手。

她今天穿了一件露腰的紧身黑T恤，下身搭黑色工装裤，双层腰链垂下来，搭在裤子上。

她似乎很喜欢这些金属装饰。

项链、别针、戒指、腰链。

方槐尔从背后看见陆茶栀盈盈一握的腰身和深陷的一截背沟，忍不住"啧"了声。

陆茶栀洗掉手上的颜料，扯了张纸巾擦手，和方槐尔在镜子里对视，问："你啧什么？"

"你这个腰，"方槐尔的视线在那一处流连，"也太细了点吧。"

陆茶栀扔掉纸巾，戴上黑色的水桶帽，转头看向她，说："如果你每天控制饮食再跟我一起做平板支撑和仰卧起坐，你也会拥有。"

方槐尔回忆起自己跟陆茶栀一起做平板支撑的那次经历，身体的酸痛感似乎又重新袭来，说："……那还是不必了。走吧。"

两人打车到达商圈，聚餐的地点在一家很有名的海鲜火锅店。

陆茶栀压低了帽檐，方槐尔拉着她的手走进包间。

这次聚餐，"领导班子"里高一高二的人都在，正对着门坐的就是学生会会长闻启泽。

一打开包间的门，众人的视线就聚了过来。有学姐热络地招呼她们："就差你们俩了，快来坐。"

陆茶栀报了学校的美术社团，在社联里浑水摸鱼当个咸鱼，奈何颜值和业务能力太强，学生会里的人基本上都认识她。

包间里有两张大圆桌，男生和女生各一桌。

陆茶栀是陪方槐尔来吃饭的，桌上聊天氛围高涨，她很自觉地降低自己的存在感，把帽檐压得低低的，安静地吃饭，也耐不住很多人的目光都在她身上停留。

毕竟是学校里风头很盛的大美人。

整顿饭下来，陆茶栀一直都没有开口说话，脸上表情出现变化还只是在方槐尔给她夹菜或者说悄悄话的时候。

吃完饭，闻启泽拒绝了 AA 制，主动去前台买了单。

有人调侃他："会长，你是不是该改名叫许启泽了啊？为了博美女欢心你这代价也太大了吧。"

闻启泽看了不远处的陆茶栀一眼，笑得温和又无奈，说："你别乱说。"

陆茶栀一直坐在位置上低头玩手机，没听见后面的内容，只抓住了其中关键字的读音，抬眸看向方槐尔，问："许？"

"嗯。"方槐尔说，"给我们学校捐图书馆那个致恒的董事长姓许。反正他们家特别有钱，致恒只是许氏旗下一个分公司而已。他叫许什么来着……我记不得了。"

"是许还是徐？"

"许。许愿的那个许。"

原来姓许。

陆茶栀握着手机，想起了近一周没有联系的许佑迟。

她漫不经心地"哦"了声，低头打开微信，点进和许佑迟的聊天界面。

聊天内容还停在上周六晚上，她给他发的那条"阿迟哥哥"，他没有再回复。

陆茶栀看着他那个黑色的微信头像，心里莫名冒出来一丝挫败感，很难受地将她禁锢。

放过气了的碳酸果汁饮料，酸酸软软的气泡，在半空中破碎掉。

生平第一次心动，结局似乎已经被"失败"这个词牢牢圈住。

她轻轻咬住下唇，忽然记起，自己还有一个兔子玩偶放在他那里。

陆茶栀点开对话栏，输入了自己家的地址，点击发送。

【落日出逃：兔子就麻烦你寄过来啦，寄到付就好，谢谢你哦。】

许佑迟回得很快。

【xyc：好。】

陆茶栀愣愣地看着那个字。

原来他在线。

失落在悄无声息地发酵。

陆茶栀缓缓垂下眼睫，点开他的微信资料界面，却发现了一处与之前不同的地方。

他在一天前发了一条朋友圈，只有一张图片。

是一幅画，栀子花。

陆茶栀给这条朋友圈点了个赞，然后莫名其妙地弯起了嘴角。

接下来的一段时间里，陆茶栀和许佑迟没有再联系。她一直在等那个兔子玩偶的到来，想再趁这个机会给许佑迟道谢。

十月的日历逐渐变薄，她的速写本上，许佑迟的画像却在一张一张地增多。

转眼到了十月的最后一天，校庆正式拉开帷幕，陆茶栀依旧没有收到那个原本就属于她的粉色兔子玩偶。

校门口拉着横幅，新换的无数个木花架里栽上了新鲜的蔷薇，树枝上绑着五颜六色的气球和彩旗，预告着即将到来的盛大节日。

陆茶栀被班主任推荐去礼仪队做门面担当，一大早就起来化妆，再换上白色礼服长裙，站在校门口迎宾队伍的最前面。

踩着高跟鞋端端正正地站在那里等了快有一个小时，陆茶栀感觉自己的小腿已经开始发麻，宾利车终于姗姗来迟。

服务员开了门，走下来的男人身着正装，高人挺拔，融合了沉静和凌厉这两种气质，不难看出是久居高层的上位者。陆茶栀瞥见男人历经岁月沉淀依旧熠熠生辉的眉眼，恍然间似乎看到了另一个人的影子。

许行舟快要走到面前，陆茶栀收了收神，微微弯下腰，伸手做出了"里面请"的手势，随后跟在许行舟身侧走进了校园。

宾利车停在校门口，后排的车窗缓缓降下。

许佑迟眯着眼望向那道跟随自己父亲渐行渐远的白色身影，嘴角抿成一条线。

陆茶栀带许行舟到礼堂。路上，许行舟问了她一些学校的事情，她回答得简洁明了。

校长和主任已经在礼堂门口等着了。送几人走进礼堂，陆茶栀的工作就算完成。

她提着裙摆到后台的化妆室找到方槐尔，方槐尔正在给即将要上台的女主持人眼角贴亮片，看见陆茶栀来，抬头对她说："豆浆和三明治我给你放在教室了。"

陆茶栀早上忙着化妆换礼服，还没来得及吃早饭，胃部此刻开始隐隐作痛。

她点了点头，出门朝教学楼的方向走去。

刚出门，就遇上了要走进来的闻启泽。

闻启泽抬眼看见陆茶栀，愣了一下："你去哪儿？"

"教室。"

陆茶栀说完就想绕过他往前面继续走。

闻启泽迅速反应过来，挡在她的面前，说："等等，你是不是没吃早饭？我买了牛奶和面包，你先吃点垫垫肚子。"

陆茶栀看了眼他手里拿的东西，迅速移开视线，语气平淡道："不用了，谢谢你。"

闻启泽站在原地，凝视陆茶栀远去的身影。良久，他低下头，把手里的面包和牛奶扔进了垃圾桶。

胃部的疼痛感止不住地蔓延，陆茶栀加快了脚步。经过一个分岔路口，她被搬着道具长桌的人撞了下肩膀。

下一秒，手臂被人握住。

陆茶栀偏头扫了一眼。

那人没穿校服，戴着顶鸭舌帽，帽檐拉下来，黑色口罩遮住大半张脸，隐约能看见刘海底下一双眼睛露在外面。

这次校庆活动很盛大，很多以前毕业于一中的学姐学长都回来参加，四处都是没穿校服的人。

陆茶栀没再多看，匆匆道了句"谢谢"，就抽出自己的手继续往前走。

十足的，防备的，对待陌生人的姿态。

到达空无一人的教室里，陆茶栀坐在自己的座位上，拆开三明治包装袋。

肩膀处还残留着刚刚被撞到的酸痛感，她伸手揉了揉，脑海里回想起刚刚那个扶住自己的人。

总觉得他的身形有点眼熟。

陆茶栀觉得自己可能是饿昏头了。

不可能是他的。

吃完早餐，陆茶栀重新走到礼堂。方槐尔站在门口，一见到她，立马跑过来拉住她："已经开始了，走吧。"

舞台上的演讲台四周花团锦簇，许行舟正站在那里讲话。

"还记得我第一次来到一中时，杉城刚经历一场巨大的地震，张校长和我一起走在板房搭建的教学楼里，学生眼里那束对知识的渴望的光深深感动了我。

"一晃过去了快十年，一中在废墟中重生，但学生眼里的光依旧没有丝毫改变。为了鼓励全面发展的学生，致恒决定奖励二十位优秀学生去黎城旅行的机会，具体方案请听后续张校长为大家详细解说……"

陆茶栀和方槐尔来得迟，前排已经没有位置了，两人都坐在礼堂最后一排的角落里。

陆茶栀正在微信上和父亲陆政千聊天。

"黎城啊，沿海大城市哎，可以去玩，真好。"方槐尔边说边把头靠到陆茶栀肩上去，一眼看见她手机屏幕上的图片，是某品牌今年新出的几款腕表。

备注为爸爸的人发来一条消息。

【爸爸：喜欢哪个？】

陆茶栀轻轻拍了拍方槐尔搭过来的脑袋，打字回复了其中一款腕表的名字。

【爸爸：嗯，过几天给你寄过去。还有其他喜欢的吗？】

方槐尔瞥了眼陆茶栀手上的玫瑰金腕表，吸了吸鼻子："落泪了，是我这个穷鬼不配和在逃公主一起玩了。"

陆茶栀发完消息，收起了手机："今天出去吃饭？"

"那必须的。"方槐尔答应。

上午没有任何的活动，全是坐在礼堂里听讲座。许董讲完校长讲，校长讲完知名校友讲。

陆茶栀听得昏昏欲睡，最后戴上耳机。

演讲结束，她和方槐尔回宿舍换了套日常的衣服，在学校附近的一家日式餐厅吃了日料，结账的时候陆茶栀似乎又看见了那道熟悉的身影，心里有个荒谬的答案呼之欲出。

校庆时每个班都要在篮球馆内组织活动，高一（3）班的活动是经营面包店。就是提前在校外定好面包，然后再拿进来卖给学校里的人。

馆内开着空调，三班的学生戴着兔子头箍和遮住半张脸的兔子面具，轮流站在放着面包的柜子前进行销售。

轮到陆茶栀时，她站在玻璃柜前，看着里面兔子形状的面包，想到那个让自己等了一个月的玩偶。

果然好看的男人都是骗子。

说好的把东西寄给她，可过了整整一个月了，她连玩偶的影子都没见到过。

无语。

她正神游天外，有人站在玻璃柜前，屈起右手食指敲了敲台面。

陆茶栀抬头，对上那双她日夜描摹过的眉眼。

心脏开始不受控制地小鹿乱撞。

他没像上午那样戴着口罩了，容颜被天神倾注爱意般精雕细琢。

篮球馆里人潮涌动，热闹喧嚣，周围一切却像是被按下了静音键，只听得到他疏淡的嗓音，对她说："一个兔子面包。"

陆茶栀眨了下眼睫，低头拿出一个包装袋，说："好的，请稍等。"

"今天小店做活动，兔子买一送一。"陆茶栀微微弯起嘴角，把袋子递给他，"买一个小兔子——"

她抬眸看着他，兔子面具下露出的眼睛里笑意明灿，说："送一个我这样的大兔子哦。"

许佑迟跟陆茶栀对视几秒，神色依旧冷淡，漆色眼瞳无波无澜。

他垂睫，放了一张十元纸币在玻璃柜台上。

陆茶栀弯起的嘴角僵住。

他这是……没认出自己？

她脸上的笑容褪去，抿平了嘴角，看见他再次伸出手。

修长白皙，骨节分明。

这一次，放到她面前的，是那只她期盼已久的粉色兔子玩偶。

临近晚餐时间，霞光漫天。

一群人坐在凉亭里围着石桌玩真心话大冒险，规则是右手边的人给瓶口指向的人出题。

陆茶栀今天运气好到爆炸，游戏进行了无数轮，一直没转到过她。

她手里一直拿着那个毛茸茸的兔子钥匙扣，嘴边的笑容从一开始就没淡下去过。

矿泉水瓶在石桌上再次开始旋转。

方槐尔坐在陆茶栀右边，她今天像是被天神特别眷顾的宠儿，五盘游戏里三盘都能转到她。

简直离谱。

她双手合十，嘴里不停念叨着："不是我不是我不是我……"

矿泉水瓶的转速越来越慢，瓶口逐渐靠近方槐尔。

方槐尔睁大了眼睛，呼吸都跟着放缓。

终于，瓶口绕过她，然后停下。

最终，瓶口指向陆茶栀。

时间似乎静止了一下。

等陆茶栀反应过来发生了什么，坐在她右手边的方槐尔已经伸手钩住她的脖子，笑得极其不怀好意，说："宝贝儿，选真心话还是大冒险，嗯？"

"大冒险……"陆茶栀被勒住，只能往后仰，板着脸认真道，"方槐尔你要记住，刚刚给你出题的人不是我，是周景羿。"

"我记得很清楚呢。"方槐尔笑眯眯的，语气柔和，却莫名让人感到阴冷，"出题的不是你，起哄得最大声的是你呢。"

陆茶栀试图劝说："作为新时代的好青年，公报私仇这种行为是要坚决杜绝的，你明白吗？"

方槐尔拿了纸和笔，唰唰写下两行字，折起来交给陆茶栀，催促道："少废话，将字条递给你走出这个亭子遇到的第一个异性。"

"万事皆要三思而后行。"陆茶栀继续挣扎。

方槐尔冷眼睨着她，根本不为她的话所动。

陆茶栀眼巴巴地望着她，问："真的要这样吗？

"你要不再考虑一下？

"就一下下。"

半晌，陆茶栀咬牙接过那张字条，走出凉亭。

在校园里参观了快一个下午，许行舟带着许佑迟准备离开。校长和各位主任跟在父子俩身旁，一行人就这样浩浩荡荡地朝校门口走去。

许佑迟又重新戴上了黑色口罩，拉下鸭舌帽的帽檐，整个人显得冷漠。

快要走到校门口，有人突然挡在他跟前。

下一秒，一张字条就被塞进了他手里。

他抬起头，只来得及看见那个女生快速跑开的背影。

校长被自己学生的这一举动震惊到有些蒙了，生怕得罪了投资方。

"这，实在是不好意思。明天我一定严厉批评那个学生，不会让这种风气蔓延……"

"没事。"许佑迟把字条握在手心里。

许行舟饶有兴味地瞥了儿子一眼，安抚校长道："没关系的张校长，那个女生好像是上午带我去礼堂的那个？我听她给我讲了很多学校的事情，是个很不错的女孩子。"

张校长心里暗暗松了口气，赔笑道："许董看人的眼光果然很准，她是我们市的中考状元，画画还得过奖，是很优秀的。只是刚刚……"

"没关系的。"许行舟听完这段话，视线再次看向自己身侧一脸漠然的许佑迟，眼底的笑容越加深厚，"误会而已，别批评她。"

车上，许佑迟戴着耳机看向车窗外，许行舟突然问他："那个女生，你认识吗？"

许佑迟转过头，懒洋洋地"嗯"了声。

035

许行舟扬眉，问："所以，她就是你非要逃课跟着我来杉城的理由？"

许佑迟耳根发热，没回答。

不需要回答，答案已经再明显不过。

许行舟突然笑了笑，拍拍许佑迟的肩膀，说："阿迟长大了，有瞒着爸爸的心事了。"

"没有。"许佑迟含混不清地说着，手指摸到自己外套口袋里的那张字条。

许行舟笑着摇了摇头，闭眼靠在后座假寐。

许佑迟犹豫了一会儿，把字条拿出来，展开。

上面的字体龙飞凤舞，写着——

【cpdd，你是之一。】

陆茶栀深刻记得，一个月以前，学生会聚餐那次，方槐尔在火锅店告诉过她，学校那栋新图书馆是许氏集团捐赠的。

今天她终于知道了。

不是许愿的许，是许佑迟的许。

她回到凉亭，在众人惊恐且佩服的目光中坐到石凳上，好似她是个刚刚去斩妖除魔的盖世英雄。

周景羿清清楚楚看见不远处教导主任恶狠狠瞪着他们的眼神，像是在无声地警告他们："你们都给我等着，以后有你们好受的。"

他打了个寒战，背后冷汗直冒，说话都不利索了："姐姐，你这……也太狠了点……"

"愿赌服输懂不懂。"陆茶栀嫌弃地看着他，"你怎么一点游戏精神都没有。"

她转头看向那道逐渐消失在校门外的背影，想到自己和他已经将近一个月没再联系。她微不可闻地叹了口气。

因为今天是校庆，班主任早上把手机发了下去，让同学们上晚自习前再交还给他。

吃完饭后，陆茶栀和方槐尔到班级时，许多同学都还没有回来。

陆茶栀看了眼墙上挂着的时钟，距离班主任正常到班上的时间大概还有十分钟。

她坐到自己的座位上。

这次已经是明晃晃地嘲讽了。

陆茶栀从小众星拱月，从来都是别人上赶着来找她，她什么时候受过这种委屈，一团气闷在心口，想发又发不出来。

毕竟他已经把兔子还给了她，他们两人之间唯一的关联就是这个微信了。

万一她沉不住气给他怼回去，以后再给他发消息，留给她的就只是一个红色感叹号了可怎么办。

她把兔子玩偶摆在课桌上，闭上眼，在心里默念十遍："不生气，不生气，别人生气我不气，气坏身子无人替。"

再次睁开眼，她长长呼出一口气，面无表情地在手机上打字。

【落日出逃：就这样愉快地决定了呢。】

【落日出逃：我要交手机啦。】

【落日出逃：兔子的事谢谢你噢。】

发完信息，她清理后台，然后关机。

宾利行驶在通往枫城的路上。

许佑迟低头看着陆茶栀发来的那几条消息，莫名有点想笑。像是招惹到了一只气得牙痒痒，却依旧没什么攻击力的兔子。

由于第二天还要上学，到枫城许家后，三辈人一起吃了个晚饭，父子俩就去机场坐上了回黎城的飞机。

第二天一早，许佑迟背着书包回班上，还没坐下，易卓就眼疾手快地抓住他的校服袖口，可怜巴巴地望着他，说道："迟崽，想你了。"

许佑迟低头看着他，吐出两个字："放手。"

易卓不情愿地松开他的衣袖，说："我爸妈不要我就算了，连你也不要我了，果然我这十多年的感情都是错付了。错付了是什么意思？你懂吗？"

"要蹭住就直说，别拐弯抹角说得像你有多可怜一样。"许佑迟面无表情地揭穿他。

易卓："行，星期五放学的时候记得等我，我想死刘姨炖的鸡汤了。"

"你能不能有点寄人篱下的自觉，"许佑迟拉开凳子坐下，"没有鸡，只有汤，爱喝不喝。"

周五晚上，许家餐厅里。

一碗鸡汤下肚，易卓心满意足地放下手里的碗，拍起了赵蔓的马屁："赵姨你真是越长越年轻，越长越漂亮了，我们一起走出去别人都觉得你是我姐姐了。"

"哪有你说得那么夸张。"赵蔓吃得少，早早就放下了碗筷，坐在一旁掩唇轻笑道，"哎，你不是喜欢喝这个鸡汤吗？多喝点，你们正是长身子的时候，多补充营养。下次来记得再让阿迟提前打电话，我让刘姨给你炖。"

易卓笑眯眯的，忙不迭答应："好嘞，谢谢姐姐。我下次……"

一旁的许佑迟出声打断他："好好叫人，别占我便宜。"

"你吃完了就自己回房间待着去。"赵蔓略有不满地斜儿子一眼，说道，"别打断我和小卓说话。"

很久很久以前就是这样。

赵蔓向来喜欢热闹，应付不来许佑迟这种冷冷淡淡、对谁都爱搭不理的性子，反倒是和易卓这种马屁张口就来的孩子相处起来，要融洽和谐得多。

许佑迟早就习惯了亲妈的区别对待，他自己也不在意，上楼回了房间。

洗完澡出来，他换上宽松的白 T 恤，没吹头发，搭了条毛巾在肩膀上。

易卓正坐在他的床边，手里拽着个粉色的兔子玩偶。

见许佑迟出来，易卓把玩偶提起来放到眼前，笑得上气不接下气。

"不是吧迟崽，你把这个放枕头边是要让这个小兔子每天都陪你睡觉吗？你是什么粉嫩少男心绝世小可爱啊？跟你冷酷帅哥的人设反差也太大了点吧？"

许佑迟眉头蹙起，快步走去抢过那个玩偶握在手心，抬腿一脚踹在易卓的小腿上，说："谁让你碰的，你能不能滚远点。"

易卓依旧笑个不停，说："行行行，我不碰。你的宝贝兔子，你自己收好，哎哟笑死我了。"

他捂着肚子打滚，说："你这也太可爱了。"

"可爱个屁。"许佑迟把他的书包扔给他，"滚回你自己家。"

"错了错了。"易卓憋住笑，在衣柜里拿了件衣服就冲进浴室里，"我自己滚我自己滚，少爷您别生气。"

许佑迟把兔子玩偶重新放回枕边，过了一会儿，浴室里水声减小，他又听见易卓在里面大喊："迟崽你也太可爱了！"

"易卓。"许佑迟忍无可忍，站到浴室门口，冷声警告，"今晚你要是再多说一句话，就自己下楼去捡你的书包走人。"

易卓立马噤了声，但仍在心里呐喊："迟崽这个反差萌——真的是太可爱了！"

第四章

爱尔兰雾 许佑迟，你上钩了。

杉城在星期五下了一场瓢泼大雨，黑云压顶，有一种压抑感。

吃过午饭，方槐尔陪陆茶栀回宿舍，放下书包后又跑到体育馆，找到正打球打得不亦乐乎的周景羿，一路拽着他到行政楼二楼。

两人敲门进了德育处，去和传言中那位可怕的德育主任，解释清楚那天陆茶栀的行为，得到主任轻飘飘的两句："行了，知道了，也不追究谁的责任了，你们回去吧。以后少玩这种游戏，多把心思放在学习上，才是你们这个阶段该干的事情。"

两个人对主任的反应都有些不明所以，就这样离开了德育处。方槐尔甚至还在心里悄悄感叹，传言里对德育主任的偏见太大。

殊不知，是那天那位给学校捐楼的投资方的多次提醒。

周六放学时，班主任让班长把昨天大课间领到的资料发下去。

上面写的是许行舟在校庆时说过的，关于二十个优秀学生免费去黎城旅行的具体事宜，因为高三正处于备考阶段，所以名额全部给了高一和高二。

班主任说："这次机会非常难得，经费全免不说，去的同学还可以参观黎城九中，并参加他们十一月底的社团嘉年华，感兴趣的同学都可以来我这里报个名。"

回家路上，方槐尔捏着那张资料表，很是心动道："我都还没坐过飞机呢。黎城是怎么样的啊？是不是要比我们这里繁华得多啊？四面都是海。"

陆茶栀仔细回想了一下，说："四面都是海还不至于。你喜欢就去报名吧，这次没去成的话，我寒假可以带你去玩。"

"我试试。"方槐尔点头，"你也报一个，我们一起报。"

"我？"陆茶栀转头，语气里全然是不感兴趣的模样。

方槐尔打感情牌："报嘛报嘛。你就当陪我了。有福同享，有难同当，我们认识这么多年了，难道你舍得让我一个人去吗？你还是不是我的好姐妹了。"

"错了。"陆茶栀神色郑重，纠正道，"应该是有福同享，有难你当。"

原来这就是姐妹吗？

周六中午放学，照例是和方槐尔吃完午饭后回家。

杉城虽坐落于南方，冬天也偶尔会下一点雪。十一月份的天气转冷，风一吹，卷落的银杏叶就在路上铺成金黄色的地毯。

屋子里，外婆坐在沙发上织围巾。那只年老的黑猫依旧没什么精神，趴在她的脚边打瞌睡，只剩下墙上的挂钟嘀嗒走动的声音。

方槐尔今天晚上不用上课，约陆茶栀傍晚一起去河边滑滑板。陆茶栀下午写完作业，跟外婆一起吃了晚饭，就抱着滑板出了门。

柏一河畔坐落于别墅区背后，环境清幽，许多本地人吃了晚饭后会来这边溜达消食。这里有专门空出来的一片区域，留给练习滑板的年轻人专用。

夕阳西下，陆茶栀一路滑着板子到达目的地，方槐尔坐在长椅上边玩手机边等她。

两人一起在这边待了半个多小时，走到一个有三层矮阶的地方，陆茶栀突然心血来潮，把自己的手机递给方槐尔，说："帮我录个视频嘛！我想发给我姐看。"

方槐尔看到台阶就猜到了她的想法，问："你要从这里跳下去？"

"嗯呢。"陆茶栀打开手机相机后递给她，叮嘱，"记得把我拍好看点！"

方槐尔起初是和陆茶栀一起学滑板的，两人都滑了有三四年。但方槐尔怕摔，一直不敢尝试一些危险动作。而陆茶栀对待自己喜欢的东西，满腔热忱，浇不灭，扑不熄。就算摔进了医院，出院后也要继续。

方槐尔问："你打算做什么动作？"

"外转，手抓板。"陆茶栀思考了一下，"再来个 no comply into pivot 吧，要特别酷的那种。"

方槐尔光是在脑海里设想了一下那几个动作都觉得危险，担心道："这里有台阶不安全，换一个地方吧？"

"就是要这样，才能体现我到底有多酷。"陆茶栀语气很自信，"我在平地都玩过多少次了，你放心，不会有事的。"

方槐尔还是很不放心，建议："换个地方吧，你那个动作太危险了。"

"不嘛不嘛。"陆茶栀撒完娇，抱着滑板就跑到台阶上，不给她拒绝的余地，说，"我开始了啊。"

方槐尔只得妥协，举起手机后退一些，叮嘱道："你小心一点，别摔了。"

陆茶栀点点头，压下鸭舌帽的帽檐。乌黑的长发没扎起来，散在身后。她今天没穿街头风十足的工装裤，换了灰色卫衣和牛仔裤，两条腿笔直纤细，细瘦的脚踝没入黑色板鞋里。

开始录像。

陆茶栀把手举起来在头上比了一个巨大的爱心，无声地对方槐尔说："爱你。"

她踩在板子上，滑到台阶处时后脚踩着板尾，整个身体在空中转了个圈，和滑板一起稳稳当当落在平地上，然后带板起跳，板子在空中被手抓住，转圈，双脚再踩到滑板上。

一整套动作干净又利落，不带丝毫停顿和慌乱。

四周多的是练习滑板的年轻人，惊艳的目光落在陆茶栀身上。

陆茶栀继续向前滑行，做了个 no comply 让滑板前后翻转，顺势再带了一个 pivot。

方槐尔跟在一旁录着像，在心里惊叹这是场视觉盛宴。

停下来后，两人在附近找了家奶茶店。

陆茶栀坐在高脚凳上，手里抱着杯加冰的抹茶奶盖。她把录好的视频看了一遍，越看越觉得满意，在微信里发送给姐姐陆雪棠。

方槐尔瞥见她脸上洋溢着的笑意，不由得问道："这么开心啊？"

"嗯呢。"陆茶栀把手机递到她面前，说道，"我姐夸我了，我肯定开心呀。"

手机屏幕上，备注为"姐姐"的人回复了三条消息。

【姐姐：吱吱好厉害啊。】

【姐姐：不过滑滑板一定要注意安全，知道吗？】

【姐姐：对了，杉城明天有雨，记得带伞。】

方槐尔看完，感叹："你姐姐这么关心你啊，还关注我们这里的天气。"

陆茶栀显然也注意到了这个细节，她收回手机，笑着回应："对啊，她一直都很关心我的。"

事无巨细。

回到家后，外婆在客厅看电视看得昏昏欲睡，陆茶栀走过去，把外婆喊醒："婆婆，困了就去床上睡吧，在这里睡容易感冒。"

外婆应了声"好"，关了电视机，慢吞吞地起身，最后还不忘叮嘱陆茶栀："你也要早点睡，明天早上起来我给你煮面。"

"嗯。"陆茶栀点头道，"晚安婆婆。"

洗了个澡后，陆茶栀躺到床上刷空间，刚好最新的一条是陆雪棠转发的一条视频，她所在的学校的校园电视台。

陆茶栀闲着无聊，点赞后点开视频。

最开始是电视台的两个小主持人播报一些实时热点，然后才放了一些近期学校活动的剪辑。

陆茶栀看了两分钟，下意识就想点关闭。

她看到的最后一帧画面，定格在礼堂里的舞台上。礼堂里暖色调的光线明亮，把黑夜渲染成白天。

穿着校服的少年笔直端正地站在舞台上的讲话台前。

陆茶栀觉得自己好像瞥见了一道熟悉的身影。

她不敢相信，揉了揉眼眶，再次点进那个视频。

那个她日思夜想的少年站在舞台上，听着底下观众席的发言。

有人站起来问他："请问许佑迟哥哥，你自初中到高中一直没有下过年级第一，你有什么学习方面的诀窍吗？"

许佑迟脸上的表情一如既往的平淡，似乎对任何的夸赞和追捧都不甚在意。

只听见他波澜不惊的声音从话筒里传出来。

"智商吧。"

底下死寂了一瞬。

舞台下面，姜卫昀拿着话筒愣住了，随即反应过来后，和他们圈子里那群玩得好的男生开始大声地起哄："许佑迟就是最牛的！"

爆笑声充斥了整个礼堂。

狂。实在是太狂了。

陆茶栀隔着屏幕，都感受到了许佑迟语气里的猖狂。

当这种又冷又嚣张的态度出现在他身上，搭上他那张脸，活脱脱的一个高傲小少爷形象就出现了。

陆茶栀弯了弯嘴角。

退出去后，陆茶栀发现发布这个视频的账号昵称为"黎城九中学生会"。

她点开原本的这条说说，只见底下清一色"许佑迟就是最牛"的评论。

大概跟了有几十条。

陆茶栀点开那个名为"Xu"的账号，这次不再是纯黑色的头像了，而是一个动漫人物。

黑羽快斗。

脸上贴着三个创可贴，蓝色瞳孔里似有星光，眯起了一只眼睛在 wink。

很巧合的是，陆茶栀的 QQ 和微信头像，都是在初遇的那个钟楼下再次见到黑羽快斗时的中森青子。

陆茶栀心口忽地一窒。

再联想到，除开许佑迟性子要冷得多，他和黑羽快斗骨子里给人的感觉几乎如出一辙。

倨傲，清澈，无畏，十足的少年感。

陆茶栀看着那个巧合的头像，心里又涌现丝丝缕缕的欣喜，嘴角微微向上翘起。

许佑迟的空间是对陌生人关闭的状态，她点击添加好友。

验证消息那里，她实在是想不到该写什么，又害怕什么都不写许佑迟会认不出她，拒绝她的好友申请。

她沉默了下，随手打了一句她和他都熟悉的话发送过去。

夜里，室外篮球场上开着灯，白光刺眼。

休息的间隙，许佑迟坐到场边，用湿纸巾擦了手后拧开矿泉水瓶盖。

他喝了一口水，单手解锁手机屏幕。

易卓余光看见许佑迟的 QQ 好友申请栏里又多了好几条申请消息就心里一紧。毕竟是他在那条说说底下第一个带的节奏，直接公布了知名帅哥的联系方式。

他后来删了自己的那条评论，但跟风的人实在太多，导致艾特了许佑迟的那个评论模板现在还挂在那条说说底下。

虽说以前来找许佑迟要联系方式的人也不在少数，但也不至于像这两天这样大规模地疯狂跳出好友申请。

大家现实生活里不敢跟高冷学霸帅哥说话，但在网上就要大胆得多。反正披着马甲，就算被拒绝也没有关系。

这件事直接导致，许佑迟这两天看住在自己家里的易卓极其不爽。易卓经过兔子玩偶事件和这次账号泄露事件之后，也是心里很有数地不去惹这位少爷生气。

许佑迟列表里的好友都是自己认识的亲戚或者同班同学，不认识的人通通不会添加。

他看到成堆的好友申请，懒得一个个点拒绝，清了红点后就打算退出那个界面，并想着有空就把账号设成不可添加好友模式。

目光晃过一个熟悉的头像，昵称也是熟悉的"落日出逃"。

申请的附加消息为：【cpdd，你是之一。】

……

这个梗是过不去了对吗？

许佑迟低头，摁着嘴角，点了右侧的同意键。

易卓一直在小心翼翼地关注着许佑迟的一举一动，生怕许大少爷一个不高兴，今晚就令他走出他家。

他知道许佑迟不会添加陌生人，所以那些怀揣着小心思的人，就算知道了他的账号，也无济于事。

他注视着许佑迟打开好友申请栏的界面。

下一步原本应该是退出。

但是，许佑迟却同意了一个好友申请。

看那头像似乎还是个女孩子。

易卓赶忙凑过去，掰过许佑迟的手机，屏幕上俨然是和那个女生的聊天界面。

易卓看到那个女生发来的验证消息，如梦初醒般明白了什么，转而又看向许佑迟，痛心疾首地道："迟崽，凭你这个颜值，有必要自降身价，嗯？"

回家洗完澡后，班群里男生嚷嚷着一起游戏组队。易卓求了许久，许佑迟才勉强同意进他们的战队。

易卓陷进单人沙发里，一页一页翻看着自己的排位战绩，又羡慕又嫉妒地嘟囔："明明大家都是一起打的游戏，为什么你次次都是年级第一？"

"我不是已经回答过了吗？"许佑迟坐在书桌前的凳子上，淡淡瞥他一眼。

易卓想起来了。

是他在礼堂里说的又欠又狂的那句——"智商吧。"

谢谢，有被羞辱到。

许佑迟打开手机，由于他太久没有登录过游戏，上面显示需要更新。他懒得等，于是起身走出卧室："我出去倒杯水。"

等他倒了杯温水回来，游戏已经更新完毕。他点击登录，接连又掉好几个广告页面，同一时间，他收到了两条游戏邀请。

美好的夜晚，于单排结束。

陆茶栀接连拿了三场败方 MVP，对这个 1v9 不公平竞争游戏的热情已经被扑灭。

看来表情包里说得一点没错——"删得越早，你的人生越美好。"

她沮丧地退出，清完红点准备下线，却看到左侧的好友栏出现了一个全新的头像。

黑羽快斗。

许佑迟上线了。

她在脑海里天人交战了半秒钟，邀请他进行匹配赛。

许佑迟几乎没有思考，拒绝第一个好友邀请，转而和陆茶栀进了匹配模式。

等易卓回过神来，再看列表里许佑迟的头像。

游戏中。

他十分不解，拧着眉问："你干吗呢，是不是进错队了？我们这边还没开呢。"

许佑迟看着手机眼也没抬，说："我开了，你们玩。"

"啊？"易卓震惊得瞪大双眼，问，"那你跟谁玩啊？"

易卓起身凑到许佑迟面前去看，游戏已经进入加载界面。许佑迟玩李白，仙气飘飘的凤求凰皮肤。

同侧队友里有一个熟悉的 ID"落日出逃"。

玩的是王昭君的凤凰于飞。

易卓恨铁不成钢地叹了一声："你这就和'海王姐姐'打起游戏了？"

"你话好多。"许佑迟盘腿坐在床上，懒懒掀起眼皮，随手拿起一个抱枕砸向易卓，说道，"去打你的游戏，少来烦我。"

易卓急忙伸手在半空中接住抱枕，深深叹了口气，重新坐回沙发里，语重心长道："淡了，迟崽，我们这么多年的感情终究是淡了。"

许佑迟漠然回答："你知道就好。"

手机屏幕中央蹦出大大的"Victory"，结算界面里，李白拿到全场 MVP。

一个人打了全队百分之五十五的输出，未免也太凶了点。

时间已经接近晚上十一点，陆茶栀给许佑迟点了个赞，就退出了游戏。

打开 QQ，看到许佑迟早在两个小时前就同意了自己的好友申请。

周五的时候，关于二十个学生去黎城旅行的报名截止。

方槐尔所有科目里唯一的短板就是物理，其他成绩都还不错，上次期中考试考了年级第二十名。这个成绩能不能进这次的名额其实也很难说。

但她觉得无所谓，拉着陆茶栀也报了个名。

第二天是周六，是方槐尔的十六岁生日。

中午放学，陆茶栀请她去吃了麻辣火锅，吃完后两人买了票本来准备去看电影，结果方槐尔接到妈妈的电话，喊她回家然后一家人一起去滑雪。

方槐尔挂了电话后，手指捏着手机，略显尴尬地问："怎么办啊？"

陆茶栀刚在取票机上取完两张电影票，把其中一张递给方槐尔，说："你先回去吧，我们改天再看。"

方槐尔向前一步，紧紧抱住陆茶栀道："宝贝你真好，我爱你我爱你我爱你。"

"你到底是爱我，还是想勒死我。"陆茶栀拍开她的手臂，笑骂道，"离我远点。"

"好嘞。我这就滚。"方槐尔在她的脸颊上亲了一下，美其名曰是告别前的仪式感，然后跑开朝她挥了挥手告别，"拜拜。"

方槐尔回家了，陆茶栀去星巴克买了杯抹茶星冰乐，打算自己一个人看完这部电影。

十一月，天气已经转冷。

一杯冷饮下肚，陆茶栀胃部隐隐传来痛感。后排坐着个小孩，整场电影都不安分。电影是悬疑片，杀手出现时，小孩被吓得哇哇大哭，影厅里所有人的目光都聚焦在这边。

观影体验很糟糕。

陆茶栀还是看到了结局。凶手被绳之以法，主人公一家幸福美满，她心里却隐约有种失落感。

回家时，她走在铺满了银杏落叶的道路上。

冷风吹过，有少年在这天寒地冻的季节里还穿着单薄的白色短袖，和陆茶栀擦肩。

他在打电话，嗓音清朗，带着点慵懒，语气却很生硬，冷笑道："让你去拦着陈昂知道是什么意思吗？他要是今天跟温凝告白成功了，我马上就回黎城灭了你。"

又凶又狠。

听起来还是个非常护主的人。

陆茶栀低头，忍着笑意，却突然想起了许佑迟。

他也在黎城。

他那么好看，会有人和他告白吗？

他会同意吗？

他会和别的女生一起打游戏吗？

他会想起一个叫陆茶栀的女孩子吗？

有那么那么多的少女心事，他会知道吗？

黎城九中已经开始筹备月底的社团嘉年华。到时候会在操场上搭起舞台，有一场盛大的演出活动。

唐月真当初在迎新晚会上，靠着一场芭蕾舞表演便在年级出了名，这次文艺部也准备让她出一个单人的舞蹈。

她想了两天，趁着课间的时间，到五班找到许佑迟。

唐月真站在五班后门口。和喜欢的男生说话，难免有点娇羞，语气也柔柔的，全然不像传言中的芭蕾公主那样高冷不可亲近。

"听同学说你会弹钢琴，刚好我要准备一个舞蹈节目，你愿意……"

——来给我伴奏吗？

唐月真的话还剩半截没说完，可许佑迟已经没了听完的念头，冷冷开口打断她。

"不愿意。"

干净利落到极点。

唐月真的表情僵住，犹如一盆凉水兜头浇下。

——"男生打完球后第一个看向的那个人，一定是他喜欢的人。"

唐月真记得闺密是这样告诉她的。

她记得第一次见到许佑迟的场景。

操场上蝉鸣嘶哑，头顶烈日骄阳，晒得人睁不开眼。

军训时，年级上所有同学都穿着统一的迷彩服，可许佑迟，是天生的衣架子，普普通通的军训服在他身上，也是令人挪不开眼的瞩目。

他皮肤冷白，高瘦笔挺，腰带系在迷彩服外套上，勾勒出长腿和细腰，他站在熙攘人群中，过于扎眼。

初次见面，他懒洋洋地背抵树干，正和坐在石凳上的男生讲话。

唐月真只看见他的侧脸。

他抬手压下帽檐，然后笑了。手指修长漂亮，唇形也好看。

十五六岁时的喜欢，大概是在某一个特定的瞬间勾动了心弦，惊鸿一瞥。

她也记得两个月前的那场篮球赛。

她换上白裙子，站在看台上。许佑迟在中场休息的间隙，第一个看向的人，是她。

后来再联系闺密告诉她的那句话，得出的结论是，许佑迟肯定也喜欢她。

她自我催眠了两个月，差点就信以为真，直到现在被许佑迟唤醒。

"还有事？"

许佑迟用自己的最后一点耐心问完这句话，唐月真还是那副愣愣的表情，站在原地，没回答。

许佑迟没再多说，转身回了班里自己座位坐下。

易卓永远活跃在八卦的第一线，抓着他问："怎么了？芭蕾美女跟你说什么了？"

许佑迟抬眼看他，说："你是不是很闲？"

"不是。"易卓往教室门口瞟了一眼，看见唐月真低着头跑开的背影，心底再次对许佑迟的冷血程度有了更深层次的认知，不由得感叹道，"你对人家做了什么啊？她眼睛好像红了，是不是哭了？"

许佑迟在试卷上落笔写下一个"C"，头也没抬地回答："不知道。"

易卓不敢相信自己的耳朵，说："你就这么敷衍？"

"不然？"许佑迟问，"我应该是什么反应？"

易卓上下仔细打量了许佑迟几眼后，摇摇头叹了口气，很是失望道："美女落泪啊，你都不心疼一下，你多少有点不正常。"

"闭嘴。"许佑迟把试卷翻了一页，又利落地写下一个选择题答案，"你要是很闲的话，我去帮你找老师要几套试卷，你需要吗？"

易卓直起腰往后退，说："不了。大可不必。"

易卓甚至怀疑许佑迟根本没有听自己讲话，并且掌握了充分的证据。

去黎城旅行的名单在周五出来了。高一的名额里，陆茶栀和方槐尔都在。

方槐尔看到名单后蹦起来一把抱住站在她身旁的陆茶栀，声音里带着抑制不住的激动和兴奋："呜呜呜，我太开心了！我们可以一起去玩了！"

"嗯。"陆茶栀笑着回应她。

参加黎城九中的社团嘉年华，杉城一中也需要筹备一个节目，到时候在舞台上演出。

闻启泽在高二的入选名额里面。他是学生会主席，工作能力很出色，深得众多老师喜爱，主任也把这件事情全权交由他负责。

闻启泽把所有人都召集起来，最后决定做一个舞蹈表演。二十个人，只好牺牲每天的午休时间，在练舞房里一起排练。

陆茶栀有舞蹈基础，一眼就看得出来和其他四肢不太协调的人不在一个水平上。闻启泽便没让她参与集体舞蹈，而是在最后给她排了一个单人的 solo。

时间一天一天缓缓流逝，到了真正出发去机场的那天，早晨八点钟，一行人拉着行李箱，在校长和主任的陪同下坐上去机场的大巴。

方槐尔昨晚兴奋过了头，上飞机没一会儿就觉得无聊，靠着陆茶栀的肩膀就睡了过去。陆茶栀把毛毯盖在方槐尔身上，单手支头，看着窗外的云层和地上的建筑发呆。

杉城到黎城，黎城到杉城。

这是她这些年来无数次独自坐的航线。

两个多小时后，飞机降落在黎城机场。

一行人又乘着大巴到达酒店，放了行李吃完午饭后，再出发去黎城九中。

由于要表演节目，大家都换上了适合跳舞的衣服。没有统一买，只是规定了都穿黑色。

陆茶栀穿短款长袖衫，工装裤，黑色马丁靴。

腰部线条纤瘦流畅。

酒店房间里，方槐尔望着陆茶栀的背影，打心底里感叹，真漂亮啊。

大巴一路开进黎城九中。

沿海大城市里的学校，面积比起杉城一中来大了一倍不止。随处可见的学生活动场所，光是体育馆就修了两个。巴洛克建筑风格的教学楼高大庄重，浪漫又严肃。

操场的旗台前搭起了一个巨大的舞台，音乐声响彻耳畔。各个社团也在操场其余地方占据了各自的场地，正在为接下来的活动做准备。

杉城一中同学到的时候，演出才刚刚开始。几个男生正在舞台上跳舞，台下掌声与欢呼声不断。

刚接近操场，方槐尔就看到了这样的场面，发自内心地羡慕惊呼："这是什么神仙学校。"

闻启泽上前去和九中学生会的人交涉，想把他们的节目排到前面来，好让一中的学生有充足时间参观学校。

陆雪棠作为学生会主席，和闻启泽商量完诸多事宜，找到节目主持人，让他们下一个先报杉城一中的节目。

刚和主持人沟通完，陆雪棠转身，眼睛就被人从背后捂上，很熟悉的触感。

陆雪棠握住那人的手拿下来，心里已经有了答案："吱吱。"

她回眸，恰好对上陆茶栀的笑眼。

"好久不见呀。"陆茶栀伸手抱住陆雪棠，脑袋埋在她的肩窝处，轻声喊，"姐姐。"

"吱吱瘦了。"陆雪棠也抬手抱住她，拍了拍她的背脊，"是不是没有好好吃饭？"

"我哪里瘦了，我比暑假胖了两斤。"陆茶栀松开手，小声嘀咕道，"你就只会说好话来骗我。"

陆雪棠弯唇，浅浅笑着，柔声说："没有骗你。"

另一边，方槐尔正疯狂朝陆茶栀招手，示意她赶紧过去准备上场。

陆茶栀看见方槐尔的手势，只好暂时和陆雪棠告别："我同学在喊我，我先过去了哦。"

"好。去吧。"陆雪棠说完，顿了顿，又补充道，"记得明天回家和爸爸一起吃饭。"

陆茶栀点头道："嗯，我记着的。"

"好，那你快去吧。"陆雪棠温柔笑着望向她，说道，"我等下在底下给你拍照。"

陆茶栀也笑了，眼睛弧度微弯，深褐色的眼瞳明亮。

她答应道："好，谢谢姐姐。"

许佑迟他们对这次的演出兴致缺缺，反正一整天都是自由活动时间，便抱着球到了篮球场，几个班一起打起了友谊赛。

球打到一半，正在中场休息，易卓看见不远处的大巴上走下来一群人。

其中一个女生的气质过于吸引人，易卓被惊艳到，抬手戳了下许佑迟，说道："哎，快看那边。"

许佑迟正靠着球场的绿色铁网，低着眼和坐在地上的姜卫昀有一搭没一搭地聊天，闻言，漫不经心地抬眼看去。

看见了一道熟悉的身影。

依旧是一身的黑。

虽说是沿海城市的冬天，但温度也不至于高到哪里去。

她穿着黑色短款上衣，黑色工装裤，黑色马丁靴。

黑色长发没扎起来，散在身后。隔着人群都能感觉到她的酷飒，走路都带风。

这几周周末，陆茶栀也有和许佑迟用微信联系，但她从来没说过她会来黎城这件事。

"那群人是干什么的？"许佑迟的视线追随着那道黑色身影，问。

"不清楚。"易卓思考了一下，合理推测，"可能是外校来参加我们学校这次社团嘉年华的。"

听完，许佑迟抓起挂在一旁的外套，快步往篮球场外的方向走去。

"哎，你干吗？"易卓差点反应不过来，追上后询问，"不打球了？"

许佑迟"嗯"了声："我过去一趟。"

易卓连忙跟上，说："哎，你等等我啊，我跟你一起去。"

舞蹈分男生和女生部分，最后是陆茶栀单人表演。

音乐节奏感很强，陆茶栀跟着拍子跳完最后一个舞蹈动作，她的动作定格，然后收回后鞠躬，谢幕。

她弯下腰的瞬间，台下爆发掌声。

所有观众都是站着的，但陆茶栀一眼就在乌泱泱的人群中，找到了一个人。

视线交汇的那一瞬间，许佑迟面无表情地站在远处，和他身边那个满脸都是激动的男生形成了强烈的反差。

跳完这场舞，明明应该很热的，陆茶栀却感觉身体里的冷意蔓延。

她在来黎城之前告诉了姐姐陆雪棠和父亲陆政千，但是并没有告诉许佑迟。

她是想给他一个惊喜的，就像上次他来给她送小兔子那样。

但现在看来，许佑迟似乎并没有接受她给他准备的这个惊喜。

陆茶栀心情复杂地走下舞台，她无法推测许佑迟见到她应该是什么心情，但从未想过会是这样的场景。

似乎很不希望再见到她一样。

他的目光，似乎比他们初遇时还要冷漠，还不如以陌生人的身份相处呢。

方槐尔走过来，察觉到陆茶栀的心情有点低落，拍了拍她的头顶，问："怎么了宝贝？"

"没怎么。"陆茶栀摇摇头，把脑袋靠在她的肩上，回道，"我觉得我现在心情很失落。你不懂。"

"你说得这么深奥我当然听不懂。"方槐尔抱着她，温声安抚道，"你刚刚午饭都没怎么吃，现在饿不饿？我们先去这里的超市看一下？你吃了东西再好好跟我讲。"

陆茶栀垂着脑袋，像只可怜巴巴的小猫，闷闷不乐地"嗯"了声。

路上两人问了这里的学生去超市的路线。站在货架前，方槐尔拿了两个今早刚出炉的面包，问陆茶栀："还要不要其他的什么？"

"随便，我都行。"陆茶栀实在是没什么胃口。

方槐尔牵着她往酸奶货架的方向走，说："那你再自己选一下酸奶，总不能就这样一直饿着吧。"

站在冷藏柜前，陆茶栀正挑着酸奶，她俯下身子拿了两盒，直起背转身。原本应该是方槐尔站的地方此刻却换了一个人，而她差点贴上那人的胸膛。

目光所至是那人的锁骨和修长的脖颈，还有喉结。

陆茶栀心跳加快了那么一瞬，全身的血液都在这一刹那加速流向大脑皮层。

她下意识要后退，小腿却撞上冷藏柜。下一秒就要摔倒，她又及时抓住了身前那人的手掌，稳住了身体。

那人手里似乎还有东西。

是衣服布料。

可以感知到的尴尬在空气中蔓延。

陆茶栀急忙松开手，站稳后硬着头皮抬眼，看到了一双清冷的眼。

下一瞬间，她的视线就被黑暗遮盖。

鼻息间全是陌生的，属于别人的味道。

陆茶栀又急又气，盖在头顶的衣服也滑落到她的手里。再见到光时，许佑迟已经走开。走在他身旁的，是那个刚刚和他一起看演出的男生。

而方槐尔正站在不远处，眼睛一眨也不眨地盯着陆茶栀，表情堪比目睹了一场惨绝人寰的战争。

方槐尔走近，看着陆茶栀手上的衣服，嘴角抽了抽，说："你这是怎么回事儿？我就只是去拿了袋薯片，你怎么就有艳遇了？"

"不是艳遇。"陆茶栀垂眼，叹了口气，不知道该怎么解释，只小声说，"是他。"

方槐尔眉梢轻挑，表情更加微妙了。

超市只支持校园卡和现金支付，两人用现金付了钱后走出超市，在餐厅那边找了个位置坐下。陆茶栀详细解释完许佑迟和她之间的故事，方槐尔这才了解。

方槐尔吸了一口酸奶，还是有些疑惑地问："他刚刚那样是什么意思？"

"不知道。"陆茶栀泄气地把面包封口撕开，说，"我刚刚在舞台上看见他了，他的表情看起来好像很不高兴，应该是不想看见我。"

易卓亲眼见证了许佑迟这一系列反常的行为。

"女性绝缘体"居然主动和女生接触了，还主动把衣服送给人家了。

易卓怀疑自己是在做梦，不然这一切未免也太魔幻了。

和许佑迟一起走出超市，易卓拉住他，神色认真道："你打我一下。"

许佑迟懒懒侧头瞥他，问："你有病？"

"我没病。"易卓说，"我觉得你有病。"

易卓目光看见许佑迟拿出手机，点开和"落日出逃"的对话框。

他止住上一个话题，如释重负地扬起一个笑来，拍了拍许佑迟的肩膀，说："你现在知道错了？男人不能三心二意知道的吧，多学学我，专一也是一件美德，我幼儿园暗恋的那个女生，到现在我也还喜欢……"

许佑迟点开对话框，输入了几个字，把手机递到易卓眼前。

"可以闭嘴了吗？"

易卓看清楚最新发送的那一行字，瞬间就没了声音。

陆茶栀正喝着酸奶，放在餐桌上的手机屏幕亮了起来，收到一条新的消息。

她拿过手机，新消息映入眼帘。

【Xu：天气很冷，把衣服穿好。】

心情犹如坐着升降机，瞬间就从地底升到了云端。

陆茶栀一扫之前堆积着的阴霾，眉眼飞扬，把手机递到方槐尔面前，立马换了一套说辞。

"之前的话当我没说过。"

方槐尔看完手机上的内容，盯着面前笑盈盈的陆茶栀，良久，嘴里吐出两个字："有病。"

谣言如瘟疫。

等许佑迟和易卓重新回到球场，超市里发生的那件事，在外人口中，已经被传成了那个跳舞很酷的外校女生，不小心撞到许佑迟手里拿着的外套后，这位洁癖很严重的少爷，就十分厌恶地直接把衣服扔在了她头上。

大家都知道，许佑迟在面对跟他表白的女生向来态度冷淡，只是没想到他这次下手会这么不留情面。

大家在叹惋许大少爷不近人情的同时，暗恋着他的小姑娘们悄悄在心里记住一条准则：他不喜欢别人碰他的东西。

身为当事人的陆茶栀，对这些不合实际的传言毫不知情。

许佑迟的外套是超大尺寸风格，穿在她身上更加宽松。她爱屋及乌地因自己身上这件外套感到欢喜，走在路上却获得了不少路人探究的目光，时不时还能听到他们"啧"的一声。

陆茶栀一头雾水。

她手里拿着那盒没喝完的酸奶，问走在她身旁的方槐尔："你有没有觉得，我们一路走过来，一直有人在看我们。"

"你才发现？"方槐尔嘟囔，"我早就注意到了。"

"怎么了？"陆茶栀有点疑惑，自顾自地揣测着，"难道我好看成这样了？"

方槐尔顿了几秒，说："可能……吧。"

陆茶栀一副早知如此的神情，感觉自己承受了这个年纪不该拥有的聪明与智慧。她眉梢微微上挑，说："这个学校的人真有意思。"

回到球场，许佑迟又和姜卫昀他们一起打了会儿球，他抬起手腕，轻轻一抛，篮球精准落入篮筐，再掉在地上。

陆茶栀从铁网外经过。

她身上那件深蓝色宽大外套的下摆垂到了大腿的地方，袖子也长，只露出了几只细长的手指在外边。

外套拉链没拉，许佑迟又看见了她露在外面的腰。

他眯了眯眼，望着她远去的身影。

直到陆茶栀走了很远，远到身影模糊看不见，他才慢慢收回目光。

杉城一中的同学在下午五点乘大巴离开，在校长的带领下去餐厅用了晚餐，然后早早回到酒店洗漱休息，为明天一整天的黎城之旅养精蓄锐。

酒店坐落于海边，不远处便是海岸边有名的酒吧街。

大好的机会，学生自然不甘困在酒店房间。十来个人约着出去，他们还是学生不能进酒吧，于是找了家环境不错的音乐清吧听歌，在边上一个半圆形的卡座沙发坐下。

舞台环绕着一簇簇娇艳盛放的鲜花，夜晚的室外光线昏暗，空气中浮动着花香。舞台上，一个女人弹着钢琴，一个男人握着麦克风，嗓音低沉，深情款款唱着情歌。

落座后，点了饮料。

虽然是清吧，但也有吧台。陆茶栀到吧台前，对正在工作的年轻调酒师说了句话，调酒师打量了她两眼，有些为难道："小妹妹，你年纪也不大，这……不太合适吧。"

陆茶栀笑着解释："没关系的，我点来不是喝的。"

"哦？"年轻调酒师饶有兴味，扬了扬眉，"那是用来干什么的？"

陆茶栀眨了下眼睛，灵动又狡黠，压低了声音："这个啊——得保密。"

第一节晚自习下课，时间刚过七点半，许佑迟正写着题，易卓去了趟厕所回来，就迫不及待和他分享新听到的八卦新闻。

"你知不知道，你现在又多了一个新人设了！"

许佑迟问："什么？"

易卓强忍着笑意，缓缓道："洁癖矜贵大少爷。"

许佑迟的嫌弃溢于言表，似乎对这个人设难以接受，吐槽："土得要死。"

易卓高深莫测地摇摇头，为他详细讲述了这个称号背后的故事。

许佑迟听完传言中的版本，咧了下嘴角，只评价了六个字："想象力真丰富。"

易卓坐在椅子上笑得不行，说："原来同学们眼中的你是这么高贵冷艳忠贞不屈，他们要是知道是你主动的，你的'高冷校草'人设就崩塌了知道吗？"

许佑迟放下笔，从抽屉里拿出手机。特别关心的提醒适时弹出来，陆茶栀发布了一条新的动态。

许佑迟点开。那条动态里只有一张照片，底下附上了定位。

照片里的酒桌上摆着一圈果啤、饮料类饮品，离镜头最近的是一杯爱尔兰之雾。

由爱尔兰威士忌和咖啡及泡沫鲜奶油调制而成，奶泡层层叠叠卷成好看的花状，上面摆着柠檬片。外观看上去很像星巴克的摩卡可可星冰乐，朦胧中带着点浪漫，实质上却是有着十大少女杀手之一称号的烈酒。

底下的定位是在星河湾的"Sunset"音乐清吧。

此外，爱尔兰之雾的酒杯旁还入镜了一只手。

手腕上戴着印着库里英文字母的手绳。

是个男生。

许佑迟的大脑空白了一瞬间。

天色已经完全暗了下来，夜幕降临，城市里霓虹灯亮起。

出租车在"Sunset"门口停下，许佑迟付了钱，拉开车门，呼吸到海边湿冷的空气。

等他走进去，发现自己身上还穿着黎城九中的校服外套，就这样站在熙攘的人群里，才发觉自己因为陆茶栀一张意味不明的照片就跑出来找她的举动有多荒唐。

他绕开嘈杂喧嚣的人群，终于在一个卡座找到了陆茶栀。

她坐在边上，半个身子隐匿在黑暗里。嘴角弯起，眼睛里仿佛盛着浩瀚无垠的银河。

她面前的桌子上摆着照片里那杯爱尔兰之雾，没有人动。而她手里正拿着一个杯子，和小伙伴一起欢呼碰杯。

陆茶栀正要放下酒杯，杯子在半空中被人抢走，手腕被一个很大的力道握住。

所有人都还没有反应过来的时候，陆茶栀就已经被许佑迟拉着带出了清吧。

剩下一群人面面相觑，闻启泽最先站起来想要追出去，被方槐尔拦住。

方槐尔清楚陆茶栀的计划，对这个场面一点也不感到惊讶，平静道："没事，那是栀栀的朋友，他们有私事要说。"

闻启泽望向门口，心里很着急，连问了三个问题："什么事？是朋友吗？他非要把她带走吗？"

"没事的会长。"方槐尔不知道先回答哪个，只好避开那些问题，对他摆了个坐下的手势，说，"她应该等会儿就回来了。会长你先坐，继续玩。"

即使方槐尔这样说，闻启泽还是很担心。但他碍于面子问题，不能表现得太过，半响后只好坐下。

当局者迷，旁观者清。

一向被当作成功案例的会长大人，这次注定是要做失败的那一个了。

临近十二月，晚上海边的游人少了很多。潮水退了又涨，海风吹散了空气里的燥热。

陆茶栀被许佑迟扣着手腕，走在沙滩边的绿道上。

一直走到了彻底听不见音乐声的地方，许佑迟才松开手。

他一直没有转过身来，看上去很不愿意理她。

陆茶栀看着他高瘦的背影和身上的校服，一下子就笑了出来。

许佑迟听见她的笑声，顿时有点恼了，终于舍得回头看她，冷冷地问："笑什么？"

陆茶栀双手抓住他的校服外套布料，踮起脚凑近。

四周空荡无人，耳畔只剩下海风呼啸的声音和呼吸的声音。

"喂。"她说。

距离太近，许佑迟不得不眯起眼睛，她带着热度的呼吸喷洒在自己脸上。

陆茶栀唇边的笑意无限扩大，说："许佑迟，你呼吸乱了。"

许佑迟愣了一瞬间，扯开她的手，后退了两步。

他反驳："没有。"

陆茶栀说："你有。"

许佑迟咬着牙否认："没有。"

陆茶栀撇嘴，眨巴眨巴眼睛，说："那好吧，你没有，我有。"

许佑迟心口窒闷，不想跟她说话，迈着长腿就往前走。

陆茶栀觉得自己像是惹毛了一只大型犬系动物。平日里都很温顺，但一生气就不理人的那种。

"许佑迟！"陆茶栀站在原地叫住他。

许佑迟的脚步停了下来，没有回头。

陆茶栀小跑到他身后，拽着他的校服衣摆说："你转过来。"

他不动。

陆茶栀又重复："你快转过来，看着我，看着我的眼睛。"

许佑迟转身，垂目和她对视。

他表情漠然，一双桃花眼里只剩下冷淡疏离。

"许佑迟，你知不知道有一个成语？"陆茶栀问。

十米之外就是海面，深夜里潮水拍打海岸，卷起晶莹的浪花。

路灯拉长了人影，风吹起她的长发。

许佑迟一直没说话。

"叫愿者上钩。"陆茶栀低声说完，拿出手机，当着许佑迟的面打开那条动态。

动态发布了这么久，也仅仅只有一条浏览记录，旁边的小字，是"仅部分好友可见"。

她点开那行小字，可见列表里只一个人。

至此，许佑迟冷淡的表情终于出现了一丝裂隙。

陆茶栀满意地笑了。她收起手机，凑近他的脸，明亮瞳孔里倒映出他的面容。

她的笑意抵达眼底——

"许佑迟，你上钩了。"

那晚海边的路灯亮着，海风钻进许佑迟衬衫的领口，冷到刺骨。

他思绪混乱繁密交错成网，沉默地和陆茶栀对视。

许佑迟忽然就明白，世间最烈的酒，不是 96 度的伏特加生命之水，是陆茶栀的眼睛。

第五章
月亮熄灭 不会让你输的。

两个人一路无话，慢吞吞地走在海岸边。

晚风又湿又凉，吹动了耳侧的长发。

半途，许佑迟突然开口："等等。"

陆茶栀停下来，转过来看着他，问："怎么了？"

他微微俯身，伸手替陆茶栀拉上外套的拉链。从下摆开始，"唰"的一声直接拉到领口，一点长度都没剩。

许佑迟："好了，走吧。"

陆茶栀整个上半身被包得密不透风，连脖子都被遮住。她被许佑迟这一动作惊得愣了下，眨了几下眼睛，缓过来后悠悠地问："怎么了？"

"海边冷。"许佑迟的目光淡淡扫过她，补充道，"穿得少会感冒。"

陆茶栀扬了下头，努力让巴从领口里露出来，神情古怪地盯着许佑迟，问："你是这样穿外套的吗？在你们男生的审美观里，这样穿衣服很好看吗？"

说完，她还故意抬起手，晃了下空荡荡的袖子。由于太宽大，直接藏住了她的整只手。

"嗯。"许佑迟面不改色地回答，"特别好看。"

陆茶栀无语极了。

许佑迟一路把她送到酒店房门口，看着她关上门后才离开。

陆茶栀坐在沙发上给方槐尔发了个信息，说自己已经回酒店了。

等方槐尔回了一个"OK"表情，陆茶栀才给手机充上电，走进浴室里洗澡。

来到黎城的第二天，致恒安排了本地的导游带着杉城一中的学生进行游览。一天下来，总共去了四个黎城著名的景点，也看了方槐尔最期待的海滩。

下午临近用餐时间，陆政千亲自去接陆茶栀吃饭。跟校长和主任解释了一会儿，又出示了证件，陆政千才成功带走陆茶栀。

车上，陆茶栀坐在副驾玩手机。等红绿灯的间隙，陆政千抽空看了眼许久未见的亲女儿，莫名笑了下，说："你们校长的安全意识很高。"

陆茶栀"啊"了声，随口说："还行吧，是挺高的。"

抵达餐厅后，服务员领着两人到包间。

陆雪棠请了假，比两人先到一点，坐在包间里等着。

上菜后，父女三人聊了几句，陆政千关心道："吱吱，最近在杉城那边怎么样？"

"还好。"陆茶栀放下餐具，喝了口果汁，缓缓说，"学校的话，高中比初中节奏要快一点，其他的就没什么差别了，都和以前一样。"

"那你有考虑过……"前面铺垫了那么久，陆政千终于把话题扯到正道上，问，"来黎城这边陪爸爸和姐姐吗？"

陆茶栀早就料到了话题会往这个方向发展，但真正听到时，动作还是僵硬了一瞬。

她笑了下，没给出正面回应："这个啊，再说吧。我还没和外婆商量过。"

"嗯。"陆政千一眼看穿她的想法，继续给出条件，"你可以和外婆一起来的。鹿月岛那套房，你上次来的时候不是说喜欢吗？我给你买下来了，已经装修好交房了，随时可以搬进去。"

"好。"陆茶栀给陆政千夹了片牛里脊肉，眉眼弯弯，笑起来像在撒娇，说，"爸爸最好了，谢谢爸爸。"

吃完饭后司机来这边开车，陆政千没让陆茶栀回酒店住，把她和陆雪棠一起带回了家。

保姆早就按吩咐把陆茶栀的房间打扫得干干净净，换好被套，衣服也整齐摆放在衣帽间里。

陆茶栀洗了澡换上睡裙，看着这个长久没有住人，没什么生气但仍是崭新干净的房间，讽刺般地扯了下嘴角。

陆政千还在书房继续处理今日没有完成的工作。

陆茶栀瘫在床上，抱着小时候陆政千给她买的小熊公仔滚了两圈。

陆董在商场叱咤风云，如今在面对自己女儿时，何尝不是如同在谈判桌上般谈起了条件。

但他手里拿捏着的筹码，似乎并不是亲情。

回到杉城后，周六下了场雨，一走出教室冷风就直直往领口里灌。

陆茶栀和方槐尔一人撑着一把伞，走到公交车站台。一同去商场吃完午饭后，陆茶栀回家洗了个澡，坐到书桌前开始写作业。

写到一半，收到许佑迟的消息。

【Xu：回家了吗？】

【落日出逃：嗯。】

【Xu：好。】

他没再发来消息，似乎只是为了确认她安全到家了。

陆茶栀想了想，继续打字。

【落日出逃：晚上你还打游戏吗？】

【Xu：随你。】

潜在意思应该是，如果她要玩的话，他可以陪她。

陆茶栀笑了下。

【落日出逃：那晚上八点见。】

【Xu：好。】

许佑迟放下手机，抱着正趴在他床上睡觉的勿相汪下了楼。

赵蔓正盘腿坐在沙发上，边敷面膜边用 iPad 追剧，抬眸瞟了许佑迟一眼，打趣道："哟，稀客。少爷您终于舍得下来了。"

许佑迟把勿相汪放到地上，端起玻璃杯给自己倒了杯凉水，没开口。

赵蔓把视频按了暂停，对许佑迟说："今晚鼎华的慈善晚宴，记得提前收拾好，五点出发。"

许佑迟放下水杯搁在桌面，说："你们去吧，我不去了。"

"你不去？"赵蔓顿了下，转瞬又恢复那张从容不迫的贵妇牌扑克脸，"为什么？"

许佑迟只说："有点事。"

"随便你。"赵蔓拗不过他，懒得跟他多说，没强求他，叮嘱，"那你晚上想吃什么去跟刘姨说一声，让她给你做。"

"好。"

对话结束。

赵蔓取消了屏幕上的暂停，继续追着她喜欢的那个明星的新剧。

许佑迟跟刘姨说了声自己晚上在家吃饭，就又抱着勿相汪重新上楼，狗富贵也紧跟其后，上楼的身影熟练矫健得不行。

下午五点钟，陆茶栀走出卧室去帮外婆做饭。

她把清洗好的韭菜切碎，和进面粉里，加上鸡蛋一起搅拌。老旧的灶台边，外婆替她烧柴，她负责把面糊一点点挑进锅里烙成饼。

外婆还烧了她爱吃的土豆炖排骨，一顿饭吃完，陆茶栀添了点饭去喂猫，外婆继续去客厅里给她织围巾。

洗完碗后，陆茶栀回房间写作业。晚上八点，闹钟一响，她立刻把那道自己怎么也算不明白的数学题扔到一边，打开 QQ。

【落日出逃：游戏 dd。】

【Xu：嗯。】

陆茶栀玩射手位置，许佑迟玩打野，又仙又帅的凤求凰，打法依旧很凶。

当陆茶栀玩的角色第三次残血被许佑迟救下，她忽然懂得，这大概就是女生打游戏时想要的安全感。

连胜了三局后，陆茶栀退出了游戏。

【落日出逃：我去写作业啦，改天再玩。】

她还想给许佑迟发个表情包的，结果手一滑，点成了语音通话。通话语音响了三秒钟，她反应过来想要挂断，许佑迟那边却接通了。

长久的沉默后，他问："怎么了？"

少年低低的声音穿过电流，轻轻在耳畔响起，陆茶栀的背脊像被电流过了一遍。

举报，这个人在用声音勾引人。

陆茶栀抿唇，强装镇定地说："没，手滑了。"

许佑迟："嗯。"

"嗯"是什么意思？

他也没挂电话，时间就这样诡异地过了一分钟，陆茶栀听到许佑迟那边传来一声狗叫，好奇道："你家养狗了啊？"

"嗯。"许佑迟原本坐在床上，起身穿上拖鞋往书桌那边走，把狗富贵抱到地上，对电话那头的陆茶栀解释，"它刚刚爬到桌子上，现在不敢下去了。"

陆茶栀不由得笑出声，问："你家狗狗这么可爱的吗，它是不是在暗示你陪它玩？"

"可爱吗？"

"嗯呢。"陆茶栀说，"可爱啊。"

许佑迟俯身拍了拍狗富贵的头。狗富贵趴在地上，一双湿漉漉的狗狗眼望着他。

他关闭了自己在语音通话里的麦，很不领情地对它哧了声："胆小鬼，狐狸精。"

狗富贵察觉到主人很不善的眼神，委屈巴巴地把脑袋埋进爪子里。

许佑迟重新打开自己的麦克风。

陆茶栀翻出一个小时前难住自己的那道题，把题干拍了个照给许佑迟发过去，说：“年级第一有空帮我看看这道题呗。”

“好。”许佑迟拉开书桌前的椅子，看了题目后开始在草稿本上写解答步骤。

“用放缩法证明要好点。”许佑迟拍照给她看了自己的解法，“你先构造函数 lnx/x 试试。”

“噢。好。”陆茶栀拿出草稿纸，按许佑迟说的开始解题。

四周都安静下来，电话那头的许佑迟也没出声打扰她。

陆茶栀坐久了不太舒服，打了个哈欠后趴在手臂上，算着算着，困意涌上眼睑，眼皮没劲地往下一耷，笔尖在纸上画出一道线。

许佑迟戴着耳机，很久都没再开口。

另一边，陆茶栀已经一个多小时没说话了。他起初以为她在认真地算题，但现在看来，似乎不是他想的那样。

他没出声，给她发了条消息。

【Xu: 睡着了？】

没人回答。

陆茶栀是被冷醒的。

迷迷糊糊间，她打开手机。

3:04。

她眯着眼睛强撑起身子，手肘撞掉了书桌上的笔袋。

笔散落了一地。

她叹了口气，捡起来后放好，再打开手机，和许佑迟的语音还没挂断。

通话时长，足足有六个小时。

她瞳孔微微放大，困倦的思绪瞬间清醒。

许佑迟的消息也适时跳出来。

【Xu: 醒了？】

陆茶栀手一抖，手机“啪嗒”一声摔到地上，顺势扯掉了她的耳机线。

她俯身把手机捡起来，深吸一口气后，再次看向屏幕，确定自己没有眼花。

可以说，许佑迟这是，从晚上九点多开始守着她睡觉，一直到现在凌晨三点，对吗？

杀了她吧。

【落日出逃：……醒了。】

【Xu: 你接着睡吧。】

【落日出逃：你是，一直都没睡吗？】

【Xu: 嗯。】

【落日出逃：……你可以挂电话的。】

【Xu：你去床上睡吧。】

陆茶栀咬咬唇，纠结半晌。

【落日出逃：那我挂了？】

【Xu：好。】

【落日出逃：你也快点去睡觉吧。熬夜不好，很伤身体的。】

【Xu：嗯。晚安。】

【落日出逃：晚安。】

陆茶栀躺到床上，关灯缩进被窝里。她把整张脸埋到被子里，双手手心按住扑通扑通的心脏。直到现在，那头小鹿，都还在心腔里活蹦乱跳。

被心动男嘉宾守着睡觉什么的，也太偶像剧了吧。

她应该没有说梦话吧。

应该没有吧。

像很久没有吃到了的青柠的味道。陆茶栀心里酸酸涩涩的，担心自己在他面前丢人，又隐约带着那么一丁点，莫名的欢喜和心动。

她在床上滚了又滚，最后抵抗不过睡意，在胡思乱想中睡了过去。

从晚上九点多开始，许佑迟一直坐在电脑桌前，机械键盘声音太大，怕吵到陆茶栀，他没用台式电脑。

笔记本电脑里，他把游戏声音彻底关闭，各种游戏都玩了一遍，最后实在是不知道还能干什么，就呆坐在椅子上，听着耳机那头的声音。

安静了不知道多久，他终于听见一点动静。

有东西掉在地上。

陆茶栀醒了。

两人互道晚安挂了电话后，许佑迟也没能睡着，又开了好几局游戏。游戏人物拿着 M4 和 AK 在海岛图里杀出重围，等东方亮起鱼肚白，后花园满园的花瓣沾上晨露迎接霞光，他才回到床上睡下。

成功睡到了那天的下午才醒。

穿着睡衣下楼找东西吃时，又被坐在客厅里看杂志的赵蔓阴阳怪气一顿训。

"你是不是真把自己当少爷了。你自己看看现在几点了？下午三点。你现在才下来吃东西，你一天天的要懒成什么样。"

许佑迟从冰箱里拿出一袋蓝莓酸奶，又拿了一盒菠萝包，上楼时不忘敷衍地安抚赵女士一下，嗓音低缓，带着点没睡醒的懒倦。

"早安，全宇宙最漂亮最温柔的妈妈。"

坏小子。

赵蔓气不打一处来，不知道为什么自己和老公都这么和蔼可亲，怎么偏偏就生出个这么叛逆又能气人的儿子。

十二月一晃眼就过了。

临近期末考试，班里的学习氛围越来越浓重，连平日里在学习上三天打鱼、两天晒网的姜卫昀，都破天荒地看起了书。

考前最后一晚的晚自习下课，姜卫昀拦住正坐在位置上收东西的许佑迟，急忙道："阿迟，把你数学笔记借我一晚上。"

许佑迟装书进书包的动作一顿，抬眸看着他："你晚上要回去看？"

"差不多差不多。"姜卫昀抓了抓头发，跟他解释，"佛脚临时还是要抱一下的，不然我可能整个寒假都回不了家，只能流浪街头了。"

许佑迟从抽屉里找出自己的数学笔记本，递给他。

"谢谢。"姜卫昀难掩激动地接过，如获珍宝般把笔记本抱在怀里，"阿迟哥哥我爱你，你就是我这辈子的再生父母。"

许佑迟低头继续收拾东西，没有理会他。

回宿舍时，经过姜卫昀他们宿舍。

门没关，许佑迟听见姜卫昀正一本正经地跟舍友吹牛："物质的跨膜运输知道不？我晚上把迟崽的笔记放枕头底下，睡觉的时候知识就从他笔记里高浓度流向我的大脑了。"

许佑迟想起姜卫昀刚刚借笔记时那句意味不明的"差不多"。

原来这就是和看笔记"差不多"的操作。

他已经可以预见，姜卫昀在出成绩的那几天，可怜兮兮四处求人收留的场景。

第二天，姜卫昀一起床就觉得自己精神百倍，仿佛知识经过一个晚上的跨膜运输，已经充分转移进入他的大脑，下午的数学考试，随随便便拿个一百五十分已经不在话下。

为了保险起见，他还在开考前特意找到许佑迟，打算沾沾学霸的好运气，跟他的迟崽来一个充满好运的抱抱。

离数学考试开考只剩下最后二十分钟。

许佑迟站在走廊上，看穿姜卫昀的意图，推开他要强行抱上来的手臂，拒绝得很坚定："想拥抱我的话，你最好换一个更实际的方法。"

姜卫昀："嗯？"

许佑迟缓缓吐出两个字。

"做梦。"

说完，他转过身，头也不回地走进了自己所在的考场。

只剩下姜卫昀孤单的身影，还站在走廊上。

陆荼栀期末考试后收拾了宿舍里的行李回家，打开院子的大门，樱桃和柚子树的枝丫凋零，干枯落叶被冬日寒风卷落满地，黑猫也不见踪影，家里是不同于往常般的寂静。

她喊了一声"外婆"，没人答应。

陆荼栀心里"咯噔"一声，隐隐有种不安感。进客厅看了一圈，发现外婆不在，再走进卧室，也没有外婆的身影。

陆荼栀在家里找了一圈，最后走进浴室。水桶里的水被打翻，地上全是湿漉漉的。年迈的外婆倒在地上，额头渗出了血，血迹和水混合在一起，染红了一大片……

救护车很快到达，接走了外婆。

手术室外，陆荼栀身上还穿着染血的校服，在椅子上坐了足足有一个半小时。

手术灯熄灭，外婆被护士推进单人病房。

医生摘下口罩，对陆荼栀说："你外婆年纪有点大了，这次摔在地上，头部受到的撞击很大，先在医院静养一段时间吧，三天后拆线，后续再观察。"

陆荼栀点头："好，谢谢医生。"

病房内，陆荼栀坐在床边的沙发上，一夜没敢合眼。害怕睡了一觉后醒来，躺在病床上呼吸微弱的外婆就会彻底消失不见。

次日中午十二点，一个穿卡其色风衣的长发女人踩着高跟靴走进病房。

女人手里牵着一个金发绿眼的漂亮男孩，白得像个奶团子，怯生生地喊她："Gardenia."

陆荼栀顾不上身体的疲倦感，勉强弯唇对他笑了下："Alfred."

Alfred 抿着嘴角，松开女人的手，跑到沙发前踮起脚一把抱住陆荼栀，附在她耳边说："It's gonna be okey.（一切都会好的。）"

Edward 跟在简菱身后走进了病房。

Edward 是简菱在和陆政千离婚后找到的英国老公，并生下了中英混血的儿子 Alfred。

护士进来查房，顺便跟简菱解释了外婆的病情。简菱半张脸都藏在宽大的墨镜底下，红唇艳丽，对护士说："辛苦了。"

Alfred 一直握着陆荼栀冰冷的手，将自身的热度一点点传递给她。

而简菱自从进门，还一个字也没对自己的亲生女儿说过。

良久，她偏头看向陆荼栀，看见她校服上明显的血迹，低声吩咐："你先回家换身衣服，然后一起出去吃饭。"

陆茶栀没力气反抗简菱，起身就往病房外走。

Alfred又牵住她的手，仰起小脸，坚定又认真地对她说："I'd like to go with you.（我想和你一起去。）"

期末考试结束，许行舟提前处理完工作上的事情，和赵蔓一同带着许佑迟，一家人去日本旅行。

许佑迟这几天给陆茶栀发消息，她一直没有回复。

冬季不算旅游旺季，清水寺前的红枫早已凋落，樱花也尚未开放，天气寒冷，石板道上落着薄雪，场景略显凄清。但清水寺作为日本京都最古老的寺院，游人依旧熙攘。

许行舟对老婆百依百顺的本性一览无余，全程充当着赵蔓女士的御用摄影师。

高耸古老的三重塔前，许佑迟拍了张照片，拿着手机给陆茶栀发了过去。

赵蔓在前面喊他："阿迟，别玩手机了，过来。"

许佑迟收起手机，走到赵蔓和许行舟身边。

进了寺庙内部，再继续往里走，有摇签和买御守的铺子。

赵蔓让许佑迟去抽一支签，许佑迟被逼无奈，只得从竹筒里随手挑了一支竹签。

大吉。

赵蔓比儿子还要兴奋，对着那根欧气爆棚的竹签拍了又拍。

许佑迟在赵蔓拍照的间隙又拿出手机，陆茶栀依然没有回复他。

赵蔓拍完照片，去买了三个御守，一家人正好一人一个。

许佑迟抿抿唇，将自己的那个粉色御守攥在手心里。

外婆住院第三天醒了过来，看见简菱坐在自己床前，她的眼泪突然就涌出眼眶，拉着许久未见的女儿单独聊了很久。

陆茶栀在病房外的长椅上坐着，Alfred在她身旁陪着她。Edward去楼下买了两瓶热牛奶，分给姐弟俩一人一瓶。

陆茶栀接过，冰凉手指触到温热的牛奶瓶身，她很有礼貌地说："Thanks."

Edward微笑着回她："My pleasure."

陆茶栀一直觉得Edward身上有一种很沉稳的英伦绅士气质。这一点和陆政千很像，永远温和，永远平静，会在不经意间流露出内心的细腻和对别人的关照。

外婆又睡下了。

简菱从病房里走出来，Edward 忙走过去，脱下自己的西装披在她肩膀上。两人交谈了些什么，简菱突然抿唇轻笑，娇羞动人。

陆茶栀低下头喝牛奶。

她大概知道陆政千和 Edward 的区别在哪里了。

陆政千永远理智，而 Edward 比他多了份人间烟火的气息。说得通俗点，比陆政千更温情。

简菱今天刚好到了生理期，小腹和后腰都隐隐作痛。Edward 去给她买了暖宝宝，并让她和陆茶栀晚上都在家好好休息，换他和 Alfred 去医院照顾岳母。

实际上，是刻意给母女两人留出单独相处的时间。

陆茶栀从那天放假回家到现在，心里始终乱糟糟的。感觉有很多东西，她以前刻意忽视的，现在又全盘摆在了她的面前。

她除了在最初给简菱打过一个电话，手机就一直扔在家里面。

吃完饭后，陆茶栀把自己关在卧室里，找到床头柜上已经没电了的手机，给它充上电。

很多消息瞬间弹了出来。

方槐尔的、陆雪棠的、陆政千的。

还有许佑迟的。

她还没来得及查看，房间门被打开。

回过头，简菱站在门口。

陆茶栀关掉手机后起身："有什么事吗？"

"没什么。"简菱轻轻关上门，"想来跟你说说话。"

"噢，好。"陆茶栀在床沿边坐下，垂眼看着自己的手指，语气平静缓慢，"说什么？"

简菱打量了她很久，发现自己上一次见到这个女儿，都是在三年前了。

那时的陆茶栀刚上初中，五官尚且稚嫩，还没长开，个子也不算高，就已经出落得十分漂亮，邻里之间谁见了都得夸她一句是个小公主。

但也仍不及此刻眼前这样精致大方。

她的女儿，在她这个母亲角色所缺失的年岁里悄然成长，已经不再是小孩。

简菱回神，握住陆茶栀的手轻声喊她："吱吱。"

陆茶栀有一瞬间的不自在，她忍下手心那阵酥麻感，沉声应："嗯。"

简菱说："你外婆这次出了这样的意外，是我的疏忽，怪我没有陪伴在她的身边。我也很想好好照顾她，所以妈妈今天再请求你一次，和外婆一起，跟妈妈到英国那边去，好吗？妈妈和叔叔会给你最好的教育资源和环境，不用再住在这个偏僻的小镇上，好吗？"

陆茶栀强忍着想抽出自己的手的冲动，摇了摇头，说："不了妈妈，我很久以前就和外婆商量过了。我们两个人住在这里挺好的。"

简菱脸上的温和在顷刻之间消退，转而被一种冷厉的表情所取代。她拿出母亲的威严，不动声色道："陆茶栀，你自己想好了再回答。"

陆茶栀抬头跟她对视，毫不畏惧她的目光，说："这件事并不是我一个人就能够做主的，外婆的意见很重要。外婆不愿意去国外，我也不愿意。"

气氛逐渐剑拔弩张。

简菱冷声说："你愿意再次看到你外婆像现在这样躺在病床上吗？这里只住着你们两个人，你要上学，你有时间照顾你外婆吗？还是说你外婆年纪都这么大了，你还想让她一个人来照顾你。"

"我没有这样想过。"陆茶栀镇静地说，"外婆和我都不愿意去国外，就像妈妈你不愿意留在这个你觉得偏僻的小镇。"

简菱像是听到了什么天大的笑话，说："陆茶栀，你觉得你在这个小镇里能收获什么？你看看这个镇上你的同龄人，你猜猜他们中最后能考上重点大学的有几个。"

"半只手都数得过来，对吧？"简菱瞥见墙上贴着的一幅幅画，站起来，走到一幅画前仔细观察了半晌，嘲讽似的扯了下嘴角，"你不是喜欢画画吗？在这个镇上，就算你画得再好，你会出名吗？就算你是颗珍珠，你会被淘出来吗？"

"如果你不愿意跟我走，那你就跟你的画一起，永远烂在这个只有你觉得是天堂的镇上。"

耳边似乎安静了一瞬间。

所有的动作都被放慢。

简菱手指上的红色指甲油太过鲜艳。

陆茶栀看见那双手撕下墙上的画，然后，撕开、再撕开。

画上的少年成了碎片。

陆茶栀扑过去，试图要抢走她手里的东西。

简菱嗤笑，单手拽住陆茶栀的手腕，随即毫不在意地将手中的画纸碎片扔掉，转身走出了卧室。

陆茶栀失神地坐在地上。

良久，她低头，捡起一张张画纸碎片。

最后一张碎片上写着一行日期，下面还写着两个很小的字：

【秋分。】

黎城到枫城的飞机延误了一个多小时，许佑迟出了机场后打车直奔杉城。

陆茶栀在很久以前，为了让他把玩偶寄给她，曾告诉过他她家的地址和她的电话号码。

站在陆茶栀家门口，大门紧闭，许佑迟拿出手机给她打电话。

终于，不再是像前几天那样一直处于关机状态。

电话通了，但无人接听。

许佑迟看了眼屏幕上的时间。

22:23。

之前都没注意，已经这么晚了。

下雪了。许佑迟站在屋子旁边的大树下等了一会儿，家里一盏灯都没亮，大概是都睡下了。

寒意入骨，他呼出的气息在空中即刻化为白雾。他敛着眼睫，拢了拢脖子上宽大的黑白色拼接围巾，最后往屋子里望了一眼，收起手机，拖着行李箱离开。

夜里下了场雪，是杉城的初雪。

陆茶栀去了住院楼一趟，她没开门，透过门上的玻璃往里面看了一眼。外婆已经睡下了，Edward 还没睡，坐在沙发上哄怀里的 Alfred 睡觉。

陆茶栀出了医院，看见深夜里救护车在大门这边进出，突然觉得心里空落落的。

深夜里飘着雪，街上很多店铺都已经关门。路灯也不太亮，光线昏暗。

她一个人在空旷的街道上走了很久，影子被拉长。

不愿意回家面对简菱，于是没地方可去。

走过白日里人群喧嚣的街道，再往前走，就是清幽华贵的别墅区。

坐到柏一河畔边的长椅上，听着宽阔的柏一河在寒夜里水流仍旧湍急，河岸边的夜灯，散发着如幽静华魄般的暗绿色微光，照亮了奔涌的水流。

陆茶栀仰起头，安静地注视着空中。

夜幕里没有星星，也没有月亮。漫天都是纯白的细雪，天空漆黑一片。

雪花轻飘飘地落在睫毛上，陆茶栀闭上眼睛。

再睁开眼睛时，原本就暗的路灯光线，被人影遮挡，清瘦的少年笔挺地站在她面前。

生动漂亮的桃花眼，和那副永远冷淡的神色。

陆茶栀的眼眶瞬间就有些湿了。

对视两秒，许佑迟率先开口："陆茶栀，你这么久没回我消息，我都快以为，你是我做的一场梦了。"

听到这句话，陆茶栀低下头，突然笑了出来，眼睛一弯，有一滴细小的泪珠从眼角滑落。

再抬头，她主动伸出自己已经快冻僵了的右手，手背贴在许佑迟的手背上，湿着眼眶，却是笑着问道："那你现在清醒了吗？"

许佑迟感受到她手上冰冷的温度，抿平了嘴角，说："你不回我消息，这么晚还不回家，在这里干什么？"

"这个问题不应该我问你吗？"陆茶栀收回手，看了眼他手边的行李箱，仰头认真地问，"许大少爷您不待在黎城，这么晚跑来这里干什么？"

许佑迟没回答她这个问题，只说："我送你回家。"

陆茶栀垂下眼睫，说："我现在不想回去。"

两个人都没再说话。

陆茶栀察觉到许佑迟的视线一直落在她的头顶上，天寒地冻里，唯有他的目光是灼热的。

四周的气氛僵硬到呼吸都迟缓，最后还是许佑迟先打破尴尬。

他说："走吧。"

"嗯？"陆茶栀抬眸看着他，问，"去哪儿？"

许佑迟慢条斯理地说："你要是想一直待在这里我也没意见。"

所以他刚刚的眼神和那句话，是在暗讽她今晚就会被冻死在这里吗？

站在庄园酒店的大门入口，陆茶栀面露难色，扯了下许佑迟的衣摆，小声说："这不太好吧……"

许佑迟转过身子，认真跟她解释："我要去放行李。"

四目相对时，陆茶栀在心里一遍遍重复：遇到这种场面，不能慌，慌就输了。只要自己不觉得尴尬，那尴尬的就是别人。

她摆出一张面瘫脸，冷漠道："哦。"

许佑迟深深地看她一眼，去酒店前台办理了入住手续，让陆茶栀在大厅里等他，他自己上楼放行李。

十分钟以后，许佑迟下楼，手里多了条灰色的围巾。他把围巾递给陆茶栀，说："新的。"

陆茶栀接过，手指攥住那条松软温暖的围巾，轻声说："谢谢。"

许佑迟看了眼大厅里的挂钟，时针已经过了十一点。他在沙发上坐下，看着陆茶栀戴好了围巾，问："不回家的话，你现在想干什么？"

"不知道。"陆茶栀背靠在沙发上，摇了摇头，眼神有些涣散的空洞。

许佑迟安安静静的，一直坐在她身旁陪着她。

过了很久，陆茶栀终于换了个姿势。她偏头看向许佑迟，说道，"你打游戏不是很厉害吗，去玩吧。"

"你真的想去？"

"真的。"陆茶栀点头后起身，说道，"走吧。"

许佑迟有点无奈，最后还是和陆茶栀一起朝网吧走去。

两台电脑在靠窗的地方，并排。

和许佑迟坐到无烟区的座位上，打开电脑后，陆茶栀才想起来，转头问他："你要什么吃的或者喝的吗？"

"不用。"许佑迟边操作着电脑边问她，"你想玩什么游戏？"

陆茶栀登上自己的游戏账号，先和许佑迟加了个好友。

"你想清楚了吗？"陆茶栀问，"带上我，你可能就要输一个晚上了。"

"放心。"许佑迟戴上耳机，点击开始游戏的按键，漫不经心地说，"不会让你输的。"

果然在许佑迟的助攻下，陆茶栀成功拿下三杀。

陆茶栀看出来许佑迟在故意哄她开心，心里的沉闷突然就被冲散了许多，嘴角往上扬了扬。

许佑迟余光瞥见她终于露出了点笑容，莫名地他的心情似乎也跟着她嘴角的弧度，在悄无声息地上扬。

这局打完，许佑迟去前台拿了两瓶水。

他自己的是矿泉水，给陆茶栀的是一瓶桃子味的乌龙茶饮料，拧开瓶盖后才递给她。

"谢谢。"陆茶栀微微仰头，喝下饮料。

粉粉嫩嫩的包装，桃子味的饮料混着清爽的乌龙茶，适中中和了甜味。

陆茶栀拧好瓶盖，将乌龙茶放到电脑桌上，余光看到身侧许佑迟的侧脸映着电脑屏幕的光。

他总是在表面上冷冰冰的，细节上又让人感觉没人比他更温柔细心。

时间接近凌晨三点，陆茶栀还没有这么熬过夜，她撑不住，摘下耳机，困得趴在桌子上就睡了过去。

她很瘦，脸也小。皮肤白得病态，纤长的睫毛覆下来，眼底有一圈淡淡的鸦青。

她睡得不怎么安稳，眼睑时不时颤动。

许佑迟看了她一会儿，脱下自己的外套，搭在她的后背上。

半梦半醒间，陆茶栀闻到了一股淡香，像孤立海域的岛屿上，光线昏暗的寒冬清晨里，弥漫着的湿雾。

虚幻的，湿冷的，却有着十足安全感的。

她睡得很沉，在早上五点半的时候醒了过来。

许佑迟正在看美剧。

陆茶栀抬手揉了下眼睛，肩膀上的衣服就顺势滑了下去，落在椅子上。

许佑迟取下耳机，看向她。

她顿了几秒，才让意识回笼，从背后拿起那件不属于自己的厚外套，递给许佑迟。

她刚睡醒，迷迷糊糊的，眼睛不太适应光线，声音也有点哑："几点钟了？"

许佑迟："清晨五点半。"

陆茶栀靠在座椅后背上，闭眼眯了好一会儿，才重新睁开眼睛，瞳孔里的神色比刚才清明了很多，问："你饿了吗？要不要去吃早饭？"

她说："有一点点。"

"嗯。"许佑迟关掉电脑，说，"那走吧。"

走出网吧，天色还是漆黑的。

寒风刺骨，陆茶栀重新拢上许佑迟给她的那条围巾，说："我们去吃馄饨吧。"

"好。"许佑迟对吃的没有要求，全听陆茶栀的意见。

"那家店的馄饨我都好几年没去吃过了。"走在路上，陆茶栀回忆起往事，"那家店是开给上夜班的人的，每天清晨六点钟左右馄饨就卖完了，好吃是好吃，但我起不了那么早，就吃不到。"

"我小时候还问了那个爷爷馄饨怎么做，他教了我，后来我自己在家做了，但是怎么做都没那个味道。"她的语气丧丧的，叹息道，"果然，我只是一个平平无奇的废物罢了。"

许佑迟轻轻笑了下。

走过几条街，转进一个小巷子里。巷子尽头就是馄饨铺子的所在地，招牌上只写着"罗记馄饨"。

店铺里开着很亮的灯，座位已经坐满，门口排起了队伍。

店主是个上了年纪的爷爷，店员就是他的老婆和弟弟弟媳。这家店不止卖馄饨，开了有几十年，算是老字号，每天早晨的生意都爆棚。

等了一会儿才轮到陆茶栀他们，点了两碗馄饨后，他们在窗边的一张双人桌坐下。

这么多年来，店里换了崭新的桌椅板凳，但还保留着很多年前的装潢风格。大门口贴着红对联，深绿色的木门，墙上的相框里挂着黑白照片，年代感很强。

馄饨很快被端上来，馅是虾肉和猪肉的混合，很嫩，外面的皮也薄，晶莹透亮。

许佑迟吃东西的时候很安静，养尊处优的小少爷，教养果然很好。

吃完早饭，雪停了，天边渐渐有转亮的趋势。

走在路上，陆茶栀还是困，头重脚轻。她又想起是她让许佑迟跟着她熬了整个晚上，顿时心里对他的愧疚感达到满级，商量道："我送你回酒店吧，你回去好好休息一下。"

许佑迟问："你呢？"

"我吗？"陆茶栀想了想，回道，"我等下应该要回家吧。"

"我送你回去。"

"不用。"陆茶栀觉得他为自己做得已经够多了，不想再麻烦他，说道，"我认识路的，不用送我。"

"天还没亮。"许佑迟的目光扫过她，补充道，"不安全。"

陆茶栀捕捉到他语气里的认真，没再阻拦。

许佑迟把陆茶栀送到家门口，说："进去吧。"

"好。"陆茶栀不放心地叮嘱，"那你回酒店记得好好睡一觉。"

"嗯。"

"那我进去了？"

"好。"

陆茶栀用钥匙打开院子的门，走进去。转身过来关门的时候，冲他笑了一下。

等大门彻底合上，许佑迟才转身离开。

陆茶栀回到自己房间，拔下充电器插头，打开手机，发现有好几个同一号码的未接电话，没有备注，都是昨天晚上打过来的。

她回拨过去。

响了没两秒，电话就被接通。

谁也没有先开口。

那边明明没有人说话，陆茶栀却突然反应过来。

"许佑迟。"

那头的人嗓音是慵懒倦怠的，轻飘飘落在她的耳膜："在。"

刚刚在一起的时候还没有发现，现在一分开，陆茶栀就有无数的问题想要跟许佑迟寻求答案。

她想知道他打电话来的原因，也想知道他来杉城的目的。她感觉自己其实是知道答案的，但那个想法太过虚幻和荒唐，让她不愿也不敢承认。

一时之间，电话两边都只剩下沉默的呼吸声。

陆茶栀先开口："谢谢你。"

"谢什么？"他平静的声线，懒声问。

陆茶栀手指攥住身侧的柔软被子，轻声回答："谢谢你来找我，陪我熬了一个晚上。"

沉默了很久，许佑迟说："快睡觉吧。"

不知是不是错觉，陆茶栀总觉得，说这句话时，许佑迟的声音里似乎沾上了点哄人的温柔。

"好，晚安噢。"陆茶栀眼眸里盈起浅浅笑意，挂了电话。

她换了睡裙躺到床上，拉过被子盖上，探出两条手臂，一条一条地查看手机上的未读消息。

方槐栌听镇上其他人说了陆茶栀外婆的事情，发了些话来安慰她。陆雪棠和陆政千还不知道这件事，只问了她的最近状况。

陆茶栀一一回复完这些消息，点开置顶的许佑迟的对话框。

他发来的消息是所有人里面最多的。

起初是考完试，在问她寒假的安排。她没回，但他每天都发来了"晚安"。

后来，他应该是去日本旅行了，给她发了一些他的日常。他发来的照片里，有风景照，也有吃的、玩的。没有他的脸，但他的衣服和他修长白皙的手指偶尔会出镜。

最后的最后，在昨天晚上，他发了一条消息，问：【你在哪里？】

她没有回复，但他还是找到了她。

那天的深夜里，月亮熄灭了。

但没关系的，许佑迟会变成光。

简菱知道陆茶栀昨晚出去，今早回来。简菱没有管她，母女两人都维持着表面的平和，相安无事。

陆茶栀睡了很久，傍晚骑着单车去医院看了外婆，出来后她正准备去找许佑迟一起吃晚饭，手机上就收到他的消息。

【Xu：我要回黎城了。】

【落日出逃：你现在在哪里？】

【Xu：在酒店整理东西。准备去机场了。】

【落日出逃：等等，我去送你。】

陆茶栀骑上车，快速抵达许佑迟所在的庄园酒店。

把车停在大堂入口的喷泉旁，她走进大堂，许佑迟已经收好了东西，坐在一旁的沙发上等她。

陆茶栀站在他跟前，询问："你要回去了吗？"

"嗯。"许佑迟仰头和她对视，回道，"晚上八点的飞机。"

现在是傍晚五点。

陆茶栀明知道许佑迟原本就是不属于这里的。他是万众瞩目的，永远不会被埋没在这个籍籍无名的小镇上。

但在分别前，陆茶栀却自私地希望他能留在这里久一点。或许说得更详细，是希望他能再陪她久一点。

可是她没有挽留的理由，她心底的占有欲，不是她束缚他的借口。

许佑迟和杉城，本就不沾边。

他和她在杉城的相遇已经是意外。他能来这里找她，更是意外之外的意外。

许佑迟看她不说话，解释道："本来说是明天再回去的，但我妈打电话说明天家里要聚餐，让我今晚就回去。"

"哦，好。"

知道他原本打算多在这里待一会儿后，陆茶栀突然间释然了很多。

她收起自己那点细腻的小心思，问："你怎么去机场？"

"打车过去。"

"好。"陆茶栀看了眼手表，"那走吧，我陪你出去打车。"

站在路边，来往的车辆朝着各自的目的地驶去。

陆茶栀扯了一下许佑迟的外套。

许佑迟转头看向她，问："怎么了？"

"许佑迟，我问你啊。"陆茶栀低着头，小声问，"你为什么来找我？"

她犹豫了半天，终于鼓起勇气问出了这个问题，却还是不争气地不敢抬头和他对视。

许佑迟安静了很久。

嗓音随着冷风，轻轻传入她的耳朵里。

"你觉得呢？"

无客的出租车正向这边驶来，陆茶栀抬手示意司机停下。司机下车，热情地替许佑迟把行李箱放到后座。

陆茶栀笑眯眯地对中年司机大叔说："师傅，把他送到机场，路上注意安全啊。"

"行。"司机看两人年纪也不大，用方言调侃道，"小姑娘，这是你男朋友啊？"

陆茶栀突然就生出了点坏心眼。

她笑着看了许佑迟一眼，也用方言回答道："对啊。师傅，我男朋友好看吧？你路上可得看好他啊。"

"好的好的，我一定帮你照顾好你男朋友，保证他安全到机场。"司机乐呵呵地说着，打开驾驶座坐了上去，催促道，"姑娘，叫你男朋友上车吧。"

两人一口一个"男朋友"，当事人站在旁边，颇为无奈地盯着陆茶栀。

陆茶栀假装刚刚什么都没有发生，和司机也只是日常的聊天而已。她面色自若，表现得十分镇静，叮嘱："你到了记得给我发消息。"

许佑迟叹了口气，说："你伸手。"

陆茶栀乖乖伸出一只手，水灵灵的大眼睛眨巴眨巴。

许佑迟把赵蔓给他买的那个御守放进她的手心里。

他对她说："我不在的时候，它会保护你的。"

许佑迟上了车，司机大叔以为他也是本地人，很热络地用方言和他聊天："小伙子，你跟你女朋友很恩爱啊。"

许佑迟低头看手机，随口"嗯"了声。

"你们认识多久了？"司机问。

许佑迟用方言回答："从小就认识了。"

杉城和枫城挨得近，方言也很相似，只在语调上有细微差别，但都是听得懂的。

"青梅竹马啊。"司机明白了过来，语气羡慕，感叹，"真好。"

陆茶栀去文具店买了各种胶布，付完钱，把小袋子挂在车把手上，骑车回家。

简菱撕碎的那幅画被她捡了起来，放在书桌上。

陆茶栀找了一张相同大小的纸张，打算把那幅画重新拼贴好。

她正在纸张碎片背后贴着双面胶，手机收到一条新消息。

【Xu：我听得懂杉城方言。】

他这是在暗示她，他知道她刚刚跟司机开玩笑说他是她男朋友这件事吗？

那他刚刚怎么不反驳，现在才来找她算账？

但显然，陆茶栀并没有补偿他名誉损失费之类的想法。

【落日出逃：好的呢。】

【落日出逃：男朋友。】

许佑迟看着手机三秒，轻笑了声。

陆茶栀把那幅画重新贴好。

星星疏散，画上的少年背脊笔挺，站在药店门口的雨幕中，白衬衫下摆被风吹起。

他的颜值是一眼就能让人被惊艳到的类型，好看到不像是属于人间。

这是他和她的相遇。

漂亮的少年冷漠又骄傲。

第六章

岁岁平安 去奔赴一个人，不顾所有。

五天后，外婆出院。简菱没打算在国内多做停留，和 Edward 一起带着 Alfred 回了英国。

临行前她又和陆茶栀谈了一次，两人不欢而散。

没几天就要过年了，家家户户都开始采买年货，贴对联，挂灯笼。外婆受伤，陆茶栀让她静养，一个人打扫家里的卫生，为新年做准备。

她一个人拿出了扶梯在门口贴对联，怎么也贴不好，最后是住在隔壁的大婆婆家的儿子来帮她完成的。

在小镇上，附近住着的人多多少少都沾点亲戚关系。大家了解陆茶栀家的情况，这几年每回过年，她家里都只有婆孙两人。

陆茶栀从小人美嘴甜，很讨人喜欢，尤其是老一辈的，大家便经常给她送点东西来，有时候是自家种的菜，有时候是自家做的点心。

过年的时候，来送什么的都有，饺子、冻糕、粽子、汤圆、鸡蛋、腊肉，冰箱都快要塞不下。除了这些，自然还有红包。

大年三十那天晚上，外婆坐在客厅里看春晚，电热炉提供热度，黑猫也趴在一边，舒服地眯起了眼睛。

陆茶栀在房间里和陆政千通完电话，闲来无事，翻出自己的那个速写本。

每一张画的都是同一个人，不同的动作，不同的表情。

温柔的，冷淡的，戏谑的，认真的。

她喜欢的。

她突然很想听到他的声音，便打通了许佑迟的电话。

许佑迟正在陪赵蔓看电视，看到陆茶栀的来电，上楼走进隔音的琴房接电话。

"许佑迟。"

陆茶栀的声音很好听，有种羽毛轻抚的温和感。尤其是在每次叫他名字的时候，甜糯柔软的，像块精致可口的慕斯蛋糕。

"嗯。"他答。

"你在干吗啊？"陆茶栀戴上耳机，拿出铅笔，在画纸上开始勾勒起形。

"刚刚在看电视。"许佑迟背抵在门板上，问，"你呢？"

陆茶栀说："我在画画。"

"嗯。"

"许佑迟。"

话音落下，许佑迟的心弦像是被羽毛拨动了一下。

他说："我在。"

"新年快乐。"陆茶栀笔没停，少年冷冽精致的脸庞轮廓跃然纸上。

许佑迟弯了弯嘴角，应声："新年快乐。"

门外有人喊陆茶栀的名字。她从书桌前起身，边走出去边说："有人在叫我，我先挂了。"

"好。"

挂了电话，许佑迟重新下楼，坐到沙发上。赵蔓皮笑肉不笑地盯着他，问："你干吗去了？"

"接电话。"许佑迟从茶几上拿起水果刀，弯腰削着手里的一颗红苹果，"朋友。"

"你跟哪个朋友打电话非得要避开我。"赵蔓懒得跟他玩文字游戏，冷冷哧了声，"女朋友？"

许佑迟成功削到了自己的手。

"不是。妈。"许佑迟抽出纸巾擦了下手，万般无奈地跟她解释，"就是朋友。"

许佑迟去洗了个手回来，坐回沙发上。

赵蔓从医药箱里拿出了碘酒和棉签，替他消毒后贴好创可贴。

许佑迟以为这个话题就这么过去了，赵蔓收好了东西，又来了一句："我就是问你一下，你这么大反应干什么。"

得。她这是以为他做贼心虚了。

许佑迟从来不知道解释是一件这么劳神费力的事情。赵蔓已经给他扣上了帽子，任凭他再怎么说也是无济于事。

他突然就转变了态度，顽劣地咧了下嘴角，说："您非要理解成女朋友我也没话说。"

方槐尔抱着几个未拆封的孔明灯来找陆茶栀。

陆茶栀在房间里找了两支马克笔，两人把孔明灯的包装打开，在纸上写新年愿望。

方槐尔在新的一年给自己定了一个小目标，暴富。

陆茶栀看了眼孔明灯上的那两个大字，笑道："姐姐，你好实在。"

方槐尔哼了声。

陆茶栀想了好一会儿，也没想出来有什么特别想实现的愿望。

她从小在温室里成长。父母还没离婚的时候，她在黎城生活，爸爸妈妈宠着她，姐姐让着她，她过的是小公主般的生活。

后来跟着简菱来到杉城，又在外公外婆的手心里长大，遇到喜欢的东西只需要告诉陆政千一声，没几天就能收到。

画画和滑板她都还在坚持着，喜欢的人也不是她一个人单方面的奔赴。

陆茶栀顺风顺水地生活了这么久。

先前的愿望，都有人替她一一实现。

杉城并没有禁止燃放烟花爆竹，用打火机点燃方块蜡烛后，孔明灯缓缓升上夜空。

陆茶栀看着自己的那个孔明灯越飞越高，岁岁平安四个字被火光映得发亮。孔明灯穿过了云层，消失在夜幕中。

不知道谁家先起的头，四周都放起了烟花，在夜空中炸开五颜六色的光。院子被不同于阳光的另一种光线所点亮。

隔壁的两个小孩子在外面玩鞭炮，来这里找陆茶栀一起玩。陆茶栀和方槐尔出门，站到外面的石板桥上陪他们。小孩子嘻嘻哈哈，小时候的快乐来得简单又纯粹，烟火映亮他们灿烂的笑颜。

方槐尔回家后，陆茶栀回客厅陪着外婆看电视。

守岁的习俗，要一直等到过了午夜十二点后才能睡觉。

"爆竹声中一岁除。"

一到深夜十二点，四周便接二连三响起了鞭炮噼里啪啦点燃的声音。传闻中放鞭炮是为了驱赶年兽，现在成了一种增添年味的方式。

陆茶栀洗漱完上床，关了灯，耳边仍是鞭炮的声音。她睡不着，想起写在孔明灯上的愿望。

岁岁平安。

希望身边的人，都能岁岁平安。

正月初一，陆茶栀很早就起床，切了韭菜、豆腐和肉，作为面条的调料。

外公以前在世的时候跟她说过，这个时候吃面条的寓意是"缠住生命，健康成长"，和长寿面的寓意相似。

正月初一不需要走亲戚。和外婆一起吃了面，陆茶栀洗完碗，缠着外婆教她织围巾。

客厅里，外婆开了电热炉，坐在沙发上教她最简单的起伏针。

用棒针缠着毛线先起针，正反两面都织下针就能完成，简单好记，就是样式很单一。

陆茶栀一下子就学会了，又让外婆教她点有难度的。

外婆给她展示了好几种不同的织法，看得陆茶栀眼花缭乱，当场放弃。

"算了算了，我还是织最简单的好了。"

外婆见她为难的模样，笑着摇了摇头，说："学这个干什么？你想要什么外婆都可以给你织。"

陆茶栀搬着个小板凳坐在沙发旁边，眼睛里的神色很认真，说："不一样的。我想自己学一点，以后也可以给外婆织一条围巾。"

外婆揉了揉她的小脑袋，嘴边的笑意经久不散。

下午时分，陆茶栀替外婆染头发。在阳台上晒着冬日暖阳，她用染发膏将外婆花白的头发染黑。

外婆坐在椅子上，看不见陆茶栀的脸，她说："我老了，也不知道能不能看见吱吱结婚生孩子了。吱吱将来一定要找一个能好好照顾你的老公，知道吗？"

陆茶栀红着脸忙道："外婆你说什么呢，你又不老，怎么就说这种话了。"

外婆笑笑，没再说话了。

按照惯例，正月十五之前都是走亲戚的时间。

外公去世了，今年外婆又身体不好，简菱不在家，婆孙两人没走亲戚，只在家里接待了前来看望的客人。

陆茶栀厨艺很好，以前跟着外公学了很多，今年没怎么让外婆下厨，她一个人就能做出一大桌子家常菜。

客人看见客厅里满墙的奖状，总是十分羡慕地对外婆说："秀玉，你家外孙女怎么这么优秀。长得漂亮，成绩好，又有孝心。等她大学读出来，你就享福咯。"

外婆也笑眯了眼，说："是啊，是啊，我有个这么优秀的外孙女，享福咯。"

可是，福气和意外，到底哪个先到来。

二月开学。四月清明。

"清明时节雨纷纷"。

似乎是从古至今流传下来的惯例，清明节那天下了场瓢泼的大雨，沉重的雨点坠落于老式房屋的瓦面，将其浸湿，遇见砖瓦缝隙，雨点又顺其漏入屋里。

陆茶栀起床，在厨房煮好了面条去叫外婆吃饭，无人答应。

她打开卧室的门，外婆倒在门口的地板上。打翻了床头的水杯，玻璃碴儿碎了满地。

救护车鸣笛抵达，医护人员只告诉她："节哀。"

雨是冷的。热腾腾的面条也冷了。

同样冰冷的，还有外婆的身体。

那一天，好像整个世界都暗了。

葬礼头天的很多事宜，是亲戚邻居帮忙解决的，接待宾客是大婆婆一家子在做。

陆茶栀换上了黑色的长裙，和黑猫一起，一直守在外婆的旁边。

灵堂里，她紧握着外婆已经没有温度的手，眼泪止不住地滚落，哭到喉咙沙哑。

继外公走了之后，她的另一个精神支柱，在这个时候，也倒下了。

黎城陆家在东郊有一座庄园，辉煌得像是城堡，里面住着两个小公主。

姐姐陆雪棠，妹妹陆茶栀，一个是灰姑娘，一个是真公主。

陆雪棠并非简菱亲生，因患有先天性心脏病被亲生父母丢弃在陆家大门口。

那是一个除夕夜。陆家老宅坐落于半山腰，别墅一楼的壁炉散发着暖意，陆政千坐在摇椅上看书，简菱坐在一旁，拿着颜料盘绘画创作。

门外有婴儿的哭声传来，管家打开大门，抱进来一个未满月的女婴。

次日一早，院子里的海棠花恣意盛开。深玫色的花瓣娇艳欲滴，饱满又热烈，沾上了细雪。

陆雪棠因此得名。

陆雪棠到陆家的半年后，简菱怀孕了。

十个月后，陆茶栀出生于七夕那天的黎明。

茶花和栀子花争相开放的清晨，鸟啼婉转，朝霞漫天。

便取名为陆茶栀。

直到后来夫妻两人的矛盾彻底爆发，简菱才明白，早在陆茶栀出生的那一刻开始，分歧的种子就已经被种下。

简菱以为她可以平等地对待姐妹两人，可她低估了人心的自私。

当她看见陆政千更多地关照身体虚弱的姐姐，她心里的天秤就已经暗暗偏向自己的亲生女儿。

即使陆政千是做着再寻常不过的事情——替陆雪棠联系先心病方面的医生。

简菱开始向陆政千抱怨，向陆政千表达她的不满，换来的不是争吵和妥协，而是陆政千的不理解。

陆政千可以确定在对待孩子这一方面，他并没有偏心任何一个人。

他会帮陆雪棠联系最好的医生，也会给陆茶栀买她最喜欢的洋娃娃。

可人有时候像是间歇性失明，只看得到自己想看到的东西。就像简菱只看见了前者，后者被她刻意忽略。

陆政千不明白妻子为什么会对一个患病的小女孩阴阳怪气，甚至到后来的大发雷霆。

他从小到大的教养不允许他和简菱争吵，他会让简菱自己冷静，然后去书房继续他未完成的工作。

陆政千就像是个没有感情的机器人，他永远理智。

简菱真正提出离婚，是在陆茶栀六岁生日那天。

那天下午，简菱在市中心开了一个画展。陆政千带着陆茶栀和陆雪棠去溜冰场滑冰。

陆雪棠很早就做了手术，恢复得很好，但也不太能做剧烈运动，穿着滑冰鞋扶着栏杆慢慢走着。陆茶栀没一个人去滑冰，在场边陪着姐姐一点点地学。

那天陆雪棠被一个刚学溜冰的男孩子撞了，站起来后没一会儿又出现了胸闷气短的情况，陆政千带她去医院。走之前跟陆茶栀的滑冰教练说了一声，让她照看一下陆茶栀。

教练说好，陆政千便抱着陆雪棠走了。

溜冰场里小孩子很多，陆茶栀一个人在场上滑了一会儿，便坐到场边的角落里休息。

一个身材臃肿的中年男人笑着向她走近，随着他笑的幅度，他脸上的肉开始颤抖，原本就小的眼睛，眯成一道快看不见的缝隙。

男人弯下肥硕的身躯，俯在陆茶栀的面前，将手里的柠檬汁，几乎是硬塞地递给她问："小妹妹，喝饮料吗？叔叔给你买的。"

"不要。"陆茶栀双手握紧成拳，警惕地后退一步，她起身想走，被男人禁锢住手腕一把抱起来。他粗暴地拧开饮料，就往陆茶栀嘴里灌，低声呵斥："给老子喝！"

四周都吵，人声如喧嚣海潮，根本没人注意到这边发生的事情。

陆茶栀急得一口咬上男人的手指，太过用力，硬生生咬开了他的皮，鲜血直直流出皮肤。

又酸又涩的柠檬汁在口腔里，混着血液。

男人疼得一把将陆茶栀摔在地上，疼痛使他快要丧失理智，想也没想就用力给了她一巴掌。

"狗东西！"

陆茶栀吐出嘴里的柠檬汁，用力地往人群里跑，大喊着"救命"。

人们纷纷往这边看来。

男人如疯狗般追过来，从背后硬生生拽住陆茶栀的头发。她疼得惊呼，男人却抬起头，佯装着尴尬的面色，对大家歉意一笑："不好意思啊，我女儿刚刚跟我吵架了，给大家添麻烦了。"

他指了指自己的脑袋，有些不好意思地解释："我女儿这里有点问题，净说胡话，让大家见笑了。"

他又板起脸，靠着力气悬殊，使劲拽住陆茶栀的手臂，厉声呵斥："不许闹了，跟爸爸回家，爸爸给你买好吃的就是了。"

人们大多带着看热闹的心理，不知道事情的真假，没有一个人愿意给自己惹上麻烦。

议论纷纷的间隙，男人抓住陆茶栀的两只手把她提起来，不顾她嘴里嚷嚷着什么，拖着她就往外走，人群自然而然地给他让出一条道。

刚要走到出口，男人的背突然被人拿东西用力砸了一下。

他踉跄一步，手一松，陆茶栀被丢在地上。

男人回头看，地上落着一只溜冰鞋。

紧接着，另一只溜冰鞋也朝他砸了过来，不偏不倚地砸住他的脑门上，砸得他头昏眼花，眼冒金星。

保安瞬间从出口冲出来，制服住男人。

陆茶栀被一个同龄的小男孩扶起来。

那天明明是她的生日，她应该是光鲜亮丽的小公主的，此刻却满身脏污，扎得好好的头发变得乱糟糟。灰姑娘逃到人间。

她被警察送去医院洗胃。

简菱的画展开到一半，中途接到警方的电话，匆匆忙忙赶往医院。

当她看了监控，知道是陆政千让陆茶栀一个人待在那里后，一想到自己的女儿差一点点就被坏人拐走，她瞬间就丢失了理智。

那天晚上，两个女儿都待在医院里。回到家中，简菱单方面地，和陆政千发生了争吵。

即使她哭得撕心裂肺，陆政千也只是沉默地反省自己。

他缓缓开口："对不起。"

他知道如果自己不留下陆茶栀一个人，就不会发生那样的事。

但世界上没有如果。

简菱提出把陆雪棠送去孤儿院。

陆政千蹙了眉，没同意："这件事情是我一个人的错。"

简菱望着自己的丈夫半晌，不愿相信这是他亲口说出的回答。

她失望至极，提出了离婚。

陆政千张了张唇，最后选择尊重她的意见，答应道："好。"

简菱以为到了这种地步，顾念这么多年的夫妻情分，陆政千至少会设身处地考虑一下她的感受。

可他没有。

他只考虑事情的最优解法，怎样才能处理到最完美。

离婚。

他少了耳边不停的抱怨，少了简菱强烈的控制欲。而她，也不用每日再因为陆雪棠的存在而感到烦躁。两者达到共赢的局面。

法院的判决很快下来。姐姐陆雪棠跟着父亲留在黎城，陆茶栀则跟着母亲回到杉城。

简菱在一次画展上认识了 Edward。Edward 喜欢她的画，更喜欢她这个人，对她展开了猛烈的追求。

简菱并没有直言接受，也没有明确拒绝，和 Edward 一直保持着暧昧的关系。

她希望陆政千因为这件事情来找他。如果他表现出对她还有一丝丝的爱意，她都可以回到黎城。可陆政千没有。

陆董事长接手陆氏，每日因公司的事忙到焦头烂额，对其他的事情一概不放在心上。

简菱接受了 Edward，并和他结婚。

她试图将陆茶栀带去英国，可陆茶栀刚到杉城没两年，还在适应着这里的环境。

陆茶栀以前都很开朗的，出了那件事之后，又随着简菱来到杉城，最开始，每天都面对着陌生人，简菱看着自己的女儿变得阴郁又沉闷，时不时一个人坐在床上对着空墙发呆。

更别说把她带到一个完全陌生的国度，听着不熟悉的语言，她的情况将更加严重。

简菱去英国的最后一晚，和陆茶栀睡在一起。

母女两人谈起黎城的生活。

简菱抱着陆茶栀说："你爸爸和姐姐都做错了很多事情，如果不是他们，我们现在也不会这样。"

"妈妈，我说过的。"陆茶栀抬头看着简菱，语气认真，"那件事不是爸爸和姐姐任何一个人的错。错的是那个坏人，而不是他们。"

简菱的表情僵住。

原来她为了让自己的亲女儿在陆政千那里得到平等的父爱，不惜付出离婚这一代价，但在女儿的眼睛里，她一直是一个颠倒是非的妈妈。

多好笑啊。

简菱走了，很久没有回来。

留陆茶栀一个人在杉城长大。

后来陆茶栀也常常反思自己，那样说话是不是伤到了妈妈的心。

感性和理性，两者之间的平衡点到底在哪里。

她给简菱打电话，却只得到母亲的敷衍。

她想道歉，却又不知该怎么道歉。

她说错了吗？

她好像没有说错。

又好像说的全错。

葬礼第二天，简菱时隔两个月后孤身回国。陆政千和陆雪棠也到了。几人都保持着恰当的距离，比陌生人还要疏远。

很显然，陆政千的到来并不是为了简菱，而是为了陆茶栀。

外婆去世，陆茶栀已经没有理由再继续留在杉城。陆政千是这么想的，简菱也是。

陆茶栀整夜没合眼，一直待在灵堂内，年老的黑猫也安静地趴在一旁。

等外婆的骨灰葬入陵园，亲戚们都着黑衣，撑着黑伞站在雨中。陆茶栀跪下，对着墓碑磕了三个头。

回家后，所有人都忙碌着葬礼的后续，却各怀心事。

都说动物通人性，黑猫是在陆茶栀六岁来到杉城之前外公收养的，外公去世时它在灵堂里待了整夜，现在外婆去世，它也是如此。

陆茶栀回家后，在屋檐下的角落里，发现了这只黑猫。

它去世了，整个身体蜷缩在一起，已经没了呼吸起伏。全身漆黑，只有胡子是花白的。

当天晚上，陆茶栀把黑猫葬在屋子后面的树林里。

忙完这一切后回到卧室，还没开始洗漱，简菱和陆政千像排好了序似的，一个接一个来找她谈话，旁敲侧击地问她对接下来的生活的安排和想法。

陆茶栀很累，脑子乱成了糨糊，她没精力和他们周旋，只说了些可有可无的客套话，送走父母两人。

简菱住家里，陆政千和陆雪棠住酒店。

等陆茶栀洗完澡，躺到床上，听见家里彻底安静下来，才松了一口气，闭上眼开始思考以后的事情。

事情走到现在这一步，她很清楚自己的处境，无非是要在父母之间选择一个人，他们不会让她一个人留在这里。

耳畔是未歇的雨声，雨点打在树叶上，伴着重力滚落到地面。一瞬间白光透过窗帘缝隙映亮了卧室，又黯淡下去，紧接着是压抑的雷声。

陆茶栀起身摸到手机，打开床头柜上的夜灯。

清明一共有三天的假期。陆茶栀继上次寒假后再一次消失，连着两天没有再回许佑迟的消息。

晚上，许佑迟在自己的书房，心不在焉地写着数学试卷。

九中老师出题是出了名的心狠手辣，就怕学生能把题做出来。大多数学生两个小时都不能完成的题量，许佑迟用一个小时写完，压轴大题还写了三种解法。

刚刚落笔，手机的消息提示音适时响起。

他拿过来，解开锁屏。

【姜卫昀：阿迟哥哥。】

【姜卫昀：救救孩子救救孩子救救孩子。】

【姜卫昀：我妈马上要检查我的作业了，给孩子看看数学试卷吧，求求你了。[/大哭]】

也不知道自己在期待个什么劲。

他把试卷拍了照给姜卫昀发过去。

【姜卫昀：谢谢宝贝儿，我直接爱你。】

【许佑迟：滚。】

【姜卫昀：Yes，sir！】

许佑迟把书桌整理好，在楼下的客厅里找到勿相汪，抱着它到三楼的露台上去吹夜风。

星光疏淡，夜色冷清。赵蔓喜欢花，露台栏杆旁的花盆里栽种的洋桔梗和茉莉长势良好，已经开出了花骨朵，藏在叶子中央。

许佑迟坐在椅子上，手机一直停留在和陆茶栀的聊天界面。

坐了很久，直到他怀里的猫忍耐不住开始咬他的手机，他才回神，轻轻拍了拍勿相汪的脑袋。刚要移开手机，聊天框内突然弹出来一条消息。

【落日出逃：许佑迟，我是说如果，如果我现在有两个选择：一个是出国，一个是去黎城，你是我的话，你会选哪个？】

陆茶栀靠着枕头删删写写，最终把这条消息发了出去，自己默读了一遍之后又撤回了。

整个过程不超过十秒钟。

这段话太矫情了。

陆茶栀觉得自己其实是很清楚心里的选择的。突发奇想来问问许佑迟，不过是想增加那么一点没有实际价值的安全感。

撤回又是害怕他给出的答案不是自己想要的，或者说是没有达到她的心理预期，产生的落差让自己失望。

没有人喜欢失望。

陆茶栀害怕失望。

她脑袋有点疼，关了手机，缩进被窝里，闭上眼睛。

不一会儿，听到手机振动的声音。

陆茶栀睁开眼，拿过手机，看到屏幕上显示的一串熟悉的数字。

她没有给许佑迟备注，但她记得他的电话号码。

陆茶栀按了接听键，把电话放到耳边。

两边都静悄悄的。

不知道过了多久，她听到许佑迟说："陆茶栀，我不知道发生了什么，所以我没有办法把我代入你的处境来决定这件事情。但是，如果一定要我选的话，出于私心，我希望你来黎城。"

他说："我在这里。

"我会照顾好你的。"

年少的承诺稚嫩又坚定，不顾一切地将未来不确定的因素定格框住，是否算数尚且需要检验。

但承诺若是沾上了"私心"这个词，永远都会是对付少女最致命的撒手锏。

陆茶栀不知道自己是怎么变得这么相信许佑迟的。明明他和她才认识半年，见面的次数也屈指可数。她就已经可以不顾一切地相信他所说的话。

孤注一掷吗？

试试吧。

毕竟他说过的。

"不会让你输的。"

陆政千安排人给陆茶栀办理了转学手续，陆茶栀说想先留在杉城，等外婆头七过了再走。他没勉强她，带着陆雪棠先回了黎城。

简菱知道陆茶栀的选择后也没再说什么，第二天就收拾行李回了英国。

在简菱看来，她想带陆茶栀走的原因，只是想给她更好的教育资源和环境。她不希望自己的女儿和小镇上的那些人一样将来碌碌无为，荒废一生。

陆茶栀说得没错。

简菱只是单纯地看不起这个十八线城市，她的女儿生活在这里，似乎也在无形之中拉低了她的生活水平。

只要陆茶栀不待在杉城，至于她最后是去黎城还是去英国，简菱都能接受。

陆茶栀回了趟一中收拾自己的东西，顺便和班上的同学道别。

方槐尔听说陆茶栀回来时，她已经办好了转学手续，中午在宿舍里抱着她哭得上气不接下气。

陆茶栀拍拍方槐尔的背，安慰道："没事的，我又不是不回来了，我保证我以后每周都给你打一个视频，能不哭了吗宝贝？"

陆茶栀六岁来到杉城，方槐尔和她从小学到高中一直是同班同学。一年级时班主任把两人调到一起做同桌，方槐尔成了陆茶栀在杉城认识的第一个陌生人，陪她走过最初最难熬的日子。

两人形影不离至今，也终于要走到分别的时候。

哭了好一会儿，方槐尔才平静下来，抽噎着说："你说的，每周都要打电话，不打你就是狗。"

"好好好，我说的，不给尔尔打电话我就是狗。"陆茶栀揉了下方槐尔的头，说道，"相信我好吗？"

方槐尔嘴巴往下一撇，又要哭出来了："你居然抛弃我了，臭女人。"

"我没有抛弃你。"陆茶栀望着方槐尔湿漉漉的眼睛，郑重承诺道，"我会一直一直想你的，每一天都想你。"

方槐尔的眼眶又酸又红，强忍住没再哭出来。

陆茶栀又回了趟教室搬书，在桌面上收到了很多东西，有信件，有零食，有礼物。陆茶栀把这些一一装好，拉着行李箱刚要走出学校。

她回眸，最后看了一眼她待了已经有三年多的校园。上课铃敲响，喧嚣的校园趋于安静。

陆茶栀在心里默念。

"再见。"

外婆头七那天也下了雨，陆茶栀撑着伞去了趟陵园。

把鲜花放在墓碑旁，她蹲在墓前，像是以往蹲在外婆脚边那样。

"外婆，"陆茶栀轻声说，"我要去黎城了。去和爸爸还有姐姐一起生活。妈妈一个人回英国了，我没有选择和她一起，你会怪我吗？

"我在杉城住了十年了，现在要离开这里了，尔尔说她很舍不得我，我也会舍不得她。在这里除了你和外公，尔尔对我最好了。要是你还在就好了，我就不用走了，可以一直一直陪着你们了。

"外婆，你还记得吗，你过年的时候跟我说，要我找到一个能好好照顾我的人。

"那个人也是这样答应我的。他在黎城，他说，如果我过去了，他会照顾好我。"

陆茶栀低头笑了笑："外婆，你相信他的话吗？

"我也不知道他说的话能不能当真，但是，我想去试一试吧。如果他说的话是真的，我以后一定会把他带来见你的。"

"外婆，"陆茶栀轻抚墓碑上的照片，低声哽咽，"我要走了。"

去奔赴一个人。

不顾所有。

第七章

事不过三 他仰望着陆茶栀。

　　陆茶栀坐周五下午的飞机来到黎城，陆政千亲自来机场接她。回家换了身衣服，等到傍晚时分，陆政千和陆茶栀一起去接陆雪棠放学。

　　陆茶栀坐在车后排，按下了车窗，无所事事地看着从校门口鱼贯而出的穿校服的学生。

　　陆政千看陆茶栀无聊，主动开口找了个话题：“你上次来过这里，对吧？”

　　陆茶栀靠着椅背，轻飘飘地“嗯”了声。

　　陆政千问：“你觉得这个学校怎么样？”

　　“挺好的。”陆茶栀盯着远处，目光疏淡。

　　“那就好。”陆政千笑了笑，“爸爸帮你把学籍转到这个学校了，正好你姐姐也在这里读书，有什么事情她也能及时帮你。”

　　陆茶栀没意见，回复：“好。”

　　车内又恢复了安静。

　　南方沿海城市的温度总要高一些，杉城四月阴雨连绵，黎城阳光明媚。夕阳西下，余晖不如盛夏时绚丽，但也清亮明晰。

　　陆茶栀的视线一直看向校门口的方向，定格在一个熟悉的身影上。

　　她第一次看见许佑迟穿校服。

　　他肩上背着纯黑色的书包，手里拉着行李箱，和一群男生一同走了出来。

　　他本身就是又高又瘦的衣架子，或许是和熟人走在一起，少了点生人勿近的冷冽气息，藏青色校服又给他添上澄澈干净的少年感。

　　他们在聊天，话题应该很有意思，隔着一条街，陆茶栀看见，许佑迟的嘴角微弯，低低笑了起来。

　　心灵感应般，那一瞬间，许佑迟像是察觉到了一道灼热的视线，本就浅淡的笑意散下去，转头向这边看来。

　　陆茶栀赶忙低头，耳侧长发挡住自己的大半张脸，升起车窗。

走在许佑迟身旁的易卓也朝着这边看过来，好奇地问："你家的车？"

许佑迟看着关得严严实实的车窗，收回视线，说："不是。"

易卓不解道："那你看什么呢？鬼鬼祟祟的，你被人跟踪了？"

许佑迟嘴角扯起一个笑，说："侦察能力这么强，不去做刑警真是委屈你了。"

许佑迟感觉那辆车里的人很奇怪，他还没来得及看清那人的容貌，车窗就已经被升了上去。

很明显，那人的确是在看他。

他在手机备忘录里记下那辆车的车牌号，旁边的姜卫昀突然靠过来，拍拍他的肩膀，说："兄弟，明天晚上唐大小姐的生日趴你去不去？"

唐月真毕竟是学校里有名有姓的美女，家里条件也不错。这次她生日，邀请了班上和年级上的一些玩得好的同学，明晚在云渡广场那边请客吃饭，顺便还安排了其他的娱乐活动。

经过上次话还没说完就被许佑迟拒绝的事情以后，唐月真就没再和许佑迟有过交集，这次也没有向他发出邀请。

"不去。"许佑迟想也没想地拒绝。

"不是吧哥哥。"姜卫昀拧着眉，"你真成了'女性绝缘体'了？方圆五米之内拒绝出现异性的那种？"

许佑迟没说话，倒是易卓抢先替他回答了这个问题。

"九中神话，'冰清玉洁许佑迟'七个字你听过没？我们迟崽对女生从来就不感兴趣。"

许佑迟不知道为什么，大家闲来无事都很喜欢给他臆想一些稀奇古怪的人设，他听易卓说着，懒得回应。

接到陆雪棠后，晚上父女三人一同去餐厅吃了江南苏锡菜。苏州园林的装潢风格，仙鹤飘在云雾里，屏风上画着传统的中国泼墨山水画，环境清幽典雅。菜品鱼蟹虾偏多，口味较清淡。

晚上回家，陆茶栀在自己的房间收拾东西，听到一阵敲门声。

她打开门，陆雪棠站在门口，手里端着色泽金黄的煎蛋和一杯温热牛奶。

陆茶栀侧了侧身子，让陆雪棠进来。

"怎么了？"

"你晚饭吃得少，我给你随便弄了点当宵夜。"陆雪棠把餐盘放到书桌上，"牛奶趁热喝，不然胃会着凉。"

能感受到陆雪棠对自己的关心，陆茶栀微微笑道："谢谢姐姐。"

姐妹俩又聊了一会儿，陆雪棠起身，准备回自己房间睡觉，临走前突然想起来一件事，转身对陆茶栀说："刚刚吃饭的时候爸爸说周一早上带你去报到，这周正好是高一高二的月考，你不想参加考试的话就和爸爸说一声，让他周四再带你来报到。"

"没事。"陆茶栀没太在意一场考试，回道，"都差不多。"

"嗯。"陆雪棠点点头，走到门口，手心扶着门把，说道，"我先去睡觉了。晚安，早点睡。"

"晚安姐姐。"陆茶栀笑着，望着陆雪棠走出去，卧室门也随之关上。

陆茶栀静静站在门口，转过身，目光扫过整个房间。

卧室还是她小时候住的那一间，童话书完好无损地摆在书架上，洋娃娃一尘不染。

四周都是过去没变过一丝一毫的模样，以往的记忆铺天盖地席卷而来，陆茶栀才惊觉，原来她离开这里，离开这座城市，已经有了那么久的时间。

第二天陆政千要参加城西一块地皮的竞标，早上起床后，他亲自给姐妹两人准备了早餐，才坐上车离开别墅。

陆茶栀昨晚没睡好，一直睡到了上午十点多钟才起床，保姆帮她热了三明治和牛奶，温声告诉她，三明治是陆政千做的。

李姨在陆家工作二十年有余，算是看着陆茶栀长大的，本意是想劝说陆茶栀回到这里家和万事兴，可现下，陆茶栀坐在餐桌前，喝着牛奶只点点头，没有其他反应，李姨叹了口气，没再多说。

陆茶栀机械地咽着食物，她自己也说不上来是什么感觉。

这么多年过去了，长大后，她和陆政千本应该是无比亲近的人，却沦落到现今疏远的境地。父女两人一直保持着这种若即若离的关系，谁也没有挑明，都只是在被动地等待着这个缓冲期过去。

吃完晚饭，陆雪棠去上小提琴课，陆茶栀也出了门，收下陆政千微信她的转账，去打卡一家黎城很出名的画室。

画室名叫"Altlantis"，在寸土寸金的黎城中心商业圈，包下了两层写字楼。

出了电梯后，前台有人给陆茶栀介绍画室和课程，并带着她参观了教室。

冷白格调的现代简约风走廊，墙壁上挂着师生的画作和照片。陆茶栀买了课程，立即有工作人员加她的微信，把课程时间安排表发给了她。

陆茶栀想先在这里画一幅画再回家。

推开画室门，老师弯腰在画板前指导学生。

工作人员给她拿了全新的画板和作画材料，陆茶栀将画板拿到角落里，用夹子夹住纸张，伸手抚平褶皱。

色彩比较费时间，她选择了速写。

拿到照片，确定好比例和构图以后，她用铅笔开始定点起形。

画的是一个坐在椅子上看报纸的老太太，画的过程中老师梁知走过来一趟，看见她的画，顿时有些意外道："你是美术生？"

陆茶栀画完人物五官，停笔，说："不是。"

"你画得很不错。"老师笑得温和，问，"以前是学画画的？"

"嗯。学了十多年了。"

"画得比我带的那些美术生好多了。"梁知推了推眼镜，仔细看了下她的画，"人物五官还可以观察得更细致，反复比较，最后再注意一下用笔的力度，刻画细节，就可以更好了。"

"好。"陆茶栀点点头，"谢谢老师。"

"不谢。"梁知眼里是藏不住的赞赏意味。搞艺术的人总是很爱惜人才的，他已经太久没有见过真正画画有灵气的学生了，陆茶栀算是一个。

有人画了十多年的画也依旧停留在像不像的阶段，但陆茶栀的绘画水平很显然已经远超那个阶段了。

"有考虑过走艺术这条路吗？"梁知问。

陆茶栀说："目前没有。"

梁知略微有些惋惜，还是尊重学生的选择，说："你接着画吧，有什么问题随时喊我。"

"好的，谢谢老师。"

"嗯，好好画，继续加油。"梁知说完，又去指导画室里别的学生了。

画完速写，陆茶栀专门练了会儿人物五官，又和梁知交谈了几句。听到窗外传来淅沥的雨声，她迅速收好自己的东西，起身离开。

电梯等了好久才下来，里面人很多，都是一群学生模样的同龄人，约着出来聚餐。

陆茶栀走进电梯，站到角落里，忽略掉几缕投向她的打量目光，低头给方槐尔发消息。

指尖触在手机屏幕上打字，她听到电梯里一个男生握着手机在发微信语音。

"哥哥，求求你了，送几把伞来行不行啊？你是不知道现在那个雨下得有多大，你忍心看我们一群人全部淋成落汤鸡吗？求你了哥哥。"

电梯到达一楼，走出去的时候，陆茶栀听到了那个男生手机里的回复。

他似乎是为了让所有同学能听见，特意开了外放。

手机里那道男声略低，偏冷，说出的话也冷冰冰不近人情。

"自己不会去超市买伞？你晚上都吃了些什么东西，让你遭到瞬间降智的打击，需要我帮你打电话举报下那家店吗？"

陆茶栀觉得那声音很耳熟。

但这种又冰冷又欠揍的语气，陆茶栀从来没有在许佑迟那里听到过。

这段语音，陆茶栀作为一个路人，只是听着，也在心里默默感叹对方欠揍归欠揍，逻辑还是很缜密的。

至少一针见血地点明了现在应该去买伞，而不是傻傻地在那里等雨停或者等人送伞来。

但当陆茶栀走到出口，看见雨势有多瓢泼凶猛，她忽然又换了一种想法。

不然……还是给姐姐打个电话让她来接吧。

但陆雪棠晚上九点才下课。

陆茶栀抿抿唇，静默地站在屋檐下。

现在时间不过刚到晚上八点，天色已经完全暗了下来。这场雨来得又狠又急，十分钟不到的时间地面完全湿透，某些地方已经蓄起了积水。

黄豆颗粒大小的雨点如断了线似的重重往下砸。

陆茶栀呼出一口气，做出决定。她把手机放进包里，沿着这条街的建筑物屋檐底下往前快步走，试图找到一家便利店。

没两步，就经过两栋写字楼之间的一个头顶没有任何遮挡的巷口。

雨丝如瀑砸落在身上，后背黑裙瞬间洇湿了大片。

等跑到便利店的门口，陆茶栀的那条黑色裙子已经被雨水打湿，冰冷地紧贴在皮肤上，长发也沾了雨，粘着脖颈和后背，整个人显得凌乱不堪，像刚从海里被捞起来。

陆茶栀从挎包里拿出纸巾，擦干脸上和手臂上的雨水，走进店里买了一把雨伞。

她撑着伞，按照手机上的导航走到最近的公交站台等出租车。

出租车的车轮碾过地面雨水，在云渡广场的站台停下。

许佑迟付了钱，撑开伞，鞋底踩到蓄积了雨水的路面。他尚未关上车门，一个穿着黑裙子的女生站在车边等着上车。

两人视线在半空中交汇的那一瞬间，四周的空气突然僵硬了起来。

一时之间谁也没有动作，雨点噼里啪啦打在两把伞上。

司机察觉到不对劲，往后车门这边看了眼，问："姑娘，你到底是上车啊，还是不上车啊？"

陆茶栀移开目光,很有礼貌地说:"不好意思啊师傅,您先走吧,我不上车了。"

司机走了,许佑迟沉默地和陆茶栀对视。

视线落在她被雨淋湿的黑裙所勾勒出的纤瘦身形上。

等许佑迟再次看向她的眼睛时,陆茶栀从他漆黑的瞳孔里,看见了那双桃花眸里,天生赋予的冷淡和漠然。

他面无表情,薄唇的嘴角平直。

她看不懂,但很明显感受到,他心情并不好,或者说,很差。

许佑迟一言未发,迈开腿往前走。

陆茶栀咬咬唇,挫败地低头停在原地。在许佑迟同她擦肩的那一瞬间,她倏而感到冰冷黑夜间,破碎的除了雨珠,还有一些别的东西。

许佑迟却并未像她想象中那样转身离开,反而在她身侧停下了脚步。

两秒后,他说:"跟我走。"

陆茶栀抬起头,回眸看着他的背影,眨了下湿润的长睫。

经过便利店,许佑迟买了把新的雨伞。

陆茶栀觉得天意弄人。

世界上哪有那么多巧合。电梯里听到的那个声音不是像许佑迟,而就是他的。

出了便利店,许佑迟按姜卫昀给的地址,走到商场楼下。

他拨通姜卫昀的电话:"出来拿伞。"

陆茶栀站在他身边,黑色长裙裙摆在冷风中轻晃,凉意丝丝缕缕缠绕住手臂和后背。

冷。

比雨更冷的,是许佑迟的语气。

姜卫昀原本就没想过叫许佑迟来给他送伞,但寿星唐大小姐的闺密们一直在起哄,姜卫昀被逼无奈,只得缠着许佑迟来。

他屁颠屁颠地从二楼的 KTV 里跑出来,接过许佑迟扔给他的伞,还没想好用什么话把许佑迟拐到 KTV 里去,谢谢都还来不及说,许佑迟转身就走,丝毫没有顾及他们十多年来的兄弟情分。

姜卫昀喊许佑迟的名字,许佑迟却像听不见似的,脚步没有任何犹豫和停顿。

陆茶栀走在许佑迟的身后,想了又想,低声对他说:"后面那个人在喊你。"

许佑迟终于停下来。

陆茶栀和他对视了一秒钟,触及他寡淡冰冷的目光,她瞬间就没了话。

一路走到公交车站台,陆茶栀没再跟许佑迟讲话。

等待出租车驶来,陆茶栀撑着伞,任由冷风吹拂,湿冷黑裙粘在白皙皮肤上,凉意浸透骨缝里。

肩上覆上一层温暖，丝丝缕缕的淡冷香气，驱赶试图将她冻僵的冷意。

许佑迟脱下了外套，搭在陆茶栀的肩膀上。

陆茶栀静静看着他，谁也没有先说话。

上了出租车，司机问："去哪里？"

许佑迟转头看她，出声："你家在哪儿？"

陆茶栀报了个地址，一路无言。

她嗅到许佑迟衣服上的香味，与冷雨潮湿的裹覆不同，却又相似，是另一种意义上的，将她的呼吸和感官侵袭。

他大概是换了一款沐浴露，柑橘调的味道，像小时候吃到的橘子味水果糖。

冷冽青涩的酸中藏着丝甜，是他的温度和气息。

出租车开到别墅区入口就停下，许佑迟跟陆茶栀一起下车，把她送到了家门口。

大门入口的台阶上亮着灯，陆茶栀走到台阶上，收了伞，转身，说："我到了，谢谢你。"

许佑迟还站在雨里。

这样看起来，他们的高度差颠倒了过来。

他仰望着陆茶栀，陆茶栀俯视着他。

"陆茶栀，"许佑迟望着她的眼睛，问，"你什么时候来的？"

陆茶栀抿抿嘴角："昨天下午。"

她是想，等周一去了学校，再告诉他的，不是故意要瞒着他的。

但似乎跟上次一样，她以为的惊喜，并不是许佑迟喜欢的惊喜。

半晌，陆茶栀率先移开视线。

"陆茶栀。"

许佑迟的嗓音混着淅沥雨声，落入她的耳膜，距离感强烈到恍若隔着万千山水。

"你要转来九中，对吗？

"你想和上次一样给我一个惊喜，对吗？"

陆茶栀说不出话。她喉间哽咽，垂着的脑袋点了点，鼻头泛酸。

许佑迟走上台阶，很浅地叹了口气，勾起食指，用指关节擦掉她滴落的泪珠。

疏冷月色被雨幕揉得细碎，雨滴浇落于树梢和伞顶，别墅的高脚路灯，照亮两人的身影。

陆茶栀抬起脸，皮肤很白，是病态的冷白。水汪汪的大眼睛，眼眶红红的，湿漉漉的。

深压心底的负面情绪在此刻偃旗息鼓，许佑迟整颗心脏彻底软了下来，向她投降，声音是放软的柔和。

"别哭了，我都知道的。"

陆茶栀止住泪意，望着他那双昳丽的漆色眼眸，于冰冷雨夜显露出的温柔。

等陆茶栀进了门，关上别墅大门，许佑迟才撑伞离开。

睡前，陆茶栀接到许佑迟的电话。

他问："你知道一个成语吗？叫事不过三。"

陆茶栀坐在卧室床边，望着窗外掩在树影和雨幕后的微弱模糊月光，她愣住，手指下意识攥紧身后的轻软薄被，隐约觉得这话有些耳熟。

电话另一头，许佑迟沉默了很久，再次开口：

"陆茶栀，别让我第四次半夜在街上捡到你。

"晚安。"

第八章
许愿许诺 "In thy light, I will see light."

周一早上，陆政千带着陆茶栀去黎城九中报到。

在校长室和校长及教导主任见了个面，陆政千就先行离开。主任带着陆茶栀去领了校服，又带她去宿舍，一路上都很和蔼客气。

她还没有分班，宿舍里只有她一个人住。

因为正好碰上月考，校方想通过这次考试再来给她安排合适的班级。

陆茶栀换好了校服，时间已经快上午八点半了。她拿着考试工具走到刚刚主任给她指的那栋教学楼，学生们都忙着布置考场，把多余的课桌堆到走廊上。

考场是随机排序的，陆茶栀刚好分到高一 (3) 班。六乘五的考场，陆茶栀坐在一号位，靠窗那排第一个。

九中的入校门槛和教育质量成正比，近些年来，半途转学进来的学生寥寥无几。所以，当这周会有转校生到来的消息一经传出，便在年级上迅速广泛地散播开来。

陆茶栀在座位上坐下，教室里原本三三两两凑在一起，或聊天或复习的学生，目光似有若无会飘到她的背影上。

陆茶栀将黑色水笔放在课桌上，她对语文考试的内容都复习得差不多，抬起眼帘，将视线落在窗外的晨光里。

夏初的海滨城市阳光已经足够明媚炽热，穿透被擦得雪亮的玻璃窗，洒落在课桌和地面，映亮整间教室。

许佑迟迈进教室前门的瞬间，看见陆茶栀坐在光里。

说不清是什么东西。

怦！怦！

随着夏日阳光，在她的侧脸上跳跃。

易卓走在许佑迟的身侧走进教室。他怀里抱着本语文必修二，嘴里念念叨叨，正临时抱佛脚，快速又小声地背诵着《离骚》。

"制芰荷以为衣兮，集芙蓉以为裳。不吾知……知什么来着……"

他皱着眉头看向许佑迟，试图在许佑迟身上获得点帮助，许佑迟却好似没有听见，目光丝毫没有偏移，径直向窗边座位走去。

易卓望着许佑迟远离的背影，撇撇嘴，低头翻开怀里的语文书，寻找着答案。

教室里的每张课桌的右上角，都贴了考生的姓名和考号信息。

第二列的第一张课桌，12号座位，考生姓名，许佑迟。

许佑迟在自己的座位落座，监考老师也随之抱着厚重的密封袋走进考场。老师年过半百，将手里的保温杯放在讲桌上，发出声响。

陆茶栀从窗外那一排排高大的榕树上收回视线，转眸坐正，看向讲台上站着的监考老师。不经意间，余光瞥见自己右手边坐着的那个人。

两道目光在空气中碰撞。

陆茶栀愣怔，待看清那望向她的眉眼，又慢慢弯了弯唇，露出笑颜。

一看见许佑迟，她便本能般地，生出缕缕欢喜，一寸一寸地蔓延，在心尖漾起涟漪。

教室里最后维持了一分钟短暂的喧嚣，考前十五分钟，考生将无关用品放到教室外堆放的课桌上，监考老师开始分发答题卡。

漫长的两个半小时语文考试，文本阅读节选自黄锦树的《雨》。

"你没在梦里出现，但如果我的喜悦是烟，你的存在应该就是那火。也许轻易的抵达就够让我的欢喜充塞整个梦了。"

陆茶栀读到这一段，忽然就回忆起，前天那个冷雨夜晚，在家门口那盏庭院式路灯下，许佑迟替自己擦去眼泪时，修长手指，微凉温度，指背轻划过她的眼角。

潮湿夜雨，青涩柑橘。昏黄光线，朦胧月光，和少年的温柔，一同沉浸在那晚的梦境里。

窗外阳光带着点初夏温暖，平铺落于桌面试卷。

陆茶栀垂着纤长眼睫，在那一段文字旁边，一笔一画，落下三个字。

许佑迟。

上午十一点半，语文考试结束。

易卓出了考场，在人群里找到许佑迟，想和他一起往食堂的方向走。许佑迟站在栏杆那边，往楼梯口看了眼。

陆茶栀穿着宽大的九中校服外套，单肩背着空荡荡的书包，一个人走在人群里，往楼下去。

教导主任早上告诉过陆茶栀，食堂只能使用校园卡支付，她现在还没有拿到校园卡，所以只能去超市用现金买东西。

此时高一高二的语文考试刚刚结束，其他年级还在上课，学校超市里零零散散没几个人。

陆茶栀拉开冷藏柜的玻璃门，随手拿了一瓶水蜜桃味的汽水。易拉罐是银白色的包装，印着粉色的桃子图案。

去往收银台的过道上，冷藏货架里摆着新鲜的水果，用保鲜膜封了口。她拿了一盒草莓，和汽水一同放到收银台上。

收银阿姨扫了条形码，陆茶栀正要递出手里的纸币，一张校园卡比她先一步放在了收银台上的刷卡机上。

身后传来清冷疏淡的音色。

"刷卡。"

陆茶栀动作一顿，垂睫。

拿着校园卡的是一双很漂亮的手，骨节分明，纤长白净。

收银阿姨对这种男生替女生刷卡的情况见怪不怪，陆茶栀阻止的话还没说出口，收银阿姨已经动作流畅地按下几个数字。支付完成。

走出收银区域，给身后结账的人让出位置，陆茶栀转头看向许佑迟，说："钱我等下微信转给你。"

许佑迟不甚在意地移开话题："你还没拿到校园卡吗？"

"杨主任跟我说要明天早上才拿得到。"

许佑迟没再问什么，把自己那张校园卡递给她，说："你先用这个。"

陆茶栀看见校园卡的姓名那一栏上印着的"许佑迟"三个字，沉默了一下，问："那你用什么？"

许佑迟没回答，反倒是说："你先去吃饭，中午好好休息，下午考试加油。"

说完，他转过身，朝站在不远处等着他的那几个男生走过去。陆茶栀站在原地，拿也不是还也不是，最后还是没去食堂吃午饭，回了宿舍吃水果。

其他男生可能已经不记得陆茶栀了。

但易卓作为当初在社团嘉年华那天，亲眼看见许佑迟特地把衣服拿给陆茶栀的当事人，他永远都忘不了，那个能让对女人不感兴趣的冰山少爷彻底融化的漂亮妹妹。

校园里消息的传播速度向来快，从走出考场，易卓便听闻那个转学来的女生，是个顶尖漂亮的女神。

可，那又与他何干呢？

女神早就和许佑迟打得火热，甚至，许佑迟还一点没有自己作为知名帅哥的自觉，当着那么多学生的面，帮她刷卡买单了。

呵呵。

食堂里人潮拥挤，许佑迟他们一群男生坐在餐厅二楼靠窗的地方。

长形餐桌上，这顿午饭和平日里没什么不同，大家嘴上都在聊着考试或者别的什么话题，但气氛与往常大不相同。

所有人都在好奇许佑迟和那个漂亮转校生的关系，无数问句在嘴边，但又没有一个人真正问出来。

当事人许佑迟一直没有说话，游离在他们的话题之外，他沉默不语，让其他人更加不好意思提问。

易卓眼神呆滞，目光空洞，心思完全飘到了远方，整个人看起来像是生无可恋。

他觉得自己此刻的心情，比朱自清落笔写下的情感更加落寞孤寂。

漂亮妹妹都是许佑迟的，他什么都没有。

陆茶栀在次日上午去教导处拿到了自己的校园卡，在下午考试前将许佑迟的那张还给了他。

月考持续三天，周三下午考最后一门英语。九中的题目向来难，晦涩难懂的生词，遍布整张试卷。

陆茶栀倒是写得很快，检查完整张试卷后还剩四十分钟。她百无聊赖地在草稿纸上涂涂画画，等待着这漫长的四十分钟过去。

考试结束，她拿着试卷和草稿纸，起身离开教室。

许佑迟的座位离讲桌近，被监考老师留下帮忙收答题卡。所有的考生都离开这间教室，许佑迟一张张收起答题卡，交给老师。

老师站在教室门口，接过那一沓答题卡，向他道谢："辛苦了。"

空无一人的考室被夕阳余晖笼罩，许佑迟回眸，静静看向窗边那张考桌。

他转身走到1号考桌边，那张印着陆茶栀姓名和考号的考签，被他撕下，同他自己的考签，紧挨在一起，一同完好无损地夹在他的日记本里。

陆茶栀睡觉认床，睡眠也浅，在九中的新宿舍里，即使是戴着眼罩和耳塞，睡眠质量也差得不行。

周四早上，她醒得很早，没去食堂吃早餐，在宿舍里听着英语听力，拿麦片和酸奶作代餐，吃完后又看了会儿书。

上午十点多的时候，操场上响起《运动员进行曲》，学生们下楼到操场做大课间操。

陆茶栀在宿舍收好书包，去教导处找杨主任。

行政楼离操场远，也隔音。办公室的门没关，杨主任正坐在电脑前整理资料，看到陆茶栀后立即笑了出来："来得正好，成绩刚出，过来看看，考得还不错。"

陆茶栀接过杨主任递来的成绩单，看见自己的年级排名，15。

杨主任对她这次的成绩显然十分满意，夸赞道："你转学到这边，之前学的教材差距比较大，这个排名已经非常不错了，高二高三再加加油，进年级前十的话，清北就不在话下了。"

九中竞争激烈，即使是高分段差距也都很小。

这个年级排名其实并没有达到陆茶栀的预期标准，她收起成绩单，点了点头，应下杨主任的话："嗯，我会的。"

老师天生喜欢这种乖巧听话的学生，杨主任眼里对陆茶栀的赞许又深了几分，说："分班结果也出来了，在高一（5）班，我带你去找班主任。"

陆茶栀跟着杨主任走到教学楼三楼，聂萍抬头看见杨主任领着一个女生走进办公室，顿时了然，这应该就是那个分到自己班上的学生。

办公桌前，杨主任转头对陆茶栀介绍道："这位是聂萍聂老师，你的班主任。"

陆茶栀乖乖向她问好："聂老师好。"

聂萍对陆茶栀的第一印象，是一个长得很漂亮的小姑娘，说话也温和有礼貌，加上聂萍之前已经看过她的成绩，心里对这位转校生的好感度上涨了不少。

办公室外逐渐传来喧闹声，大课间结束，学生陆续回到班上。

杨主任又寒暄几句便离开办公室，聂萍起身，合上笔记本电脑，招呼："走吧，我先带你去班上。"

路上，聂萍为了减轻陆茶栀初次到新班级的压力，温声安慰她道："没事的，我们班氛围很活跃，同学都比较热情，你来了五班以后与同学们就是一家人，不要有太大的心理压力，有什么问题随时来办公室找我。"

闻言，陆茶栀答了声"好"，跟着聂萍走进五班。

月考的成绩新鲜出炉，班上所有同学的成绩都打印在了一张纸上，贴在教室后门口的墙上。

班上很嘈杂，学生们大都围在后门看成绩，不知谁率先咳了一声，同学们才注意到讲台上多了两个人，赶忙溜回自己的座位上。

班里逐渐安静下来。

聂萍脸色缓和了些，站到讲台正前方说了一大通欢迎新同学的话做铺垫，才朝旁边站着的陆茶栀招了招手，示意她过来。

聂萍让陆茶栀介绍一下自己。

陆茶栀接过聂萍递来的白色粉笔，在黑板上写下自己的名字。

她之前全程安安静静地充当聂萍的背景板，终于说出了走进这个教室的第一句话。

"大家好，我叫陆茶栀。"

话音刚落，底下便响起猛烈的鼓掌声，尤以教室靠墙那一片的男生最为捧场，掌声经久不绝。

陆茶栀往那边瞥了一眼，看见几张熟悉的面孔。经常和许佑迟走在一起的那群男生坐在那里，但唯独没有许佑迟的身影。

聂萍对陆茶栀指了下教室最后面那张空出来的课桌："教室里现在只有一张空的桌子了，你今天先坐那儿，我尽快把新的座位表安排出来。"

陆茶栀看向自己的新座位，靠窗那一列的最后一排。她没什么意见，朝自己的座位走去。

聂萍安排好了这些事情就回到办公室，教室里的氛围瞬间变得热闹又活跃。一群男生离开了自己的座位，聚在一起又笑又闹，目光时不时飘向窗边那排座位的最后面，八卦神情丰富多彩，一览无余。

陆茶栀安静地坐在自己的新座位上，把书包里的东西拿出来放到课桌桌洞里。坐在她前面的短发女生转过身来，笑盈盈地对她说："你好啊，我叫白雨瑶。"

陆茶栀也朝她弯唇，露出浅浅笑容，回道："你好。"

白雨瑶盯着她的眼睛两秒，神色忽地变得暧昧，凑近了点，压低声音问道："你是不是和许佑迟很熟呀？"

陆茶栀稍怔。

白雨瑶这么直白坦荡地问，一时间让她不知该如何回答。

很熟吗？

似乎也不至于。

他和她在此之前，也只是短暂地见过三次而已。

两次在杉城，一次在黎城。

白雨瑶也看出她的为难，没再继续追问，主动化解尴尬道："没事啦，我也就只是问问，你不想说就算啦。"

感觉白雨瑶话里有话，勾起了陆茶栀的好奇心，她眨眨眼，问："什么事情？"

白雨瑶跟她对视五秒，差点就陷进她那双水灵灵的葡萄般的大眼睛里。

白雨瑶回神，刚想开口再说些什么，上课铃打响，数学老师已经走进了教室里，身后跟着一个身形颀长的少年。

陆茶栀朝教室前面望过去，刚好跟抱着一摞数学试卷的许佑迟的目光对上。

许佑迟眼里一闪而过某些情绪，但他的神色始终都很淡，在旁人眼中，他跟往常几乎没什么差别。

数学老师的普通话并不太标准，让许佑迟把试卷发到同学们手里，他自己拿了一支粉笔，转身在黑板上写试题。

许佑迟去发试卷。

陆茶栀将视线从他的脸上移开，落到窗外成排的高大香樟树上。

黎城是莎翁笔下拥有 eternal summer 的沿海城市。夏初春末时节，蔚蓝色的天明净到不带一丝杂质，澄澈阳光的照耀下，香樟树枝繁叶茂，树冠枝丫上盛开着一簇簇白色的绒花。

跟梅雨时节杉城的湿与潮形成鲜明的对比。

陆茶栀想着，往年这个时候，在杉城，应该是细雨连绵，连着好多天都见不着太阳。外婆从街上买回来几束粽叶，坐在走廊上，听着缠绵雨滴从青石瓦上落下，耐心地和她一起将糯米放进粽叶，包着粽子。

身侧的阳光被遮挡，洒下一片阴影。

陆茶栀回过神，侧头看去，许佑迟背对着她，站在她的课桌旁，跟她邻桌的同学讲话。

许佑迟言简意赅道："换个位置。"

正在看杂志的姜卫昀抬起头，疑惑得五官皱在一起，说："……啥玩意儿？"

许佑迟淡淡看他一眼。

"你昨天跟我说你要好好听数学课，要跟我换位置。忘了？"

姜卫昀摸不着头脑，下意识地反驳："我没……"

偏偏许佑迟的神色和语气都没有任何波澜起伏，将他打断："好，不用谢，你努力学习的态度很可贵，我也很赞同你这一点。你快点收拾，别耽误其他同学宝贵的上课时间。"

就算姜卫昀再蠢，许佑迟的语气那么刻意，他也反应过来了许佑迟真正的目的。

后知后觉反应过来自己被当成工具人的姜卫昀气愤不已，抓起自己的数学试卷和笔就起身，往教室中央的另一个位置走去。

作为旁观者的陆茶栀只听见许佑迟和原本与自己邻桌的那位同学说了些什么"换位置""好好听课""不用谢""我赞同你"，那位同学最后离开时的背影便十分迅速且决绝，许佑迟也非常坦然地在自己旁边坐下。

陆茶栀还是有些不解道："怎么了？那个同学不是坐我旁边的吗？"

与她抱有相同疑惑的，还有站在讲台上的数学老师。

万蒲用手推了推厚厚的眼镜，看向从最后一排坐到第三排来的姜卫昀，好奇道："姜卫昀，你怎么坐这里来了？"

姜卫昀刚在板凳上坐下，就听见数学老师亲切地问候并关心他。

他在心里将许佑迟痛骂了八百遍，面上还要装模作样，勉强对数学老师挤出一个不算太僵硬的笑来，解释："万老师，这次考试给了我一个沉重的打击，我痛改前非，下定决心要认真上您的课，攻克数学这门学科，坐前排更有助于我集中精力。"

万蒲了然地"哦"了一声，笑眯眯地点头夸奖道："姜卫昀同学虽然这次月考的成绩不是很理想，但是这种热爱数学的精神还是很值得鼓励的啊。年级第一都给你让位置了，坐到前面来就跟着老师好好学啊，别再打瞌睡了。大家都给姜同学鼓个掌，学习一下这种上进的精神。"

许佑迟端端正正坐在别人的位置上，面不改色地和同学们一起啪啪鼓掌。

他偏头看了陆茶栀一眼，像是在无声地对她说："看吧，就是他自己主动要跟我换位置的。"

万蒲刚夸完姜卫昀，话锋一转，又把话题引到许佑迟身上。

"我们班许佑迟同学这次发挥得还是相当不错啊，149分，不管是单科还是总分，都还是稳在年级第一上。试卷难度大家也都是有目共睹，年级第二只有135分。许佑迟差1分满分，有点遗憾，但也值得鼓励。"

万蒲看向坐在最后一排的许佑迟，顺带看见了坐在他旁边的那张生面孔。

"新同学？"他问。

陆茶栀点点头。

"叫什么名字？"

"陆茶栀。"

"哦，对。"万蒲反应过来，清了清嗓子，"陆同学就是这次数学单科的年级第二啊，第一第二都在我们班聚齐了，不错。"

陆茶栀垂眸，瞥见自己桌上放着的成绩单，放进抽屉里。

万蒲扫视班里一圈，温声开口："大家都拿到自己的答题卡了吧。没找到试卷的话先跟周围的同学一起看一下。前五题很简单，我就不讲了，从选择题第六题开始看起。"

万蒲在黑板上写出一串字符，说道："最简单的方法就是万能公式。"

陆茶栀提笔正准备记笔记，余光看见许佑迟直勾勾地盯着自己。她稍稍偏头，问："怎么了？"

许佑迟看了一眼她的试卷，又对上她的眼睛，神色自若，对她说："我没有试卷。"

陆茶栀愣了下，问："你的试卷呢？"

"在我的课桌上。"许佑迟慢条斯理地陈述，"我现在坐的，是姜卫昀的位置。"

所以，即使许佑迟差 1 分满分，听老师讲评试卷的时候，也那么认真，需要看试卷原题吗？

"那……"陆茶栀想了想，放下红笔，声音越来越小，试探性地问，"你要坐过来，跟我一起看吗？"

姜卫昀看见课桌上那张写着"许"字的数学试卷，正当他回头，准备把许佑迟的试卷让同学传过去的时候，刚好看见，许佑迟把课桌往左移，和新同学的课桌拼在了一起。

两人坐在一起，看着同一张试卷。

可真是"恩爱"呢。

姜卫昀骂骂咧咧地回头，把许佑迟的试卷扔进课桌桌洞里。

数学试卷的难度确实很大，但这也只是对于绝大多数的同学而言。

万蒲在讲台上讲得眉飞色舞，一道填空题的板书就写了大半张黑板。许佑迟坐在最后一排，百无聊赖地转着笔。

填空题的分值占比很大，一道题五分。

陆茶栀这道填空题是做错了的。她边听讲边计算，中间一个过程步骤算出来的答案，却和黑板上老师讲的答案不同。她又算了两遍，答案仍对不上。

她皱了皱眉，用笔画去草稿纸上自己的答案，余光被身侧的一只手所吸引。

上午阳光很好，暖洋洋地从玻璃窗外洒进来。许佑迟单手撑头，漫不经心地看着黑板。双眼皮下边的睫毛密且细长，像一把小刷子，根根分明。

笔在他纤长骨感的手指间打转，笔杆异常轻盈，移动的速度很快，丝毫不带停顿。

花里胡哨的技能，但不可否认的是，确实很吸引人。

陆茶栀在心里"啧"了声。

万蒲在前面讲得那么投入，他的得意门生许佑迟同学，恐怕压根就没把心思放在数学试卷上面。

陆茶栀扫了一眼就收回视线，没打算过多关注。她正准备将写得乱七八糟的草稿纸翻页，"啪嗒"一声，空气突兀地掀起波澜。

陆茶栀动作一顿。

不久前才见到的，在许佑迟手中的那支笔，此时此刻，正稳稳当当地躺在她的课桌上。

许佑迟抬起手，手臂绕过她正写字的手边，拾起那支滑落在她课桌上的笔。

他看了眼她的草稿，开口时语气寡淡："他写在第二个黑板最下面的那个步骤错了。M 点到 F 点的距离是七分之四倍根号四十。"

黑板上写的，是七分之二倍根号四十。

因为这句话，陆茶栀原本放在他那双手上的注意力，瞬间被拉回数学题上。她看向草稿纸上被自己画去的那个数字，又动笔把它重新圈了起来，在旁边重新写下一个相同的数字。

写完后，她轻轻吐出一口气。这样一来，后面的步骤终于能连上了。

许佑迟看陆茶栀凝重的神色终于重新变得鲜活，又想起她刚才苦恼地计算许久的模样，不由得低笑出声。

声线里带着少年独有的干净清冽感，如珠落玉盘。

闻声，陆茶栀转头，盯着许佑迟三秒钟，眨下眼睫，问："你刚刚都没算，就确定是七分之四倍根号四十吗？"

数学考试已经是两天以前的事情了。在这道题里面，M 到 F 点的距离是特别不重要的一个步骤，但计算量却大得离谱。

这么小的细节，许佑迟都还能记得那么清晰，陆茶栀其实是有一点点佩服的。或许不止一点点，也许还掺杂了她对许佑迟的别的感情在里面。

"建系之后把直线 MN 和 DF 的方程解出来，会比代数方法好算很多。"许佑迟说。

陆茶栀握着笔，跟他对视一眼，低下头，连接点 M 和 N，开始建系解直线方程。

这个方法确实比直接的代数法的计算量要简单一点，但需要绕弯思考的地方很多，而且很不容易想到，从解题的整体思路上来讲，不见得比代数法要简单。

至少，在考试的时候，陆茶栀没有想出来这个方法。

很多题目都需要细细讲解，一节课的时间，万蒲只讲完了选择和填空题。下课铃响，他布置了整理错题的作业后，便提着公文包离开教室。

黑板的最右侧，值日生用粉笔写了今天的课表，下一节是体育课。

万蒲前脚刚走，几个男生后脚便推搡着冲到教室后方，从书包柜的最下面一层里捞出一个篮球，站在后门口呐喊："迟哥，走了！你干吗呢？快快快，场子要被其他班占了！"

许佑迟还坐在姜卫昀的座位上，像是与外界的所有声音都隔绝，完全听不见其他人的催促，一笔一画地在草稿纸上给陆茶栀写下这道题最后几步的思路。

耐心得不得了。

向帆抱着篮球，往许佑迟坐着的那个方向多瞅了一眼，神色很复杂。

姜卫昀也难过至极，左手搭上向帆的肩膀，望着教室最后面那两道看起来似乎是贴在一起的身影。他摇摇头，叹气道："你敢相信吗，这个人就是九中神话，高贵冷艳不近人情的许佑迟大少爷。"

陆茶栀望着许佑迟的侧脸，不知道他是不是真的写题写得太专注，导致没有听见其他人喊他的声音。

她小幅度地低了低头，轻声提醒他："你朋友叫你去打球了。"

"知道。"许佑迟下笔的动作仍旧没停，极为利落地写下一串方程，说，"先把这道题讲完，不用管他们。"

陆茶栀有些迟疑道："你这样对他们，是不是不太好？"

许佑迟眉梢轻挑，侧眸看着她，反问："有什么不好？"

"就显得你很不好。"陆茶栀认真想了下，合理猜测，"他们以后会不会不跟你玩了？"

许佑迟没在意后半句，又继续提笔，好笑道："你觉得我是什么？"

"说出来怕打击你的自尊心。"陆茶栀看着他写下一连串笔锋凌厉的字迹。

许佑迟写下最后一个数字，将草稿本推到她面前，漫不经心地扯唇笑了下，说："我是不是应该感谢你，保护我脆弱的自尊心。"

"不用谢。"陆茶栀弯弯嘴角，收下草稿本，说，"我人美心善你也不是第一天知道了，去打球吧，拜拜哦。"

典型的得了便宜还卖乖。

许佑迟合上笔盖，将课桌往右挪了一点，搬回原处去。他看向陆茶栀，说："我走了。"

"嗯嗯嗯，知道了。"陆茶栀对着他写的步骤检查自己的计算过程，头也不抬道，"你快走吧，拜拜。"

谢谢，有被敷衍到。

偏偏当事人还沉浸在数学题里，一点没发觉自己的语气和动作敷衍至极。

许佑迟看着陆茶栀的侧脸，忽然笑了。

真的挺没心没肺的。

终于等到许佑迟离开，强忍了一节课八卦欲的白雨瑶终于再次回头，脸上的神情堪比了鸡血一般激动："我的天，许佑迟居然主动搬过来，跟你一起坐了！"白雨瑶眼里放光，她的座位就在陆茶栀的前面，一节课下来她也断断续续听到了一些身后传来的对话。这就相当于，她手里掌握了高冷"校草"和漂亮美人转校生的第一手八卦资料。

一想起刚刚传入自己耳朵里的谈话，白雨瑶兴奋得似乎能立马蹦起来。

"你是我们班，我们年级，我们学校，第一个和许佑迟这么近距离相处的女生！他为了你，都不搭理姜卫昀他们了！"

白雨瑶深吸一口气，又紧接着说："你知道许佑迟在学校里有一个头衔叫'冰清玉洁许佑迟'吗？"

陆茶栀摇摇头。

白雨瑶继续说："那是因为许佑迟的身边，从来都没有出现过女生，更别提他主动给女生讲题了。"

听上去他冷漠又不近人情，但陆茶栀想起初见他的那个夜晚，冷雨寒星，许佑迟穿着单薄的白衬衫，于肮脏狭窄的小巷中救出她。药店门口，唇红齿白的"冷面人"站在她跟前，单单瞥她一眼，都深深地吸引她。

陆茶栀收了神，被白雨瑶拉下楼，到体育馆二楼打羽毛球。同行的还有另外两个女生，看上去都是白雨瑶的好朋友。一个是长发高马尾酷妹，叫明诺；另一个是短发可爱甜妹，叫何思萱。

四个人一起打了会儿羽毛球，白雨瑶又提议说要去一楼看帅哥打篮球。

九中的体育课是分模块上的，好几个班共同上课。

体育馆一楼有室内篮球场，但场地没有室外的那么宽敞。她们上课之前经过一楼时，看见自己班的男生在那里打球。估计是他们来晚了，外面的场子已经被别的班占据，只能退而求其次，到体育馆里来打球。

看台上零星坐了些女生，大多都是对体育不太感兴趣的，也不想去外面晒太阳，三三两两聚在室内的看台上聊天。

四人坐到看台顶端那排位置上去。

正中间的那个篮球场上，五班和另一个班的男生在打友谊赛。从白雨瑶她们的谈话中，陆茶栀得知那是三班同学。

篮球场上，一道高挑颀长的身影，正流畅地运着球快速穿过人群。

长得好看的人天生就有吸人眼球的魔力，自带光环，就算在拥挤的人堆里，也能让人一眼看见他的身影。

那人脱了外面套着的校服，只穿一件白色T恤，起跳的瞬间若隐若现一小截精瘦的腰腹。

篮球落进篮筐。

比赛还在继续，许佑迟跟队友击了个掌，转身正要退回自己的位置上，却看见了坐在看台上的那道熟悉的身影。

刚运动完，许佑迟的呼吸还没有完全平稳下来。他面无表情地调整呼吸，胸腔微微起伏，却在目光触及陆茶栀的那一瞬间，嘴角很浅很浅地弯了一下。

下半场比赛，三班的男生明显感觉到了实力的差距。

许佑迟的打法明显凶了很多，他们除了开场时碰到过球，剩下的时间他们除了全场跑就是站在原地围观这场属于许佑迟的个人篮球秀。

运球回拉投篮，每一个动作都是花哨又华丽的，怎么帅怎么来，晃得对手头大。

易卓跑得累了，叉着腰喘气，眯着眼抬头看许佑迟转身急停，趁着对手愣怔的瞬间再投出球。

确实是帅，真的帅，出尽风头不给场上其他人留一点余地的帅。

正当易卓还在为许佑迟今天反常的强烈表现欲而感到疑惑的时候，向帆用手肘碰了碰他，示意他往看台那边看。

易卓直起身子望去，然后，看到了看台顶上坐着的人。

那一切就说得通了。

真有你的呢，许佑迟。

易卓酸溜溜地说："你觉不觉得，说许佑迟'冰清玉洁'真的是委屈他。他现在特别像……"

向帆问："像什么？"

"就像……"易卓犹豫半晌，找到确切形容，"一只疯狂开屏的花孔雀。"

向帆先是愣了一下，一旦接受了这个设定之后，再看向还沉浸在自己绝美的投篮表演中的许大少爷。

似乎……就还真的，挺贴切的？

结束的时候，许佑迟站在球场的三分线外，篮球在空中划过一道弧度完美的抛物线，落入球筐。

"好！"

不知是谁率先喊了一句，一群男生收了篮球，嬉笑着勾肩搭背地离开体育馆。

许佑迟被簇拥在人群中央往食堂走去，神情慵懒，唇边挂着笑意。他回眸，朝看台这边看了一眼。

陆茶栀心里默默浮现出三个字——

"花孔雀。"

还是特别会招蜂引蝶的那种。

看完了篮球赛，离下课还有三分钟。白雨瑶她们忙着起身拿座位上的东西，没能看见许佑迟最后回首看的那一眼。可同样坐在看台上的唐月真看见了，她的同伴也看见了。

白雨瑶主动拉着陆茶栀的手，四人同行去食堂吃饭。唐月真那边，尴尬的氛围在空气中蔓延。

闺蜜李佳佳怕她难过，握住她的手放在手心里，主动安慰道："没事没事，许佑迟可能只是往这边看了一眼，看台上这么多人，他又不一定是真的在看她。快下课了，我们先去吃饭吧。"

唐月真压下眼眶的酸涩，低低"嗯"了一声。

以学校里消息的传播速度，连李佳佳都能一眼看穿许佑迟在看谁，唐月真自然也心知肚明。

但她知道得更多的是，这个新来的转校生，同样也是半年前在超市里，让许佑迟心甘情愿给出自己外套的那个女生。

不是凑巧碰见，而是因为，那一天，她和李佳佳就跟在许佑迟的身后，走进了超市。

李佳佳早就忘了，但唐月真记得。

那么一个漂亮明艳的女生，还出现在许佑迟的身边，很难不让唐月真记住她的长相。

但唐月真所见到的，许佑迟和那个女生的交集，也仅仅只有一件衣服而已。

她的自我保护欲，暗示着她相信另一个版本的故事——那个女生碰到了许佑迟的衣服，他就十分厌恶地直接把衣服扔给了她。

唐月真自我催眠了这么久的时间，现在再回过头去看那些事情，似乎早就有了可循的蛛丝马迹。

就在前几天，唐月真生日时，还指望着许佑迟能够到场，对她说上一句生日快乐。仅仅是四个字而已，许佑迟也吝于施舍。

唐月真自嘲地笑了笑。

她家世、成绩样样拿得出手，学了十年的芭蕾舞蹈，无论是在学校还是在家里，向来都算得上是众星捧月，偏偏在许佑迟这里踢到了铁板。

唐月真不由得去认真审视自己，她对许佑迟的喜欢，在许佑迟的眼中，到底算什么呢？

又或者说，她是不是从来都没有进入过他的眼中呢。

今天周四，晚自习是英语。课间时间，白雨瑶邀请陆茶栀跟她一同去教室外接热水，顺便透透气。

教室里有同学抓紧每一分每一秒在写作业，沉闷气氛蔓延，反倒是走廊上，笑声和交谈声不断。接完温水回来，两人靠在班门口的走廊栏杆边，夜风微凉，勾起耳边的发丝。

在走廊上漫无边际地聊了会儿天，明诺很快也走了出来，从身后搭上两人的肩膀，问："嘿！不进去写作业，你们俩在这儿看什么呢？"

陆茶栀抬头望着天边，说："在看月亮。"

"月亮？"明诺也跟着抬眼，夜幕里一轮圆月，周围笼罩着微亮柔和的光。她不由得感叹，"今天是圆月哎。"

以前在杉城时，宁静闷热的夏日夜晚里，院子里蝉鸣四起，陆茶栀最常做的事情，就是打开客厅的门，外婆在廊边晒着月光轻摇蒲扇，她抱着风扇坐在沙发上看电视哈哈大笑。

有时候喜欢的电视剧那晚播完了，她便跑出客厅，要么是搬出画架，打开廊檐的白炽灯，坐在外婆身旁画画；要么就是坐到矮凳上，将脑袋枕在外婆的腿上，望着天边的月亮，陪外婆谈天说地。

街上做裁缝的张爷爷去世了，女儿哭着进了医院……隔壁家的那条黄狗不听话跑到大马路上被车碾死了，车主赔了五十块钱就甩手离开……谁家的媳妇生二胎了，是个白白胖胖的小男孩……

阴晴圆缺的月亮，在蒲扇轻轻摇出的丝丝凉风里，她都陪外婆看遍。

外婆没读过几年书。陆茶栀上小学的时候，课本里学到张九龄的诗，她晚上便坐在廊边背书，让外婆监督她。

"《望月怀古》，唐，张九龄。

"海上生明月，天涯共此时。情人怨遥夜，竟夕起相思。灭烛怜光满，披衣觉露滋。不堪盈手赠，还寝梦佳期。"

一到晚上外婆的视线就变得不好，笑着眯起一双混沌的眼，说："吱吱真厉害，能讲讲这首诗是什么意思吗？"

陆茶栀合上书，回忆着老师上课讲的内容，抱住外婆的手臂，为她解释道："意思就是说，海上升起了一轮明亮的月亮，诗人和他思念的亲人朋友分隔天涯，他很想很想他们，但遗憾的是不能将这样美好的月色捧给他们，只希望夜里能在梦里和他们相见。"

那一晚，外婆笑着拍拍陆茶栀的小脑袋，说，海边的月亮要是真有诗里写得那么美，那她一定要养好身子骨，以后有机会，一定要去一趟黎城，看看海边的月亮。

当时的陆茶栀一口答应，以后一定会带外婆去黎城。

后来，外婆去世，陆茶栀没能兑现自己的诺言。

现在想来，月亮有什么好看的。三百六十五度的，无非就是发光的白玉盘；残缺不全的，也只是弯如钩的一道银河桥。

陆茶栀望着天。

圆月意味着圆满和团圆，但思念的人不在身边时，连圆月都显得孤单和可怜。

她突然就明白过来，那个时候的外婆，大概只想看看，她的女儿和外孙女都留过生长轨迹的那座繁华喧闹的大都市。

上课铃打响，陆茶栀缓缓眨了下眼睫，从回忆中抽身，收回视线。

月亮还是那个月亮。但在外婆身边看到的，是温馨可爱的。黎城的，是孤寂清冷的。

杉城一中和黎城九中相比，无论是师资还是生源都有着天壤之别，两个学校的教学进度也不一样，陆茶栀只能利用周末自己多练练题，尽早赶上九中的进度。

周五下午放学的时候，劳动委员安排陆茶栀所在的那一组留下来做卫生。陆茶栀打扫完自己负责的区域，班里的人都已经走得差不多了。

她刚走出教室，就碰见了许佑迟。

他穿着藏青色的校服外套，敞着拉链，里面一件普通的白 T 恤。肩上背着个书包，一个人懒洋洋地斜倚着阳台的栏杆。

天生冷淡的桃花眼，眉眼如画卷，无须阳光的修饰，他光穿着校服往那儿一站，就是无可替代的少年感，帅得纯粹和惹眼。

路过的小姑娘，似有若无的视线，往他身上看去。

但许佑迟的目光始终停留在陆茶栀的身上。

"你在等我？"她不觉得许佑迟留在这儿会有其他原因。

许佑迟"嗯"了声，站直了，将手里的活页本递给她。

陆茶栀好奇地接过，随手翻了翻，整本都是理科笔记，数理化生。笔锋凌厉，同样，也很熟悉。是他的笔迹。

陆茶栀顿了顿，抬头问："给我复印？"

"送你。"

"嗯？"陆茶栀以为自己听错了。

"我复印了，这个给你用。"许佑迟说得轻描淡写。

言外之意就是，他把自己辛辛苦苦写的笔记送给她，而他自己用复印的那份。

礼物过于贵重，陆茶栀把笔记本抱在胸前，轻声说："谢谢。"

许佑迟往前迈了一步，说："走吧。"

两人一起下楼。

教学楼底下，易卓手里拉着两个行李箱，一个是自己的，一个是许佑迟的。他正站在花坛边玩手机，抬眸看见许佑迟，朝这边挥了下手："阿迟！"

许佑迟偏头，对陆茶栀说："下周见。"

陆茶栀笑起来，澄澈透亮的大眼睛微弯，应声："下周见。"

陆茶栀回宿舍收了东西，走出校门，司机主动将她的行李箱放进后备厢里。坐在车上等了没两分钟，陆雪棠也出来了。

陆政千晚上依然不回家吃饭。保姆早就准备好了晚餐，等姐妹两人回家就可以动筷。

吃过晚饭，陆雪棠上楼去练琴，陆茶栀待在自己的房间里，认真看了一遍许佑迟送给她的那个笔记本中的内容。

笔记原本的黑色字体部分是很精简的，但旁边又用红笔做了很多细致详尽的批注。像是专门为了让她看懂，他后来又补上去的。

陆茶栀小心翼翼地合起笔记本，放到书架上，又从书架上拿出一本画册。

她似乎已经很久没有画过许佑迟了，想来应该有快三个月了。

而她画的关于许佑迟的最后一张画像，是在跨年的那天晚上，她突然想起他，便拨通了他的电话，听着他的声音，在纸上勾勒出他的模样。

后来开了学，除开学习，陆茶栀剩下的空余时间全都是陪着身体日渐消瘦的外婆。

她抽不出时间来画出一个完整的许佑迟，要么是一个轮廓，要么是一双眼睛，要么是一个弧度漂亮的唇形。

而这些不完整的画像的右下角，都写着不同的日期。厚厚的一沓画纸，她每画一笔，便多想许佑迟一次。

画像再生动，都不如她和他相处的这几天来得真实。

陆茶栀翻开画册空白的一页，添上一幅新的画像。

周日返校，聂萍把新的座位表投到教室前方的大屏幕上。

陆茶栀被安排到了第二排，许佑迟的座位依旧离她很远很远，但陆茶栀在自己名字周围一堆陌生的名字中看见了熟悉的三个字。

白雨瑶。

两人从前后桌变成了邻桌。

因为小时候的事情，陆茶栀跟着妈妈去杉城之后就变得沉默，她很少说话，小学一年级开学时，别的小朋友都说她是个小哑巴。

长得再漂亮又有什么用，还不是个小哑巴。

方槐尔是陆茶栀的同桌。

方槐尔在听到别人嘲笑陆茶栀是小哑巴时，主动伸出手捂住她的耳朵，剥开葡萄味的棒棒糖，递到她的唇边。然后神色坚定地对她说："我知道，你叫陆茶栀。你的名字特别好听，是两种特别好看的花。你不要听他们乱讲，你不是小哑巴，你是全世界最好看最漂亮的花花。"

方槐尔是第一个主动对陆茶栀释放善意的人，两人形影不离十年，才有了那么深的感情。

陆茶栀算不上是特别外向的性格，尤其是在经历了滑冰场的那件事之后，她很难再去跟陌生人搭话。她讨厌离别这件事情，同样也讨厌着相识。

从小到大，陆茶栀孤注一掷主动去亲近的第一个人，也只有一个许佑迟而已。

一直到七月份，高一下学期快要结束，陆茶栀都还认不完班里的同学，但好在跟座位周围的同学熟悉了那么一点。

最熟悉的便是白雨瑶。

方槐尔每周跟陆茶栀打电话时，都要跟老母亲似的劝她在新学校多认识些新的朋友，不要那么孤僻。

陆茶栀都口头上好好地答应，方槐尔却能很明显地听出她的敷衍。

方槐尔知道陆茶栀小时候的经历，两人隔着杉城和黎城两千公里的距离，她除了在电话里或者信件中多劝劝陆茶栀，其余的什么也做不了。

方槐尔讨厌极了这种无力的感觉，她只期望着暑假能早点到来。

六月底的阳光炽热，蝉鸣嘶哑。大片的绿色爬山虎攀附在教学楼的红砖墙边野蛮生长，粉白蔷薇被丛生藤蔓簇拥着热烈开放。

除开即将到来的期末考试，高一学生还面临着文理分科的难题。

聂萍教的是生物，五班自然而然被划分成了理科班。也就是说，选了文科的同学，即将在高二开学时离开五班，去另一个全新的文科班级。

陆茶栀其实早在来到五班时，就思考过分科的事情。九中出过很多届文理科状元了，但平心而论，高一的教学方式的确还是重理轻文。

陆茶栀其实并不偏科，文理科成绩她都拿得出手。

陆雪棠这段时间一直很忙，她拿到了 MIT 的录取通知，一边忙着学生会的事情，一边又在准备出国，她对陆茶栀说："选你喜欢的就好，其他的都不用担心。"

确实不用担心。

就算陆茶栀的成绩是年级吊车尾，陆政千也有的是办法把她送出国去，让她拿到一张漂亮的文凭再回国。

打电话的时候，方槐尔则对她说："你不是喜欢画画吗？选文科呗，多留点时间去做你喜欢的事情。"

陆茶栀听出来了，方槐尔打算学文。

陆茶栀没有询问许佑迟的意见。

她也很清楚，学校和老师一直都是把许佑迟放在冲击高考理科状元的位置上培养。

陆茶栀考虑了很久，直到截止日期的最后一天，她终于在意愿书上画了一个钩。

理科。

反正学哪一科对她来说都没有任何影响，那就选一个能让自己开心一点的。

期末考试结束，高一的暑假便正式开始。

前段时间"五四"青年节的时候，学校在静心湖旁边整理出很大一片空地来，给每个班都分了区域，让学生们自行种菜。

过了两个月，当初种下去的青菜、萝卜都成熟得差不多了，聂萍便让大家在离校之前把菜都摘回家去。

七月九日，这个日期在陆茶栀书桌的日历上，一直被一个粉色的爱心圈着。她和许佑迟第一次在微信上聊天的时候，她就问过的，他的生日。

易卓他们那群男生早在考试之前就商量好了，要如何给许少爷过一个甜蜜且难忘的生日 party。

以前许佑迟生日，要么是和家人在一起，要么就是和兄弟们一同去外面聚餐。这一次，一行人嚷嚷着外面的东西不够健康，非要去许佑迟家做菜，自给自足，这样才绿色安全。

罗元诚还祈求："阿迟哥哥，小弟长这么大还没参观过大别墅呢，让弟弟我也开开眼界，见识下'黎城第一少'挥金如土的神仙生活呗。"

许佑迟也很头疼。

他这群不靠谱的朋友都十分热衷于给他取一些奇奇怪怪的称呼，乐此不疲。

继"洁癖矜贵大少爷"之后，又来了一个"黎城第一少"。

最后许佑迟还是答应了。但地点没定在主宅，而是市区另一套离学校更近的独栋小别墅里。

那套房子是很多年前许奶奶送给许佑迟的生日礼物，经常会派人打扫，有时候许佑迟不想住学校，便到那边去临时住一晚上。

赵蔓最喜欢热闹，最不喜欢许佑迟那副生性寡淡，谁都瞧不上眼的臭屁小孩模样。

同学们主动提出要到家里来玩，赵蔓自然高兴，但遗憾的是那几天她要陪许行舟出国一趟，临走前特意嘱咐了阿姨把市区那套房子打扫干净，并且多准备点小朋友们爱吃的菜。

明明是许佑迟的生日，但他随性散漫惯了，对这些日子都不怎么放在心上。真正为他的生日着手筹备的，是易卓他们。

许佑迟性格冷淡，易卓却是出了名的交际花。

这一次，也是想借着许佑迟生日的由头，又碰巧是高一生涯结束的那天，正好搞一次班级大团建，算是高一 (5) 班的散伙饭。

有的同学选了文科，下学期就要去别的班级。等交集减少，感情淡薄了以后，要是再想团聚就难了。

这一次聚餐，班里很多女生也在易卓的邀请之列，并且在得知聚餐地点是许佑迟家之后，很多人都陷入了一种半梦半醒的状态。

不是吧……学校里出了名的那个高冷"校草"冷面学霸，她们真的可以去他家里参加他的生日 party 吗？

后来易卓又说出了这顿饭除了庆生的另一个目的，并且再三保证许佑迟不会有意见，好多女生才安心答应。

对于邀请人员的性别，易卓最开始是征求过许佑迟的意见的。想着如果许佑迟不喜欢那么多人一起到他家里去，那就把班级团建安排到另一天，七月九号专注他庆生。

易卓说完自己的想法，许佑迟跟谈论天气似的，用毫不在意的语气，淡声道："随你。你看着办。"

没有明确接受，也没有明确拒绝。

易卓猜不透许佑迟的想法，都快要愁死了的时候，恰好看见了刚走进教室的陆茶栀。易卓跟瞬间被打通了任督二脉似的，立马就领悟到了许佑迟的意思。

他一边觉得许佑迟实在是傲娇得要命，一边又不得不佩服许佑迟的耐性。

为了请一个陆茶栀，可以请上全班的女生。可真是难为了从前那个异性绝缘体许大少爷。

易卓和姜卫昀来邀请陆茶栀的时候，她没怎么思考就应下了这顿晚宴。白雨瑶见陆茶栀同意，便也打算参加这次庆生活动。

七月九号那天下午，期末典礼结束，聂萍又让大家一起去菜园里摘菜。

姜卫昀他们那群男生从早上开始，就跟打了鸡血一样兴奋得不行，最后从菜园出来的时候，校服校裤上都多多少少沾着泥，还一直嘻嘻哈哈打闹个不停。

许佑迟矜贵少爷的人设不倒，压根就没到湖边来看他们摘菜。

男生自然不会让女生来提菜。最后出校的时候，易卓、向帆等一行身形挺拔的男生，一人手里捏着一把白萝卜，步调一致地朝同一个方向走去。

虽然场面很壮大，但以路人的视角来看，是真的很像要去菜市场卖白萝卜。

许佑迟往班群里发了个地址。

后面离校的同学，跟着许佑迟发在群里的地址导航到他家里。并不远，离学校大概步行二十分钟左右的行程。

庭院式的园林别墅群，即使地处市区，也是静谧典雅的。

许佑迟刚一打开指纹锁，狗富贵便从楼梯转角处飞奔而来，扒拉住许佑迟的裤脚不撒爪子。

许佑迟知道刘姨来这边提前做了晚餐，走的时候还顺便给他们留了一些食材在冰箱里。但他不知道刘姨把狗富贵也带了过来，让它陪他庆生。

狗富贵一周没见到自家主人，莹亮的漆色狗狗眼，一眨也不眨地望着许佑迟，黏在他腿边一步也不肯远离。

怕它误伤到其他同学，许佑迟只好弯下腰，双手托着将这只黑乎乎的大狗狗抱起来，放一楼的书房里去暂时关着。

易卓和姜卫昀经常蹭吃蹭住，来过这边，两人轻车熟路地找到厨房，又招呼着其他同学开始洗菜做饭。向帆他们没来过许佑迟家，左看看右转转，稀奇地四处审着，剩下的人在客厅里看电视或者玩狼人杀。

平日里冰冷空荡没什么人气的大房子里突然就热闹起来，多了很多人间烟火的气息。

许佑迟从厨房的置物柜里拿出玻璃杯，洗净后放在客厅的茶几上，便一个人到书房里去，关上门，隔绝那些嬉笑打闹人声，任由外面的人折腾。

客厅里玩游戏的同学坐在羊毛软垫上，有罗元诚和向帆这几个气氛组成员在，丝毫不用担心冷场，氛围热络高涨，笑声源源不绝。

大家都对同一件事保持着心知肚明的默契。进入这栋房子，只要稍微注意，就能看出来，这里是没怎么住过人的。所有的家居用品都很新，压根没有磨损的痕迹，甚至电视遥控器的密封袋，都还没有拆开。

但同学们也都没在意，甚至有一丝庆幸，许大少爷没带他们去往许氏主宅。要是真去了少爷和他家人住的地方，恐怕会让他们浑身不自在。

刘姨本来就准备了很多的菜，易卓他们又随便弄了一点，把自己亲手种亲手摘的萝卜煮了汤，生日晚宴便于夕阳西下的时候在庭院中开餐。

三十多个同学，坐了足足三张长桌。

夜色降临，盛夏的晚风轻抚美人蕉和石榴叶，碳化竹篱笆被飘香藤缠绕，粉鸢尾和蓝绣球花香浮动。繁密星星在夜幕中无声闪烁，庭院里随即亮起温柔灯盏。

一群人洗了碗打扫完卫生后，易卓定的蛋糕终于送到。很大的一个双层巧克力慕斯，最上边用白色的奶油花字写着：

Happy Birthday to dear 许！大！少！爷！！！

一连串的感叹号，旁边还画着个巨大无比的爱心。

就很中二。

尤其是那个 dear 和爱心，许佑迟越看越觉得不顺眼。

易卓还在沾沾自喜，骄傲十足地扬起一个笑，凑到许佑迟跟前邀功："迟宝，我亲爱的迟宝，my dear 迟！感不感动？！爱不爱我？！我的宝，我就是全世界最爱你最爱你的……"

以姜卫昀为首的气氛组成员又要开始起哄，却被许佑迟冷声打断。

"闭嘴。"

许佑迟握着切刀，从"dear"的中间切开。

易卓反应过来，想阻止已经慢了一步，惊呼："你还没许愿吹蜡烛呢！"

许佑迟面无表情地切开那个英文单词，切刀的两面都在蛋糕表面的奶油上擦过，白色奶油的英文和黑巧克力碎屑被糊团混合，字迹彻底融合进巧克力粉末里。

等许佑迟给所有同学分完了蛋糕，刚要放下切刀，易卓眼神左右飘忽，突然伸手沾了一坨剩下的奶油，猝不及防就往许佑迟脸上抹去。

许佑迟已经躲得非常快了，但侧脸还是沾上了一小块奶油。他即刻皱起眉，下颌角瞬间又被人糊了一块。

奶油混战，一触即发。

白木香在这个时节盛开得饱满热烈，满树的纯白花苞压弯深绿藤蔓，花香浓郁满园，繁星瀑布般倾泻而下。

陆茶栀坐在白木香花藤下的木椅上，小口吃着纸盘里的蛋糕，看到性格向来冷淡的许佑迟有了如此狼狈的一幕，也不由得轻轻翘起嘴角笑起来。

她又用小勺子，从纸盘里挖出一小块蛋糕，甜苦适中的巧克力融化在唇齿间。

每一个人手里的蛋糕都是刚刚许佑迟亲自切的。而他递给她的那块，最上面用奶油写着一个"许"字。

陆茶栀抬起眼睫，看向被围在人群中央的那道身影。

她想起了另一件事。

许。

是许愿的许，还是许诺的许。

又或者，是许佑迟的许。

奶油混战结束，等男生们都去浴室洗完脸，时间已经快到晚上八点。这场聚会有不少女孩子在，男生们便提议送女生回家。大家都聚在一起商量着回家的路线，顺路的便一同离开。

走前，很多人都来跟许佑迟说了"生日快乐"。他站在门口送客，客气地回："谢谢。"

白雨瑶回家跟向帆顺路，她背上书包，从沙发上起身，跟陆茶栀说："栀栀，我先走了哦。"

"好。"陆茶栀叮嘱，"路上注意安全，到家了记得给我发消息。"

"嗯嗯。"白雨瑶点点头，"你回家的时候也要注意安全，我走啦，爱你。"

易卓他们几个最后才离开，在玄关跟许佑迟道别时，易卓的视线绕过许佑迟的肩膀，往客厅看了一眼。

之前他们一起商量回家路线的时候，姜卫昀还特别不识好歹地跑去问陆茶栀："美女，你家在哪儿啊？看看谁顺路送你回去。"

陆茶栀还没来得及回答，易卓就一把推开了姜卫昀，说："你能不能滚啊，美女的住址也是你能知道的？"

他转过头看着陆茶栀，瞬间换了副面孔，脸上堆满殷切笑容，说道："栀栀大美女，反正许佑迟大晚上没事儿干，他应该也要回他家去，你们俩肯定顺路，他送你呗。"

易卓不知道陆茶栀家在哪儿，但这根本一点关系也没有。让许佑迟送她回家的话，东西南北都肯定顺路。

必须顺路。

白雨瑶站在陆茶栀身旁，听完易卓的话，她感觉自己莫名其妙地，突然又被喂了一口大瓜。

在学校时，许佑迟每次交作业总是懒得写完全名，作业本的封面上一直只有一个特别飘逸的"许"字，字迹很独特，也很令人难忘。

班上只有他是这个姓氏，同学们倒也不会搞混淆。

从前，白雨瑶只有在传作业或者试卷的时候，才见到过那个潦草得快要飘到天边去的"许"字。

但自从陆茶栀出现后，白雨瑶看见那个字的频率明显增加了。

在陆茶栀所喝的酸奶瓶身和陆茶栀那本厚厚的理科笔记本上，白雨瑶都见到过那个字的踪迹。

真的很难让人相信，这就是九中传言里的许·高贵冷艳·冷漠无情·只在乎学习对女生没有半点兴趣·佑迟。

白雨瑶看得多了，已经从一开始的满脸震惊，到了后来见怪不怪了。

陆茶栀坐在客厅的沙发上，见许佑迟送完了客，她起身，将手中的礼品盒递到他面前，神色郑重地说："生日礼物。"

许佑迟看着陆茶栀的眼睛，伸手接过礼品盒，说："谢谢。"

客厅的茶几上，堆满了今天来聚餐的同学给许佑迟准备的礼物。

"等我一下。"许佑迟说完，抱着那一堆礼物进了书房。

陆茶栀犹豫了下，还是选择跟着他走了过去。

狗富贵被关在书房里一个晚上了，最开始还叫两声表示抗议，希望主人能把它放出去。

但无论它怎么叫，许佑迟都一直不管它，狗富贵察觉到自己这样做只是徒劳无功，便也懒得再叫，无精打采地趴在地板上，眼皮都耷下来大半，浑身上下都散发出一种"我很不开心"的气息。

许佑迟打开书房门，狗富贵听到动静，又屁颠屁颠地蹦跶到门口去迎接他，长长尾巴在空中摇个不停。

大狗狗又开心过来了。

呜呜呜，它就知道，主人那么好，肯定会来陪它玩的！

陆茶栀跟在许佑迟身后，看见书房门一打开，一只通体漆黑的大狗就立马跑向了许佑迟，一直蹭在他腿边，一蹦一跳里都写着高兴。

只可惜许佑迟忙着把那堆礼物放进储物柜里，一个眼风都没给过它。

狗富贵见主人不陪他玩，尾巴也不摇了，又丧丧地垂下了耳朵。它刚转身，想离开这个关了它一个晚上的破房间时，看见了门口站着的另一个人。

狗富贵眼前一亮，顿时又激动了，汪汪叫两声，跑到陆茶栀跟前坐下，伸出一只小爪子，轻轻放在她的小腿上。

陆茶栀其实是有点怕狗的，尤其是狗富贵全身的毛发都是黑色的，体形也大。

看起来，有点凶。

但大狗狗抬头望着她的眼神实在是太柔软了，漆黑晶莹的瞳珠，像盛了一池秋水，看得陆茶栀心都要化了。

她在心里天人交战几秒钟，抿了抿嘴角，蹲下身子，慢慢伸手摸上狗富贵毛茸茸的小脑袋。

它甚至十分很配合地，在她的手心里蹭了一下。

大狗狗撒娇！这个反差萌！实在是太可爱了！

许佑迟收好了礼物，转过头，看见书房门口那只黑狗正在陆茶栀手心里蹭个不停。甜蜜温馨的氛围，仿佛他是融入不进去的局外人。

陆茶栀不是来给他庆生的吗，一只黑狗瞎凑什么热闹。两分钟没看着而已，就已经蹭到陆茶栀身上去了。

许佑迟走过去。

陆茶栀听到脚步声，对手心里毛茸茸的触感恋恋不舍，没松开，又揉了揉，向许佑迟问道："它就是之前你跟我打电话的时候，爬到桌上不敢下去的狗狗吗？"

许佑迟倚着门框，垂眼看着狗富贵，没什么情绪地"嗯"了声。

"它真的好可爱。"陆茶栀笑着抬起头，看向许佑迟，又问，"它叫什么名字呀？"

"狗富贵。"

陆茶栀有点好奇道："'苟富贵勿相忘'的那个苟富贵吗？"

"不是。"

许佑迟漫不经心地落下视线，又扫了那只坐在地上，正对着陆茶栀卖萌撒娇的黑狗一眼。

"蠢狗的狗。"

陆茶栀直起身，收回抚摸狗富贵额头的手。

书房里，先前许佑迟拿进来的礼物，大部分都被他收起来，只剩书桌上的一个，是她刚刚送给他的。

陆茶栀远远看见了那个礼品盒，问："你不好奇我送你的是什么吗？"

许佑迟今晚不回许宅，本想着先送陆茶栀回家，再回来看她送的礼物的。但陆茶栀这样问了，话里的意思分明是希望他现在就把礼物打开。

他走到桌边，拿起那个礼品盒："现在拆？"

陆茶栀点点头。

许佑迟看了她两秒，确认了她的回答后，缓缓将礼品盒外的蓝色丝带解开。

打开礼品盒，放在最上面的是一封粉色的信。

许佑迟刚要打开那个信封，陆茶栀却连忙出声阻止他："等等！这个现在还不可以拆！"

许佑迟指尖一顿，看见陆茶栀微红的脸颊，他眉梢轻挑问："那什么时候能拆？"

"等我走了，之后。"陆茶栀磨蹭着小声地说完，抿了抿嘴角，倏地抬起眼眸，直勾勾地望进他的眼睛里，凶巴巴地威胁道，"反正你现在不准看，你看了我就生气了。"

看她故作严肃的双眸，许佑迟忽然有些想笑。

"好，我现在不看。"他顺着她的意思答应下来，将信封放到书桌上。

陆茶栀成功被安抚下来，安静地看着许佑迟打开信封下面那个小盒子。

是腕表。

很精美的定制款，表盘背面刻着四个字母，"A Chi"。

阿迟。

许佑迟笑了，手指轻抚过表盘背面的刻字。浓密纤长的睫、桃花眼在柔和的灯光下染上格外温柔的神色，他道："谢谢。我很喜欢。"

陆茶栀看他取下手腕上原先的表，换上自己送的那款，她终于满意，微弯笑眼，软声说："你送我回家吧。"

许佑迟应下，临走前，他还不忘把那只试图靠装乖勾引陆茶栀的大狗再一次关进书房里。

当狗富贵又被许佑迟抱进这个关了它整晚的房间里时，它突然就察觉到了事情的不对劲。

过分的是，许佑迟直接把它放到了书桌上。

许佑迟记得陆茶栀家的地址。

她刚来黎城的那个雨夜，他送她回家。她说过的话，他一直都记得很清楚。

出租车进不去庄园，只能停在别墅区的正门前。跟上次来时一样，许佑迟下车，送陆茶栀到家门口。

陆茶栀拽住他的衣袖，说："你先别走，在这里等我一下。"

许佑迟不知道她想干什么，他也不问，只答应道："好。"

然后望着陆茶栀的身影，飞快地跑进别墅大门，很快，又急匆匆地跑了出来。

停在许佑迟跟前，她的手里多出来一根仙女棒。

她平复呼吸，抬起纤长的眼睫，看向他的眼睛："你今天切蛋糕的时候还没许愿呢，现在给你补上。"

许佑迟安静地注视着，她摁下打火机，点燃手里的那根仙女棒。

打火机火苗灭掉的刹那，仙女棒顶端瞬间冒出火花，跳跃在眼前，有些刺眼。

陆茶栀看许佑迟不为所动的模样，催促："你在想什么呢？快闭眼许愿。"

许佑迟闭上眼睛，鸦羽般的长睫覆下来。

陆茶栀一直望着他。

仙女棒无声燃尽的瞬间，许佑迟睁开眼。

没有了光源，四周的光线突然就暗下来。借头顶路灯传来的微光，他清楚地看见陆茶栀的脸。

昏暗月色中的对视，许佑迟看见了这世间极为漂亮的一双眼睛，灵动又温柔，注视着他。

她的语气认真得甚至算得上是虔诚，柔软的声线，缓缓对他说："许佑迟，生日快乐。

"这是我陪你过的第一个生日。

"以后的每一个生日，我都陪你过。"

许佑迟回家洗了个澡，用毛巾随意地擦了下头发，才慢悠悠地下楼，把还待在书桌上的狗富贵放了出来。

狗富贵早已丧失了先前的活力，拖着疲惫的身躯走到客厅里，跳上沙发便闭上了眼睛。

许佑迟把陆茶栀先前不让他看的信封拿出来，走进客厅，坐到狗富贵的旁边。

狗富贵可怜巴巴地小声"嗷呜"了一下。

许佑迟垂眼看着它，三秒钟，狗富贵就动摇了刚刚那么怨恨主人的心思，扭了扭身子，主动趴到许佑迟的大腿上去。

大狗狗就是这么容易哄。

许佑迟一只手穿进狗富贵头顶的软毛里，若隐若现修长细白的手指，在纯黑色绒毛的衬托下愈显勾人。狗富贵被他这样轻轻抚摸着，极为舒服地闭上了眼睛。

许佑迟用另一只手打开信封，里面只有一张明信片。背面的画上，漫画形象的少年身着黑 T 恤，手里撑一把伞，身形清瘦高挑，修长的腿占了这幅画的大半模板。

黑伞的边缘遮住了少年的上半张脸，只露出他的嘴唇和下巴，细长白皙脖颈下边还有一道锁骨。画得很细致，连撑伞那只手手背上的骨骼纹路都画了出来。

许佑迟将明信片翻面，正面的空白处，写着一句古英语。

"In thy light, I wilt see light."

中文译为："借汝之光，得见光明。"

改编自《旧约·圣经》诗篇的第三十六篇第九节中的一句诗行。

借着你的光，我得以看见这世上的光。

于陆茶栀而言，许佑迟的确是这样的一个存在。

外婆去世的那段日子，是她在杉城的十年中最最难熬的时光。阴雨连绵的时节，虚与委蛇的对谈，铺天盖地的噩耗将她的世界压得不见天日。

最害怕最难过的时候，许佑迟的出现成了那个阴暗世界里的一束光。并不耀眼的一束光，但足够将她从梦魇中唤醒。

她在黑暗中看见了光。

在光里，看见了许佑迟。

此前，陆茶栀听到过很多很多人关心她的话。

他们说："栀栀要乖哦。要听话。要按时长大。"

但许佑迟告诉她的话是：

"我会照顾好你。"

事实证明，陆茶栀没有赌错。

至少到目前为止，许佑迟对她许下的诺言，他都一一兑现。

第九章

玫瑰晚霞 爱的飞行日记。

暑假第二天，陆茶栀回了杉城。

从枫城机场出来，出租车下了高速，驶入城区，陆茶栀看着车子开过自己生活了十年的小镇，外婆家出现在自己眼前，她才终于找到一丝熟悉感。

陆茶栀用钥匙打开大门。

几个月无人居住，院子里堆着落叶，菜架上外婆在春天时种下的丝瓜已经萎蔫，剩下泛黄了的外壳，摇摇欲坠吊在藤蔓上。

唯一有生机的大概只剩下那棵高大的柚子树和菜园里的杂草。

柚子树正值壮年，但每一年结出的柚子都小且酸涩，除了外公在世时会宝贝着那些柚子果实，家里基本上没人会吃。

外婆一直不让陆茶栀吃那树上的，每次都是在赶集的时候，给她买回水果摊上又大又甜的柚子。

屋子里长久无人打扫，家具虽然都盖着罩子，但也难免沾上灰尘，空气又湿又潮。

陆茶栀将门窗都打开通风，掀开防尘罩，将室内都打扫了一遍。

工作量太大，陆茶栀忙了一个下午，只打扫出了客厅、厨房和她的卧室。

傍晚时分，她从杂物间搬出扶梯，将墙边的电闸打开。她走进厨房想自己下厨做晚饭，才发现之前的食材已经在她离开的时候就扔掉了。

她只得出门，去最近的杂货铺买东西。

杂货铺很小，门口挂着个字迹老旧的牌匾，老板张爷爷背对着柜台，坐在竹椅上看《新闻联播》。

听见门口有人喊他，一转头，看见陆茶栀笑眯眯的，穿着一身白色的碎花裙子，乖乖地站在柜台前面，和小时候来找他买零食时一模一样。

张爷爷一喜，反应过来后乐呵呵笑道："吱吱回来啦。又长漂亮了，爷爷都差点认不出来了。"

"今天下午到的。"陆茶栀被夸得有点不好意思，指了指玻璃柜里面的东西，"张爷爷，我想买盐、酱油，还有一把面。"

"好嘞。"张爷爷从柜子里拿出陆茶栀需要的东西，递给她。

陆茶栀问："多少钱呀？"

"你跟张爷爷说什么钱。"张爷爷的语气顿时严肃认真起来，"你好不容易回来了，爷爷请你的，不收你的钱，你拿回去就是了。"

陆茶栀自然不肯，但一向和蔼的张爷爷在这时候态度突然变得强硬，陆茶栀无可奈何，只好拿上东西道谢："谢谢张爷爷。"

陆茶栀刚把面煮好，院子里突然有人喊她。

她走出去，隔壁的大婆婆周晓桂一看到她的身影，立马"哎哟"惊呼出声："我的乖乖，你回来了怎么也不跟我们说一声？要不是刚刚路过你张爷爷的店，我还不知道你回来了。你吃晚饭了吗？"

陆茶栀如实道："还没呢大婆婆，我刚把面煮好。"

周晓桂皱眉，又不乐意了，说道："你说你到你爸那儿去待了几个月，回来怎么就瘦这么多了？等我下次见到他，我一定要好好说他，他不心疼你，大婆婆都要心疼死了。晚饭光吃面怎么行啊。走，去我们家，大婆婆给你做好吃的。"

陆茶栀婉拒的话堵在喉咙里，周晓桂拉着她的手，不由分说就把她带到了自己家里。

大外公本来都已经做好晚饭了，周晓桂又进了厨房，再多添了一道炒排骨。

吃完饭后，天色暗了，周晓桂把陆茶栀送回家，在客厅里握着她的手嘱咐道："吱吱啊，你外婆走了，你现在去黎城那边跟着你爸爸，他工作忙，你要记得照顾好自己，知道不？

"大婆婆看着你长大，长到现在这么漂亮，成绩还那么好，我们都高兴，你外公外婆肯定也高兴。你不用想那么多，让自己过得开心最重要，凡事都不要亏待自己，以后吃饭都到我们家来就行。大婆婆对自己的厨艺还是比较满意的，你想吃什么就跟我说，好不好？"

陆茶栀摇摇头："太麻烦了，大婆婆，不用……"

"什么不用。"周晓桂打断她，"我说用就用。你不来大婆婆就会觉得是自己厨艺不行，你不喜欢大婆婆了。"

"我没有。"陆茶栀连忙否认。

"没有就好。"周晓桂拍拍她的手，柔声说，"明天大婆婆来喊你吃早饭，你晚上早点睡，把门锁好，大婆婆先走了。"

送走周晓桂，陆茶栀忙碌了一整天，累极了。她回到自己的卧室，扑到床上，合上沉重的眼皮，轻轻叹了口气。

杉城一中在次日中午正式放暑假，校门打开的瞬间，方槐尔几乎是以百米冲刺的速度飞奔到校外，一眼看见站在人群中等着她放学的陆茶栀。

她扑进陆茶栀怀里。

时隔三个月，再次闻到熟悉的味道，方槐尔鼻间一酸。

接下来的半个月时间，方槐尔基本上每天都和陆茶栀腻在一起，像是要把前三个月缺失的悄悄话都一次性说完。陆茶栀跟大婆婆说了一声，又去方槐尔家住了好些天。

陆茶栀要走的那天下午，方槐尔送她坐上出租车。

昨夜下了一场雨，车轮碾过，水花溅起，但不久就恢复了平静，似乎也抹去了陆茶栀回来过的痕迹。

陆茶栀又离开了。

无论是节奏缓慢的小镇，还是繁华喧嚣的城市，生活都在有条不紊地推进。但好像一路走来，很多东西被吹散在风里。

缺失了的，就再也填不满了。

离别才是生活的常态。

陆茶栀上次离开时走得匆忙，有很多东西都还留在外婆家里，比如那个促使她和许佑迟相识的兔子玩偶。

回黎城后，陆茶栀把玩偶洗了一遍，挂在了自己的书包拉链上。

很多同学为了提升成绩，都会在假期报各种各样的补习班，将每一天都安排得满满当当。陆茶栀一个也没报，上午写作业，下午泡在画室里，傍晚就去最近的广场玩长板。

梁知从第一次见面起，就对陆茶栀的印象很深。画画这件事情，讲努力，但同样重要的，是天赋。没天赋的人画了大半生也依旧培养不出自己独特的审美，不会通过画面来表达自己的想法。

陆茶栀可以算得上是梁知近几年遇到过的画画最具艺术感的学生了。美术中的美字，在她的画里能很生动地体现出来。

暑假期间，几乎每天梁知都能看见陆茶栀在画室里待整个下午。她画的时间长了，跟梁知的交流也逐渐多了起来。

九月份有一个全国性的油画创作比赛，梁知跟陆茶栀说了好几次，她答应下来后他便替她报了名。

陆茶栀不用在画室里准备艺考，空闲时间比艺术生多得不是一星半点。接下来的时间，她没再画其他的东西，所有时间和精力都用来琢磨用作参赛的那幅油画。

再次见到许佑迟，已经是八月中旬了。

那天陆茶栀终于画完了参赛的那幅油画，她揉了揉酸涩的手腕，长长地呼出一口气。她回家洗完澡，换了身衣服，滑着长板来到久违的广场上。

广场靠近金融中心一座商城。

很多玩长板的年轻人都聚在这里，踩着板子在练习或者是玩一些花哨动作。陆茶栀一路滑着，在板子上转完半个圈后再抬起头，看见前方出现了两道熟悉的身影。

姜卫昀来许佑迟家蹭住了。

班上男生约了今晚的一场球赛，在去球场之前，姜卫昀非要拽着许佑迟跟他一起去商城买一个全新的篮球。

从付完钱开始，姜卫昀便开启了"哔哔机"模式，喋喋不休地念叨："迟崽我跟你说，今晚我就用我这个新的大宝贝，打得易卓那个狗贼不敢再哔哔我的球技。我之前跟他说我是九中乔丹，他还嘲讽我。我姜某人什么时候画过大饼，说今天打得他叫爸爸就必须让他叫爸爸。"

许佑迟单手回完易卓的微信消息，说二十分钟之内就到球场。他抬眸，对上了一道来自正前方的视线。

陆茶栀双脚踩在长板上，在距离许佑迟还有一米远的时候，她刚要放下一只脚，试图减速停在他面前，脚底却在接触地面的时候崴了一下。

她的身体不受控制地向右侧倒去，许佑迟伸手抓了她一把，由于惯性，顺势将她捞进自己怀里。

一切都在电光石火之间发生，姜卫昀只看到一个滑长板的女生即将摔倒在面前，他就眨了下眼睛的工夫，许佑迟已经和那个女生抱在了一起。

姜卫昀终于注意到那个滑长板的女生是谁。

此情此景，谁能不说一句许佑迟是真的厉害呢。

长板擦过许佑迟的篮球鞋边，在地上滑出去一段距离，撞到花台的边缘后终于停下。

玩长板，要学会的第一件事情就是摔倒。

从前在杉城的时候，陆茶栀每天晚上都会抽时间和方槐尔去河畔玩长板。那个时候年少无畏，不知道疼，几乎每天她都会在腿上和手上添上新的瘀青。

方槐尔就是在那个时候学会了包扎和上药，不是给她自己，而是给陆茶栀。

方槐尔从小就特别有自知之明，知道自己是那种忍不了痛的人，所以一直只是简单地站在滑板上滑行，陆茶栀的性格却和她完全相反。

她印象最深刻的一次，陆茶栀从一个一米多高的台阶上滑着长板跳下来，她举着手机在一旁录像。

成功了就是这个视频出现在朋友圈，失败了就是她陪着陆茶栀出现在药店。

接触到台阶边缘，陆茶栀没有一点犹豫地和长板一起跳下去。

方槐尔屏住呼吸。

此前，她已经无数次见过陆茶栀摔倒了。每次帮陆茶栀上药的时候，看见那原本细嫩白皙的皮肤被地面擦破，沾上尘埃，鲜血淋漓，她都抿着嘴角，小心翼翼地用棉签替陆茶栀处理好正在流血的伤口。

方槐尔光是看着都心疼得不行，陆茶栀却自始至终没吭一声。

但那一次摔倒，和以往的每一次情况都不一样。

连方槐尔这种处于滑板业余爱好者水平的人都知道，摔倒最忌讳的一点就是用手撑住身体着地。但这种姿势却是人体潜意识里，应对摔倒时最先做出的动作。但手臂承受了整个身体着地时巨大的冲力，轻则瘀血，重则骨折。

稍微有点经验的人都明白应该用侧身翻滚来进行缓冲，将伤害降到最小。

在陆茶栀即将落地的那一瞬间，方槐尔顾不上还在录制的视频，立即跑过去。

陆茶栀已经摔在地上，右手撑地，护住了后脑勺和背脊。

手腕上传来钻心的痛，并迅速红肿，手掌由于摩擦破了皮。双手不受控制地开始颤抖，陆茶栀只感觉到了麻，还有疼。

方槐尔陪她去医院。

简单处理伤口后拍完片，医生说左手是扭伤，右手是粉碎性的柯莱斯骨折。

由于是从高处落下，情况比一般的骨折要复杂很多，保守估计至少都需要进行两次手术。

医生看了陆茶栀一眼，主动问："你这个怎么弄的？"

陆茶栀坐在椅子上，眼神空洞地看着墙壁，像是没听见。

方槐尔看她情绪低落，便替她回答："滑滑板的时候，从台阶上摔下来了。"

"滑板？"医生推了下眼镜，眼神里透露出一种难怪能摔得这么惨的了然。

单子打印出来，医生递给方槐尔："先去拿药，病房在1615，明天早上手术，护士到时候会去叫她，早点起床，早饭吃清淡点。记得让她注意点，不要碰手腕。"

方槐尔对医生说了谢谢，扶着陆茶栀走出诊室。

医院的大厅里灯火通明。陆茶栀抿着嘴角，一言不发。

方槐尔取了药，送陆茶栀到病房后，又用纸杯在饮水机那儿接了热水，喂她吃下止痛药。

医院离方槐尔家很近，刚刚等 X 光片出来的时候，她回自己家里拿了些日用品过来，顺便将情况告诉了陆茶栀的外婆。

电话那头，外婆语气很着急，问道："怎么样，很严重吗？我现在就去医院，你和吱吱等我一会儿，我马上到。"

"没事没事，杨婆婆。"冬日里的夜晚总是又黑又冷，方槐尔顶着寒风走在路上，揉了揉被冻得通红的脸，"片子结果还没出来呢，医生说大概率是骨折，没什么大的风险。您先不用来，等结果出来我再给您打电话。现在都好晚了，您一个人出来的话，吱吱和我都会不放心的。"

外婆沉默了很久，再次开口时，嗓音格外沙哑，一字一句，说得极为缓慢："尔尔，吱吱她最怕痛了。她特别小的时候，手指头被柜子轻轻夹了一下，都会在我面前哭好久。"

外婆有些哽咽道："尔尔，我这个半老不死的老婆子，这种时候，要做些什么，吱吱才能不那么痛啊。"

方槐尔眼眶微红，温声安抚道："没事的杨婆婆，今晚我陪着她呢，吱吱不会有事的。"

良久，她又补充道："真的，不会有事的。"

不知道是在说给谁听。

是杨婆婆，还是自己？

吃完止痛药，方槐尔帮陆茶栀换上自己的睡衣，再一点点掖好她的被角。

病房里有两张床：一张是病人的，另一张是陪护人员的。

方槐尔做完睡前准备，关了灯，躺到另一张床上。

陆茶栀还没睡。她的两只手都不能动，脊骨也又麻又疼，只能侧身躺在床上。

她发现，自己走神的时候，手腕上的疼痛似乎总能减轻一点。

玩板子这么长时间，她摔过那么多次了，早就明白该怎么样才能让自己受伤最小化。但她从那么高的地方摔下来的时候，仍然让双手先着地，撑住了自己的上半身。

这是一种身体最本能的反应。

陆茶栀早在从台阶上滑下去时，就设想过自己摔倒时的应对动作。当这一刻真正到来时，陆茶栀才后知后觉违背本能是一件多么艰难的事情。

她的大脑很明确地告诉她不能那样做，但身体本能让她先一步伸出了手。

走廊里的光还是亮着的，通过门上的玻璃透了进来。昏暗病房内，安静得只能听到轻微的呼吸声。

陆茶栀静静地躺在床上。

手指被纯白色的被子轻轻盖着，似乎感受不到疼痛了，剩下的只是冰冷和麻木，一下又一下，不间断地刺激着神经末梢。

不知过了多久，方槐尔还没睡着，翻身打开手机看时间，手机屏幕亮得刺眼，她迫不得已眯起一只眼。

00:38。

她叹了口气，刚关掉手机，隔壁床突然传来一个很小的声音，喊她："尔尔。"

方槐尔翻身的动作一顿，下一瞬间，心脏就被揪紧。

她第一次听见陆茶栀的声线染上了哭腔，那声音轻颤着，像是从很远很远的地方传来，带着化不开的委屈和难过，无端惹人心疼。

陆茶栀鼻音很重，低声说："疼。"

方槐尔下床，躺到陆茶栀的床边，伸出一只手，隔着被子从背后轻轻地环住她。

陆茶栀的眼泪涌出眼眶，"啪嗒"掉在枕头上。

方槐尔安抚地拍了拍她的身体，附在她的耳边，压低了声音悄悄说："快睡觉吧，乖乖的。"

陆茶栀做了两次手术，三个月后，同样的诊室里，医生看了她刚拍的 X 光片，告诉她："你的手在手术的时候就有骨缺损，而且现在恢复得也一般。到现在你的手还是会有那种针刺的感觉，对吧？"医生看了她的手腕一眼，轻轻叹气，"你也不用太担心，对你日常生活肯定没什么影响。但是后遗症，说不准它什么时候会来找你。你如果想继续玩滑板的话，再伤到这只手，情况应该会比这次更麻烦，不是让你放弃的意思，但一定要特别注意。"

陆茶栀抿了抿唇，点头答应："我知道了，谢谢医生。"

她刚要起身离开，医生突然又问："我听你朋友说，你经常画画？一坐就是十几个小时？"

陆茶栀一怔。

医生说得隐晦："你最好减少手腕长时间的受力。"

顿了顿，他又补充道："你应该知道，我并不只是在说你的右手。"

陆茶栀最开始两只手都打着石膏，但左手只是扭伤，比右手要早拆石膏很多。

那些天，方槐尔每次都去食堂打两份饭，打包带回教室，快速解决完自己那份后，再一小口一小口地慢慢用勺子喂给陆茶栀。

陆茶栀不想一直这么麻烦她，等左手拆了石膏，能够活动之后，她便立马练习用左手吃饭和写字。

最开始写作业的时候，她写得很慢，不一会儿手腕就会酸痛，字也歪歪扭扭。

老师看着又心疼又难受，便破例不收她的作业。老师不收，但陆茶栀不可能真的不交，只是延后了上交时间而已。

陆茶栀有些恍惚。

她在这次骨折恢复的三个月的时间里没有去过画室一次，医生不劝她放弃滑板，却劝她放弃画画。

陆茶栀差点都要忘了自己有多久没有摔倒过了。

摔下滑板的那一瞬间，她又想起了手术室里晃眼的灯光、冰冷的刀具、刺鼻的消毒水气味。

还有方槐尔焦急跑来的身影，外婆滴在她手背上的眼泪，医生认真劝诫的语气。

许佑迟却拉住了她。

他将那些画面一一从她脑海里剔除，然后稳稳当当地，将她揽进怀里。

她的鼻尖抵着他的肩膀，闻到了干净的水生木质调香。

在夏日的海域孤岛，明灿阳光照耀的热度里，闯进一片盛大幽静的青柏林。

柏林树荫遮蔽日光，凉意中带了点青柏的微苦，夹杂着海风湿冷的气息，清冽的少年感冷香，很香很香、很好闻的味道。

陆茶栀睫毛颤了颤，手指不自觉蜷缩用力，抓紧了他肩膀上的衣料。

许佑迟一手还拿着手机，另一只手揽着她细瘦的腰。等陆茶栀站直，他才松了手上抱住她的力道。

温热气息洒在陆茶栀的耳朵上，痒的。她僵在原地。

周围的景物在迅速地坍塌消失，只剩此刻抱住她的许佑迟和她的心脏脉搏，还是生动的。

他的一举一动都被放慢。

陆茶栀听见，他的语气无奈，叹息般地，在耳畔缓缓响起。

"你小心一点啊——"

临海城市夏天的傍晚，风都燥热。

许佑迟向来是冷淡的，但此刻，他的语气却是不同往日的温柔。

陆茶栀第一次和他这样近距离接触，她的手指紧紧攥着他的 T 恤布料。

时间似乎突然变得漫长，她就一直保持着这样靠在许佑迟怀里的姿态，许佑迟也没有不耐烦，任由她抱着。

不知过了多久，站在一旁"吃瓜"看戏的姜卫昀在内心疯狂感叹着时，他的手机却突然振动了一下，随后突兀的手机来电铃声响起。

陆茶栀回神，察觉到自己的失态，立马松开了自己的手，从许佑迟的怀里退出来，有些尴尬地小声道："谢谢你。"

姜卫昀心虚地瞄了许佑迟一眼。

许大少爷面色温和，垂眸看着陆茶栀的眼神里全是柔软，没有任何要生气的迹象。

姜卫昀无语，现在才发现，原来许佑迟的真正人设，根本不是什么高贵冷艳许少爷。

而是——

温、柔、似、水、许、娇、娇。

姜卫昀摸出还在响个不停的手机，电话是罗元诚打来的，催他们赶紧带球过去。

"行行行，马上到，挂了挂了。"姜卫昀眼疾手快地挂了电话。

陆茶栀从姜卫昀的话里听出了个大概，问："你们还有事吗？"

许佑迟说："没什么——"

话还没说完，姜卫昀立马拉了他一下，并挤到陆茶栀面前，露出一个八颗牙齿的微笑，说："有事有事，罗元诚他们催着我们俩去球场打球呢。美女还要练滑板不，不练的话跟我们一起走呗。我们迟崽，众所周知，打球帅得那叫一个人神共愤惨绝人寰，你在的话，他的球技更是出神入化厉害得不得了。美女，考虑一下？"

陆茶栀摇了摇头，往前走了几步，拾起地上的长板，转过头对他们眉眼弯弯，笑着说："加油哦，我先回家了。"

姜卫昀深吸一口气。

太甜了太甜了，甜蜜程度堪比一口气喝了十罐葡萄糖。

姜卫昀一脸陶醉地盯着陆茶栀远去的背影，许佑迟皱了下眉，不耐烦地踢了他一脚，说："走了。"

七夕节那天，陆家在黎城东郊的半山别墅里举办了一场盛大的晚宴。

作为宴会主角的陆茶栀却兴致缺缺，直到陆政千从热闹的宴会中抽身给她打了个电话，她终于才走出副楼，挽着陆政千的手臂，姗姗进入宴会厅。

这里是陆家老宅，老陆董和陆老夫人的地盘。

陆政千早在半个月前就开始命人筹备这场生日晚宴，并将地点定在陆家老宅。他这样做，在外人眼中，对小女儿的重视和疼爱不言而喻。

十年前，尚且年轻的陆氏集团总裁和前妻情感破裂并离婚的事情，黎城尽人皆知。

当时陆氏的发展正如日中天，陆政千离婚的消息一传出来便引起了轩然大波。谁也不能理解简菱为什么放着陆家这座人人眼红的金山不要，执意离婚，并带走了小女儿，在众人的视野中一消失就是十年。

大家都知道陆家有一个温婉柔顺但身体不大好的大小姐，并且简菱当年并未产下儿子。这么多年，不知有多少人挤破了脑袋想挤进陆家的门槛，却都被拒之门外。

陆政千给出理由，想照顾好身体病弱的大女儿，同时也要更好地发展陆氏，私人感情暂时不在考虑范围之内。

十年过去，就在大家都已经忘了陆家其实还有一个二小姐的时候，又突然爆出消息，陆董事长即将在七夕那天，于陆家老宅举办小女儿的生日晚宴。

陆政千是老陆董的独子，而陆氏最新的一代里有着两个女儿。空出来的陆夫人的位置始终被人觊觎，却无一人成功坐上去。

看客们在心里揣测。

难道，陆氏真的要拱手送人……又或者是，陆政千是想在将来垂暮古稀之际，看自己的两个宝贝女儿为了争夺一个集团而竞争对立？

在另一群人的眼中，陆家大小姐体弱多病，陆董如今又为了小女儿大肆举办宴会。要知道，陆雪棠在陆家的这十多年，一次以她为主角的宴会都没有在老宅举办过。

而陆茶栀回到黎城，前后不过四个月而已，陆政千就在老宅将她的生日晚宴大办特办。

将来的继承权，落在小女儿手中的事情基本已经是板上钉钉。

又或者是。

陆家二小姐在外生活十年——几乎还是少时生涯中最重要的十年，即便回了黎城，也依然进入不了上流圈子，跟从小被陆家精心培养的大小姐甚至都无法相提并论。

陆董疼爱又如何，陆政千那样理智，站在钱权的顶端依旧十年单身不娶，旁人也并不觉得，他会因为对小女儿这十年来的愧疚，就将整个陆氏补偿给她。

众人心思各异，但在陆政千带着陆茶栀露面之后，仍是面带微笑地对陆小公主嘘寒问暖，送出祝福。

老陆董将陆氏全权交给陆政千后便不再过问商业上的事情，极少出现在众人的视线里。这次陆茶栀生日，地点在老宅，老陆董自然要露面，简单讲了几句感谢诸位拨冗到场的话。

老陆董发言完毕后离场，陆茶栀跟着宾客一起鼓掌，随后，被管家叫到了二楼的书房里。

她呼出一口气，手指轻轻叩响书房的门。

"进。"

陆茶栀按下门把。书房里只有老陆董陆源章一个人。

他坐在沙发上，看见陆茶栀后，平日里不苟言笑的面部表情柔和了些许，眉头微微舒展，开口道："吱吱，过来坐。"

陆茶栀坐到沙发的另一头，背脊端正又笔直。

陆源章前几十年一直身处高位，即使现在早已退位让贤，身上那种居高临下的威严感仍旧不减分毫。

不像陆政千，陆茶栀在面对他时，可以靠着撒娇耍赖来解决事情。

对于自己这位十年未见的爷爷，她生不出亲近之感，只有生分和敬畏。

陆源章和陆老夫人都喜静，连培养出来的陆政千也是理智严谨的。

陆茶栀正襟危坐，等待着陆源章专程叫她来书房后的下文。

陆源章前几年刚过完七十大寿，但无论是面容还是气质看起来都比他的真实年龄要年轻很多。

他看出陆茶栀的拘谨，尽量让自己的语气显得不那么冷硬："听你爸爸说，你很喜欢那个叫希尔伯特的画家。"

他将手里包装精美的礼物递到陆茶栀面前，说："你跟你妈妈很像，都喜欢画画。我也不懂这其中的门道，前些日子托人从希腊那边带回来他设计的彩铅，你看看喜不喜欢。"

陆茶栀愣住。

她当然知道这款彩铅。

主题是古希腊神话中的花神 Flora，每一支笔上都刻着希尔伯特亲自设计的花神画像，高贵典雅，栩栩如生。

这款彩铅全球仅限量十套，收藏价值远大于使用价值。

陆茶栀深知得到它的难度，即使喜欢，也没跟陆政千提过想要。

她没说，却早有人替她准备好了，在生日这天，当成礼物送给她。

说不开心是假的。

她心底动容，几个字在喉间转了几回，终于说出口："谢谢爷爷。"

陆源章似乎是很浅地笑了下，眼角细细的皱纹微弯，声音也逐渐变得温和："你喜欢就好，生日快乐。"

陆源章又和陆茶栀聊了一些生活日常的事情，聊到最后，陆茶栀要离开的时候，他突然说："假期有空的话，想回来随时给爷爷奶奶打电话。"

陆茶栀握着门把的手指暗暗用力。

"好。"她说完，轻轻合上了书房的门。

老人似乎都是这样，安享晚年的阶段，最向往子孙萦绕的温馨感。

代价是一盒价格不菲的彩铅，回报是孙女在自己晚年时期的陪伴。

陆茶栀回了副楼，进到自己的房间。

这里早已不是她小时候喜欢的那种幼稚粉嫩的设计了。他们离开老宅以后，陆源章派人重新装修过，淡粉色的公主房恢复了静谧的中式典雅风格。

陆茶栀将礼品盒放到矮桌上，几乎是她触摸到手机的那一瞬间，屏幕亮起，上面显示着一串她再熟悉不过的数字。

许佑迟站在副楼前院被鲜花簇拥的朱红色石砖上，拨通陆茶栀的电话。

许佑迟忙了有整整半个月。

上次在广场上，他和陆茶栀偶然碰见。此后的大半个月，许佑迟待在波士顿，忙着参加一个数学建模的比赛。

他读的私立初中，学校一直有组织数学竞赛的培训，开始培训之前都会有一场考试。许佑迟凭借这场考试直接跳过了入门班，和大了他两个年级的程望山进入同一个竞赛班。

两人当了半年同桌。

程望山一开始是抱着一种该关照学弟的心态和许佑迟共处的，虽然许佑迟对谁都不冷不热，活像一块捂不热的冰，程望山也未曾气馁，处处照顾着他。

直到后来，次次测试许佑迟都稳居第一，程望山才终于明白他第一次主动将他的笔记借给许佑迟看时，许佑迟那道疑惑中又带点不屑的眼神是怎么回事。

程望山读完初中就出国了，去了美国波士顿上高中。

年初的时候，他准备报名参加一个数学建模比赛，小组参赛，成员需要三名。他找了一个同年级的华裔一起组队，但剩下的一名成员一直没有合适人选。

但很快，他就想到了一个人。

许佑迟。

比赛论文需要用英文完成，小组里三个成员一同训练，地点自然也是在波士顿这边。而无论语言还是地点，对许佑迟而言，都不是限制。

程望山立刻就给许佑迟打了电话。

许佑迟并没有立刻给他答案。

程望山等了一天，终于等到了许佑迟的答复。意料之中的，他同意组队参赛。

加上另一个华裔组员，最开始时，三人一直保持着线上联系，隔着十二个小时的时差，一同讨论和练习题目。

比赛时间定在八月下旬。

许佑迟提前了十天去波士顿，赵蔓不放心他一个人，便和他一同前往。

程望山请了数学建模方面的老师，三个人在赛前又和老师一起钻研了几天试题模型。

八月底除了这场建模比赛，还有一个很重要的日子，七夕。

陆茶栀的生日。

数学建模比赛很早就定好了日期，一共四天。许佑迟算着时间，如果在比赛结束后立即回国，刚好能卡在陆茶栀生日那天的上午到达黎城。

黎城陆家举办的生日晚宴，许氏自然也在邀请之列。

前几天的早上，赵蔓正坐在酒店的中岛台边，吃宝贝儿子给她切的水果沙拉，接到许行舟的邀请电话。

许佑迟坐在客厅的地毯上查找文献，听到赵蔓用稍显惊讶的语气对着电话那头说："陆家小公主的生日宴？"

许佑迟起身，去中岛台倒了杯温水，状似无意地问："怎么了？"

赵蔓回："没什么，七夕节陆家有一个晚宴，你爸爸说他那天要去溪城考察，问我们回不回去参加。"

"在七夕吗？"许佑迟想了想，"比赛结束那天回国的话，应该赶得上。"

赵蔓没注意到许佑迟对日期安排格外清晰的思路，只说："你安心比赛就是了，这种事情不用关心。"

许佑迟也没再跟赵蔓说什么，端着水杯回到电脑前继续查资料。

当天晚上，他就接到了他爸许行舟的电话。

许行舟对他说，七夕那天他并不是真的要去溪城考察，而是打算来波士顿给赵蔓一个情人节的惊喜。

许佑迟听完许行舟全套的甜蜜宠妻计划，就打开电脑，在网页上定了一张回国的机票，并让许行舟提前一天来波士顿陪赵蔓。

许行舟最开始并不同意许佑迟的做法，他不知道许佑迟为什么这么着急回国，而且又说惊喜如果不是在特定的日期就缺少了仪式感。

许佑迟风轻云淡，对电话那头说："那我就把你要来这边的事告诉我妈。"

许行舟气得骂他"逆子"，随后直接挂断了电话。

许佑迟本来还在思考，该用什么借口哄着赵蔓和他一起提前回国，现在有了许行舟这个精心计划好的情人节惊喜，倒是不用他再编造理由了。

赵蔓可以留在波士顿和老公共度二人世界，他也可以独自回到黎城。

事情找到了两全其美的解决办法，许佑迟神清气爽地开始准备比赛。

连程望山都看出来许佑迟近日里持续保持着愉悦的心情。

一起讨论题目的时候，许佑迟要多耐心就有多耐心，最最基础的编程问题，只要程望山问了，许佑迟都能不厌其烦地给他讲上好几遍。

对于这种突如其来的温柔，程望山实在是无法适应。他皱着眉疑惑道："你中考结束的时候，我们还见过面吧。读一年高中，你的变化能这么大？"

许佑迟不解。

程望山："你在高中，不走高贵冷艳少爷风了，改走平易近人小甜甜风格……了？"

许佑迟合上电脑离开了，连背影都是冷漠无情的。

程望山惴惴不安的心终于平定下来了。

幸好，许佑迟还是以前那个丝毫不近人情的冷酷大少爷。

并没有在高中被带偏。

比赛在即，题目却突然遭到了泄露。赛方宣布即刻重新命题，并推迟一天再进行比赛。

这一来，许佑迟早就安排好了的日程，瞬间被打乱。

数学建模大赛大致可以分为建模、求解、验证和论文撰写四个步骤，可以从赛方给出的六个题目中选择一个来进行解答。

无论是对个人还是团队，要在四天之内完成这所有的事情，一边要查阅大量的文献，另一边还要冥思苦想解答题目，耗时又耗力，每分每秒都宝贵。

大概是今年试题出现了泄露的缘故，新命名的六个题目，每一道的难度与往年相比，都加大了不少。

许佑迟他们组选了一个关于大气压强的问题，三个人聚在一起分配好任务，查完资料后便开始着手解题。

程望山以为自己每天睡四个小时，就已经是极限了。

但许佑迟却是连着通宵了三天三夜，枕头都没挨过一下。

程望山总算知道，为什么许佑迟能霸占学校里各种排行榜的第一了。

可怕的不是他优秀，而是他既优秀还努力。

比自己更努力。

哦，年纪还比自己小。

第四天的早晨六点半，天还没亮。

公寓里拉着厚重的窗帘，只开了屋顶的一圈顶灯，光线很淡，像颠倒了日夜。

程望山刚醒，头发乱糟糟的。他手里捧着杯热牛奶，看着注意力全集中在电脑屏幕上的许佑迟。

这都第三个晚上了，许佑迟又是一夜没睡。

就算是机器人也经不起这么长时间的运转吧？

程望山感到了深深的罪恶感，并开始认真反省自己。

他正想着今天最后一个晚上，要不要让许佑迟休息一下，换他和另一个同学来通宵。许佑迟却突然合上电脑，起身说："论文我已经写完发你邮箱了，我先走了。"

程望山一时有点没反应过来，询问："啊？你去哪儿？"

"回国。"许佑迟将电脑放进包里，回道，"有很重要的事。"

程望山握紧了玻璃杯，稍稍拧了下眉，问："论文还要修改的话怎么办？"

许佑迟拉上背包的拉链，抬眼，对上程望山直勾勾的视线，淡淡道："我说的是论文。而不是，我负责的那部分论文。"

程望山张大了嘴巴，哑口无言。

这相当于是，许佑迟在完成自己该做的事情的时候，还顺带做完了其余两个队友的任务。

程望山张了张唇，叹了口气，说："你觉都不睡，就为了回国？很重要的事，比这个比赛还重要吗？"

许佑迟单肩背着包，离开的时候，原本就白皙的脸色，现在成了一种略显病态的白。

他嗓音低哑，回答程望山的问题："是。"

——比这个比赛还重要吗？

——是。

程望山无话可说。

许佑迟打车回酒店拿行李。

许行舟昨天晚上就到了，夫妻两人都起得早，吃过早餐后，此刻正亲亲热热地靠在沙发上看杂志。

无论是不是七夕节，许行舟能来，于赵蔓而言，都是一个巨大的惊喜。

比赛还有一天才结束，赵蔓没想到许佑迟这么早就回来，询问道："怎么了？比赛怎么样？"

"还好。"许佑迟说，"事情都已经做完了。"

四天时间原本就已经很紧张了，许佑迟却在三天之内就完成了所有的流程。

赵蔓有些诧异道："这么快吗？"

许佑迟"嗯"了声，进到自己的房间。

赵蔓看着他几近透明的苍白脸色也心疼，以为他要回房间补觉，便没打算再多问什么打扰他休息。

结果不出两分钟，许佑迟又出来了，手里还拉着个大行李箱。

他跟赵蔓解释："过两天就开学了，我先回家复习考试内容。"

赵蔓看了一眼落地窗外雾蒙蒙的天空，问："你非要现在回去吗？"

"嗯。"许佑迟的语气坚定，"机票已经订好了。"

他的视线落在正搂着爱妻笑得无比温和的许行舟身上，又道："爸爸在这边陪您就好了，我想先回去。"

在某些方面，许佑迟一直都很倔。

从小到大都是这样，他能养成这样的性格，很重要的一个原因是，赵蔓几乎不会强迫他做他不情愿的事情。

赵蔓从沙发上起身，走到他的跟前。

许佑迟高出了她大半个头，她踮起脚，轻轻抱了他一下，交代："路上注意安全，在飞机上好好休息，到了给妈妈打电话。"

"好。"许佑迟顺从地俯身，让赵蔓能抱住他，低声说，"提前祝您七夕快乐，全世界最温柔最漂亮的妈妈。"

坐上飞机，许佑迟已经困到极限了，头疼到似乎连呼吸都是费力的。他戴上耳塞和眼罩，合上沉重的眼皮。

飞机是什么时候起飞的他已经记不清了。一觉醒来，机身穿过云层，舷窗外的天色大亮，广播里开始通知飞机即将于三十分钟后抵达黎城机场。

许佑迟揉了揉酸痛的脖子，将手机重新调为北京时间。

下午三点。

还好，还来得及。

取完行李，许佑迟打车回家洗了个澡，拿上陆家寄来的邀请函，匆匆赶往东郊的半山别墅。

出示邀请函后，服务员领他进门。大厅里宾客众多，唯独不见陆茶栀。有人认出许佑迟，主动过来询问许董和许夫人的事情。

许佑迟语气礼貌，把控着适当距离的冷淡："家父家母在国外，我代他们来参加宴会。"

众人了然，许佑迟没心思再同他们寒暄，找了个借口就先行离开。

他转身想走，看见一道熟悉的背影。她踩着高跟鞋，走出宴会厅。

许佑迟跟上去，来到副楼的前院。

二楼的灯亮起。前院的鱼池里，鱼尾摇曳，掀起细微的波澜。

许佑迟站在门口，良久，拨通陆茶栀的电话。

电话响了两声，便被接通。

"许佑迟！"陆茶栀似乎很开心，嗓音里带着笑意，"你的比赛结束了吗？"

"结束了。"听到她的声音，许佑迟的眼神和语气都变柔软了些，"你猜我在哪儿？"

"你在哪里啊……"陆茶栀认真想了下，列举着猜想，"在酒店或者在机场？准备回国了吗？"

"猜错了。"

他的话音刚落，一楼的门铃声传入陆茶栀的耳朵里。

她愣了一秒，脑海里一闪而过一个不可思议的念头。

电话也来不及挂，陆茶栀将手机紧握在手心里，踩着高跟鞋就往楼下跑去。

大门打开，一张她日夜描摹于画纸上的面容出现在她的眼前。

陆茶栀的呼吸在这一瞬间停滞。

他的眉眼依旧如画中神祇般的清冷好看，嘴角勾起浅淡的笑意。

手机和耳畔几乎是同时响起他的声音。

"生日快乐。"

"你回来啦。"陆茶栀望着许佑迟，轻声喃喃，"我还以为你不会来了。"

她知道许佑迟的比赛往后推迟了一天，许氏今天也派人送来了礼物。这个时间段，他的比赛应该刚刚结束才对，她以为他还在国外。

没想到他突然出现了。

许佑迟"嗯"了声，问："你还去宴会厅那边吗？"

"不想去。"陆茶栀摇了摇头，"那边好无聊，我一个人也不认识。"

"那，"许佑迟朝她伸出一只手，"跟我走吗？"

眼前这只骨节分明的手，似邀请又似蛊惑。

陆茶栀有一瞬间的失神。不过眨了下眼睫的工夫，她就已经顺从地把手放进他的手心里。

他牵着她的手，躲开服务员的视线，穿过栽满花卉绿植的后花园。

被晚霞劫持的玫瑰色夕阳缓缓下沉，作为在落日时分出逃的倒计时。

晚风轻抚栅栏上成簇的藤本月季和藤蔓荆棘，空气里浮动着浓郁的香气。

陆茶栀的手被许佑迟牵在手心里，体温相贴。

她恍惚想起初遇的那个夜晚，许佑迟扣着自己的手腕逃离那条脏乱的深巷，她借着路灯的光看见他的侧脸，惊为天人。

原来，神话故事里被众神倾注爱意的美少年，真的存在于这世间。

而此刻，陆茶栀被许佑迟牵着，一路跑出别墅庄园，到达宽阔的盘山公路，终于逃离了身后那几座高大肃穆的建筑物。

莫名地，她心底生出了一种逃离一切的畅快感。

公交车很快到来，许佑迟投进四枚硬币，和陆茶栀坐到最后一排。

从半山到海边的公交车，这里是起始站，只有他们两人上车。

陆茶栀坐在靠窗的位置上，单手打开车窗，凉风吹进车厢，吹起她耳畔未绾起的碎发。

她用食指碰了碰许佑迟的手背，问："你带耳机了吗？"

许佑迟将耳机递给她。

手心的温度撤离。许佑迟垂下眼睫，半晌，才收回自己空出来的左手。

下一秒，陆茶栀的身体猝不及防地贴近。她伸手，将耳机塞进许佑迟的耳朵里。

许佑迟的喉结上下滚了一圈。

被陆茶栀触碰过的地方，几乎是转瞬就被点燃，热度蔓延至整个左耳。

耳机里，音乐的前奏响起。周杰伦和 Gary 唱的《爱的飞行日记》。

"赤道的边境，万里无云，天很清。爱你的事情，说了千遍，有回音……"

公交车平稳行驶在下山的公路上，山间景物在夕阳余晖中不断向后倒退。

陆茶栀原本是靠着车窗看窗外的风景，她偶然间的一次侧头，瞥见许佑迟过分优越的侧脸，他没什么表情，桃花眼里透着纤尘不染的清冽。像漆色的透亮玻璃球，此刻，染上点夏日余晖的晚霞，长密睫毛上也镀了层金色柔光。

他冷白色的皮肤，和左耳的绯红，形成了鲜明对比。除开紧抿着的嘴角，他脸上的表情和以往相比几乎没有任何区别。

如果说之前的许佑迟是生来高傲的大少爷，那现在的许佑迟，更像是一个故作冷淡自持的小王子。

许佑迟似是察觉到了她的目光，转过眸来，跟她的视线撞在一起。

耳机里的歌刚好播放到最后的高潮结尾。

"……为爱飞行，脱离地心引力的热情。我在宇宙无重力的环境，为你降临。"

沉浸在落日余晖的对视里，陆茶栀轻声开口："许佑迟，你害羞了。"

肯定句。

每一次都是这样，她对他情绪的把控，永远都具有十足精确性。

许佑迟扭过头去不再看她。

陆茶栀却像是找到了什么乐趣的开关，目光明晃晃落在他越发深红的左耳上。

她终于忍不住，低低笑出声。

公交车行驶到海岸边。

海平线将酒红与海蓝色分割，半轮落日持续燃烧着，和云朵一起铺垫成渐变的橘红，再坠入海水之中。

下了公交车，再往前走一段路，才抵达海滩公园的入口。

这边没有沙滩，用木地板铺成道路。路的一边是海面，一边是丛林。大抵是这片海域位于豪宅区山脚的缘故，游人稀少，环境很静谧。

两人沿着海岸线慢悠悠走了一会儿，陆茶栀穿着高跟鞋走得累了，便坐到路旁的雕花长椅上去。

落日的余晖开始消散，天色渐沉，月牙挂上树梢。公园的路灯在同一时间亮起，四周安静得只剩下潮起潮落拍打海岸的声音。

陆茶栀和许佑迟并肩坐在长椅上，看完了一整场日落。

她突然问："你记得《小王子》里面的一个情节吗？"

"日落吗？"

"嗯。"陆茶栀说，"小王子说，他有一天很难过，所以一个人看了四十三次日落。"

这句话像是在暗示些什么，许佑迟顺着她的话往下问："你今天难过吗？"

"下午的时候，是有一点难过的。"陆茶栀的眼睫低垂，语调平静而缓慢，"我的生日，姐姐不在，尔尔也不在，宴会厅里的人，我一个也不认识。"

许佑迟安慰的话还没说出口，又听见她的声音。

"但是你来啦。"陆茶栀朝他扬起小脸，眼底的笑意温软。

"一见到你，我就不难过了。"

海边的最后一抹余晖彻底被月色覆盖了，晚风吹来海水潮湿的气息，也吹散了夏日的闷热。

陆茶栀今天将长发盘了起来，身上穿着一件黑色的抹胸礼服裙。

上半身用白色的山茶花瓣进行了点缀，勾勒出纤细的腰线，蓬起来的裙摆及膝，上面有蕾丝花边的刺绣。

许佑迟看着她，恍然回忆起，之前在波士顿，赵蔓接到许行舟电话时，对陆茶栀的代称。

"陆小公主。"

的确是公主。

穿华丽的裙子，漂亮到世间万物都仿佛失色的公主。

连今夜的月亮都羞愧得藏起来大半，只肯露出弯弯的一角。

许佑迟想。

公主惹人怜爱的，是什么时候呢？

是示弱的时候。

晚上许佑迟打车送陆茶栀回到陆家主宅，觥筹交错的晚宴尚未结束，两人在别墅门口分别。

次日，陆茶栀很早起床，穿戴整齐后来到主楼的餐厅。陆源章已经晨练完毕，和陆老夫人一起坐在餐桌前，等着陆茶栀和陆政千入座。

安静用过早餐后，陆茶栀跟陆政千说想回家，陆政千刚好也要去公司，便让司机顺道送她回澜庭别院。

李姨正在花圃边浇花，对陆茶栀说昨天收到了快递，放在客厅里面。

纸盒有点大，陆茶栀看了眼快递单，是方槐尔寄来的。

她用小刀拆开胶带，里面有两个礼品袋：一个是捕梦网，另一个是手工糕点。每个袋子里面都附着一封信。

陆茶栀将纸盒放到一边，打开信封。

一封来自方槐尔，另一封的落款人是于旭。

于旭？

陆茶栀想了两分钟，才从脑海中提取出有关这个名字的记忆。是她还在杉城一中读书的时候，和许佑迟一起救下来的那个小可怜。

小可怜的笔迹和他本人一样稚嫩，一笔一画地在信纸里祝她生日快乐。

陆茶栀认真看完了两封信的内容，将信纸重新塞回信封里，放到书架上收好。

捕梦网是方槐尔送的，粉白色的，垂着毛茸茸的羽毛。陆茶栀把捕梦网挂在墙上，用贴纸固定。

明天就是去学校报到的日子。九中有个惯例，每学期的伊始都会有开学考试。

聂萍早在放暑假那天就提过，开学考的难度会很大，不仅考已学过的知识，还会考假期里让学生预习的内容，目的就是检测学生在暑假自主学习的情况。

陆茶栀收好要带去学校的行李后，便坐到书桌前看书。

看了近两个小时，陆茶栀合上生物书，刚打开手机，QQ就不断弹出来自"幼儿园五班"的群聊消息。

很陌生的群名。

陆茶栀点进去，翻到群聊消息的第一条，是十分钟以前班长上传的新的分班名单。

她了然，高二的新班级已经分好了，这是新的五班班群。

又往底下翻了翻，群里最活跃的还是姜卫昀和向帆他们几个社交达人，十分钟之内就能和互不相识的新同学聊到称兄道弟，甚至约好了开学后的第一顿饭，势要壮大五班男团的势力。

高二开学，宿舍也要按班级重新划分。

标准的四人寝。陆茶栀在去学校的车上扫了眼聂萍发的表格，她和明诺还有白雨瑶分到了一个宿舍里，还有一个从外班调过来的女生，叫林槿。

聂萍规定大家上午九点前到教室，除开打扫卫生，还要讲一些开学的注意事宜。

才早上八点，校门口就已经被车辆围堵得水泄不通。司机找到一个停车位，再帮陆茶栀把行李箱拉到放着男士止步提示牌的女生宿舍楼下。

陆茶栀道了声谢谢，自己提着行李箱上楼。

宿舍的门虚掩着，她推开，其他的舍友都已经到了，正忙着打扫卫生，听见声响后都转过身来跟她打招呼。

陆茶栀和明诺、白雨瑶三个人已经算是很熟悉了，宿舍里只有林槿一个新人。

林槿刚到新的环境里，难免有些羞涩拘谨。

白雨瑶在 QQ 里拉了个宿舍群，四个人又一起聊了会儿天，林槿的神色才逐渐放松下去，跟着她们一同笑起来。

陆茶栀把于旭寄给她的那盒手工糕点拿出来，分给了舍友。

倒不是因为她对礼物不上心，而是她对甜点并不热衷，经常吃了两口便没了食欲。这种手工糕点的保质期本来就短暂，与其让它放着过期，倒不如分给别人。

白雨瑶和明诺吃完后都觉得这是人间美味，对着陆茶栀大肆夸赞。

时间消磨得差不多，四人一同到教室去。

聂萍已经排出了最新的座位表，投放在大屏幕上。

白雨瑶在放假之前就特意去跟聂萍提过，想在新学期继续跟陆茶栀坐一起。她数学成绩一般，而陆茶栀的数学成绩几乎次次都稳定在年级前十，坐在一起的话，她可以更方便地和陆茶栀讨论题目。

聂萍后来也找机会问了陆茶栀的意见，得到肯定的答案后，她看两个女孩子都不是事多的性格，便继续把她们的座位排在一起。

陆茶栀坐到离门最近的那个位置上，白雨瑶坐在她的后桌。

班里分来了很多新同学，总人数比起高一也是只增不减。

等人到齐后，聂萍先是按流程发表了一长串激励大家努力学习的演讲，随后又让大家都上台进行一个简短的自我介绍。

聂萍则坐到教室最后面的空位上去，举起手机开始录像。

大家按座位顺序上台，从靠墙那一列开始。前面几位同学都说得比较中规中矩，其余同学也很礼貌地鼓掌。

大概是第一个同学在黑板左上角写了自己名字的缘故，后面上台大家都不约而同地先写名字，再介绍自己。

许佑迟坐在靠窗那一列的第七个。

从他起身开始，姜卫昀和易卓他们就蠢蠢欲动，交头接耳地不知道在商量些什么。

许佑迟站上讲台，在黑板上写下自己的全名。

字迹凌厉，每一个拐角都是锋利磅礴的。

在他之前的那六个同学，每个人都是规规矩矩按聂萍的话挨个介绍自己的姓名、爱好、高中的规划，最后还要表达一下对新同学的关怀或者对新班级的期待，听得在后面录像的聂萍满脸欣慰。

毕竟看着属于自己的崽崽们，总是越看越喜欢的。

但一到许佑迟这里，画风立马急转而下。

许少爷在讲台上写完自己的名字之后，转身面向全班的同学，语气平静到没有一丝一毫波澜。

"许佑迟。"

班里安静了一瞬。

四十八双眼睛齐齐聚焦在讲台上。

许佑迟是年级上出了名的大红人，新到班里来的同学也都听过关于他的传言。

许佑迟——一个从进校开始，就霸占着年级第一的宝座从没掉下去过的，被广大学子瞻仰的，奉为神话般的人物。

来到五班，这意味着他们这群普通学子可以与学神同窗两年，一天至少待在同一个教室里十个小时，甚至还有机会向学神请教题目。这种机会，可遇而不可求！

新同学们还暗暗期待着许佑迟接下来的介绍，想着自己能通过这个机会更了解学神一点点，从他身上学到一些学习方面的诀窍。

谁料后排突然就有人开始欢呼鼓掌。

而掌声响起的同时，许佑迟也将新同学们期待的目光忽视得彻彻底底，径直就走下了讲台。

不是吧？自我介绍？就三个字？

新同学大多还是一脸蒙没反应过来的状态。

而老同学已经对这种情况习以为常，愣了一瞬后立马跟着姜卫昀他们一起鼓掌。

欢呼声不绝于耳。

易卓他们那群男生"气氛组"的头衔也不是白来的，直接将班级的氛围点燃。

震耳欲聋的欢呼声，被聂萍的手机清清楚楚录进了视频里。

白雨瑶坐在前排，偷偷低伏在课桌上跟陆茶栀咬耳朵："许佑迟在高一的时候，也是这样介绍自己的。"

她回忆着一年前的事情，慢慢说："我记得，我们当时也跟现在的新同学一样，就特别蒙。因为许佑迟是中考状元嘛，大家本来都特别期待他上台的，结果他就只说了三个字。"

"我们都以为他还要继续讲，但是他说完名字直接就下去了。易卓他们还特别捧场，喊得可大声了。教导主任以为我们班有什么东西炸了，急得从一楼跑上来救人。"

白雨瑶扑哧笑出来，继续道："我当时心里就想，这位叫许佑迟的大帅哥，路子太野了吧。"

确实是野。

古人言：字如其人，不无道理。

短短三个字，许佑迟骨子里是和他的字迹如出一辙的冷淡和嚣张。

按座位排序，陆茶栀是班上最后一个上台的人。

她的自我介绍也很简洁，但还不至于到许佑迟那么简洁的程度。

她只简单明了地说了两句话便走下讲台，同学们鼓完掌，聂萍终止了录像，又长篇大论讲了二十分钟开学收心事宜，才放大家去吃饭。

下午是开学考试。

开学之前，许佑迟跟赵蔓说要回家的理由是复习。

到了黎城后，他用半天时间陪陆茶栀过了生日，剩下的一天又用来补回缺失了三个夜晚的睡眠。

书页都没翻过一下，就直接带回了学校里。

虽然没复习，但丝毫不耽误他这次的开学考试依然是年级第一，拉开第二名足足有五十来分。

晚自习下课的间隙，化学只考了六十分的易卓拿着许佑迟一分没扣的化学答题卡揣摩半晌，看到每一个空都被填得满满当当的大题步骤，深吸一口气，感叹："这真的是人做得出来的卷子？"

他们刚刚才学完必修二，试题就已经超纲到选修的部分去了。明明不在暑假布置的预习范围之内，许佑迟还是把每道题都答了出来，而且全对。

易卓感觉，每经历一次考试，他对许佑迟的认知上限都能再刷新一遍。

这么难的卷子，一连串的有机物看得易卓脑子都快炸了，年级第二都只有八十分，许佑迟却拿了满分。

许佑迟根本就不是人吧？

许佑迟没理会易卓的感叹，笔尖飞快地在试卷上写下一串公式，心算出答案后，又画下一个龙飞凤舞的数字。

停笔的瞬间，上课铃打响。

许佑迟将试卷对折了一下，递给身旁的易卓："帮我传给陆茶栀。"

"啊？"易卓从化学试卷中抬眼，有些没反应过来。

他接过许佑迟手中的试卷，看了一眼，两眼立马发亮，激动到握着试卷的手指都在颤抖。

"阿迟哥哥，你就是我的再生父亲，我永远爱你爱你爱你，你就是我在这个宇宙上最爱的男人！"

坐在易卓前面的姜卫昀满脸嫌弃地转过头来，说："你不要一见到迟崽的卷子就跟狗见了骨头一样行不行。"

当他凑近，看清试卷的内容之后，转瞬就露出了和易卓同样激动的神色，说："我预定了啊！我是第二个！其他人都别跟我抢！"

一个暑假过后，他们可能变了，但身为物理老师的杨严，依然还是他们熟悉的那个，作业量多到"变态"的老头。

开学考试才刚结束两天，他就又布置下来一张全是大题的试卷，题目又臭又长就算了，前面是受力分析的斜面、弹簧、木块豪华套餐就算了，后面还有完全没学过的电磁场叠加的豪华套餐 max。

又是暑假让他们自主预习的内容。

一场开学考试还不够，以杨老头为首的九中物理组，致力于让大家在开学一周之内，被物理折磨到生不如死。

开学还不到一周，这两天其余老师都还在讲评开学考试的试卷，没有布置作业，只让大家纠错。目的就是让大家尽快从假期的状态中调整过来，适应学校的节奏。

只有杨严这个老头，试卷一张接一张地甩给学生，仿佛整个学校的打印机都只为了物理而存在。

这边，易卓和姜卫昀的惊呼瞬间激起了班里同学的好奇心。

当大家知道他们俩到底在感叹些什么后，一时之间，许佑迟这张完成度百分之百的物理试卷，在班里成了一个如同稀世珍宝般的存在。

第三节晚自习的上课期间，教室里全是试卷窸窸窣窣传递摩擦的声音。尤其是气氛组男生聚集地，教室的左后方位，对试卷的争夺最为热烈。

叶哲飞是新分到五班来的学生，自开学前夕加入五班班群，和姜卫昀、易卓他们聊了两分钟后，就莫名其妙又被拉进一个名为"猛男妙妙屋"的群聊里。

他吓了一跳，以为自己进了什么不法分子的黑色领域。

结果那是五班专属的男生群。

群聊名称还挺独特。

开学之后，叶哲飞又跟易卓、姜卫昀他们一起吃了几天的饭。十几个高高大大的男生并排走在一起，按姜卫昀和易卓他们的说辞，一家人最重要的就是整整齐齐，所有人挺起背脊，昂首阔步，势必要将排面两个字刻进骨子里。

叶哲飞在第一天还觉得难堪，那种被路人围观并啧啧称奇的羞耻感，不断激增，似要爆炸。

但经过姜卫昀他们对他一整天的洗脑，从第二天的早饭开始，叶哲飞已经逐渐开始适应并享受这种被人注视着的感觉。走路都逐渐昂首挺胸了起来。

只有帅哥才配被关注。

这就是九中最风光最帅气的男明星团体吗？

站在食物链顶端的王，所到之处皆是粉丝仰望的目光。

排面是必不可少的。

更何况，他们中间还有一个九中最最引人注目的高岭之花。

几天的相处下来，叶哲飞总体感觉，五班的男生团体意识极其强烈，都还是挺好相处的。让他唯一还觉得陌生的，只有许佑迟。

大多数时候，许佑迟的表情和语气都冷淡。都不用开口说话，光是他那双桃花眸轻飘飘扫一眼，就足够给人一种遥不可及的疏离感。

但很奇怪的，许佑迟这么冷的一个人，大家都会下意识以他为中心聚在一起。

似乎，他生来就是那个高高在上，清清冷冷发着光的月亮。

在高一的时候，叶哲飞听到的传言里，许佑迟就是个性格高冷，成绩顶尖，长相还好看得贼离谱的大少爷，家里钱多得可以买下整个黎城。

经过一起吃饭的这几天，叶哲飞慢慢发现，许佑迟本人，和传言中那个生人勿近的冷面少爷，其实还是有差别的。

他并没有那么难以相处。

他也并不是永远冷漠的。

他也会笑，而且笑起来好看得要命。

是一种，轻而易举就能统一男女生审美的，帅。

有谁不爱呢？

许佑迟看自己的试卷以一种势不可当的速度，被满教室人传得热火朝天，只觉得额角隐隐作痛。

晚自习快下课的时候，陆茶栀正聚精会神地在看物理教辅书，突然感觉到有人拍了拍自己的肩膀。

她转过头，白雨瑶将一张物理试卷递到她手里。

陆茶栀愣了一下，看向试卷的最上方，空白处写着一个飘逸凌厉的"许"字。

"是许佑迟传过来的吗？"陆茶栀问。

白雨瑶说是。

陆茶栀抿抿唇。

刚刚课间的时候，许佑迟路过她的座位，她拉住他的袖口，本来是想问最后一题的解法的，许佑迟看了一眼，说他还没写那道题，让她等他一会儿。

但是很快就上课了。

上课铃打响后，陆茶栀把自己会写的步骤写了出来，没再钻研那张物理试卷，开始做其他的事情。

许佑迟坐在教室的左后方，而陆茶栀坐在前门口。两个座位几乎是隔着整间教室，成对角线的距离。

结果许佑迟把他自己的试卷给她传过来了。

陆茶栀往后看了眼许佑迟的座位。他坐在座位上，低着眸在写题。

她轻叹口气，低声呢喃："那么远啊……"

白雨瑶写着题，像是突然想起来什么，放下手中的黑笔，神色稍显严肃道："你知道最恐怖的是什么吗？"

"嗯？"

白雨瑶凑近陆茶栀，压低了点声音："明天至少有二十份一模一样的物理作业，出现在杨老头的面前。"

第二天上午的物理课，杨严一走进教室，半数人的心脏都提到了嗓子眼里。

要是杨老头一题一题地改了作业，那他二十几个抄了许佑迟作业的人，都会直接凉得彻底。

杨严拿出一摞试卷，举在手里。

那一瞬间，教室里的呼吸似乎都静止了。

好在杨严只是让课代表把试卷发下去。

他站到讲台上，语气平缓，慢吞吞道："大家昨天的作业，完成情况都还不错啊。上午时间太紧，我没来得及改。但这试卷这么难，大多数同学都还是写完了。"说到这儿，杨严乐呵呵地笑，看起来心情似乎还不错，"看来大家暑假应该都有好好地学习物理。你们很优秀，也很自觉，杨老师为你们感到由衷的开心。"

同学们在听到杨严没有批改试卷后，都不约而同地安下心来。教室里恢复了往常的轻松气氛，左后方的男生又开始叽叽喳喳。

杨老头说完最后"开心"两个字，易卓小声地接话："倒也不是我们优秀。"

姜卫昀很默契地补全他的下一句："只有许佑迟一个人而已。"

另一边，陆茶栀也悄悄松了口气。

幸好。

幸好，许佑迟并没有因为她而受到责罚。

第十章
愿意为你 只有月亮知道的秘密。

教室的座位并不是一直固定的，每一周都会往右下角斜着挪动一个位置。

陆荼栀和许佑迟的座位之间，原本是几乎隔着整个教室的。但在两周过后，周五放学换座位的时候，两人的距离拉近了很多。

前后差一个位置，中间隔一条过道。

陆荼栀一抬头，就看得见许佑迟穿着校服的背影。

在学校的每一天，似乎都日复一日做着相同的事情。按部就班，四点一线，宿舍，教室，食堂，操场。

但又好像每一天都不一样。语文课本和英语单词永远背不完，数学试卷难度堪比登天，杨老头布置着变态程度不一的物理作业来折磨学生，易卓他们每天都有新的梗逗笑全班。

每一件细碎的小事，连接拼凑起来的，都是冗长又鲜活的高中生活。

十月中旬，在班上新来的同学都还没有完全熟悉五班的时候，高二的第一次月考已经到来。

九中惯例，考试周忙碌到天昏地暗。铺天盖地的考前突击试卷，压得人喘不过气。待学生苟延残喘熬过了月考，秋季运动会的日期也最终确定下来。

每一次大型考试过后，学校里总是会有大型的活动举办，用以调节学生的情绪。

得知运动会将近，学生们也迅速从考试排名的悲伤中转换过来，个个都喜笑颜开，筹备着运动会的事情。

聂萍自知和学生的代沟，一向不插手这些事情。

班委们为了让本班的开幕式亮相能一举吸引全校同学的目光，忙到焦头烂额，从 plan A 列到 Z，再让班上同学挨个投票挑选。

五班一共两个班长：一个徐阳，另一个是明诺。由于事情实在是太多，班上每个同学几乎都分配到了任务，运动员也不例外。

明诺之前在宿舍见过陆茶栀的画册，于是把设计班徽还有旗帜的重任交到她身上。

周末的时候，陆茶栀待在别墅三楼，陆政千让人给她打扫出来的画室里。她坐在窗前，一下午画出来四个图案，一起带到学校去，让明诺挑选。

明诺和几个班委商量后，最后选了张画着海鸥振翅飞翔于海平面，纯白羽翅和身体呈现数字"5"的图案。

班徽设计出来了，印在红色的大旗帜上。在运动会的开幕式上，被走在班级最前面的同学高举着，和高二（5）班的班牌一起，展示在全校师生面前。

到了在旗台前的节目展示环节，也是很顺利地进行。每个人的舞蹈动作都很流畅，不枉这两周牺牲了大量的休息时间来排练。

上午的开幕式展示完毕，下午运动会正式开始。这三天不用上课，最后一天还刚好是周五，这意味着，总共可以玩整整五天的时间。

易卓他们那群社交达人，自然也是从第一天起，就开始组织周五晚上的班级聚餐。

白天开运动会，晚上的自习还是照常要上。

周三的晚自习是物理。杨严发了一套试卷，说是定时测验，让大家在一个半小时之内写完。

于是，在隔壁四班和六班都在看电影的时候，五班甚至连下课时间都没有，坐在教室里写物理试卷。

苦不堪言。

周四的晚自习是英语。英语老师姓熊名茂，由于性格好，班里同学总喜欢跟他开些玩笑，并擅自为他取了个独一无二的英文名，panda。

姜卫昀他们一行人，从早上就开始在英语老师办公室门口堵着熊茂，一路把他拽去操场，非逼着他看运动会比赛。

熊茂看了半天也不懂这群兔崽子到底想干吗，眉头紧皱道："我还要回办公室备课。"

易卓紧紧拽住熊茂的手，不让他有任何挣脱的机会，直视着他的眼睛，说道，"你要是不看我们比赛，你心里就是没有五班。你不热爱五班，你就是不热爱工作。你不热爱工作，你就不是优秀的人民教师。"

熊茂像是听到了什么天大的笑话，反问："我不热爱工作？我平时是怎么教你们的？我一直都教你们说话要有逻辑，logic understand？你自己听听你刚刚说的话，有没有逻辑？是不是诡辩？快点放开我！我要回去工作！"

"要我们放开，也不是不可以。"姜卫昀拽着熊茂的另一只手，从他的左边绕到他跟前，嬉皮笑脸地说道，"谈个条件呗。"

熊茂站在跑道边上，被五班一群男生围着，看了足足一个小时的女子八百米跑。

他深吸一口气，被磨得没脾气了，说："什么条件，你们说。"

条件就是晚上放电影。

熊茂一开始拒绝的态度极其强烈。

这次月考的作文考了感谢信，班里的作文平均分比其他班差了整整两分。熊茂早在一周前就准备好了课件，打算今天晚自习给他们讲一晚上感谢信的写法。

结果现在这群不知天高地厚的兔崽子，不仅不操心反思自己的英语成绩，还想让他放电影。

熊茂偏头问："许佑迟，你是不是也跟他们一样的立场？"

许佑迟终于从手机屏幕上抬眼，漫不经心地"嗯"了声。

看看，看看，这就是优秀学生代表许佑迟。

好！好得很！连他都对恩师的困境视而不见。

上午十点，日光正盛。熊茂寡不敌众，终于松口，同意给他们放电影。

成功达到自己的目标，五班男生也不继续在跑道旁晒太阳了，美滋滋地回到本班区域。

看台位置不够，只留给了高一和初一的学弟学妹们，其他年级都需要自己搬板凳下来。

十月底的天气依旧燥热，高二（5）班分到了篮球场边的一片空地，恰好后面有两棵大树，挡住暴晒的阳光。隔壁四班、六班都热得不行，被太阳炙烤到快要晕厥，向五班投来既羡慕又嫉妒的目光。

易卓他们回到篮球场边的时候，看见本班位置上只坐着两个女生，低头在那儿玩手机。

易卓问："哎，其他人呢？"

其中一个女生抬起头，回应："我们也不太清楚，好像是跟班长一起去超市买东西了。"

"噢噢，谢谢。"

易卓坐到自己的板凳上，在书包里翻翻找找半天，终于从最底下掏出来一副扑克牌。

十分钟前，聂萍特意从办公室下来了一趟，给了明诺几百块钱的班费，让她和同学们一起去超市买东西，回来分给班里的人一起吃。

男生们都跑去围堵熊茂了，还坐在座位这边的，只有女生。

于是，当女生们提着大包小包的零食、饮料回来的时候，就看见男生们一个个都春风满面，要么是在打游戏，要么是聚在一起围观易卓他们打牌。

明诺气得不轻，当场威胁："信不信我把你们的牌没收了！"

易卓慌忙把手里的扑克扔到空板凳上，跑到她跟前堆笑赔罪："班长大人，莫生气莫生气，气坏身子无人替。您大人有大量，别跟小弟计较。"

他认清了自己的身份，又十分殷勤地接过明诺怀里那瓶大可乐："班长大人请坐，小弟给您倒饮料。"

陆茶栀拿出塑料袋里面的纸杯，递给易卓。

易卓非常礼貌，冲她灿烂一笑，道谢："谢谢栀栀大美女。"

最开始的座位本来是排得整整齐齐的，刚刚男生们一来，板凳都被搬得乱七八糟。

向帆余光看见有人向自己这边走来，迅速抬眸瞥了一眼，问："美女，我坐的是你的凳子吗？"

陆茶栀"嗯"了声。

"我先坐一会儿可以不？"排位赛战况激烈，向帆边说，手指边快速点击着手机屏幕，"你去坐我的座位行吗，就最后一排，后面挂了个白色袋子那个。"

陆茶栀转身去找向帆说的那个位置。

最后一排确实是有一张挂着白色袋子的板凳。那个空位旁边坐着的，是许佑迟。

他背靠在椅子上，微垂着眼，浓长的睫覆下阴影。单手滑着手机，模样看起来有点散漫。

感受到身旁来了人，许佑迟掀起眼皮，表情稍怔。

陆茶栀解释："向帆把我的凳子搬走了，他让我先在这里坐一会儿。"

她刚想坐下，许佑迟却突然往左边挪了一个位置。这样一来，他坐到向帆的位置上，而他自己的板凳空了出来。

他抬腿，把他的凳子往陆茶栀面前钩了钩，然后说："坐。"

陆茶栀一怔："我坐你的位置？"

"嗯。"

陆茶栀古怪地看许佑迟一眼，在他的板凳上坐下。

他耳朵上还戴着蓝牙耳机，陆茶栀随口找了个话题："你在听歌吗？"

"嗯。"

"什么歌？"

许佑迟没回答，摘下一只耳机递给她。

一首英文歌，陆茶栀以前没听过的。

大瓶装的可乐只买了两瓶，倒在纸杯里很快就分完。到后面，发的都是听装可乐。

空地本就不大，又摆放着几十张板凳，几乎没有过身的地方。易卓只能站在板凳后方，把袋子里的易拉罐发给最后一排的同学。

他先是递给陆茶栀一听蓝色装的，又把最后一听黑色的拿给许佑迟。

许佑迟抬手接过，瞥见陆茶栀将她的那听可乐放到一旁，他问："你不喝吗？"

"不喝这个。"陆茶栀说，"我等下去买无糖的。"

许佑迟屈起食指关节，单手抠开自己手里那个黑色易拉罐的拉环，将属于他的零度可乐，递到她面前。

头顶的深绿树叶脉络上跳动夏末灿阳，从葱茏缝隙里洒落点点斑驳光影。

黑色的易拉罐上泛着冰凉水雾，衬得许佑迟那双本就骨感的手，更加冷白清隽。

陆茶栀自然地接受这份特殊的关照，道谢："谢谢。"

易卓和姜卫昀把凳子搬到许佑迟旁边去，又玩起了纸牌。

耳机里的歌播放了一首又一首，除了英文歌，还有西语的。

陆茶栀伸出手指，很轻地碰了下许佑迟的侧腰。

他洗牌的手停住，转过身来："怎么了？"

"可以切歌吗？"陆茶栀悄声问。

许佑迟把手机递给她。

看到两人的互动，姜卫昀和易卓对视一眼，交换了个意味深长的眼色。

陆茶栀打开屏幕，又将手机递给许佑迟，说道："你解下锁？"

"输密码吧。"许佑迟说。

陆茶栀收回递出手机的手，按出密码界面，听见许佑迟说出六个数字。

"992529。"

手机解锁，跳到主页面。

陆茶栀随意切了首周杰伦的歌，就将手机锁屏。

她坐着听了会儿歌，又抿了口许佑迟刚开给她的无糖可乐。

甜的，气泡在舌尖悄悄跳跃。

心里像是有片羽毛，又轻又软地挠。

她低着眼，将自己充着电的手机开机，手指在屏幕上滑动几下，把输入法切换成九键。

她按着刚刚解锁许佑迟手机的数字，挨个在输入栏按下键位。

然后，出现了一行文字：

许佑迟陆茶栀。

高二的男子100米跑决赛在上午十一点半进行。

广播里通知运动员去起跑处签到准备，罗元诚作为班里唯一一个进入这个项目的决赛选手，在座位上脱掉身上的校服外套，一口气干了一听可乐，捏扁易拉罐的瓶身。

班里同学都从座位起身，陪罗元诚一同前往跑道边，围着他加油打气。

陆茶栀把耳机和手机一起还给许佑迟，白雨瑶和明诺找到她，拉着她一起往操场那边走去。

班里男生围着罗元诚，他套上薄薄的一件荧光绿的号码背心，把手机递给易卓，做高抬腿热身。

不多一会儿，志愿者用喇叭喊参赛选手集合。

罗元诚往塑胶跑道上走去，易卓在身后十分贴心地为他鼓气道："绿巨人小罗！冲！"

罗元诚小跑着，抬起手臂，头也不回地对身后欢呼的人摆了摆手。

待运动员都在各自的跑道上弯腰准备好，裁判举枪："各就各位——"

枪响的瞬间，一群穿着荧光绿背心的少年如利箭般从起跑线冲出去。站在跑道边围观的同学也立即迸发出呐喊的声音，此起彼伏，冲破云霄。

学生时代奇奇怪怪的较劲欲，明知修行靠运动员个人，现在的场面看起来，却似乎是哪个班喊得更大声，冠军便能诞生在哪个班级。

100米短跑，拼的是短时间内的爆发。罗元诚铆足了劲跑在所有人的前头，额头青筋暴起，连每一根头发都在用力。

身后的五班同学一遍遍不断呼喊着"罗元诚"，他咬牙加速冲刺，看见终点线越来越近。

本就是十几秒结束的比赛，每个人都拼尽了全力。

五班同学眼看着罗元诚离终点只有几步之遥，以为冠军立马就要收入囊中了。

下一瞬间，罗元诚径直摔了出去，身体在红色的塑胶跑道上滑出好长一段距离。

大家脸色一变，纷纷向终点处冲去。

姜卫昀他们几个男生共同扶起倒地的罗元诚。

罗元诚在赛前脱了校服外套，只穿着一件短袖和长裤，裸露在外面的手臂被跑道上的塑胶摩擦出血，裤子膝盖也破开。

挂着工作牌的志愿者过来询问："怎么样同学，严重吗？快让你朋友扶你去校医那儿看看。"

罗元诚半个身子都靠在易卓身上，他踮着左脚，疼得龇牙咧嘴，说："脚踝好像崴到了。"

他连抬手都费劲，姜卫昀帮他脱下号码背心交给工作人员，又回来问他："脚还能走不？"

"不知道，试试。"罗元诚单脚蹦了一下，差点又要摔出去。

最后一群男生架着他去了校医室，聂萍得知消息，也连忙赶过来关心他的伤势。

校医室就只有一间教室那么大，平日里最多给学生开开感冒药和止痛药，没有什么检查骨头的器械。

校医看了下罗元诚红肿的脚，初步判断是扭伤。

聂萍只好通知他的家长来学校，接他去外面做更详细的检查。

在校医室里折腾了一通，等罗元诚的爸爸来接到人，男生们才终于离开，拥挤嘈杂的室内立刻安静下来。

早已过了午饭的用餐时间段，学生们都回宿舍午休，食堂也已经歇业，只剩下超市还开着。

一群人从校医室离开，去超市随便买了点吃的，又到操场上本班区域坐着，玩手机点外卖。

学生宿舍是上床下桌。陆茶栀不是很困，没睡觉，坐在书桌前用 Kindle 看书。翻了几页，她关掉 Kindle，拿起放在一旁的手机，给许佑迟发消息。

【落日出逃：你们还陪着罗元诚在校医室吗？】

【Xu：没，他爸爸接他走了。】

【落日出逃：好。你吃午饭了吗？】

【Xu：没吃。食堂关了。】

【落日出逃：噢。】

【落日出逃：我姐姐刚刚给我送了一盒草莓慕斯。】

【落日出逃：你要吃吗？】

操场上，一群人凑在一起商量着点什么外卖，易卓偏过头问："阿迟想吃啥？"

许佑迟垂眸看着手机屏幕，顿了下："你们点，我不吃。"

他头也不抬地说完，手指轻点屏幕，发出一条消息。

【Xu：好。】

陆雪棠在高二结束的时候就去美国了。大学里面的事情太多，陆茶栀生日的时候，她也没能抽出时间回国，只打了电话，再将生日礼物寄到澜庭别院。

前几天，陆雪棠在美国待了三个多月后终于回来。

恰逢运动会，她来学校看望老师，也给陆茶栀带了吃的。

陆茶栀跟舍友一起分了热腾腾的炸鸡当作午餐，还剩下纸袋里的草莓慕斯和酸奶，被她放在书桌上。

午休的起床铃响起，广播里放起英文歌。操场上人渐渐多了起来，又恢复了上午的热闹。

篮球场边，五班的座位依然是混乱的。

向帆倒是说话算话，上午打完游戏就帮陆茶栀把板凳搬回原处。

陆茶栀将包放到凳子上，起身，将纸袋拿去给最后面的许佑迟。

许佑迟抬手接过，说了句："谢谢。"

易卓在旁边看着两人的互动，心里一梗，一口气喘不上来，呼吸快要堵塞。

刚刚他问许佑迟吃什么的时候，许佑迟给他的回答是不吃。

易卓没放在心上，只当许佑迟娇贵难伺候的少爷脾气又上来了。他甚至自掏腰包，帮许佑迟点了一份十分符合他少爷身份的乌冬面。

结果，许少爷不吃外卖，单纯是因为早就有人帮他准备好了爱心午餐。

好巧不巧，许佑迟刚跟陆茶栀说完话，易卓就感受到自己手里的手机开始振动，一个标着"外卖送餐"的电话打了进来。

他隐隐感到不好，眉心一跳，接通了电话。

"喂，您好，请问是易先生吗？您点的豚骨乌冬面到了，在西校门口，您方便来取一下餐吗？"

真不愧是他花了两百块钱点的外卖，连送餐都是无比迅速的，生怕凉了冷了让顾客不满意。

静心湖旁边有个读书亭，里面摆放着长桌和椅子，正好给他们提供了用餐地点。

易卓将属于自己的那份咖喱鸡腿盖饭给了其他人，转头打开乌冬面的外卖盒子。他无比艰难地咽下价值两百大洋的面条，感觉自己的心脏正在疯狂滴血。

而一旁的许佑迟慢条斯理地用长柄樱花勺吃着草莓慕斯，模样要多矜贵有多矜贵。

易卓瞥了眼桌面，许佑迟的面前，除了那块吃了一半的慕斯蛋糕，旁边还搁着瓶粉色包装的，看起来就甜腻得不行的草莓酸奶。

易卓越看越气，冷嗤了声，忍不住开口："以前我在你们家住的时候，跟刘姨一起做了双皮奶，亲手递到少年您面前，您是怎么跟我说的来着？"

许佑迟放下勺子，直视他的眼睛。

易卓学着许佑迟当时的模样，神色冷漠，拉平嘴角，语气疏淡，一字一顿道："我、不、吃、甜、食。"

晚餐过后，班级里的氛围格外躁动。熊茂答应过的，要给大家放电影。

为了有更愉快的观影体验，班里同学自发将课桌都搬到靠墙的边上，再紧挨着坐下。

由于人数过多，教室后墙那一面坐了两排，个子娇小点的女孩子坐前面那排，个子高些的男生们都挤到最后面去。

原本的座位顺序被随意打乱，男生率先放好自己的桌椅，再去帮女生搬东西。教室里混乱一片，充斥着桌椅板凳摩擦地面的声音。

大家都忙着找自己的团体，有人要往左走，有人要往后走，于是在教室中央堵起来。

不知是谁大声嚷嚷："让让让让，都别挤！堵车了堵车了！"

收效甚微。

路被堵死，陆茶栀和她的课桌一起被困在人群中央。等道路终于疏通，她搬着课桌，往后排挪。

手里的重量突然轻了很多。

许佑迟出现在她的桌前，接过她的那张课桌。

"我来。"

陆茶栀松开手，轻轻捏了捏被课桌边缘磨红的手心。

白雨瑶还挤在人堆里。她手里抬着堆满书籍的木桌，欲哭无泪。

易卓经过时，注意到白雨瑶吃力的模样。他挠挠脑袋，问："需要帮忙吗？"

白雨瑶感动得快要哭出来，说："要要要！谢谢你！"

许佑迟把陆茶栀的课桌搬到了教室的最后面，靠窗贴墙角的位置。

易卓叫他一起去开水间接水。

陆茶栀坐在位置上，前面坐着白雨瑶和明诺，两人脑袋靠在一起不知道说了些什么，转过头神秘兮兮地对她招了招手。

陆茶栀犹豫两秒，凑过去。

"栀栀啊，我们是好朋友对吧？"

白雨瑶悠悠说着陈旧又老套的开场白，陆茶栀没开口，等着下文。

明诺用手肘碰碰她，问："你偷偷告诉我们，你跟许佑迟到底是什么关系啊？"

白雨瑶急忙点头附和："对呀对呀，许佑迟在对你跟对其他人的时候，真的就是完全不一样的两种状态。在你转来我们班以前，我都没见到过他主动跟女生说过话。"

"你跟许佑迟不是很早就认识吗？你刚来学校，月考完讲卷子的时候，他就坐到你旁边去了。"明诺突然想到了什么，神色一下子变得震惊。

"哇！你不会是因为他才转来我们学校，我们班的吧？"

"我的天，这么浪漫的吗？"白雨瑶眼眸里亮起羡慕，感叹，"呜呜呜！咫尺CP是真的对吧！"

陆茶栀第一次知道自己舍友的脑洞居然可以这么大，脑补出这么多莫须有的情节。甚至在她不知道的时候，已经取好了她和许佑迟的CP名。

她听着两人叽叽喳喳的打趣，失笑道："你们想多了，我转来五班真的跟许佑迟没关系，是教导主任按那次的月考成绩分的。"

"什么叫我们想得多嘛。"白雨瑶轻哼一声，"许佑迟对你就是很不一样。"

陆茶栀欲言又止。

她抿了抿唇，突然说了一句："我也不知道。"

白雨瑶没听懂："嗯？"

"许佑迟是怎么想的，我也不太清楚。"

"但是，我喜欢他。"陆茶栀停了下，眼里添了几分认真的神色。

许佑迟和易卓接完热水回来了。

陆茶栀坐在最后一排的角落里。这一排除了她，其他全是男生。

她的左手边是玻璃窗，右手边是许佑迟。

许佑迟在她身旁坐下，将手里的白色水杯拧开杯盖后放到她面前，说："温的，你试试。"

陆茶栀端起水杯，沿着杯口抿了一下，如实评价道："有点烫。"

"晾一下再喝。"

"好。"

坐在前面听完了全程的白雨瑶和明诺腹诽：这还能叫不清楚许佑迟的想法？

平日里冷淡疏离高不可攀的大少爷，如今就差把"我喜欢陆茶栀"六个大字写在脸上了好吗？

坐在许佑迟右手边的易卓也很无语，他又回忆起当初那盒、自己亲手做的、许佑迟连瞧都没瞧过一眼的双皮奶。

许佑迟可真是个宇宙无敌超级可恶的"双标怪"。

熊茂在晚自习上课铃打响的时候才来。他刚推开门，教室里便响起无比热烈的掌声。

在四十八双眼睛的注视下，熊茂将 U 盘插进电脑里。点开下载在 U 盘里的电影，有人迅速关灯并拉上了窗帘，试图营造出电影院的氛围。

靠走廊那面墙的窗户很高，没有挂窗帘。

夏末时节，夕阳西下，天色还亮着。教室里除了讲台前面的大屏幕发着光，就只有傍晚的夕光通过玻璃窗照进来。

电影正片开始，是一部国外动作冒险主题的电影。

一群被关在监狱里的超级罪犯的脖子中都被植入了炸弹，乖乖为政府做事就可以获得减刑，一旦不听话就会被炸成碎片。

暮色渐沉，窗外照进来的光线逐渐暗了下去。

空荡幽暗的化工厂内，身后是深不可测泛着水雾的化学池深渊。性情孤僻桀骜的小丑面对着为他而来的奎泽尔医生，低哑嗓音蛊惑：“Would you die for me？ Would you live for me？”

哈琳从高处跳下，小丑转身欲走，却烦躁低骂一声后回头，同哈琳一起坠入化学池。

红色和蓝色的衬衫溶解在白色的化学池里，将哈琳的金发染色。拥吻过后，哈莉奎恩诞生，和 Joker 成为哥谭市的犯罪国王与王后。

电影进入高潮部分。

哈莉在大楼里经历了激烈的打斗，小丑将她救上飞机。温存的片刻，飞机被从天而降的导弹击中。

屏幕画面停留在飞机被击中的爆炸瞬间。

所有的声源与光线蓦地消失。无边的黑暗笼罩住整间教室，连走廊外面昏暗的路灯也熄灭。

眼前一黑后，不知是叫喊还是欢呼，随即响彻了整座学校。

停电了。

陆茶栀坐在最角落里，眼睛还没适应这转瞬即来的黑暗。

她摸到木桌的边缘，手指慢慢往下移，想从桌洞里拿出手机。半途之中，她右手的指尖触碰到带着偏冷温度的皮肤。

手指轻颤，凝滞在空中。

下一秒，她的手被握进另一个人的手心里。

窗帘被人唰地拉开，月光霎时照进教室。

电影被迫中断，还好巧不巧地卡在剧情的转折点。朦胧黯淡的月色中，成片的怨声载道里，陆茶栀抬眸，借着半明半昧的月光，看见许佑迟那双极好看的桃花眼。

“别怕。”他注视着她，低沉的声音带着安抚性质的温柔，“我在。”

许佑迟的指尖微凉，手心温度却是暖的。

接连有人打开手机的闪光灯，一簇簇细微的白色光线让教室在喧嚷骚动中被点亮。

交握在一起的手，无声无息地共享着体温。

像是回到八月底的那个七夕节。他牵着她的手，带她去海边，和她看日落。

白雨瑶和明诺都说，许佑迟对她是不一样的。他对所有人冷淡，对待她却是耐心又温柔的。

陆茶栀慢慢回忆着自己来到九中之后的事情。

在学校里，她和许佑迟的互动其实很少。除开刚来时一起吃过一次午饭，他们两人几乎没有别的单独相处时刻。

很多时候，旁人看见的都是她被动接受着许佑迟对她的好意。

试卷，耳机，水杯。

这也就导致了，在旁人眼中，她对待许佑迟，变得晦暗不明。

可事实不是这样的。

初遇在杉城的雨夜，沦陷进许佑迟眼睛里的人，明明是陆茶栀。

所以她对旁人直白坦言自己的心意。

她只是觉得，她对许佑迟的喜欢，坦荡认真，从来都不是需要遮盖敷衍、含糊其词的。

许佑迟早在最初就察觉到陆茶栀的走神，一整晚，她的视线都没落在过电影屏幕上。

她的长相本就是清绝美艳那一挂的，只是很多时候她都带着笑，让人忽略掉漂亮的背后藏着的攻击性。

当笑意消失，眉眼便显得凉薄。

她好像有点不开心。

其实，她只要稍稍侧头，就能发现，一整场电影，许佑迟都在安静地注视着她。

停电的那一瞬间，她眼里的空洞终于有所松动，被强行拉回现实之中。她的唇线笔直，面色冰冷。

许佑迟看着她的手指慢慢往下，直至触碰到他的手背。

她的指尖停留在他的手上。

他以为她在害怕，在找他。所以，他伸手，在黑暗里牵住她。

陆茶栀其实是不怕黑的，光芒突然的熄灭让她的眼睛一时无法适应。视线彻底恢复，是在许佑迟对她说出"我在"这两个字的时候。

她感觉到那些困扰了她一整晚，乱糟糟想不明白的事情，都在一点一点被他的存在所驱散。

当周遭都暗下来，比光更能安抚人的，是许佑迟。

电网断了，正在抢修。

一直到晚上十点钟下课，偌大的校园也还是处于黑暗里。熊茂给每个宿舍的人都发了一支蜡烛，带回宿舍用。

陆茶栀和许佑迟道了晚安，再跟明诺她们一起回宿舍。

关于高二运动会的英语晚自习的记忆。所有人都只记得一场突如其来的断电，在中途打断了万众期待的电影，想来尽是晦气又扫兴。

没有人看见，在班级最后的角落里，在摇曳昏暗的烛光之中，他和她的手心相贴。

是只有窗外的月亮知道的秘密。

次日清晨，电网已经被修好，运动会也顺利推进，在下午时分完美落幕。

班里的社交达人们很早就在筹备晚上的聚餐，原定计划是放学后大家先吃火锅再唱 K，但经历了昨晚的停电，聚餐方案又发生改变。

有人提出可以在教室里点外卖，再把没看完的电影放完。

提议得到了班上绝大部分人的支持。

正好教室里的桌椅板凳依然是三面靠墙，昨晚的观影位置都还没有变动。

下午男生们从西校门提着沉甸甸的外卖袋子回到教室，他们去拿的时候就觉得奇怪，光是炸鸡、烧烤和奶茶什么的，这些外卖的袋子是不是也太多太沉了点。

结果打开之后才发现，里面还有几十盒小龙虾。

有人看了下外卖单，光是小龙虾的总价就是二字开头的四位数。

向帆吓得倒吸一口凉气，连忙跑去问易卓："你是不是点多了，小龙虾怎么那么贵，我们总共转给你的钱也没有两千啊。"

"许佑迟请的啊，又不是我们出的钱。"易卓后知后觉，歪了下头，好奇道，"咦，我没跟你们说吗？"

许少爷这波操作实在是过于震撼人心，大家一阵欢呼过后，又在班群里一人一条地开始刷屏。

【向帆：帅气多金许佑迟大少爷 yyds！！@许佑迟】

【姜卫昀：帅气多金许佑迟大少爷 yyds！！@许佑迟】

……

每个人桌上都分到了外卖，班里又重新关门关灯拉窗帘。

讲台的电脑连着网，姜卫昀主动贡献出自己的影视 VIP，把电影调到昨晚中断部分的前几分钟，让大家有一个剧情缓冲时间。

Joker 在一片混乱之中将哈莉救上飞机，双手搂着她的后腰，目光温柔缱绻："You know I'd do anything for you."

你知道我愿意为你做任何事。

陆茶栀戴上手套剥小龙虾。

她记得，上周末的时候，晚上十点多，她坐在书桌前，咬着袋黄桃酸奶跟方槐尔发消息。

她说她有点饿，方槐尔给她打了个视频电话过来。

接通之后，陆茶栀看见方槐尔那边的镜头晃啊晃，最后停留在一张餐桌上，上面摆着一大盘麻辣小龙虾。

那边的声音也很嘈杂，似乎是在外面河边上的夜摊里，方槐尔的声音和杂音一同传出来，口吻听起来闲散又大方。

"说吧，你还想吃什么，我都拍给你看。"

陆茶栀一言不发。

"喂？喂？听得见吗——"方槐尔半天没听到另一头的声音，以为是自己的麦克风出了问题。

她话都还没说完，就听见了电话挂断的嘟嘟声。

陆茶栀截了张小龙虾的图就直接挂了电话，随后更新朋友圈。

【我说我饿啦，方槐尔说我想吃什么她都拍给我看，她可真是全世界最爱我的人呢 ^_^】

配图是视频电话截图里的小龙虾。

方槐尔在评论里认错的姿态非常熟练。

【方槐尔：吱吱公主人家错了啦，公主殿下不要生气了啦，亲亲你么么哒 qwq】

陆茶栀只回复了一个字和一个标点符号：【哦。】

陆茶栀的 QQ 里面加了很多同学，黎城和杉城的都有。但她微信里面的人很少，都是很熟悉的亲戚或者朋友。

她的朋友圈更新频率比 QQ 空间要高一点。

她和许佑迟在杉城相遇的时候，她将手机号码写在字条上给他，并让他加了自己的微信。

而现在，他请全班吃小龙虾，一人一盒。

真的会有这么巧合的事情吗？

陆茶栀漫无边际地想着这个问题，手指上突然传来一阵疼痛。她回过神，小龙虾的壳刺破塑料手套，扎破了她的食指。

她匆忙将剥开一半的小龙虾放到一旁，摘下手套。

许佑迟打开手机的屏幕，调高亮度。

看见陆茶栀食指尖端渗出的血滴，他皱了下眉，说："去清洗一下。"

陆茶栀从厕所洗完手出来，许佑迟站在走廊上等她。

待她走到他面前，他说："伸手。"

陆茶栀乖乖伸出右手。

指尖的血液已经被冲洗掉了，看得出破了点皮。

许佑迟垂下眼睫，撕开创可贴，贴在她的食指上。

"疼吗？"

陆茶栀摇头回："还好，不疼。"

他沉默着跟她对视，几秒后，转身走进教室。

陆茶栀重新坐到座位上，没了再剥小龙虾的欲望。

昏暗的角落里，她静静地边喝奶茶，边看电影。

不知过了多久，许佑迟将一双一次性筷子递到她面前，出声道："用这个吃。"

陆茶栀怔了怔。

电影屏幕的色调很暗，偶然亮了一瞬。

她看见她的桌面上，多出一盒已经剥好了的虾肉。而许佑迟桌上的那个盒子里，只剩下虾壳。

她柔软的心脏里，悄无声息涌现出刚才那个问题的答案。

这个世界上，真的不会存在那么多的巧合。

等聚餐结束已经晚上八点钟了，明诺组织同学打扫卫生锁好门窗，五班一行人才一同下楼离开。

陆茶栀没让司机来接，她一个人坐公交车回家。

回到二楼的卧室，书桌上摆着个快递盒，她用美工刀将盒子拆开，里面有几张英文证书，还有一个金灿灿的小型奖杯，上面刻着她的名字。

暑假时梁知帮她报的那个油画比赛的评审结果出来了。她的参赛作品拿到了名次，作品也会在今年冬天伦敦的画作展览中进行展示。

这场油画比赛是中外联合举办，在艺术界颇受关注，含金量很高。

陆茶栀刚看完画展的参展证书，桌上的手机适时响起。

她拿起来，在屏幕上看到了一个久违的名字。

——妈妈。

电话是简菱打来的，陆茶栀有些恍然。上次见面还是在外婆去世的清明节，她已经快半年没和简菱联系了。

她静静地看着手机屏幕由亮变暗，电话在一分钟内无人接听自动挂断。她心里像是松了一口气，却又缓缓沉了一块下去。

坦白来说，她还没想清楚该怎么去面对简菱。理性与感性模糊不清的边界像是一道沟壑，即使刻意忽略，也始终横亘在两人之间。

来到黎城以后，陆茶栀没有给简菱打过一个电话。

简菱有了新的家庭与孩子，她会像以前对待陆茶栀那样对待 Alfred，或者是给予那个金发碧眼的小男孩更多的温柔和爱。

陆茶栀不想插足简菱后来的生活与家庭，这背后的原因，她不愿承认，但她的确是在逃避着简菱。

母女两人的关系从很久以前就是不冷不热，但简菱会每个月定时给陆茶栀打一个电话，没有过多的温言软语，草草聊几句就会挂断收场。

外婆去世后，简菱在这小半年里都没有给陆茶栀打来电话。

这是第一次。

陆茶栀以为按两人从前的相处方式，她不接，简菱就不会再打过来。

但她想错了。

简菱的电话再次拨进来，陆茶栀犹豫了几秒，接通。

"妈。"

"嗯。"简菱没问她刚刚那个电话为什么没接，一反常态地跟她谈起了日常，"吃晚饭没？"

"吃了。"陆茶栀如实说，"跟班里同学一起在学校吃的。"

简菱问："油画比赛的结果知道了吗？"

比赛知名度很大，简菱虽身处国外，但知道这个比赛的存在也正常。

陆茶栀也没细想，只当她是随口提起，回答道："嗯，我刚到家，看到奖杯了。"

"想知道评委是怎么评价你那张画的吗？"

陆茶栀一顿。

简菱话里的意思很明显。评委评画的时候，她在现场。

见她久不出声，简菱没再等，主动说："Gifted. But lack of emotion in details. Not charming enough."

有天赋，但缺乏细节刻画里的感情投入。没有足够吸引人的个人色彩。

"我只是赛方的特邀嘉宾，不是评委。评画那天我刚好在场而已。"简菱的语气无波也无澜，简单地陈述，"你这次能得奖，有运气的成分在。有两个评委很喜欢你对光影明暗的处理，给你的分很高。"

陆茶栀沉默着听完，视线落在书桌上的奖杯，平静道："嗯，我知道了。"

"你高中，是在学美术吗——"简菱顿了顿，换了种说法，"国内应该叫，参加艺考？"

"没有，我学理科。"

"哦。"简菱又恢复了那副漠不关心的口吻，"随你。你如果想继续走画画这条路，就好好想想我刚刚跟你说的话。"

说完便挂断。

艺术界赫赫有名的美人大画家，看凡人的画作，区区一个油画比赛的金奖，自然是入不了眼。

陆茶栀放下手机，将获奖证书和奖杯都收到书房的柜子里，没再拿出来过。

运动会时买的可乐还剩下几箱，周日返校的时候，明诺又给班上的同学一人发下去一罐。

许佑迟和陆茶栀都不喝正常糖的，可乐便都被易卓收入囊中。

聂萍出差去了，这周日的晚自习换成杨严来守。他发下去一套试卷，作为每周的定时测验。在底下巡逻的时候，杨严看见易卓的课桌上摆着一罐罐可乐，眉头紧锁，不得不深深叹气。

易卓心下一惊，下意识以为是自己的试卷做得让杨老头都觉得他朽木不可雕也。

杨老头突然开口，声音传遍教室的各个角落："我打断一下大家啊。"

同学们不约而同地停笔，抬眼看向他。

"我知道大家年轻，身体好，但是碳酸饮料喝多了，总归是不好的。"杨老头叹了口气，语重心长道，"我听你们熊老师说了啊，罗元诚同学，在跑步之前喝了可乐，结果跑着跑着，腿就跑断了——"

罗元诚疑惑地看了自己轻微扭伤的脚踝一眼。他喃喃自语："我怎么不知道我的腿断了？"

"所以啊，你们不要觉得我烦。"杨老头再三重复道，"大家都要少喝可乐啊。不听老人言，吃亏在眼前。"

这一重复，就直接从夏末念叨到了冬初。

关键是，杨老头不仅在五班唠叨，还在他教的另外两个班也唠叨。

罗元诚最开始还会挂着拐杖去找杨老头解释，自己的腿没断，只是扭伤了，摔倒也跟喝可乐没有一点关系。

但杨老头不听，每次都拍拍他的肩膀，说："老师都知道，你好好养伤。"

然后第二天继续。

后来罗元诚也麻木了。

最后年级上广为流传的版本是，五班有一个男生，喝着喝着可乐然后把自己的腿给喝骨折了。

听起来还挺诡异。

这个流言被易卓在男厕所听见，回来讲给许佑迟听。许佑迟下课时间也在写试卷，听完后眼皮都没掀一下。

倒是坐在他旁边的陆茶栀扑哧笑出声。

"好好笑。"她弯着嘴角，眼尾微微上扬的时候，便生出几分明灿嫣然的亮色来，问道，"真的有人信吗？"

"有啊。"易卓仔细想了想，转了个方向面对着陆茶栀，开始喋喋不休。他不愧被封为气氛组组长，说话时还要配合着手舞足蹈，神色语气都夸张，很轻易就把人给逗笑。

五班本来是单人单座的。但在十二月的月考过后，聂萍突然提出要给大家安排小组和同桌，让班里同学互帮互助。

五班一共四十八个人，而且男女各占一半，正好可以安排成八个六人小组，每组三男三女，正好凑齐。

分组采取的是自愿政策，六个人凑齐就可以将名单交给聂萍。她最后会根据某些同学的特殊情况进行微调，但不会有大的变动。

小组的成员一旦确定，就相当于是六个人被绑定。以后班里换座位，只按小组来换，六个成员的座位会一直挨在一起。

陆茶栀和许佑迟在一个组里，小组六人坐到靠窗那边的后面。

今天早上，易卓他们在分组内位置的时候都非常有眼力见，早早占了其他四个位置，就空出中间的一排，让许佑迟和陆茶栀成为同桌。

姜卫昀站在过道边上，弯腰伸手，姿态十分做作："少爷和公主，里面请。"

许佑迟坐贴墙靠里的那个位置，陆茶栀坐靠过道的外边。

今天下了雨，下节原本的体育课被迫取消，改成了在教室里自习。

初冬的天气骤冷，加上体育课泡汤，班里同学兴致都不高，连下课也瑟缩在室内抱着热水杯取暖。

许佑迟坐在座位上写物理作业。

原本的笔迹是流畅锋利的，但自陆茶栀和易卓说话开始，他写在物理练习册上的公式便开始卡顿。

易卓性格自来熟，喋喋不休，从可乐一直给陆茶栀讲到聂萍高一上学期班会的事情。

直到上课铃打响，易卓才终于恋恋不舍地转过头去："我下课再接着跟你讲。"

陆茶栀温柔笑着，对他点头说好。

许佑迟低眸看向自己桌上的那本物理练习册，笔尖长时间停留在白纸上，洇开了黑色的墨迹。

他写下的上一行字迹歪曲的公式，「X=KQq/d」。

许佑迟盯着那个乱七八糟不知道是什么东西的公式三秒，提笔画掉。

自习课没有老师看守。

正是换季的时候，这两天降温，坐在易卓前面的罗元诚冷得发抖，不断搓手哈气企图保暖。

易卓拍拍罗元诚的肩膀，态度很不屑道："小罗你还是不是我们'猛男妙妙屋'的一员了，下个雨就把你冷成这样子？"

罗元诚转过头幽怨地盯着他，压低声音道："你倒是跟我一样里面只穿个T恤啊，我又不知道这周要降温。冷死了。"

"看着啊，"易卓脱掉校服外套，露出里面的卫衣，"卓哥哥让你见识见识，什么才叫作铁血真男人——"

说着，易卓一把拉开玻璃窗，冷风如野兽般呼啸着往教室里一阵猛灌。

罗元诚打了个寒战，慌忙抱紧手臂，说："你有病啊易卓！快点关上！"

"不关不关就不关。"易卓贱兮兮地笑。

陆茶栀就坐在窗边，虽然隔着一个位置，也好不到哪儿去。

冷风一吹，她小声打了个喷嚏。

正在跟罗元诚嬉笑的易卓突然就感觉他的板凳被后面的人踹了一脚。

他还没反应过来，下一秒，许佑迟的嗓音从身后传进他的耳朵里。

没温度。

对他说。

"关上。"

许少爷发话，易卓非常顺从地关上了窗，整节自习课都安安分分地没再作妖。

课后，陆茶栀没看懂物理作业的最后一题，找许佑迟借了他的练习册。

许佑迟从抽屉里拿出来递给她，起身去教室外面接热水，走前顺带拿上了她桌上的那个空水杯。

易卓看见许佑迟手里又拿着两个水杯，"哇哦"一句，又调侃道："今天的人设依然是居家必备绝世好男人迟崽？"

许佑迟关掉热水按钮，侧眸跟易卓对视一眼。

易卓看明白了那个眼神的意思。

大概就是——"我不想开口骂你，你如果有自知之明，最好是有多远滚多远。"

就很冷漠，就很无情。

易卓摇头叹息。

许佑迟这种冷得跟冰雕一样的性格，也只有在陆茶栀面前要收敛一点。

回到教室，陆茶栀起身让许佑迟坐进去。

他把陆茶栀的水杯放到她课桌上，便提笔开始写英语试卷。微微垂着眼睫，骨节分明的手里握着黑笔。

雨拍打在窗外一排排高大茂密的榕树和香樟树上，顺着玻璃窗往下滚落，雨声淅沥，窗上的雾气朦胧了枝繁叶茂的墨绿。

许佑迟写题时没什么表情，单单一张安静的侧脸，清晰鲜明，是雨幕背景中唯一的冷白。

陆茶栀看着他两秒，很浅弧度地弯了下嘴角。

午休结束来到教室，还没到午自习的时间，教室里闹哄哄的，四处都是说话的声音。

许佑迟坐在座位上看书，英文原版的《傲慢与偏见》。

陆茶栀走进教室，在座位上坐下，将一个玻璃瓶放到许佑迟的课桌上。

许佑迟从书页上抬眸，看见了一瓶焦糖布丁。

他看向陆茶栀，还没来得及说话，她率先开口："你知道，上午的时候，易卓跟我讲了什么吗？"

许佑迟顿了下："什么？"

"他跟我说，"陆茶栀慢悠悠的语调道，"你高一上学期，逃了两次课，都被聂老师批评了。一次是十月底，还有一次，是你们冬天的社团嘉年华。"

许佑迟沉默。

上午的那个课间，他在写物理作业，易卓跟陆茶栀说了些什么，他一句也没听清。

唯一记得的是，在那段短暂到不足十分钟的时间里，陆茶栀对易卓笑了足足十三次。

"如果我没猜错的话，十月底那次，你应该是去了杉城；嘉年华的时候，你应该是去了星河湾。"陆茶栀小幅度地歪了下脑袋，问，"我猜得对吗？"

许佑迟："……嗯。"

不能说是猜。因为两次，他都去找了她。

"那你，因为我，"陆茶栀认真望着他的眼睛，"挨了两次骂呀？"

许佑迟想解释说，算不上骂。她却又突然换了个话题。

"许佑迟，你上午的时候，是不是有点不高兴呀？"

"嗯？"

"你上午帮我接热水回来，"陆茶栀仍是如先前那样看着他，但此刻微微向下的眼尾和嘴角透出儿分委屈，"连话都没有跟我说。"

"我在写题，没有不跟你说话。"许佑迟合上书页，语气有点无奈，也比平常多了点温和。

沉默了一下，他又说："我也没有不高兴。"

顶多就是想用胶水把易卓那张喋喋不休的嘴巴粘上，再把他的脖子架上，让他再也转不过来跟陆茶栀说话而已。

陆茶栀短暂地和许佑迟对视几秒，端正了点神色，问："是真的吗？"

许佑迟"嗯"了声。

"这样啊。"

陆茶栀缓缓说完，翻开课桌上的物理练习册的某一页，放到许佑迟的面前。

右下角，最后一道大题下面写着完整的解答过程。却因为中间几个被画掉的，写得歪歪扭扭的方程和黑色的笔尖墨迹，破坏了答案的整洁和美观，跟整篇页面上漂亮简洁的大题答案格格不入。

"我还以为，你看见我跟易卓说话，就有点不开心了呢。"她指着另一个被画掉的方程，兀自点了点头，"年级第一，原来连点电荷 Q 产生的场强公式都能写错噢。"

许佑迟沉默。

"我以为你不开心了，就买了布丁来哄你。"陆茶栀收起物理练习册，放回自己的课桌，语调缓慢平静，"那你如果没有不开心的话，我就把布丁拿走了噢。"

她目光始终定格在许佑迟的脸上，如愿以偿地看见许佑迟紧抿起的嘴角，她的目的已然达成。

她眼里无声染上笑意，将那瓶奶香焦糖布丁往前推了推，推到他面前，说："骗你的，我不拿回来。"

"就算你没有不开心，我也可以哄你的对吧？"她唇边挂着浅浅的笑，手指在课桌底下悄悄抓住许佑迟的指尖，轻轻晃了晃，"那我现在，哄好你了吗？"

陆茶栀刚想松开自己的手，却在抽出的那一瞬间被许佑迟用力抓住。

她惊愕地抬头看他。

他握着她的手，低眸跟她对视。

这个距离，近到陆茶栀能看见他的桃花眼里映出自己的脸。

他细长的眼尾弧度轻微下垂。瞳孔清亮，是水润的，比黑曜石更漂亮。

窗外还在下雨，但雨势比起上午已经减小很多，空气冰冷又潮湿。教室里的说话声喧闹，气温和氛围都比外面暖和。

许佑迟的喉结滚动一圈，松开手上的力度。

陆茶栀匆忙别开眼，收回自己的手。

心跳还没复原，她又听见许佑迟的声音，在她的耳畔响起。

"哄好了。"他低声说。

陆茶栀在中午吃完饭后去了趟超市。看见甜品冷藏柜里放着的奶香焦糖布丁，突然就想到了许佑迟。

一个半月前的晚自习，她跟许佑迟坐在一起看的那场电影，哈莉对 Joker 的称呼是 Puddin。

布丁。

许佑迟也像是布丁。

冷的，甜的。

第十一章
山林之吻 Kiss me,please.

十二月底有英语舞台剧的表演，年级上给了主题，童话。要求每个班都要全员参与，剧本可以原创，也可以自找现成的故事剧本排练。

五班的家委会对这次活动颇为上心，家长们特意请了舞台剧方面的专业老师来指导。

老师姓孙，三十来岁，穿着打扮都很年轻，是个非常出名的舞台剧女导演。

孙老师在周一开班会的时候来了班里一趟，自我介绍完后，她说希望大家可以积极给她投稿原创剧本。

明诺作为班长，自然是鼓励大家积极投入原创剧本的创作里面。

大家估计也是不想演白雪公主、灰姑娘那些没有新意的故事，对剧本的创作还算上心。

最后定下来的剧本名为"Kiss in the Mountain Forest"，中文翻译是"山林之吻"。

是全班同学共同创作出来的一个故事，男生们虽然对主线剧情不太关注，但提出了非常多的笑点，并强烈要求要加到剧本里。孙老师又修改润色了一些，最后将完整的剧本打印出来，发到每个同学的手里。

星期日的晚自习聂萍没上课，留给孙老师挑选角色。等每个角色的人选敲定完毕，接下来就是复杂烦琐的排练。

下周的星期日晚上就是表演时间。这一周，同学们几乎是一有空就被拉进舞蹈教室里，捧着剧本对着镜子一遍遍重复动作和台词。

周四晚上，孙老师最后一次来给同学们排练。角色的服装已经寄到学校里了，她让全员都换好衣服，将完整的舞台呈现给她看。

一直排练到了晚上十点半，临近宿舍熄灯的时间，孙老师又叮嘱了很多表演的细枝末节，才放同学们从舞蹈教室离开。

星期天的下午，家委会请了两个化妆师来给同学们化妆。由于表演的是童话，主角的妆容都很复杂，都是班里女生亲自设计的，并没有交给化妆师姐姐负责。

明诺她们几个饰演主角的女生先给自己化完，再去给男角色们化妆。

之前熊茂放的电影里，Joker 这个人物戳中了班里不少女生的少女心。这次原创的剧本中，也创造了一个小丑的角色。

这个角色由许佑迟饰演，妆容是陆茶栀设计的，也由她给他化妆。

许佑迟本就是冷白皮，五官也很立体，陆茶栀并没有给他化很夸张的小丑妆，只上了一层轻薄的粉底，再用红色眼影加深下眼睑，用眼线在眼球的上下方都画出血滴的形状。

最后将口红抹在鼻尖，晕开在唇边两侧，画出嘴角的伤口。

整个化妆的过程漫长，许佑迟一直坐在座位上，闭着眼，任陆茶栀在他脸上涂涂画画。

化完脸上的妆后，还要在脖子上贴文身贴。

最开始明诺统一购买贴纸的时候，跟陆茶栀商量过。明诺问她要不要买小丑标配的玫瑰，陆茶栀选的却是山茶。连许佑迟脸上画的那几枝，也都是山茶。

玫瑰和山茶颜色都是暗深红，图案差别也不大。许佑迟的那个小丑妆是陆茶栀设计的，明诺便按着她的想法，换了一个山茶花的贴纸。

是不是因为私心这种奇怪的占有欲，陆茶栀自己也说不清楚。她只是想让许佑迟身上出现的花，只有山茶。

为了方便她贴文身贴，许佑迟坐在板凳上，靠着椅背，稍微仰了点头。

陆茶栀弯腰，将贴纸盖在他的脖子上，用水浸湿后，再慢慢揭开。

他修长漂亮的脖颈，出现了一枝暗黑红色的山茶花。花枝横亘在颈间，像是一道裂痕。配着脸上的小丑妆容，血红的伤口暴露着，显得诡异且冶丽。

陆茶栀的指尖停在他的喉结上。

那里的花枝弯折，延伸出了一片绿叶。

虽美貌惊人，脆弱可怜，但丧心病狂。

不知过了多久，许佑迟闭着的眼缓缓睁开。

陆茶栀回过神，对上许佑迟的视线。

状似花瓣的眼，四周晕着暗红色眼影，更像是绽开了的桃花，盛着一汪幽深的秋水。

他眸色很深，开口时嗓音带着蛊惑般的低沉："你在干什么？"

挨着薄薄的皮肤，他的喉结轻轻蹭过她的指尖。

陆茶栀收回自己的手。

她直起腰，将课桌上的镜子塞进许佑迟手里，说道："妆都化完了，你看看吧。"

许佑迟没动，视线仍旧直直地望着她。

陆茶栀心虚地移开眼，嘟囔道："我去接杯热水，你等下要是觉得哪里没化好再跟我说。"

她拿着空水杯走出教室，捏了捏自己发烫的耳根，吐出一口气。

她总不能说，如果美色能杀人，那她早就进了一个名为"许佑迟"的三十八层地狱了吧。

等都化妆完毕，同学们回宿舍换衣服，再到礼堂门口集合。

聂萍让大家都站到台阶上，要拍集体合照。

中午的时候，花店统一送来了很多花到学校里，陆茶栀和明诺她们几个人一起用透明胶带把花都粘在伞上。

每个角色拿到的伞和伞上贴的花都不一样。陆茶栀饰演女巫，道具是一把贴着红山茶花的黑伞。

聂萍让主角都站到最后一排最高的台阶上去，拿着伞的就把伞撑开，把道具都展示出来。陆茶栀穿着高跟鞋，站在她旁边的许佑迟也高出她半个头。

她不想在拍照时挡住许佑迟，便将伞交给他，让他撑着。

有班里同学的家长到学校里来看演出，正好可以给全班拍合照，聂萍站到第一排的同学旁边去。

"三，二，一，茄子——"

照片定格，聂萍从家长手里接过手机，传到了她建立的班级群里去。

照片里，最高的那一排台阶上，陆茶栀和许佑迟站在同一把黑色的花伞底下。一个是女巫一个是小丑，都是恶事做尽的坏角色，脸上妆容精致诡魅。

看向镜头时，陆茶栀微微笑着，许佑迟表情疏淡。

像是噬人心魂的恶魔双人组：一个最擅长用笑容蛊惑世人，一个是从骨子里都散发出冷意。

拍完照，班里同学到礼堂二楼的观众席入座。

陆茶栀刚刚在宿舍里热了两瓶牛奶，分给坐在她旁边的许佑迟一瓶。

黎城是南方沿海城市，冬天不下雪，但时节接近寒冬，气温又降了几度。

陆茶栀表演时要穿的是一条哥特式的黑裙子，蓬松的裙摆及膝，雪白纤细的小腿还露在外面。

礼堂里学生没到齐，没开空调。

陆茶栀坐在靠过道的那一侧，低着头在看剧本。

视线里多出来一抹白色，腿边传来温暖的热度，她稍怔，抬起眼。

许佑迟递给她一件校服，布料下垂，挨到了她的腿。

"冷的话你先搭一会儿，等开了空调再拿开。"

陆茶栀攥着他的校服领口，轻声道："谢谢。"

她将喝了一半的牛奶放到一旁，把校服外套盖在自己的腿上。内里还停留着属于许佑迟的体温，触碰到腿上的皮肤不觉得冷，是温暖的。

陆茶栀又看了一遍剧本，抬眸的时候，看见许佑迟边喝牛奶边在看手机。

他角色的妆容是暗黑系的，衬衫和长裤都是黑色，手里却拿着瓶白色的纯牛奶。

突然，就有一种反差萌。

陆茶栀举起自己的牛奶，在他的牛奶瓶身上轻轻碰了下。

许佑迟侧过头来看她。

她眉眼含笑道："干杯。"

许佑迟也笑了，昳丽的桃花眼微弯，唇边勾起弧度。

"干杯。"

下午六点钟，舞台剧准时开演。

班级的表演顺序是班长抽签决定的，明诺没去，另一个班长抽到的顺序在中间偏后，不好也不坏。

五班上场之前，聂萍带同学们在后台加油打气。她率先伸出右手，垫在最下面，大家紧接着纷纷把手放上去。

许佑迟的手搭在陆茶栀的手背上。

上一个班还在演出，聂萍将食指立在唇边，做了个让大家都安静的手势。只有她一个人，低声喊了句"加油"。

用气声喊完的瞬间，一只只手从上扬到撤开，倒也算是鼓足了全班的气势。

主持人报完幕，五班演员从高大的幕布后面依次登场，大屏幕上的画面也随之转变。

旁白响起。

很久很久以前，王国被一位女巫统治。女巫追求长生不老，每日需饮下一位孩童的鲜血。王国里人心惶惶，民不聊生。

傀儡女王诞下一位小公主便死去，公主在女巫执政下出落得高挑美丽，长大成人。预言家说，公主是本世纪王国里最漂亮的美人。

第一幕，是明诺饰演的公主在成年时进行加冕成女王的典礼。

前期的女巫扮演者是白雨瑶，穿黑色的素长袍，帽子拉着遮住大半张脸，显得庄重且阴森。女巫为公主，也是下一任的傀儡女王，戴上王冠。

无数的侍女与护卫站在一旁，女巫捧起王冠的那一刻，低着头的公主却突然伸出利刃，刀尖刺入女巫的心脏。

假扮成侍卫的巫师站出来说，刀刃上涂了毒药，并且已经用公主的血施下咒语。女巫不仅不会长生不老，而且会迅速老去并且死亡。

女巫负着伤，拼命逃离了加冕现场。

静谧的山林里，姜卫昀饰演的邻国王子牵着马出场。

罗元诚戴着马的头套，脖子上系着根绳子，被王子牵着走，瞬间逗笑了大半观众。

邻国王子不愿继承王位，便偷跑到别国的山林里散心。他伸手做了个摘果子的动作，易卓饰演的果树忙不迭递了一个苹果给他。

王子大肆夸赞了鲜艳可口的果子一顿，一口咬下，吃到一半，突然跌倒在地上，抽搐着双手，艰难地说出果子有毒。马被他的倒地动作吓了一跳，围着他转了几圈便逃之夭夭。

这一段，男演员们浮夸的演技和台词又让观众成功笑出来。

女巫逃到山林里，遇见快要中毒而亡的邻国王子。

王子抓住她的长袍，坦白自己的身份，并说只要女巫肯救他，他可以将世上所有的东西都给女巫。

女巫说她需要的是王子这个人。

王子答应了，女巫便救下他，用最后一口气带着他到山林中的木屋里，两人一同养伤。

王子被救下的代价，是成为傀儡。

女巫知道刀尖上的毒药，并且如实告诉王子。

她的时日将近，想要继续活命，必须每日饮下世界上美貌之人的心头血，活命的时间长短也和那个人的美貌程度相关。若那个人能够比公主更加美丽，她便可以永远不老不死。

但王国里没有人比公主更美丽。

许佑迟登场，是王子真正成为小丑的时候。

养好伤后，小丑离开山林进入城镇，在剧院工作，表演结束后诱骗漂亮的女孩跟他走，并趁机杀害女孩，获取她们的心头血。

漆黑的山林里，小丑脸上的笑意消失殆尽，拿着短刃挑开一个个女孩的心房，动作斯文又矜贵。

这一段的配乐和灯光都诡异怪诞，许佑迟演出了一个杀红眼的疯子。

台下的呼喊声一波接一波。

城内的孩童不再死亡，却有年轻的女孩接连失踪，士兵一直在调查这件事情，最终问到小丑的头上。

他面色镇定地回答说自己不知道，士兵向他道谢后转身离去。

上一秒还彬彬有礼的小丑，下一秒就又面无表情地掐断了一个女孩的脖子。

就这样过了两年，小丑照旧拐骗了一个女孩和他一同去山林。半途中，女孩的男伴追了上来，他发现了小丑的秘密，并打算揭穿他。

女孩趁机逃掉，小丑在最后杀掉男伴时，问他为什么这么做，那个女孩并不在乎他的死活。

男伴说，因为他爱她，所以甘心用他的命救下她。

小丑先杀男伴，又追上女孩，毫不留情地剖开她的心脏。

他带着心头血回到木屋，坐在椅子上，低声喃喃。

——"我为什么要这么做呢？她是女巫，她在救我时明明没有对我下咒，我为什么不回我的邻国继续做王子，而是要在山林里帮着她活命呢？"

——"因为我爱她吗？"

深夜，山林里下了场暴雨。陆茶栀饰演的女巫撑着山茶花伞走上舞台。

她收了伞，打开小丑的房门，看见椅子上坐着的那个经历了打斗后受伤的小丑，视若无睹。

她饮下桌上的那碗心头血，转身想离开，小丑却叫住她，说他有办法一劳永逸救她的命。

女巫踩着黑色的绑带高跟鞋，一步步走到小丑的身边，停住，以一种俯瞰蝼蚁的目光，垂目注视着他。

很多事情从初遇就注定。

女巫在濒临死亡的关头救下他，即使是带着目的，他也心甘情愿成为女巫的傀儡。

女巫冷血无情，他义无反顾地替她将恶事做尽。

小丑缓缓仰起头。

——"There's no one more pretty than the princess in this kingdom, but one exists in the world."

"这个王国里不存在比公主更美丽的人，但这个世界上存在。"

——"I'm willing to save you. But I have only one beg."

"我愿意救你，但我有唯一一个乞求。"

从一开始，王子就听出了女巫话里的漏洞。

他举刀，将利刃刺进自己的心脏。

女巫始终冰冷的神色终于有了动容，手里的骷髅头砸落在地板上。

她伸出手，隔着黑色蕾丝手套，抚上小丑病态的脸庞。

小丑的唇瓣轻合。

他说：

——"Kiss me."

——"Please."

女巫最爱的人永远是自己，她做事带着目的，不顾别人的情感与死亡。

从高傲美丽的王子，到卑劣疯狂的小丑，他直至生命的最后也没能得到女巫的亲吻，带着他无尽的爱意死在获得了永生的女巫手心里。

舞台上灯光暗下去。

悲剧在这里结局。

周五的大课间，教导主任在操场上宣布了英语剧的排名。高二（5）班获得了一等奖，班长上台领回奖状，带到教室里，贴在侧面的墙上。

本学期的最后一个大型活动已经结束，同学们将剩下的时间和精力悉数投入备战期末考试里。考试在一月下旬结束，陆茶栀在宿舍里收了行李，和舍友道别后走出校门。

今天全校师生都需要离校，临近中午，校门口也是车辆拥堵。司机发来短信，说车子停在另一条街的路边。

陆茶栀远远就看见了一辆黑色的车，司机替她拉开车门，陆茶栀才发现陆政千正坐在后座。

"爸。"她稍怔，坐上车后，顺手关了车门，问，"你怎么来了，今天公司没事吗？"

"不忙。"陆政千转过头看着她，嗓音温和，"爷爷奶奶说想请你吃午饭，我接你一起去。"

陆茶栀没什么反应，应道："噢。好。"

陆源章在去年七月份提过，让陆茶栀有空就回陆家老宅看看。她没主动联系，陆源章也没找过她。

过了一个学期，现在倒是陆政千来做了中间牵线搭桥的人。

车子平稳地驶上路，陆政千开口找了个话题："考完试了吧，寒假准备怎么玩？"

"还没想好。"陆茶栀问，"是有什么事吗？"

陆政千笑道："没什么事，就是想问你寒假愿不愿意跟爸爸和姐姐一起回老宅过年。"

陆茶栀沉默了一下，开口说："都行。"

"寒假还回杉城吗？"

"应该不回了吧。"她的视线看向车窗外，"寒假作业多，还要做社会实践。"

"好，那就在老宅那边住下吧，姐姐也在。"

陆茶栀"嗯"了声。

车内一路沉默，在半山别墅前停下。

一家人在餐厅用完午餐，陆源章和陆老夫人坐在主座，气氛照旧肃静，除了上菜前简单的寒暄，用餐时没有一个人说话。

陆茶栀没食欲，吃了几口便没再动筷。

下午，陆雪棠陪着她回澜庭别院拿了些寒假会用到的东西，姐妹两人都在老宅的副楼住下。

九中对假期社会实践的要求很高，五班依旧是按照小组来进行。年后大家都没时间，陆茶栀他们小组统一约了放假后的这几天出来完成这项作业。

小组定的主题和共享单车有关，几个人买了些糖和礼品，采访完路人后让他们自行挑选。

几人站在黎城最大的商圈路口，易卓举着手机拍照录像，其他人负责采访、记录和发礼物。

站到路边没十分钟，就已经有好几个主动过来愿意帮他们填问卷的人了。还特别有规律，男生到陆茶栀跟前，女生到许佑迟旁边。

黎城所有学校放假时间都差不多，不少初高中学生也都会到这边来玩。

许佑迟刚把问卷递到两个主动走过来的女孩子手里，就听见其中一个女生问："许佑迟学长，我们也是九中的学生，可以加一下你的联系方式吗？"

许佑迟说："抱歉，我不加好友。"

"这样啊，好吧……"女生看起来有些失落，将问卷又还给许佑迟，说道，"那你们找别人填吧，学长再见。"

说完，女生拉着同伴转身离开。

易卓在一旁笑得腰都直不起来，手机镜头直抖，说："笑死我了，你也有今天哈哈哈……"

许佑迟冷着脸瞥他一眼。

凭许佑迟和陆茶栀两个人的长相，光是站在人流量巨大的路口都过于惹眼，手里还发着调查问卷，来要联系方式的人越来越多，并且年龄段集中。

最后两人被其他四个组员赶进咖啡厅里写实践报告，等到了上午十一点，一行人在商场里找了家美蛙鱼头的火锅店吃饭。

锅底有点辣，陆茶栀每吃一小口就要喝水，半个肚子都是被奶茶填饱的。

许佑迟叫住旁边的服务生："麻烦拿个空碗，再倒点温水，谢谢。"

"好的，请稍等。"

等服务生再次过来，许佑迟把盛着温水的碗放到陆茶栀面前。

陆茶栀咽下嘴里的珍珠，重新拿起筷子，弯唇笑说："谢谢。"

吃完饭，六人又来到之前那家咖啡厅，打算先坐一会儿再去发问卷。男生们点完单后上了二楼，三个女生在看置物架上的水杯。

陆茶栀手里拿着两个黑色的杯子，犹豫不决，问："你们觉得哪个好看点？"

白雨瑶看过来，说："你不是有水杯了吗，坏了？"

"没，我买来送人的。"

最后白雨瑶选了右手的那个，林槿选了左手的那个。

问了和没问都差不多。陆茶栀还在犹豫，林槿忽然问："你送给谁呀？"

"送给同桌的。"陆茶栀抬眸，视线从水杯上移开，眉眼间带着笑意，说道，"新年礼物，你们的我都准备好了，等开学再送给你们。但是他的我还没选好。"

她的同桌，是许佑迟。

林槿抿唇思考了一阵，看向陆茶栀右手拿着的水杯，又说："那就这个吧，这个更素一点，应该跟许佑迟更搭。"

陆茶栀将左手拿着的杯子放回架子上，应道："好。"

第十二章

夏天的风 我永远记得。

　　小组六人忙了整整三天，才将寒假社会实践的作业完成，之后就没再见面。

　　陆茶栀长大后第一次在陆家老宅过年，年味很淡，感情也淡，远不及杉城的小镇。别墅外面挂上了大红灯笼，除夕夜里，陆茶栀在主楼的客厅陪家人一起看了春晚。

　　老人家熬不得夜，晚上十点钟就关了电视。陆茶栀回到副楼二楼自己的卧室，外面传来烟花的声音，她拉开窗帘，看见远方的夜空中炸开一朵接一朵的烟花，五光十色，将别墅庭院映得通亮。

　　深夜十二点的时候，她的手机上准时收到新年祝福。来自亲戚、朋友、同学的都有，五班班群里也在发红包，抢到运气王的人进行接力，热闹得不行。

　　陆茶栀滑到和许佑迟的聊天框。

　　五分钟前，两人互道新年快乐后，许佑迟问她在干什么。

　　窗外的烟花已经不再绽放了，热闹在网络上狂欢，寂静在深夜里蔓延。

　　陆茶栀回：在窗边看月亮。

　　许佑迟没再回复。

　　她从吊椅上起身，想拉上窗帘躺到床上，突然收到许佑迟传来的一张照片。

　　是月亮，萦绕着又淡又薄的云雾。

　　他说：我们看的是同一个月亮。

　　正月十五元宵一过，伴随着开学返校，春天在校园里悄然降临。一场春雨过后，粉嫩樱花盛开于枝丫，娇弱的花瓣也落了满地。

　　四月中旬，黎城的气温和铁栅栏上的蔷薇藤蔓一起缓慢爬升。

　　周一傍晚，陆茶栀吃完晚饭，和白雨瑶聊了会儿天，伏在课桌上叹息。

　　许佑迟接了两杯热水回教室，刚坐到座位上，随口问："怎么了？"

　　"想看电影。"陆茶栀从课桌上抬起头，声音听起来闷闷不乐，"就是明天要上映的那个《虚名画家》，我喜欢的一个画家还客串了的。我真的好想去看，但是离周末还有四天。"

电影是部外国的侦探悬疑片，全球统一上映，中国的首映时间是周二的零点。

电影的主演阵容名气很大，还请了当代知名油画家希尔伯特客串，即使是在工作日，首映场的票也很早就售罄。

陆茶栀一开始就没抱要去看首映的期望。

但一想到还有四天才能看到电影的剧情，甚至可能在这几天之内，就被学校里去看了电影的同学剧透得一干二净，这种等待的过程太过漫长和煎熬。陆茶栀从桌洞里摸出物理作业，试图用试卷带来的折磨击败烦闷。

许佑迟手里的手机屏幕亮着，他转过来，问她："今晚去。"

陆茶栀笔尖一顿，略微诧异地抬眸，问："今天晚上？你买到票了吗？"

许佑迟没回答，只看着她的眼睛，说："去吗？"

静默过后，陆茶栀轻轻弯起嘴角。

"去呀。"

"晚自习下课回宿舍换下衣服。"许佑迟低下眼，手指轻敲着屏幕，说道，"十点半，我在篮球场等你。"

陆茶栀最初提到这部电影名字的时候，许佑迟就隐约感觉有点耳熟。

他想了一会儿才记起来，是在朋友圈里看见过，二表哥秦齐昨天发的一条动态：

【分手了结束了封心锁爱了，再也不可能跟坏女人谈恋爱了。低价出售两张《虚名画家》电影票，后天的零点首映场。看感情可小刀，感兴趣私聊。】

许佑迟对此印象深刻，是因为这条朋友圈，秦齐似乎忘了屏蔽家人。

他在底下看到了赵蔓的点赞和评论。

【Mom：怎么又分手了呀？谈恋爱是要认认真真的，阿齐这样子是不行的喔。】

【秦齐：三姨，我错了我错了我错了！！！】

等许佑迟下一次打开朋友圈，这条动态已经消失不见。他还听见了秦齐破天荒地主动给赵蔓打来电话，在电话另一头痛心疾首地忏悔，求着赵蔓千万千万不要将他感情生活上的事情告诉他爸妈。

许佑迟刚才听陆茶栀说完，就在微信里问秦齐那两张电影票还在不在。

秦齐秒回。

【秦齐：在呢，怎么了？你要跟别人去看吗？】

昨天，他那条卖票的朋友圈发出来还没五分钟就删除了，私聊他的大有人在，但无一例外，全是来嘲笑他分手的事情的，电影票压根无人过问。

【许佑迟：我和同学去看。】

表哥立马给他发了张电影票的取票码截图过来，还附带着一笔转账。

【秦齐：哥哥是过来人了，懂的都懂。阿迟安心玩，放心，二哥不会告诉你亲爱的妈咪。/爱心/爱心/爱心】

【许佑迟：……】

他收到了电影票的截图，将转账退回去，又把电影票的钱转给秦齐。

晚自习下课，陆荼栀回宿舍换了衣服后出门。

操场上还有学生在打球、跑步，陆荼栀在篮球场边看到了许佑迟。他站在路口的路灯下，看见她后便收起了手机。

体育馆背后是一块荒芜已久的废地，杂草丛生，被修理工用来堆放废弃的桌椅板凳。

夜里，路灯光线被高大的体育馆挡住，学生们说话的声音渐渐远离，凉风一吹，有些瘆人。

许佑迟打开了手机的照明灯，回头提醒陆荼栀："小心点，别摔了。"

"哦。"陆荼栀停下脚步，面色看起来无波无澜，却开口说，"许佑迟，我害怕。"

许佑迟也跟着停下。

他注视着她的眼睛，两秒后，伸出手道："你牵着我吧。"

陆荼栀将手放进他的手心里。

许佑迟带她一直走到墙角。

围墙很高，但这里堆砌着残缺的桌椅，像一座木板和铁条搭建的小山丘。踩上去之后，翻到墙外的难度大大降低。

这个狭窄的围墙角落，似乎藏着九中优等生的秘密。

比如路边的烟蒂，比如撕烂破碎成片的试卷，比如白墙上怪诞压抑的涂鸦，比如逃离学校的捷径。

"你之前两次逃课来找我，"陆荼栀偏头看向许佑迟，问，"都是走的这里吗？"

他没什么情绪地"嗯"了声："签出校假条麻烦。"

"我先跳过去，在下面接你，可以吗？"许佑迟关了灯光，将手机收进外套口袋里。

陆荼栀松开手，说："好。"

许佑迟几乎没怎么用劲，抬手，长腿一跨，很轻松地就翻越了围墙。一眨眼的工夫，等陆荼栀回过神来，许佑迟已经站到了墙的另一边。

这堵墙看起来至少有两米高，跳过去真有这么简单吗？

陆茶栀没翻过围墙，她暗自腹诽，可能……只是看起来难？

等她坐到墙头，借着远处操场上投来的路灯光，清楚地看见自己与地面的距离。

这个高度跳下去，如果摔了，大概率会比上次手腕骨折的程度更惨吧？

许佑迟站在墙边，仰起头，和陆茶栀的视线在空中碰撞。

"跳，我接着你。"

低低的少年嗓音，随着夜风传进耳朵里。

陆茶栀咬了咬牙。

在她跳下围墙的同时，操场上的路灯熄灭，周遭陷入黑暗。

被失重感和黑暗带来的恐惧裹挟了一瞬。下一刻，她落进一个温热的怀抱里。

心脏在狂跳，她紧闭着双眼，抱紧了许佑迟的后颈，整个脸都埋进他的颈间。

一呼一吸间都是他身上淡淡的香味，恐惧感被冲散。

陆茶栀的手心蹭了灰。

围墙外是条阴暗狭窄的小巷，朝着光照进来的方向，走到马路上，许佑迟去便利店里买了一包湿巾。

站在商店门外，他低头，握着陆茶栀的手，替她擦去灰尘。他随手将用过的湿巾扔进垃圾桶，陆茶栀从背后叫他的名字。

"怎么了？"许佑迟回眸。

"我跳下来的时候，腰链是不是打到你的手了？"陆茶栀拽住他的袖口，小声询问，"疼吗，要不要去买点药？"

"不用，"许佑迟平静地说，"不疼。"

陆茶栀跟他对视两秒，没再打商量，径直走向路旁的一家药店。药店准备关门了，卷帘门拉下小半，店员见有人走来，停住拉门的手。

陆茶栀买了喷雾，付完钱，走到路灯下面。

她将许佑迟的外套袖口拉上去。借着头顶的路灯光，看见他的右手腕和手背上，映着偏白的肤色，留有一道深红色的痕迹。

陆茶栀不由得蹙眉。

喷好喷雾后，她捏着许佑迟的手指，半晌，开口道："你骗我。"

"骗你什么？"

"这个。"陆茶栀指着他手腕上的红痕，"你刚刚还跟我说不疼。"

"我没有骗你，"许佑迟将外套的袖子拉下来，盖住那道痕迹，"真的不疼，明天就消了。"

上了出租车，陆茶栀沉默着，隔着车窗看夜景。

许佑迟偏过头，在暗沉的车内，看见她的侧脸流淌过明暗交替的城市夜晚灯光。

陆茶栀抿着唇，让许佑迟想起家里那只黏人的猫。它置气时，也是这样一副高傲不理人的模样，等着人主动去抱着它哄它。

车内安静，许佑迟低声问："你生气了吗？"

陆茶栀刚想跟许佑迟赌气，转瞬看见他的脸，又妥协般叹息："没有生气。"她在昏暗中看向他，"许佑迟，下次疼的话，不可以骗我，要告诉我，好吗？"

司机降下了点车窗，一缕凉风从前面吹来。

伴随着风声，陆茶栀听见许佑迟答道："好。"

在商业街道旁下车后，坐电梯上顶楼。许佑迟取了两张电影票，陪陆茶栀去选零食。

站在点单台前，陆茶栀先报了自己要的饮料，回过头问他："你喝什么？"

"冰可乐。"许佑迟说。

收银员在显示屏上点了几下，报出一个数字。

许佑迟想拿手机，陆茶栀已经扫了付款码，抬眸看他时，眼睛微弯如月，说道："我请你喝。"

等饮品都做好，距离开场还有十分钟。检票入场后，按着电影票上印的座位，两个座位都在最后一排的正中间。

陆续有人进场，零点场的首映，偌大的影厅里也是座无虚席。电影开场，照明灯熄灭下来，说话声逐渐减小。

两个半小时的悬疑片，推理逻辑部分烧脑高能。看起来最为无辜的著名画家，实际上是残忍凶恶的连环少女杀手。

散场的灯光亮起，观众依次从出口离开，等看完彩蛋后走出影厅，直升电梯的门口挤满了人，下一场的观众在休息区等待着电影开场。

陆茶栀看向另一边空荡无人的电玩城，突然道："我想去玩那个。"

许佑迟停住脚步，顺着她的目光看过去，问："抓娃娃？"

陆茶栀点头。

兑了一百个游戏币，一人一半。

陆茶栀的五十个币用完，只抓起来了一个丑丑的绿恐龙。她的大半游戏币都花在了一个穿着粉裙子的白熊上，结果徒劳无果。眼看着最后一个爪子抓空，她撇嘴，丧气地松开把手。

许佑迟坐在一旁的高脚凳上，看到她脸上的表情由希冀到失落的全程。他问："喜欢这个？"

"不喜欢。"陆茶栀憋着一口恶气，怎么都不舒坦，丧气道，"讨厌死了。"

深夜里干什么不好，非要来抓娃娃给自己找气受。

见她这副置气的模样，许佑迟轻笑，从自己那篮还没动过的游戏币里拿出两个，投进硬币口。

娃娃机里的光线开始转换，传来阵阵机械的音乐声音。

许佑迟调节钩爪晃动到相应位置，没按下按钮，等倒计时结束，爪子下落，轻而易举抓起一个陆茶栀爱而不得的白熊玩偶。

陆茶栀眨眨眼，看见许佑迟伸手从洞口拿出玩具，递到她的面前。她接过，先揉了揉小熊毛茸茸的耳朵，随后还是有些难以置信地抬头，问："你怎么抓起来的？"

"想学？"

陆茶栀毫不掩饰自己眼里流露出的崇拜："想。"

"以后再教你。"

他说的是，以后。

以后他还会陪她一起来抓娃娃。

陆茶栀忽地笑了，问："那现在呢？"

"你还喜欢哪个？"

"喜欢哪个你都能给我抓起来吗？"

许佑迟想了想，给出一个严谨确切的答复："除了架子上的，其他的都能给你抓起来。"

陆茶栀扑哧笑起来，手指向墙边那个剪刀娃娃机，问："那个呢，也可以吗？"

许佑迟只问："你想要吗？"

"想。"陆茶栀忙不迭点头。

半小时后，陆茶栀心情颇好地抱着一只巨大的皮卡丘走进商厦里尚未歇业的火锅店。

许佑迟手里多了一个袋子，里面满满当当，装着的全是毛绒玩偶。

吃完火锅后，两人搭出租车回到学校侧门口。同一个晚上翻两次围墙，绕过体育馆背后，陆茶栀又回到熟悉的操场。

静谧的月光倾泻而下，虫鸣在夜晚也未停歇。

陆茶栀想看星星，许佑迟陪她坐到操场看台最右侧的台阶上，靠墙坐下。

月色明朗，星河盛大，缓慢而平稳地闪光。

陆茶栀望着天陲的某处，突然惊呼："许佑迟！你看——"

流星拖着尾巴，在夜空中划过一道极绚丽的弧线。

许佑迟提醒她："许愿吧。"

陆茶栀慌忙地松开手里的玩偶，双手合十，闭上双眼。

她再睁开眼，流星拖着尾巴，在她的注视下隐入夜幕。她偏了偏头，发现许佑迟始终看着她。

"你许了什么愿望？"他问。

"不能告诉你。"陆茶栀认真说，"你知不知道，愿望说出来就不灵了。"

许佑迟不咸不淡地"哦"了声。

就在陆茶栀以为这个话题就这样终结的时候，又听见他问："你之前说的，一生吃素，灵吗？"

陆茶栀瞪大了眼睛，百般震惊之余，忍不住又笑出来，问道："那么久以前的事了，你怎么还记得？"

"很久吗？"许佑迟眯了眯眼，双手撑着身后的台阶。他敞开怀，仰头看月亮，语气淡得像风，"可能吧。"

陆茶栀环住自己的膝盖，伸出手指戳了戳许佑迟的腰。

"怎么了？"他看向她。

"许佑迟，"陆茶栀抿抿唇，轻声说，"我那个时候，真的好怕再也见不到你了。怕你已经离开杉城了，怕我在那里等不到你。"

"等到了。"许佑迟直起腰，垂眼，和陆茶栀的目光在月光中相撞，"你的愿望，我帮你实现了。"

"是哦。"陆茶栀说话的嗓音温软，问道，"那我刚刚许的愿望，你也能帮我实现吗？"

夜里微凉的风吹过，许佑迟静静等着她的下文。

"许佑迟，夏天快要到了。"陆茶栀移开视线，不再和他对视。

少女抬头，眼里装着漫天的浩瀚星河，一字一句道："我的愿望是，以后每一个夏天，你都要陪在我身边。"

她歪了歪头，笑着问："可以吗？"

许佑迟送陆茶栀到宿舍楼下。

陆茶栀回宿舍，将玩偶收在柜子里，又把从火锅店带回来的零食分给舍友。

明诺等着她洗漱好换上校服，两人一同去食堂吃早餐。

踩着早读的上课铃抵达教室，英语老师还没到，班里同学都坐在座位上各自读书。

许佑迟在念英文的课外补充读本，待陆茶栀入座，他伸出右手，将一瓶温热的牛奶放到她的课桌上。

陆茶栀侧眸，看见许佑迟侧脸的线条。

他坐在窗边，身后的玻璃窗打开着。

光里弥漫灿金，澄澈的天边绽开大朵的橘粉色晨霞，如红砖墙边肆意盛放的粉蔷薇。

喧闹的早读声里，许佑迟低低地念："Shall I compare thee to a summer's day？"

莎翁永垂不朽的《十四行诗篇》。

——"我能否将你比作夏天？"

那一瞬间，陆荼栀的眼前闪过很多画面。

围墙上脏乱的涂鸦，一起去看的夜场电影，细密柔软的睫毛，可乐里透凉的冰块，热气沸腾的火锅，夜幕里的月亮与流星。

出格的，心动的，难忘的。

这是高二那个夏天的始端。

许佑迟的侧脸逆光。

陆荼栀在想，此刻发着光的，到底是初夏清晨的朝霞，还是她心尖上的少年。

夏天快要来啦。

她和他在十五岁的那个夏天的末尾相遇。

属于他们的十七岁的夏天，终于要到来了。

今年的夏天来得早，漫长无边，且格外热。一见进入七月，蝉鸣和日光让天气越加燥热。

高三在一个月前毕业，逃离这座四四方方的校园，而高一和初中的小崽崽们在期末考完后也顺利开启暑假篇章。只剩下高二这些准毕业班的学生，还得留在学校里补一个多月的课。

沉重的学业下，唯一释放压力的突破口是周六的一场年级篮球赛。

除此之外，那天，还是许佑迟的生日。

这周进行了期末考试，周五傍晚放学时间，班里打篮球的男生向女生发出了无比真挚的邀请。

请她们明天有空的话，务必要来学校给他们加油助威。最好打扮得漂亮点，在颜值和气势上就要狠狠压别的班一头，让那群小喽啰未战先败。

周六上午，陆荼栀睡了个懒觉，起床后化了个日常妆，又赤脚走进衣帽间挑衣服。

除了要当五班篮球队的啦啦队成员，她今天还有一个更为重要的事情。

她和许佑迟约了晚餐。

并不是往年那种大型庆祝生日的聚会，而是独属于两个人的秘密晚餐。

偌大衣帽间里，陆荼栀径直拉开一个放着裙子的衣柜，在角落里翻出一条白裙子。

是陆雪棠从国外给她寄回来的礼物，法式复古风的吊带长裙，纯白色，没有繁杂的装饰，一字领口点缀着白蝴蝶。

陆茶栀平日里很少穿这种甜妹风格的衣服，这条白裙一直被她收在衣柜里，连吊牌都没拆。

她换上白裙，迟疑着站到全身镜前。

没有想象中不同风格带来的不适感，就还挺好看的。

陆茶栀松了口气。

她下楼去吃早餐，也没想明白为什么要突如其来换身衣服去给许佑迟过生日。

或许只是单纯因为，潜意识里有个念头在告诉她。

——"想穿白裙子给他看。"

学校室外篮球场的场地有限，五班被安排在第二轮比赛。

陆茶栀到校门口的时候，第二轮比赛还有半小时开场。她给许佑迟发了微信消息，等她走近球场，第一眼便看见了许佑迟。

他等会儿要上场比赛，所以换上了数字为29的黑色球衣，里面套了件白T恤。他站在球场外面，阳光底下，等着她来。

陆茶栀小跑过去，问："你怎么站在这里，不热吗？"

"不热。"许佑迟说，"走吧。"

许佑迟领着陆茶栀从球场边缘走，穿过喧嚣沸腾的人群。五班的看台区域上，班委提着个大袋子在发饮料。

许佑迟和陆茶栀坐在一起，今天来的人多，班委来不及让他们挨个挑，随手给了他们一人一杯，又忙着去发给另一群人。

班委给陆茶栀的那杯是柠檬水，她没动，端在手里。

许佑迟将自己那杯冰镇橙汁插上吸管，递到陆茶栀跟前，说："喝这个。"

他拿走她手里的柠檬水，体委在看台下喊："球员先来集中热下身。"

"我先过去。"许佑迟将自己的手机交给陆茶栀保管，又叮嘱道，"等会儿看球的时候站远点，小心被球砸到。"

陆茶栀点头道："好，你也注意安全。"

橙汁里加了冰块，凉意穿透手心。

她的目光追随着许佑迟球服后的数字，看他一路走下台阶，他手里拿着那个透明的塑料杯，晶莹剔透的柠檬水在阳光照射下晃荡。

然后，他随手将柠檬水放在一边。

192

陆茶栀的睫毛轻颤。

随着许佑迟放柠檬水，也随之撕开一段尘封数年的幼时记忆。

球场上的人换了一批，明诺和白雨瑶拉着陆茶栀下去给五班呐喊加油。

五班和九班的同学分别站在球场两边，白雨瑶将陆茶栀拉到五班人群的最前面，找到一个绝佳的观赛位置道："公主今天打扮得这么好看，必须站在C位。"

赛场上，两班球员面对面站着，派出代表，决定哪一方率先发球。

五班的球衣以黑色为主，数字用白色描边，比九班那一套花花绿绿荧光渐变色的球衣好看得不只是一星半点。

高一也有篮球赛，所以在高二伊始定做球衣时，只定了班上新转来的同学的，上面要印的数字和字母也都是球员自己定。

陆茶栀向许佑迟看去。

他的球衣上没有英文字母，单单只有一个数字29。

裁判吹响口哨，一道道年轻的身影奔跑起来，球鞋摩擦过地面发出声响，被热烈的欢呼掩盖。

球场上竞争激烈，五班的分数遥遥领先。

明诺举着相机拍照片，上半场结束，她翻着相册，从SD卡里调出之前的一张照片，手肘碰了碰陆茶栀道："你看这个。"

照片的背景是这个熟悉的篮球场，明媚盛大的阳光下，十来个穿着球衣的少年站在球场上，许佑迟右手抱着篮球站在正中，易卓和姜卫昀分列他两侧，男生们勾肩搭背，笑容张扬灿烂。

许佑迟身上是和他今日穿的同样的球衣，29号。

明诺笑着回忆道："高一进校第一个月的篮球赛，我们班就拿了第一，许佑迟和易卓他们都好厉害。但是好几个校队的高二时都转到十三班去了，这次运气好的话，我们班拿个第一估计也还行，大不了就第二，反正肯定是前两名。"

陆茶栀打开手机，翻出和许佑迟在微信上的聊天记录。

明诺给她看的那张照片的日期，是高一那一年的9月23日。

但她加上许佑迟的好友，是在9月25日。

手里的橙汁的杯壁因暑气融化冰雾。

陆茶栀从未对人言说的忌口，是她厌恶了十年的柠檬汁的味道。

酸、苦、涩交织入喉，伴着幼时在溜冰场最后的记忆，多年来始终印刻在脑海中剔除不去。

无数个记忆中的画面被拆封拼凑，她注视着聊天记录顶端的日期。

9月25日之前的一个周六。

9月18日，她才刚刚和许佑迟在杉城相遇。

在混乱的雨夜，她被他从小巷里救下，跌跌撞撞地走在雨幕中，抬眼瞥见他昳丽的桃花眼。

就这样喜欢上一个陌生的少年。

9月23日，在她甚至都还不知道许佑迟的名字，没听过他的声音，不了解他的背景的时候，他穿着29号球衣，在黎城九中，拿下年级篮球赛的冠军。

29。

陆茶栀在心里默念这个数字。

许佑迟手机密码的末尾两个数字，也是29。

篮球赛采用的是积分制，下周末还会有决赛。

上半场的分数，九班已经落后了一大截。士气落败后，连带着下半场比赛，他们也被五班球员连贯流畅的配合压得基本没什么进球的机会。

九班同学呐喊的音量减弱了不少，而站在篮球场另一边的五班，雀跃的欢呼和鼓掌不绝于耳。

裁判吹响结赛的口哨，穿29号球衣的球员在那一瞬起跳，投进一个利落的空心球。五班的计分板最后又翻动了两分，以56：15的分数赢下初赛。

今天的篮球赛正式落幕，不少同学收了东西往校门口走去。

白雨瑶在班群里打字聊天的间隙，停手问："栀栀，群里同学说等下要一起去吃晚饭，你去吗？"

"不了，我等下还有点事。"

白雨瑶撇撇嘴，也没再强求，说："那好吧。"

球场正中央，球员站成一排。跟去年一样，明诺身兼班长与摄影师两个职位，举着相机给他们单独拍照。

拍完照后，易卓搭上许佑迟的肩，扬扬得意道："赢得一点技术含量都没有，这不是有手就行嘛。"

牛皮还没吹完，许佑迟随手将篮球抛给他。

易卓慌忙地接住篮球，转眼一看，许佑迟已经头也不回地朝人群里走去。

"易哥，还不走，看啥呢？"叶哲飞热得要命，双手叉着腰气喘吁吁，跟随易卓的目光望过去。

看见了站在球场边树荫下的许佑迟，还有一个女生，站在他的跟前。

头顶的阳光刺眼，叶哲飞没戴眼镜，稍稍一瞭，刚刚剧烈运动完还没平复的心脏又怦怦跳起来："哟，这白裙子，仙女下凡啊，是我喜欢的类型。"

他眯起眼睛，细细打量，问："那女生是谁啊，是我们学校的吗？我等会儿去要个联系方式你看行不？"

面对叶哲飞的疑问三连，易卓只回："你睁大你的眼睛看清楚那是谁。"

叶哲飞又仔细看了看，垂头反思三秒，说："对不起，是我打扰了。"

出了学校，许佑迟先回到学校附近的那栋别墅里洗澡，上楼前，帮陆茶栀打开了一楼客厅里的电视。

去年许佑迟生日的时候，陆茶栀也来过这里。那只黑色的大狗狗还记得她，等许佑迟一离开，它便自然而然地跃到她腿上，找了个舒服的姿势趴着。

二十分钟后，许佑迟换了一身干净的白 T 恤下来。

他的头发还湿着，水滴顺着乌黑的发丝落到 T 恤上，刘海被随意撩开，露出光洁的额头。

许佑迟拿了吹风机，便又踩着拖鞋走上楼去。

陆茶栀的目光追随着他上楼的背影，脑子里只剩下八个字——美人出浴，湿发诱惑。

陆茶栀想吃法餐，许佑迟昨天提前订了一家餐厅，在海湾边。

时间尚早，走进最近的地铁站的时候，陆茶栀看见售票机的旁边多了一个鲜花贩卖机，视线停留了一刹。

许佑迟走过去，买了一束花，递到陆茶栀的面前。

下午时分，地铁里人不多，陆茶栀抱着花束坐到边上。

三枝温柔的鹅黄色的玫瑰，满天星和洋甘菊做点缀，被质感厚实的粉色牛皮纸包住，白丝带系成蝴蝶结。

粉嫩的花束，花香也是甜的。

陆茶栀不自觉地嘴角上扬，问许佑迟："你带耳机了吗？"

许佑迟拿出有线耳机，和手机一同给了她。

陆茶栀熟练地解锁，找到他的音乐播放器，打开后，在他的主页里看见了一个多出来的歌单，名字是"Jay"。

陆茶栀手指微动，点开，里面的歌曲都出自歌单名字的那位歌手。

她很快退出去，在他的另一个歌单里随便播了首英文歌。

屏幕上方跳出 QQ 消息，陆茶栀没点开，说："有人给你发消息。"

许佑迟很快回完信息，又将手机递给了她。

他没锁屏，手机上显示着 QQ 的消息列表。

陆茶栀看见了自己的头像，排在顶端，是他唯一的置顶聊天。同样也看见了他给她的备注，"迪士尼在逃公主"。

陆茶栀点开自己的资料卡，将手机放到他的面前，问："这个备注是什么意思？"

许佑迟掀唇轻笑了下，反问："你的昵称是什么意思？"

陆茶栀已经很久没有换过昵称了，她看了一眼屏幕，才说："因为童话故事里的公主都是在日落的时候逃出城堡的，所以就叫'落日出逃'。"

说完，她又继续追问："你为什么给我取这个备注名呀？"

"因为公主从黎城的城堡逃到杉城去了。"许佑迟看向她时，瞳孔色泽格外温润。

他慢慢地解释给她听："所以是在逃公主。"

热度蔓延至双颊。

陆茶栀在座位上坐好，低下头看手机，不再跟许佑迟说话。

她身边的人也会喊她公主，最开始是方槐尔，后来明诺她们见到她说说下面的评论，也跟着这样叫她。

公主这两个字，从许佑迟的嘴里说出来，完完全全就变了味。

见她耳朵红了，许佑迟又好笑地弯唇。

海湾边，餐厅里放着轻柔的爱尔兰民谣，坐在二楼的窗边，能看见行人漫步的沙滩和辽阔无边的蔚蓝色海域。

吃过晚餐，从后门走到沙滩上时，恰逢夕阳垂落。

陆茶栀脱下鞋子，赤脚踩到绵软的细沙上。

一路走到海滩边，海鸥扇动翅膀飞行，咸湿的海风沁凉，吹起她的长发和裙摆。

她站在潮起潮落处，望着浓稠的粉紫色的云和深橘色的海天一线。

白皙纤瘦的脚踝上，白裙的裙摆被海浪打湿。

下一次海浪卷来时，她转身，小跑向站在身后的许佑迟，仰起头问："许佑迟，你会一直陪我看海和日落吗？"

许佑迟看着她的眼瞳，在夕阳下呈透明的琥珀色。

亮的，会发光。

"会。"他喉结微动。

回去的地铁上，人流熙攘。

许佑迟将陆茶栀圈在自己身前，隔绝了人群。

地铁尚未驶入地下，依旧是在海湾边，落日悬在海面，将半边天都染成了玫瑰色。

光线穿透玻璃窗洒进整个车厢，许佑迟半张侧脸映上灿金余晖。

陆茶栀戴上耳机，将另一只放进他的耳朵里。

周杰伦在《七里香》里唱：

"手中的铅笔在纸上来来回回，我用几行字形容你是我的谁……"

她扯了扯许佑迟的衣摆，他顺势俯下身，将没戴耳机的耳朵凑到她的唇边。

还没来得及说话，车厢晃动，旁边有人的行李箱没拉稳，砸了一下陆茶栀的小腿。

她被许佑迟单手抱进怀里。

慌乱之中，玫瑰花束掉到地上，她的手抓住他的白T恤。

她的嘴唇蹭过他的下颌线。

有人转过来拉走行李箱，向周围的人不断道歉："对不起，对不起。"

陆茶栀的腿弯吃痛，眼睛盈着泪，心脏也在暗处狂跳。

许佑迟的手轻抚着她的后脑，压着她的脸埋进他的怀里。

陆茶栀的疼痛感减轻，许佑迟松开抱扶她的手，弯腰拾起地上掉落的花束，重新放进她的怀里。

耳机里的《七里香》在单曲循环，一遍又一遍。

地铁里开着冷气，人来人往之中，陆茶栀伸出一只手，扯下耳机线。

"许佑迟，"她仰头，继续刚才还没来得及问出口的话题，"我在你心里是什么？"

陆茶栀以为，许佑迟会告诉她，是亲密的朋友，是喜欢的女生，或者是一个会永远烙印在青春记忆里的女孩子。

但许佑迟却反问："不是看到了吗？"

陆茶栀茫然地盯着他。

下一瞬，他昳丽的桃花眼微弯弧度，整个世界似乎都被点亮，夕阳与玫瑰花束在此刻黯然失色，共同沦为他的背景和点缀。

他说："是公主。"

市中心的商圈新开了一家书城，霍格沃茨的魔法世界装潢风格，巨大的楼梯和镜子堆叠出错落有致的空间格局。

靠墙摆放的书架上，放着一本中译版的立体绘本，是法国插画家海贝卡·朵特梅的《海贝卡的小剧场》。镂空繁复的纸雕，呈现出纸上的舞台童话剧场。

陆茶栀随手翻到中间一页。

精致细腻的童话插画下，配字是："朱斯蒂娜说，她觉得人们害羞时……或者是脸红时，就是坠入爱河了。"

许佑迟将绘本买下来送给陆茶栀当礼物。

夜幕降临时，初夏的夜空繁星密布。

许佑迟照旧将陆茶栀送到澜庭别院的别墅楼下。分别时，她鼓足勇气，叫住他。

皎洁的月色下，许佑迟停住脚步，回头。

少女将心动藏匿于白裙和脸红下，话语迂回百遍，最终将"我喜欢你"四个字换了一种说法告诉他。

她轻声道："迟迟晚安。"

不再是生疏克制的全名。

许佑迟也朝她弯唇回："晚安。"

陆茶栀站在灯火通明的别墅大门口，凝望着许佑迟渐行渐远的背影。

他穿白 T 恤的肩头落着温柔的晚风与星光。

她怀里抱着他送的玫瑰花束和童话绘本。花朵中央有一张小小的卡片，烫金的文字写着：

【花名：蜜桃雪山 花语：我只钟情于你。】

而三枝玫瑰的含义是：我爱你。

七月份，校园里只剩下高二这栋教学楼里还有学生。为了和高三学生的作息接轨，上课时间从五天变成了六天，周六进行每周的测试。

高二的最后一场篮球赛，五班没能再拿下冠军。

晚自习上课前，聂萍乐呵呵地将亚军的奖状贴到白墙上，将奖品分发给参加比赛的每一个同学。

高二迈向高三的那个夏日，无聊沉闷，又生动闪光。

教室总是燥热的，做不完的试卷粘在手臂上。蝉鸣聒噪嘶哑，空调和风扇持续运作，也阻挡不了热气蔓延。

海滨城市的天空总是澄澈透明的蓝，落日晚霞也盛大瑰丽。晚自习时坐在窗边，时常能见到漫天星星与银河。

晚自习的课间，陆茶栀和明诺站在走廊上吹晚风，有人穿着一身白衣，在对面空荡荡的楼栋里穿梭，装模作样地扮鬼吓人。

很快，高二这边教学楼的走廊上便围满了学生，共同联合起来讨伐那个扮鬼的人，起哄打闹声一阵高过一阵。

学校超市的冰柜里，摆满了各种各样的沙冰，甜的酸的，冰凉的口感压下了夏日的燥热。

为期一个多月的补课结束前，最后一个晚自习是英语。

即将放假，学生们的心情放松了不少。

班里一些同学在晚餐前一起点了星巴克的外卖，原本属于许佑迟的那杯冰美式到了陆茶栀的桌上，而留给他的，是一杯抹茶星冰乐。

桌上贴着一张便利贴：

【许佑迟的小公主，只吃甜不吃苦。】

易卓是今天负责点外卖的人，一眼就发现了事情的不对劲。

许佑迟和陆茶栀桌上的那两杯饮品，刚好交换了。

他去问陆茶栀："你喝得下这个？"

不加奶不加糖的浓黑冰咖啡，浓郁的苦焦味，比喝中药还要痛苦的口感和体验，很多人难以接受的味道，是不爱甜食的许少爷的首选。

陆茶栀思考了下："还好。"

实际上，那杯咖啡她喝了几口就没再动，她不太喜欢这种浓稠的苦味。

但她还是更乐意让许佑迟喝甜一点的东西。

易卓对她竖了个大拇指，说："佩服佩服。"

他又扭头，端详起许佑迟桌上那杯星冰乐。甜得腻人的抹茶味咖啡，已经被喝了大半。

他意味深长地连叹了三声气。

傍晚七点多，天色还是亮的。

陆茶栀抬手将绑好的马尾解开，柔软的长发散下来。她拿出蓝牙耳机，自己戴了一只，另一只给许佑迟。

许佑迟写着作业，在她靠近的时候不由自主地停下笔，任她将耳机塞进自己的耳朵里。

耳机里播放着《夏天的风》。

上课铃很快打响。

过了一会儿，许佑迟收到一张字条。

【你听到了吗？】

他回：【？】

陆茶栀提笔在纸上写下两行字，又将字条递回给他。

【夏天的风，我永远记得清清楚楚的，说你爱我。】

一分钟后，字条重新回到陆茶栀的手里。

许佑迟没有写下任何字迹，反而是在她写的那段歌词之后，用红笔画上了一个钩。

陆茶栀低头看着那道克制却仍不掩凌厉的字迹。

垂在耳畔的发丝遮住她的侧脸。她轻轻扬起嘴角，笑了。

高中时期，陆茶栀和许佑迟一起看过很多次落日。

半山的，海边的，特殊的场合和日期似乎总是能让人记得更加清晰。

但这些并不是她记忆最深刻的落日。

真正令她难忘的，是在高二的最后一天，最为普通和寻常的一个晚自习。

漫无边际的橘粉色调余晖里，天边燃烧着的，除了日落和云朵，还有年少时期不止不息的爱意与心跳。

少年的爱是无穷尽的。

是进筐的篮球，是球衣的数字，是盛开的玫瑰，是甜味的沙冰，是耳机里的周杰伦。

是海的潮起潮落，是落日时微凉的晚风。

似乎从很久很久以前开始，和许佑迟用一副耳机一起听歌，已经潜移默化地成为陆茶栀的一个习惯。

耳机分出一半的意义，是将心跳和喜欢，都与人共享。

第十三章
手写书信 把你比作夏天。

高二暑假只放二十天，碰上八月台风季，黎城连续下了三天的暴雨，七夕前往枫城的航班提前一天通知被迫停飞。

许佑迟将机票退掉，改订了高铁票。九个小时的车程，抵达枫城后，还需要再转一趟高铁才能到杉城。

陆茶栀和去年一样，暑假刚开始便回了杉城，原意是想在自己生日这天，白天带许佑迟逛逛自己生长的小城，顺带介绍他和方槐尔认识，晚上三个人再一起在家里煮火锅、吃蛋糕。

航班延误，计划也被迫推后。

七夕当天的早晨，陆茶栀被放在床头柜上的电话吵醒。她看也没看，直接挂断。

安静了片刻，电话铃再次响起。

陆茶栀终于舍得睁眼，视线聚焦在手机屏幕上的联系人，方槐尔打来的。她接通电话，放在耳边，又软绵无力地缩回被子里。

那一头，方槐尔的声音听起来精神奕奕："宝贝起床没？早饭吃了没？你那个大帅哥朋友来了没？！"

陆茶栀被吵得脑仁生疼，说："还没呢。黎城下雨，他坐高铁来，估计要很晚才能到。"

"这样啊。"方槐尔惋惜般叹了口气，"那孤单寂寞的美女宝贝，七夕又生日，需不需要我大发善心来温暖你？"

"好啊。"陆茶栀直起身，唇间溢出笑来，"你打算怎么温暖我？"

"吃饭没？"

"姐姐，"陆茶栀语气无奈道，"你给我打电话的时候我才醒。"

"公主，你看看时间，都快上午十点钟了。"方槐尔恨铁不成钢，又商量道，"这样，你先起床，去白溪广场那边，早午饭一起吃，可以吧？"

陆茶栀掀开被子，白皙脚底踩进拖鞋里，"嗯"了声。

"OK，你先起床，我去你家接你。"

陆茶栀洗漱完毕，换上一身黑白色系裙子和小皮鞋，甜酷少女风，衬出纤细身形。

刚换完衣服，方槐尔就到了她家，将生日礼物送到她的手上。

陆茶栀收下礼物，朝方槐尔甜甜一笑："谢谢。"

昨天傍晚，她和方槐尔去河边散步，才向方槐尔说了今天她黎城的朋友会来给她过生日的事情。

"嘘——别说，让我猜猜。"方槐尔合上双眸，伸出食指轻点自己的眉心，说道，"不会是那个让你不惜口出狂言，发誓要'一生吃素'的，'冷面人'吧？"

陆茶栀眉眼含着浅笑，说："是他。"

方槐尔拢共只见过许佑迟两面，但她经常能在和陆茶栀的对话里，听到关于他的事情。

知道在高一寒假的时候，他来了黎城，陪陆茶栀熬过一整个难眠的夜。

后来，他和陆茶栀成了同学和同桌，陪陆茶栀听歌、看电影、买花、看海、看日落。

在陆茶栀的描述里，许佑迟是个比夏天海边的落日更为温柔的男孩。

方槐尔沉默良久，终于说出两个字："真好。"

陆茶栀也觉得。

真好。

好的从来不是相遇这件事本身。

而是许佑迟。

在暴雨天，肯为她改乘九个小时高铁，来给她过生日的许佑迟，真的很好。

午餐订在一家静谧优雅的法式餐厅里，窗边粉色的蕾丝窗帘拉开，透过落地窗照进来明亮的阳光，木桌和墙边都摆放着绿植与鲜花。

店主小姐姐在上菜时偶然听到两人的谈话内容，得知有人生日，又特意赠送了两份红丝绒玫瑰蛋糕。

吃完午餐，两人到一家自助的 DIY 油画室里消磨时光。

方槐尔无心画画，捧着手机坐在藤椅上喝咖啡看日剧。

陆茶栀没有临摹，创作出来的画作天马行空，长了兔子耳朵的猫在深夜的森林里追逐通体粉白的独角兽。

下午时分，她收起画好的油画，和方槐尔离开画室，去寻觅晚餐的地点。

方槐尔看见高一的班群里有人在说聚餐，她随口一问：【你们在哪儿吃啊？】

有人发了个定位后秒回：【在槐花巷子这儿，尔姐来不来？】

方槐尔询问陆茶栀的意见。

陆茶栀看了眼手表上的时间，离许佑迟抵达杉城还有三个小时，便说："随你，我都可以，你想去吗？"

方槐尔没多犹豫，说："那就去，我好久没跟周景羿这个蠢货说过话了，在学校里也不经常碰见。"

陆茶栀闻言强忍着笑意，没拆穿方槐尔的真实想法。

方槐尔瞪她一眼。

陆茶栀轻咳一声，若无其事道："走吧。"

今晚心血来潮聚餐，缘由是周景羿他们几个男生从篮球场出来，偶然碰见了逛街路过的女生。两行人一拍即合，约了顿饭。

槐花巷子里新开了一家私房餐馆，名字叫"茶港"，是一家以茶文化为主的餐馆。

低调的木质小门和花窗，藏在朴素的老街巷子深处。内里是民国时期的装潢，头顶垂着盏盏白炽灯，墙壁挂着中式的泼墨山水画。走过狭窄的木梯，包厢订在二楼。

刚推开门，同学们先是对站在前面的方槐尔一阵欢迎，视线触及她身旁的陆茶栀，包厢里的气氛有一瞬的寂静。

陆茶栀在杉城一中很出名。

她并不强调存在感，但成绩和长相都过于顶尖，即使她平常只和方槐尔待在一起，和其余人交流很少，但同学们也都对她印象很深。

她在高一下学期读到中途便转学离开，没人想得到她今天也会来。

周景羿最先反应过来，又惊又喜。

十多个人围坐在一张圆桌上，进行着菜品上桌前的寒暄闲谈。有人将话题引到陆茶栀身上来，询问她转学后在黎城的生活。

茶港刚开业不久，环境和菜品都令人称赞，美中不足的就是上菜速度太慢。服务员解释说是因为厨师还未招满，这几日还是老板和老板娘两个人亲自下厨做菜。

班长作为去交涉的人，摆了摆手，也没过多纠结，说："那好吧，麻烦尽快，我们都还是高中生，在长身体的时候，比较饿，你懂吧。"

服务生应声离去。

周景羿伸手薅了一把班长的头发，说："就你这个不到一米八的'小弱鸡'才需要长个子好吗？"

班长一把扒开他的手："你一米八一了不起了是吧，说到底还不就是比我高两厘米，嘚瑟啥嘚瑟啥。”

"俺早就长高了，现在是一米八二，一米八二什么概念你懂吗？比你高了有一、二、三。"周景羿拖腔带调地总结，"——足足三厘米呢。"

在身高这一方面，男生似乎都有着异乎寻常的攀比欲和严谨性，少一厘米都能争论个不停。

陆茶栀隐约记得自己是知道许佑迟的身高的，在之前某一次体检的时候，她看过他的体检单。

是一八几来着？

周景羿跟班长吵累了，起身去包间外面上厕所。

陆茶栀暗自打量了一下周景羿的身形，许佑迟应该是要比他高一点的。

又或许不止一点。

方槐尔用指尖戳陆茶栀的脸颊，问："你笑得这么春心荡漾是干什么，你不是还没见到你那个'冷面人'呢，吃个饭你就吃出幻觉来了？"

陆茶栀道："你再说我就去告诉周景羿你到底为什么来这儿吃饭。"

"我错了。"方槐尔夹了一筷子龙井虾仁放进陆茶栀的碗里，"宝贝公主多吃点虾虾。"

槐花巷子离高铁站并不远，步行十分钟的距离。

微信里，许佑迟将车票的信息都发给了陆茶栀。

她估计着时间，打算离他到达还有十五分钟的时候出发去高铁站接他。

饭局进行到晚上九点，陆茶栀跟餐桌上的同学说了一声，起身打算离开。

有个女生叫住她："栀栀，你回家吗？这么晚了不太安全，要不要再等一会儿，看看有谁顺路可以送你？"

陆茶栀拿上自己的小包，婉拒道："不用啦，我去高铁站接我朋友。"

说完，陆茶栀离开包间。

有人随口问到和陆茶栀最熟悉的方槐尔头上："她去接谁啊？"

方槐尔咧嘴一笑："她在黎城那边的朋友。我跟你们讲，他是个大帅哥，绝世大帅哥！"

陆茶栀推开餐厅的小门，头顶的钨丝灯暗淡地闪烁。

不知何时，外面已经飘起了细密的雨，空气湿冷，冷风激起阵阵寒意。

她没带伞，巷子里也没有便利店。她在冒雨前行前纠结了一会儿，给许佑迟发了个消息。

【落日出逃：我和高中同学在高铁站旁边的巷子里聚餐，下雨了，我没带伞QAQ】

【落日出逃：呜呜呜，我想去接你的。】

【Xu：发个位置给我，我去接你。】

【落日出逃：好哒。】

【落日出逃：迟迟注意安全噢。】

陆茶栀没打算再上楼，戴着耳机，站在门口的屋檐下避雨。

黎城没有直达杉城的高铁，抵达枫城后还需要转一趟车，许佑迟从杉城的高铁站出来时已经过了晚上九点。

夜色浓郁，下着缠绵的小雨。

陆茶栀远远望见一个熟悉的身影，逆着巷子里昏暗的光，撑着长柄的透明伞走近。

陆茶栀心下一动，就这样跑进雨幕里。

许佑迟伸手接住她。指尖触碰到她手臂的冰冷皮肤，他皱了下眉："怎么站在外面，冷不冷？"

摇曳晃荡的冲动被鼻息间熟悉的冷香抚平。

想到他今日在高铁车厢里漫长的一整天，心里柔软的地方生出几缕心疼。

陆茶栀抿抿嘴角摇头："我想早点见到你。"

周景羿他们一行人在前台结了账，推开门便看见了这样一幕。

一行人还没来得及从震惊中缓神，陆茶栀的那位朋友抬起头，这边围观的"吃瓜"群众突然明白过来，先前方槐尔向他们描述时的那种傲然之感从何而来。

因为，陆茶栀的那位朋友，确实是大帅哥。

颜值和气质都过分出挑。

几个女生在杉城十多年，从没见到过像许佑迟这样好看到仿佛熠熠发光的男生。

木门再次被推开，这次走出来的，不是同学，而是穿着厨师服的中年女性。

四目相对时，陆茶栀想转头已经来不及了。

邻居大婆婆周晓桂的眼睛死死盯着陆茶栀。

电光石火之间，陆茶栀突然牵起许佑迟的手，在雨伞下站定。

"大婆婆，正好我刚想把他介绍给您认识。他是我爸爸那边的堂哥，专程来这里给我过生日。他叫陆迟迟。"

堂哥。

听到这两个字，不只是周晓桂和许佑迟，连站在旁边的那群高中同学都愣了一下。

周晓桂狐疑的目光落在两人交握的手上，半晌，抿了抿唇，干巴巴地说："噢……小迟是吧？"

"是……的。"许佑迟很快恢复了那副疏淡又礼貌的模样，"大婆婆您好。"

陆茶栀记得，她刚回杉城的那天晚上，在周晓桂家吃饭时，周晓桂有提过他们一家在街上盘了铺面，餐馆刚开始营业的事情，还让她有空可以来吃顿饭。

好巧不巧，她遗忘了数天的餐厅名，与此刻牌匾上的"茶港"二字重合。

有店员忙从店里走出来，神色焦急地站在周晓桂旁边："周姐，厨房那边停电了，天然气也断了。"

"你先去看看是不是电闸跳了？后院有发电机，暂时用那个。"周晓桂翻出手机的通讯录，"我打刘工的电话让他来修。"

见店里事务繁忙，陆茶栀主动道："大婆婆，那我们先回家了，不打扰您忙。"

"哎好，你们路上注意安全。"周晓桂叮嘱完，又说，"小迟明天别走吧？中午来这儿，大婆婆请你们兄妹俩吃饭。"

陆茶栀开始后悔刚刚说出来糊弄周晓桂的有关许佑迟的身份设定了。

许佑迟比她更能接受"堂哥"的这个人设，流畅地应下周晓桂的话："好的，谢谢大婆婆。"

三两句对谈，周晓桂对这个陆家来的"堂哥"第一印象还算不错。

"行，那你好好照顾吱吱，我先进去忙了。"周晓桂握着手机，眉头舒展开。

许佑迟桃花眼稍敛，说道："嗯，大婆婆再见。"

一口一个大婆婆，喊得比陆茶栀还亲，将一个温文有礼的堂哥演绎得淋漓尽致。

周晓桂转头走进了餐厅里，陆茶栀跟高中同学道了个别，逃似的快步离开了这条入口种着棵古老槐花树的窄巷。

她感觉自己再在人前多待一秒，迎接她的就是尴尬。

夜里的街道安静冷清，伞面上的雨滴折射出五光十色的霓虹，不动声色地晕染开小镇的夜景。

许佑迟像是忍了很久，终于低低地笑出声。

陆茶栀耳朵一红，没什么威慑力地瞪他，说："你还笑得出来，你是不是忘了明天还要跟大婆婆吃饭？"

"你怎么想出来的？"许佑迟突然问。

陆茶栀："嗯？"

许佑迟嘴里吐出那两个字："堂哥。"

陆茶栀感觉自己要对这个称呼过敏了，光是听到都浑身难受。

"你之前因为我，就已经被聂老师骂过了。再被大婆婆骂的话，我会心疼的。”

她明亮的眼眸，显出她此刻的认真。

“我说过，让你只吃甜不吃苦的。”

街上仅剩一家蛋糕店还在营业，店员小妹拉着同事，站在玻璃门后往外张望，小声道：“看看看，那两个人长得好好看！”

对视之间，许佑迟忽然问：“今天吃生日蛋糕了吗？”

中午吃饭时，老板送的那份红丝绒玫瑰蛋糕应该不能算是生日蛋糕。

陆茶栀想了想，如实回答：“还没有，没买。”

“现在去买一个？”

“好。”

许佑迟和陆茶栀走进蛋糕店里。

两名站在门口偷看的店员，拿出对待客人的十二分的谨慎：“欢迎光临，想吃什么请随意挑选。”

临近下班时间，展柜里的甜品所剩无几，陆茶栀挑了一个四寸的小蛋糕，蓝色的哆啦A梦，侧面撒着白巧克力碎屑。

店员用纸盒打包，许佑迟站在收银台前，问：“有生日蜡烛吗？”

“有的，您要几岁的？”

“17岁。”

“好的，请稍等。”店员将蜡烛和蛋糕一同装进纸袋递给他，报了价。

高铁站离家并不近，小镇上的出租少，收工时间也早。九点多的雨夜，宽大的马路上偶尔才能见到车辆。

走回家后，陆茶栀将伞晾在屋檐下的走道，和许佑迟一起进了客厅。

“其他房间都没收拾出来，你晚上睡沙发可以吗，我帮你垫了毯子。”她随手摁开了灯，将蛋糕放到茶几上。想了想，又迟疑不决道，“你觉得不舒服的话……也可以睡我的房间，我睡沙发。”

“想什么。你去睡你的房间，我睡沙发。”许佑迟拉着她在沙发上坐下，“现在吃蛋糕吗？”

陆茶栀乖乖地摇摇头，说：“现在还吃不下。你今晚洗澡吗？”

“洗。”许佑迟说。

“那你先洗。等我一下，我去给你拿浴巾。”

陆茶栀从自己的卧室里拿出浴巾和毛巾，带许佑迟走到浴室门口，说道：“这个是我前几天新买的，门口这双蓝色的拖鞋是你的，我就在客厅，有事的话你再叫我。”

她坐到客厅里，打开了电视。

浴室里逐渐传出水声，掩盖了电视的声音。她起身打开客厅的窗户，靠在窗边，用手背触到温热面颊，让冷空气降下温度。

十多分钟后，许佑迟打开浴室的门，他换了从行李箱里拿出来的另一套衣服，擦着湿头发走出来，身上还沾着湿热的水汽。

陆茶栀匆匆瞥了一眼就没再看，走进卧室里给他拿出来吹风机。

陆茶栀洗完澡，将头发吹到半干，换了一身睡裙走出来，从置物柜里找出打火机，坐到沙发上和许佑迟一起吃蛋糕。

他用打火机点燃了数字"1"和"7"的蜡烛，插进蛋糕的奶油层上，让陆茶栀闭眼许愿。

许完了生日愿望，她轻呼一口气吹灭了蜡烛。

她将蛋糕从中间切开，和许佑迟一人一半。蛋糕的糖分很高，她吃了几口就皱着眉头不知该如何下口。

许佑迟索性抽走她手里那盘蛋糕，放到茶几上，说："吃不下就不吃了，晚上吃太多甜食也不好，去刷牙睡觉吧。"

陆茶栀闻到了他身上的玫瑰沐浴露香味，和她身上的味道一致。

无形地缠绕在一呼一吸间。

许佑迟关掉了电视，室内安静下来，只剩下窗外尚存的淅沥雨声。

陆茶栀洗漱完，又走到客厅里倒了杯温水，离开时，对他说："迟迟晚安。"

许佑迟坐在沙发上，"嗯"了声，嘴边挂上一抹清浅笑意，说："栀栀晚安。"

凌晨三点，天边滚落一声闷雷，冷风狂怒，席卷着树枝晃荡，酝酿着一场更为浓烈的暴雨。

刺眼的白光划过时，陆茶栀从睡梦中惊醒。她起身，伸手打开了房间里的灯。腹部隐隐作痛，身下也传来不适感。

有预感般，她掀开被子，看见洁白的床单上多出来一抹红。

陆茶栀走出房门，摁亮了外面的壁灯。

卫生巾一直放在洗手池旁的柜子里，她俯身打开柜门，里面空空如也。

许佑迟在客厅里睡得很浅，几乎是走廊壁灯亮起的瞬间就醒过来了。他循着声音来到浴室外的洗漱台旁，看见了陆茶栀的身影。

"怎么了？"刚睡醒，他的声线掺杂着低低的沙哑。

陆茶栀关上柜门，觉得自己的请求有点难以启齿，但还是小声问："我生理期到了……家里没找到卫生棉，你能陪我出一趟吗？"

许佑迟听完愣了半秒，反应过来后说："我去买，你回房间休息一会儿。"

陆茶栀还想再说些什么，许佑迟没给她拒绝的机会。

"我出去就够了，外面还在下雨，你在家里等我，我很快就回来。"

小腹又开始泛疼，陆茶栀只得妥协。

她站在廊边，看他撑着伞走出大门。

狂风和暴雨交加的深夜，雷声仿佛野兽破笼而出后的咆哮。

陆茶栀转身往回走时，客厅里的灯猝不及防地熄灭，瘆人的黑暗笼罩了整个屋子。

院子里的柚子树掉下几个果实，重重砸在地面上，溅起巨大的水花。

陆茶栀摸黑走进客厅，找到自己放在茶几上的手机。打开了照明灯，她又穿过走廊，打开尘封已久的杂物间。门一开，空中飘浮着的潮湿气息即刻贪婪地向外涌出。

老式的屋子，电闸在走廊边的墙顶处。

她搬出杂物间入口的梯子，放到外面的墙边，小心翼翼地攀爬到最高处。

陆茶栀将电闸重新扳上去，屋子里恢复了光亮。

她松了一口气，刚伸出一只脚往下，震耳的惊雷在这一瞬间撕裂开压抑已久的漆黑雨夜。

陆茶栀踩空了。

从高处跌落，坠在冰冷的地面，浸在这场肆虐的暴雨里。

手机屏幕在一旁摔得粉碎。

她的右手腕骨大抵也是如此。

雨似利刃划过眼球，刺痛感裹挟了神经。

陆茶栀一点站起来的力气都没有了，身体被无边的寒意裹挟，她痛苦地蜷缩着躺在冷雨里。

意识被雨水冲刷，一点点从她的身体里被抽离。

她合上沉重的眼皮，漫长且无助的等待过后，意识消散的最后一刻，她终于等来了她渴望见到的那个人。

二十四小时营业的便利店开在高铁站旁，返程路上，闪电和滚雷交错横行，如瀑的暴雨在深夜倾泻而下。

许佑迟隐约感到一阵心悸，预感般，有什么东西在胸腔里横冲直撞。原本要半个小时的回家路程，他几乎是用跑的，在十分钟后推开大门。

扶梯立在老旧的墙边。陆茶栀躺在院子里，浑身都淋透了，雨还似石块般噼里啪啦地下。

许佑迟丢了伞，将陆茶栀打横抱起回到客厅。

她的体温低得可怕，长发湿冷，紧贴在皮肤上，原本白净的脸此刻毫无生气可言。

救护车在十分钟后抵达，许佑迟在医院的急诊室前度过了后半夜。

空荡的走道里，他背靠冰冷的白墙，四周安静得可怕，连呼吸都寂静，心脏也只能缓缓坠入黑暗里。

早上七点，雨停了，天边亮起熹微的晨光，医院里渐渐多了脚步与交谈声。

检查报告出来，护士递给许佑迟。

陆茶栀在跌落时后背着地，手掌撑住了整个上半身的重量，头部并未受伤，手腕骨折的手术在一小时后进行。

两个小时过去，"手术中"的灯牌才熄灭。护士给陆茶栀换了病服，她尚未醒来，唇色苍白，躺在担架上，被护士推进十六楼的病房。

许佑迟沉默地站在一旁，干涩的眼睛里涌现血丝，白色短袖的下摆，还残留着从地上抱起陆茶栀时蹭到的泥。

陆茶栀昨晚在雨里淋了很久，手术完后便发起了高烧，体温反复在四十摄氏度上下游离。她持续昏迷，输了一下午的液，护士每隔半小时会来测一次体温。

傍晚时分，火烧云染上血色，夕阳的光线强烈到耀眼，刺进空旷沉寂的病房里。

许佑迟一下午都坐在病床边的椅子上，时时刻刻关注着陆茶栀。

他的目光始终定格在陆茶栀身上，维持着同一个姿势，像不会累。

护士再进来时，陆茶栀的体温升到了四十三摄氏度。

她的呼吸微弱，皮肤泛着不正常的红，似乎随时都会在这场落日的盛放仪式里燃烧成灰烬。

护士连续测了三次，体温呈现出上升的趋势。值班医生被叫过来，一群人将陆茶栀推进 ICU 里。

许佑迟站在门口，就这样什么也不做，形单影只，望着那道紧闭的大门。

其实最开始就有很多种方法可以避免现在这种情况发生的。

比如他同意让她和他一起出门，比如他跑得快一点、再快一点。

他来给她过生日，结果却沦为两人之间隔着厚重的重症监护室大门。

他站在门外，束手无策。

夕阳拉长他孤单的身形，将影子投映在光洁的瓷砖上。不知道站了有多久，漫长得像是更迭了几个世纪。

之前负责记录体温的护士走出来，看见还守在门口的许佑迟。护士于心不忍，便出声提醒他："你守着一天了，这样也不是办法。她今晚都不会出来，你最好去吃点东西，不然你们俩都生病了的话，就没人照顾她了。"

夜里，许佑迟回了趟家，去拿自己的行李和陆茶栀的电话卡。

关门时，他碰见了刚从茶港回来的周晓桂。她按下电动车的刹车，忙问："小迟，昨天半夜是不是救护车来了？我们好像听到声音了，怎么了，你们今天中午也没来吃饭，出什么事了？"

"栀栀昨晚从扶梯上摔下来了，现在在医院的重症监护室。"许佑迟勉强撑起力气开口，嗓音掺着干涩的低哑，"探护时间是下午两点到五点，您有空的时候可以去看看她。我还有点事，先走了，大婆婆再见。"

许佑迟在酒店办理了入住，陆茶栀的手机已经完全摔坏不能用了，他到房间，将电话卡拔出，插进自己的手机里，拨通了备注为"尔尔"的电话。

陆茶栀经常跟他提起方槐尔这个名字，说这是她在杉城最好的朋友，也打算在生日的时候带他和方槐尔见面。

电话刚拨出去，方槐尔几乎是立马就接通："怎么了啊吱吱，我给你发了一整天消息你也没回我，给你打电话也是关机，出什么事……"

"我是许佑迟。"

男声一出，方槐尔捏着手机，瞬间消音。

许佑迟问："栀栀受伤了，在医院里。有些事情，方便见面谈吗？"

"啊？"方槐尔的声音有点卡壳，"现，现在？"

"不方便吗？"

"没，方便。"方槐尔呼出一口气，问，"在哪儿见？"

"你定地点吧。"

"柏一河畔那边的啡语咖啡厅，可以？"念及许佑迟不是杉城人，方槐尔又补充道，"地图上应该找得到，你搜下导航。"

"好，我现在出发。"许佑迟挂了电话，随便换了身衣服，走出酒店。

打车抵达咖啡厅，方槐尔在十分钟前已经给他发了桌号。

在桌前坐下，方槐尔率先询问："吱吱她怎么进医院了，生病了吗？"

许佑迟将昨晚和今天的情况复述了一遍，详细说完这一系列事情。他沉默了一下，又缓缓开口："她的手机摔坏了，电话卡插在我的手机上。我想请你帮忙，给她父母打个电话，通知他们这件事。"

方槐尔顿了很久，才终于将陆茶栀的情况消化，再开口时，声音带着她自己都没察觉到的颤抖："吱吱还好吗？"

"她现在在 ICU 里，医生说今晚能退烧的话，明天就能转到普通病房，没退的话就会送到枫城的医院去。"许佑迟说，"我等会儿再去医院守一晚上，有什么情况及时通知你。"

"我和你一起去！"

方槐尔的目光和语气都坚定。许佑迟垂下眼眸，没什么波澜起伏地"嗯"了声，将手机解锁，递到她面前，问："可以先打电话吗？"

等方槐尔依次给陆政千和简菱打完电话，两人一同坐车前往医院。

医院的电梯到达八楼的重症监护室，门外正是之前那个护士，她准备下班，对许佑迟印象挺深，一眼就认出了他，说："哎，帅哥。你朋友醒了，体温降到四十度以下了，现在在里面输液，明早就能出来，你不用再去看了，那边是关着的，你也进不去。"

许佑迟走向病房的脚步一顿，随即说："好，谢谢。"

"不用谢。"护士笑了笑，"你守了她这么久，回去休息一晚上吧，明天再来看她，就昨天那个病房。"

电梯到达，护士刚走进去，又扭头叮嘱："你明早记得带点清淡的早餐来给你朋友吃，粥或者清汤馄饨、面条之类的，她现在只能吃这些。"

"嗯。"许佑迟点头，再次重复，"谢谢。"

方槐尔总算是舒了口气，拍拍胸脯，说："幸好她的烧退下去了，没出什么大事儿。我明天早上再来看她，你也早点回酒店休息吧。"

许佑迟回到酒店，停下来后才感觉到胃里绞着疼。他一天没吃饭，点了外卖，机械地强迫自己咽下，但也只吃了两口就扔进垃圾桶里。

他整夜失眠，眼睛发酸，但始终睡不着。脑海里乱糟糟的，现实与想象混在一起，让他难以分辨真假。

一会儿是小时候在滑冰场里，瘦弱的女孩不断哭喊，却被男人强行锁在怀里。

一会儿又是漆黑恐怖的雨夜，陆茶栀跌落在地上，四周的血水和雨水交织蔓延，他站在一旁，却无能为力。

短暂仓促的噩梦惊醒。

黑暗里，许佑迟重重地闭了闭眼。

他食言了。

在外婆离开后，他没能照顾好陆茶栀。

无论是小时候还是长大后，他始终保护不好她。

凌晨五点，许佑迟没再睡，去浴室冲了个澡，到便利店买了保温餐盒，又仓促地去给陆茶栀买早餐。

是之前她带他去过的那家馄饨铺子，头发花白的老爷爷耐心地用勺翻搅馄饨，锅炉里热水沸腾，传出袅袅水汽和烟雾。

天边蒙蒙亮，店里的餐位早已坐满了下夜班或者上早班的人。

许佑迟排队买好后打包带去医院，病房里还没人，他坐在沙发上等。

清晨七点刚过，护士便推着人走进病房，说道："你先在床上休息会儿，马上还要扎针，我去给你拿吊瓶。"

陆茶栀原本就瘦，穿上宽大的蓝色病号服，她眼瞳漆黑，面色惨白，便显得整个人更为单薄。

住进医院不过一天时间，那晚她从扶梯上跌倒时，她生命里鲜亮的那部分气息也随之陨落，此刻只剩下一具如行尸走肉般的空壳，里头套着消沉与丧怠种种阴暗的负面垃圾。

看见许佑迟，她空洞的大眼睛里终于有了波动。

氤氲起雾气，大颗大颗的眼泪不断涌出，滑过削尖的下巴。

"许佑迟，我再也画不了画了。"

陆茶栀的右手再次被夹板固定，稍微动一下都会疼到窒息。

她的上一次手术恢复得并不好，后来画画时也会出现腕骨疼痛的迹象，她便坐下来休息，看天，看云，看月亮，等手腕不痛了再接着提笔。

这一次，她摔得更惨，腕骨粉碎得也更加彻底。不需要医生来告诉她，她自己都很清楚地知道，她的右手再也拿不起画笔。

她哭了很久，无论许佑迟怎么安慰都无济于事。

可以画画的。

只是右手受伤而已，可以等右手恢复，也可以用左手提笔。只要她想，无论如何都会找到解决的办法。

句句都是肯定，但陆茶栀听不进去。疼痛磨灭了光彩，她脑海里始终电闪雷鸣暴雨如注，陷在深深的自我怀疑和否定里。

她的烧还没有完全退下去，护士给她打了镇静剂，她躺在病床上，左手手背上三四个针孔，吊瓶里的液体缓缓滴落。

许佑迟用纸巾擦去她眼角的泪珠，梦里她也睡不安生，仍旧有眼泪流出，无声地浸湿睫毛。

陆茶栀没有吃早饭便睡了过去，接下来的一整天，一直没有醒来。

方槐尔上午就到了，和许佑迟一起待在病房里照顾她。

紧接着，下午到来的是简菱。女人在医院住院部楼下拨通方槐尔的电话，问她陆茶栀的病房号是多少。

许佑迟交给方槐尔一封信，嘱托她等陆茶栀醒后交给陆茶栀。

他离开病房，电梯门缓缓开启，里面出来的女人一袭蓝色连衣长裙，腰身窈窕纤细，平底鞋，长发绾在脑后用鲨鱼夹固定。从头到脚都透露着成熟与冷艳，擦肩而过时，身上的香水味可以盖过医院刺鼻的消毒水气味。

许佑迟在报道里见过这张脸。

当代画坛里大名鼎鼎的美人画家，也是陆茶栀的妈妈，简菱。

简菱快步向走廊尽头的病房走去。

许佑迟走进电梯，数字缓缓跳到 1 楼，带着那份凉透了的馄饨离开医院。

陆茶栀深夜才醒来，许佑迟已经不在了，守着她的是简菱和陆政千。

难得能见到这对前任夫妻相聚，但两人都视对方如空气，除了最初陆政千主动打了个再疏远不过的招呼，就再也没有任何别的话题可聊。

陆茶栀醒来咳了一声，安静的病房里才终于有了点声音。简菱扶她坐起来，端着水杯给她喂了一口水，问她饿不饿想吃什么。陆政千也招来门口的助理，三个人都静静地等着陆茶栀开口。

她的视线落在窗边，早晨许佑迟坐的那个沙发上已经空无一人。

那时她哭得上气不接下气，许佑迟帮她擦着眼泪，温声细语地说他带了她喜欢的馄饨，问她想不想吃一点填肚子。

她只是哭，哭到头疼反胃，没给许佑迟任何回应，他带来的那个餐盒此刻也不见踪影。

泪意突如其来地涌上眼眶，鼻头一酸，陆茶栀哭着说："我想吃馄饨，罗记的馄饨。"

陆政千没在杉城生活过，自然不知道罗记的馄饨只在早上四点到六点售卖。

简菱稍怔，问："罗记改营业时间了吗？"

陆茶栀低着头不做任何回答。

"让人去看看吧。"陆政千温和地出声，"买不到再换别的。"

助理按简菱说的地址找到了那家馄饨铺子，在一条老旧巷子的最深处。店没开，墨绿色的木门紧闭，门口贴的字条上清清楚楚写着营业时间。

告知陆政千这件事后，简菱接过电话："没有就算了，去医院楼下的面馆给她打包一份上来。"

馄饨打包上来了，陆茶栀左手还在挂水，简菱刚喂她喝了两口汤，她便咳个不停，摇摇头不再张口，昏昏沉沉地又睡过去。

又在医院里住了两天，大婆婆叫上了很多住在附近的亲戚来看望她。就连开小卖铺的张爷爷，年纪大了腿脚不行，也托人载他来了一趟，给陆茶栀带了他家里刚摘下来的水果。

方槐尔在上高三的补习班，每天下午都有课，但上午会带着书和作业来医院，陪陆茶栀几个小时。

陆茶栀见了很多很多的人。唯独没有来的，是许佑迟。

从那天早上过后，他像是销声匿迹，再也没有在陆茶栀的视线里出现过，只留给她一封冷冰冰的信。

陆茶栀将信封压到了储物柜最下面一层。

她在赌气。

没拆开信封，也没买新的手机，她不相信方槐尔不会把自己的情况告诉许佑迟。

她以极端的方式，逼许佑迟来见她。

但直至她出院，他也没有来过。

一次都没有。

出院之后，陆茶栀由简菱带回家里照顾。

陆政千待在杉城的这几天算是从海绵里硬挤出来的时间，公司一堆事情等着他处理，陆茶栀一出院，他便带着助理返回黎城。

陆茶栀消瘦得很快，食欲减少，吃什么吐什么。她又变得不开口说话了，回家之后，最常做的事情就是一个人对着房间里空白的画架发呆。

简菱很熟悉她这种似曾相识的颓丧状态。

陆茶栀六岁，刚到杉城时，就是这样一种拒绝与任何人接触，一个人蜷进自己圈子，拼命降低自己在世界上的存在感的抵抗姿态。

简菱找回了那时她和陆茶栀相处的方式，哄小朋友一样，主动抱着她安慰她。

陆茶栀始终僵硬冰冷得像个没有感情的木头人。她面无表情，一言不发，唯一的情绪表达方式就是流眼泪，无声无息地，哭上整天整夜。

后来简菱的耐心耗尽，厌倦了这样压抑如死水的氛围，一次深夜里，她将陆茶栀书架上夹着的画扔了满地。

"贝多芬聋了还能写出《月光》，你不过是伤了一只右手，做出这副半死不活的样子是想给谁看！"

屋里画纸纷飞，女人双手环胸冷嘲道："你要是觉得你这辈子都画不了画了，我现在就帮你把这些东西全部扔进垃圾桶，你也别待在你爸那里了，他没时间照顾你，你现在就收拾东西跟我回英国。"

简菱砰的一声摔上卧室门。

陆茶栀赤脚下床，哽咽着，一张张拾起画纸。

最后一张，是外婆的画像。

是外婆去世前的最后一个新年，和煦的下午，阳光暖烘烘的，她在阳台上，替外婆将满头的白发染黑。

洗完头发之后，外婆靠坐在木椅上，黑猫也倦了，蹦跶到外婆腿上，一人一猫，安安静静地闭眼晒太阳。

画面的色彩鲜明，外婆是主体，作为背景的柚子树在那时的冬日衰败凋零，又在如今的仲夏枝叶繁密。

她小时候心比天高，信誓旦旦地对外婆说她要成为一个特别特别厉害的画家。

外婆织着毛衣，笑呵呵地问："吱吱想要多厉害？"

陆茶栀脱口而出："老师说青出于蓝胜于蓝，我要比妈妈更厉害！"

"好，好。"外婆织完一排，腾出一只手轻轻拍拍她的脑袋，"那外婆就等着吱吱画的画超过妈妈，成为大画家咯。"

……

陆茶栀将画纸一张张拾起放回书架上，翻出此前许佑迟写给她的那封信。

她终于将信封拆开，薄薄的纸张，平日里凌厉张扬的字迹在信纸上收敛，工整又清隽。

栀栀：

还记得我们在杉城第一次见面的时候吗？我该用什么词来描述我那时的感受呢。从药店买了东西出来，你在长椅边替小孩擦伤口，你笑着说你是高一（3）班的陆茶栀。

陆茶栀。

真巧，原来夏天真的是个久别重逢的季节。也真的会有人，在两次完全不同的境遇和年龄里，会喜欢上同一个女孩子。

外婆去世的时候，我对你说，来黎城，我会好好照顾你的。对不起。我没能做到，我还是让你受到伤害了。

你哭得很难过，你说是因为画画，但或许，你在怨恨我。对不起。我不该让你一个人在家。如果你不愿再见到我，我不会来打扰你。

栀栀，我希望你开心。

医生说，你的右手恢复以后不能长时间受力，但是可以继续画画的。我让我妈妈联系了国外的骨科医生，如果你同意，我陪你一起治疗。等你的手伤痊愈，等你愿意原谅我，如果你想听，我再慢慢告诉你，我到底有多喜欢你。

我们去看电影的那天晚上，你在操场上对我说，以后的每一个夏天，都要一起过。我答应了你，但我更想，将以后这个时限，替换成永远。

永远是多久？

从宇宙的诞生到荒芜，身体里的每一个元素消散又重聚，从鲜活有限的肉体生命到汇成浩瀚宇宙里一颗隽久的星。无可估量的长度里，时间细微到最不堪一击。

我会永远陪着你。

我念的诗，你还记得吗？

很久很久以前，我就想念给你听。

你说你最喜欢的季节是夏天。可是，我更愿意将你比作我的夏天。

"Shall I compare thee to a summer's day？"

"Thy eternal summer shall not fade."

我可以把你比作夏天吗？

属于我的夏日永恒不会凋零。

你没有问过我，我手机密码的含义，但是我想告诉你，那六个数字的意思是。

永远♥陆茶栀。

陆茶栀怔然看着末尾那六个字。

992529。

用九键键盘打出来。

原来不是"许佑迟陆茶栀"。

简菱已经睡下了，外面没有任何动静。

陆茶栀穿上拖鞋，打开客厅的灯后，在角落里找到落灰的座机。她拨通那个烂熟于心的号码，随即，就在离她很近很近的地方，传来手机铃声。

不出两秒钟，铃声消失。

陆茶栀将听筒扔到一旁，用力推开客厅的磨砂窗。

小镇仲夏夜闷热不堪，距离窗户两米的榕树下，许佑迟站在月色里，和她对上视线。

他收了手机转身想走，陆茶栀出声叫住他："你过来。"

他停住脚步。

陆茶栀咬牙重复："过来。"

许佑迟转过身，在窗边停下。

借着客厅里的光线，她用目光细细描摹着他无可挑剔的五官。

他也瘦了，耳根和下颌线条流畅，眉骨高挺深邃，眼里一汪浓稠墨色。

陆茶栀伸手抚上他浓长的眼睫，指尖划过他眼睛的弧度。

许佑迟敛了疏冷的气场，转变为这副任她宰割的听话模样。

陆茶栀认栽投降，叹息般地低喃：

"许佑迟，你是不是笨蛋。

"我没有怪过你，从来都没有。

"我很想你。"

许佑迟离家的时间太长了。

最初赵蔓只给了他两天的时间，让他来杉城陪朋友过生日。意外发生之后，了解了情况的赵蔓又宽限了他三天时间，也按他说的，帮他联系了腕骨方面的医生。

起初，许佑迟一直都在医院里。

白天待在陆茶栀病房的下一层，等夜深人静，她的父母都离开医院，他才上楼去，坐在门外的长椅上，和陆茶栀隔着一堵厚重冰冷的墙，一守就是一整夜。

方槐尔和他保持着联系，每日会发微信告诉他陆茶栀的情况。

连她都能看出来，陆茶栀在等着许佑迟主动来见她，她也确实如实将这个情况转述给了许佑迟。

许佑迟给她的回复是：嗯，我知道，谢谢你。

虽然他知道，但他依旧没有出现。

他不想让这个时候的陆茶栀看见他。

某天的早晨，在医院走廊和彻夜未眠的许佑迟擦肩而过后，方槐尔大概就猜到了原因。

他在拖延和逃避某些东西，或者说得直白一点，是害怕。

怕陆茶栀见到他就记起那晚痛苦的回忆，怕陆茶栀怨恨他。

说来也新奇，方槐尔无数次在陆茶栀的口中听到关于许佑迟的描述。

十七八岁的少年，意气风发，向着阳光，是世间所有美好的具象。

但在那天早上，方槐尔见到的却是一个，病态与脆弱的许佑迟。

她拧开门走进病房，缩在床角的陆茶栀迅速抬起头，眼里的光只亮了一瞬，随即熄灭殆尽。被失落感紧勒捆绑后，陆茶栀又把脑袋埋进膝盖里。

方槐尔坐到床边，摸摸她的脑袋安慰道："没事的，过两天他自己就来看你了，乖啊。"

陆茶栀始终埋着头不说话，环着膝盖，很没有安全感的一种姿势。

方槐尔边安抚着她，边不住地在心里叹气。

唉……两个别扭小孩。

赵蔓给的三天期限早已过去，许佑迟仍然待在杉城。陆茶栀出院之后，他没再去医院，整日整夜待在酒店的房间里，对着天花板和墙壁，在立刻去找她和从她的生活里淡出这两个念头里自我拉扯。

他无法入睡，连灵魂都被撕裂成黑白分明的两半。

眼看着高三开学的日期逼近，赵蔓给他下了最后通牒，让他最迟在明天滚回黎城，不然就派人来把他给绑回家去。

赵蔓跟他打了半个多小时的电话，许佑迟一声不吭地握着手机，良久，终于低声答应，明天上午就回黎城。

挂了电话，他在酒店里收好行李，来到陆茶栀的家外。

这一带远离镇中心，没有路灯，月光微弱，不知是谁家偶尔传出几声犬吠，急促又短暂，与夏蝉共鸣。

刚走近那栋老旧的房子，就听见里面传出女人单方面的争吵声，随即而来的是一声巨响的摔门声。

许佑迟站在门口，直到屋子里完全安静下来，灯也熄灭，他才走到客厅的墙外，离陆茶栀卧室最近的地方。

他觉得自己大概率是疯了。

没疯的话，又怎么会产生想立刻从窗户翻进去找她的冲动。

他的潜意识告诉他，他想去安慰那个和母亲产生矛盾的女孩。

燥热沉闷的空气像蒸笼，不久之后估计会有一场大雨，扑面而来的夜风吹乱了思绪，无数的欲望在翻滚堆积，又被硬生生克制压下。

许佑迟在那棵枝叶繁密的高大榕树下站着，像定格了，时间变得极为缓慢，一分一秒流逝。不知过了多久，隔着模糊的磨砂玻璃，客厅里传出灯光。

脑海里有个声音提醒——该离开了。

许佑迟最后望了眼窗户，下一秒，手里握着的手机却发出声音。

他刚摁下静音键，客厅的窗户突然被人打开。

陆茶栀穿着吊带睡裙，探出半边身子，直勾勾地注视着他。

他下意识想走，她却开口叫住了他。

陆茶栀近距离观察着窗边的许佑迟，一个她从没见过的许佑迟。

与黑夜并肩而立，整个人透着压抑的冷峻。

待他再次睁眼，又转变为易碎的脆弱感。纤长的睫毛底下，眼瞳里蒙着一层水汽，干净透亮，像误落海水中的琉璃球。

"许佑迟，摔倒的事，我真的没有怪你，从来没有。"陆茶栀单手捧着他的脸，手心贴着他的面颊，她认真开口，"所以，你不要躲着我。"

许佑迟望进她的眼睛。视线失焦的一瞬，他历时经久的自我拉锯战，在月光和心跳中被她判出了结果。

　　她与尘世间虚无的法则抗衡。

　　违背公正的私心，偏向于他。

第十四章
守护神明 信我就够了。

许佑迟次日回到黎城，陆茶栀抽空去买了新手机，给陆政干打了电话。

助理很快也将她接到黎城，约了治疗手腕的医生后，简菱陪她去了一趟医院。见她没再让往日那种低沉的气压持续发酵，治疗态度也还算积极，激将法奏效，简菱也有事回了英国。

高三开学，陆茶栀没来学校。她报了美术艺考，在家休养一周后，即将要去溪城的画室参加集训。

周六放学的晚上，陆茶栀打来电话。

许佑迟最初以为她手伤好了就会回学校复课，在电话里得知，她在接下来的几个月都不会再来学校的消息后，他沉默了半晌，最后只说，让她在那边注意安全，他周末有空就去画室看她。

陆茶栀有点困了，缩在被窝里，将画室的地址发给了他，嗓音黏糊："我会很想你的。"

"嗯，想我就给我打电话，我就去找你。"

他承诺的语气从来认真而温柔，陆茶栀心口好像也柔软成夜空里萦绕月亮的绵绵云朵。她合上睫羽，就这样迷迷糊糊睡了过去。

通话一直没挂断，次日醒来，手机已经没电关机了。陆茶栀给手机充上电，开始整理自己前往溪城所带的行李。

溪城是个文化历史都悠久深厚的古城，和黎城相邻，大约三个小时的车程。画室建了自己的学校，在郊区，驱车穿过一大片红枫树林，便能看见那几栋交错高立的教学楼。

陆政干有合作要谈，让助理送陆茶栀来溪城。画室的负责人先安排好一切事宜，才带着她去教室上课。

课间时间，教室里传出嘈杂的谈话声。陆茶栀的右手还固定着石膏，负责人帮她拿着画材和画架走进去，大半学生的目光都朝后门这边看来，探究着这位半途转来的插班生。

九月份的天，她戴了顶深灰色的棒球帽，黑色短 T 恤和阔腿牛仔长裤，再寻常不过的搭配，但气质和样貌也都出众到第一眼就抓人眼球。

学美术的不缺美女，教室里漂亮女生不少，但都没有陆茶栀给人带来的那种视觉冲击。

距离美术联考的时间已经很近，不少人都是从今年的三四月份就开始进画室集训，九月才开始已经算得上是很迟了，进度落下来一大截不说，她还伤了一只手。

这种情况，无论从什么角度来看，都不适合来学美术。

教室里窃窃私语声不断。

第一天下来，陆茶栀只有一只手能动，干什么都不太方便。

休息时间，坐在她旁边的几个女生主动来和她打招呼，问了她手伤的事情，心疼之余，在一些日常的小事上尽量帮她。

上一次手腕骨折的时候，陆茶栀就练过用左手写字和画画，因为右手恢复并不太好，所以之后也一直在坚持使用左手。

但左手始终不如右手灵活，画出来的东西耗时长，画面也始终不尽如人意。

老师能从画里看出她的基础，知道她的水平远不止如此，帮她改好画后也总要嘱托让她再多加练习。

大型画室训练强度大，学生的目标大多都是顶尖院校，初期就有人自发在教室里熬夜到一两点。

陆茶栀为了恢复以往的水准，也不得不缩短睡眠时间，弥补很多欠缺的东西。

黎城九中对手机的管理并不严格，但画室强制要求上交所有电子设备，老师会发放 iPad 给学生传送范画。

陆茶栀的右手还是会痛，止痛药一天吃上三次。没了通信工具，熬到黑暗的深夜里，画室的灯光明亮刺眼，孤寂和疼痛相继来袭的时候，她对着空白的速写纸，左手捏着炭笔，下笔却只有一个字。

【迟。】

铺满了整张白纸。

左下角还有一行很小的字。

【想见你。】

坐在陆茶栀右手边的那个女生也在熬夜改画，正好她是黎城人，出于好奇，便凑过来问："栀栀，我记得你好像也在黎城读书？"

陆茶栀回神，换了一张全新的速写纸："嗯，我在九中。"

"噢噢，我是七中的。"娄安彤看着那张写满迟字被陆茶栀放到一旁的纸，犹疑问道，"我记得你们学校，应该有个叫许佑迟的男生吧，他应该还挺出名的，你认识吗？"

陆茶栀说："认识。"

"你写的，是他的名字？"

"是。"陆茶栀坦然承认。

娄安彤露出了然神色，问："你喜欢他啊？"

这次，不等陆茶栀回答，娄安彤率先投来羡慕的眼光，说道："我是他初中同班同学，他那个时候就很招人喜欢了，一到过节他的礼物和情书能摆满一排书包柜。"

陆茶栀握着画笔顿了顿，索性没画了，偏过头好奇道："他初中是什么样？"

娄安彤笑着说："他性格特别冷的，一直都不怎么和女生说话，那些礼物他也不会收，他的几个朋友帮他把零食都分给我们全班吃完。

"许佑迟那样的人，高高在上傲得不行。你要是被他拒绝了，也别觉得难过，他拒绝过的女生，校内校外，加起来能绕操场十圈。"

许佑迟给人的刻板印象过于深刻，娄安彤下意识就把陆茶栀划为对他爱而不得的那类女生里。

陆茶栀刚想澄清话里的某些误区，娄安彤的舍友走过来，叫她一起回宿舍。

于是陆茶栀只能生生咽下，转变成一句："晚安，明天见。"

学艺术的人身上总有种出尘的距离感，陆茶栀的长相，是那种看上一眼就会让人觉得呼吸一滞的惊艳，属于那种看起来就不好追的冷颜系。

一个月快要过去，终于在国庆放假之前，有人按捺不住内心的悸动，抱着盲目的自信跃跃欲试。

但就在那位男同学打算告白的那个上午，昨晚在画室里偷偷听到谈话内容的人传出言论。

——那个漂亮得跟童话故事里的公主似的陆同学，有喜欢的人了，而且，还是单相思，被拒绝得非常惨。

少年的初恋梦被现实摇醒，紧跟着心也零落破碎，只能怀揣着满腔的沮丧和失落回到宿舍里。

李展庭在舍友的一顿宽慰下终于恢复了精气神，对着柜子上的小卫雕塑咬牙切齿地立下恶誓。

——如果见到了那个狠心拒绝他女神的男的，赌上他李某人这辈子最后的排面，也要暴揍那个不知好歹的坏男人一拳。

十一放三天假，陆茶栀去医院复查了一次，拍完片子，医生说这次恢复至少还需要三个月。

意思就是，在联考之前，她都需要一直打着石膏，基本上没有机会使用右手。

在家休息了一天，陆茶栀提前返回画室。经过这段时间的左手训练，在老师的指导下，她使用左手熟练灵活了不少，画面感也在慢慢提升。

新来的教色彩的老师是陆茶栀的熟人，之前在"Atlantis"帮她报名参加油画大赛的老师——梁知。

老师穿着得体的西装，镜片之下，一双眼睛笑起来，细长的眼尾微微上扬，给人如沐春风般的温柔。

第一堂课，他简单做了个自我介绍，的确是个在伦敦那边受过艺术熏陶的绅士教师。

冥冥中两次巧合的师生关系，说是缘分也好，惜才也罢，梁知对陆茶栀的关照从最初起就比对其他同学更多。他大概是整个画室里，除了陆茶栀本人之外，最希望她能达到一个更高阶段的人。

溪城不比黎城，国庆刚过，气温便降了下来。十一月中旬的时候，陆茶栀刚拆下石膏，画室组织了一次江边的色彩写生。

往后的青石板老街上，坐落着一排排的茶馆，往前是水流湍急的江面，映着岸边的丛生蒹葭，寒气逼人。

陆茶栀坐在江岸的栏杆边，拢了拢脖子上的围巾，用画笔在调色板上调出石块的褚红，放在她脚边的画袋不小心被路过的人踢翻。

李展庭立马帮她拾起了画袋里的东西，连连道歉："对不起对不起，我没注意，实在是不好意思。"

"没关系。"陆茶栀放下画笔，把画袋往里推了点。

李展庭终于找到了可以和陆茶栀聊天接触的机会，但她丝毫没表现出一点要和他继续谈论的迹象，又低下眼，专注于给画上色。

他在旁边干站了半晌，几个伙伴在身后拼命给他打眼色，示意他抓紧这个和女神相处的天赐良机。他憋红了一张脸，始终不知该如何开口，该去还是该留。

陆茶栀在涮笔桶里清洗了笔尖，见李展庭还站在刚刚那个位置。

"真的没关系，你还有事吗？"

她的语气足够浅淡，给足了礼貌，稍微有点情商的人都能听得出她话里的疏离。李展庭手足无措，又连着对她说了几句"抱歉"，没再站在她身边。

下午回到画室，陆茶栀可能有点感冒了，喉咙哑得说不出话。她喝了温水，机械地吞下感冒药。

梁知晚上点评了每个同学的画，布置作业后，又留下来帮陆茶栀改了画。

算上在黎城的时间，他算是教了陆茶栀两年，早已摸清了她的画风和优缺点。她的色彩一直没什么大问题，但素描还存在着需要练习的短板。

面部肌理，高光提拉，都有很大可以提升的空间。

梁知给她示范了面部高光的处理方式。

待他走后，陆茶栀打开画袋翻出笔盒，恍然发现，里面少了一样东西。

她将画袋翻来覆去找了三遍，才终于确定，之前许佑迟从日本回来，去杉城找她时，给她的那个御守不见了。

那时的他对她说："我不在的时候，它会保护你的。"

可是现在，许佑迟不在身边，连那个御守，也被她弄丢。

感冒带来的头昏脑涨在夜里叫嚣，撕扯着细弱的脑部神经，仿佛有一根根尖锐的刺在大脑里慢吞吞地扎。

陆茶栀留在教室里改画，将那张人物的头像半身画改到凌晨两点。画面被擦得乱七八糟，她的左手上满是铅灰，右手不断传来那种熟悉的酸胀感。

整个人沉重得不像话，像是被扔进了火焰里炙烤，下一秒又被抽到冰面上融化。

眼前的画改了不如不改，徒劳无功。

陆茶栀扔了画笔，愣愣地坐在椅子上，开始回忆起自己决定来画室集训时的想法。

虽说是对画画的热爱至上，但无可否认的，冲动和不甘占了半数。像是非要证明点什么给简菱看，所以逼着自己离开黎城，暴露到这个完全陌生的环境里。

来到画室两个多月，足以让陆茶栀冷静下来审视当初的自己。但她现在，理智被疼痛吞噬，剩下的只有茫然的残骸。

丢失的御守，或许是在提示她，应该放弃。

眼圈一热，眼泪啪嗒啪嗒顺着下巴滑落。

她什么时候变得这么爱哭了。

似乎是从很久很久以前，自从在杉城的小巷子里遇到许佑迟的那一刻起，就有很多东西被悄然无息地改变。

陆茶栀红着眼眶找到前台值班的姐姐，问她借了电话。

凌晨两点多，许佑迟躺在卧室的床上，听见自己的手机铃声响起。

屏幕上的号码没有备注，是个来自溪城的陌生电话，他按下接听键，两边都没人开口，安静得只剩下平缓的呼吸声。

僵持了半分钟，许佑迟揉了揉发疼的太阳穴，低声道："栀栀。"

陆茶栀忍着哭腔"嗯"了声。

但许佑迟还是捕捉到了她声音里那一丝颤抖，问："怎么哭了？"

"没有。"陆茶栀坐在楼梯间的转角，用手背擦着眼泪，哽咽着找回自己的声音，"我就是想你了，是不是打扰到你睡觉了？你快睡吧，我挂了。"

"我不睡。"许佑迟的心脏越被揪紧，语气越是柔软温和，"你别哭，是不是出什么事了，你跟我说好不好？"

"许佑迟，我好疼。"

两个多月以来忍受着的情绪在听到他的声音后彻底爆发。

她泣不成声，眼泪湿透了外套的袖口，最后哑着声音抽噎："手疼，头疼，我不想画画了，我想见你。"

高三开学，许佑迟没再住校，晚自习下课后回到学校附近的那套房子里住，等周末再回西苑的别墅。赵蔓对他的管教方式一直属于半放养的状态，也没搬过来陪他，给他独立的空间让他一个人住。

卧室里漆黑一片，只有电子闹钟上的数字发着微弱的光。

好不容易将情绪失控的陆茶栀安抚下来，许佑迟直起身靠着床头，商量道："不想画画就不画了，很晚了，你现在去睡觉。明天是周六，我请假去画室找你好不好，你什么时候有空？"

电话那边没人回答，一阵杂音过后，响起了另一个人的声音。

值班的姐姐循着哭声找到楼梯角的陆茶栀，递给她一包纸巾："别哭啦，擦干眼泪回宿舍休息吧宝贝，再大的困难都会过去的。"

集训已经进入中后期的阶段，还有一个多月就要参加美术联考，这段时间学生的压力剧增和情绪敏感都是常事。

即使是刚来实习的值班姐姐也见多了这种情况，走前拍了拍陆茶栀的肩膀，说："不要因为一时的压力就被打倒，你画得真的很棒，昨天不还被梁老师表扬了吗？别哭啦。"

楼梯拐角里冷风吹过，陆茶栀用纸巾胡乱擦了下眼睛，重新举起手机，对着那头说："我没事了，我借的老师的手机，你快睡觉吧，明天还要上课，晚安。"

她匆匆挂了电话，追上走在前面的值班姐姐，交还了手机和纸巾后，她回到画室，将那张已经改毁的素描放到一旁，找出图片，重新开始勾勒轮廓。

画室里不止她一个人在熬夜，还有好几个学生都留在这里补作业。

陆茶栀对着素描纸，刚画上几笔，耳边回响起许佑迟的声音，鼻头一酸，眼泪又猝不及防掉了下来。

她将脑袋埋进臂弯里，不想发出动静让别人发现，于是只能咬着下唇压低声音抽泣。

负面情绪在积郁，连带着心脏都被死死绞紧。

她突然就后悔给许佑迟打电话了。

这一通电话，除了加重思念，没有任何的意义。

许佑迟握着被挂断的电话，轻叹了口气，打开打车软件预订前往画室的车。

他没再睡，洗了个冷水脸强迫自己清醒。

深夜里也有司机接单，许佑迟换好衣服，走到玄关。他刚要打开门，勿相汪从猫窝里爬出来，猫爪挠着他的裤脚不放。

许佑迟蹲下来，拍拍它的头顶："你也想跟我去见她吗？"

回应他的是一声绵长的猫叫。

许佑迟将它装进双肩猫包里，走出家门。

那些安慰的话，他想要当面讲给她听。

陆茶栀整夜没睡，重新画了那张头像半身，一遍遍改到早上六点半也没画完。

天依旧黑着，娄安彤打着哈欠走进教室，拉着陆茶栀下楼去买早餐，苦口婆心地劝道："栀栀你这样熬夜真的不行，你还感冒了，身体会累垮的，你要不和老师请个假回宿舍睡会儿吧。"

陆茶栀出声婉拒，才发觉自己的喉咙灼烧，嗓音沙到喑哑。

她在便利店买了份三明治和牛奶，又回教室里接着画画。

生病加熬夜，她整个人没什么精神，一上午都缩在自己的画板前，画完素描又画速写，一张接一张，不给自己喘息的机会。

她一切表现如常，但坐在她身边的娄安彤总感觉，一夜之间，陆茶栀变得和昨日大不一样。

她询问怎么了，陆茶栀停下画笔，摇摇头，回应："没事。"

娄安彤没办法再深挖原因。但女孩子的第六感都是很准确的，她能感受到，陆茶栀好像很难过，像具丢失了魂的空壳。

上午十点半的那个课间，陆茶栀接着在画速写，娄安彤和几个女生靠在教室窗边看风景。教室在三楼，一眼望去是底下宽阔的圆形广场，红枫林旁小径弯曲。

"那张长椅上，那儿那儿，看见没有？"短发女生打开玻璃窗，用手指着枫林里的某张长椅，"我早上来教室的时候就遇见他了，他现在还坐在那儿呢，不知道等谁的，但是真的好帅！巨帅！视觉盛宴！帅到我直呼救命的那种程度！"

"就这么一个模糊的身影啥也看不清你就直呼救命了？你别像个没见过世

面的行不行——天啊，救命救命！他刚刚是不是抬头看过来了！啊啊啊，这是什么神仙颜值的帅哥啊！"

"哎哎哎，你们看！他旁边是不是还放着束玫瑰花啊？他是来找女朋友的吗？呜呜呜，太浪漫了吧？这么冷的天他从早上七点钟等到现在，让大帅哥在寒风中等这么久，我要是他女朋友我得哭死！"

三个神色既羡慕又激动的女生凑到一起。

隔了红枫林叶隙，娄安彤盯着那张长椅，眉头紧拧，发觉了事情的不对劲，小声嘀咕："那个人怎么长得那么像我一个同学……"

"哈？"短发女生傻眼，转头愣愣看向娄安彤。

娄安彤不敢确定，踮起脚，看到还坐在另一头的墙边画画的陆茶栀，拔高了音量："栀栀！你过来看看，下面有个人长得有点像许佑迟！"

末尾三个字在一片嘈杂的声音中挤进陆茶栀的耳朵里。空乏的世界在这一刻开始流动运转，强行将她从黑、白、灰的画纸中拉回到现实里。

陆茶栀握着的炭笔在纸上划出一道黑痕，她扔下那张画到一半的速写，快步跑到窗边。

广场边那片枫林里，坐在长椅上的男生一眼就进入她的视线。

他确实是在等人，时不时就要抬起头往教学楼这边看过来，目光挨个望向每个教室的窗口。

隔着这么远的距离，陆茶栀清清楚楚地见到那张她日思夜想的脸。全身的血液都在加速回流，涌向因生病而变得沉重的大脑，心脏在胸腔里狂跳。

连之前从扶梯上摔下来时，她都没有过此刻这样混乱地交织杂糅在一起，起伏巨大，似乎下一秒就能爆炸开来的情绪涌现。

许佑迟的视线并没有和她对上。

但足够了，一个人的目光，就足以在空气里掀翻惊涛与骇浪。

顾不及身后的叫喊，陆茶栀头也不回地跑出教室。

深秋初冬，火红而盛大的枫树林里，许佑迟长身鹤立，站在长椅旁，直直地望向跑出教学楼的陆茶栀。

教室里，李展庭被窗边几个女生的动静吸引过来，连忙问："怎么了？"

"那个人！那个人！"娄安彤不知道如何解释，只能拼命地指给他看，"他！就是他！栀栀喜欢的那个男生！"

李展庭浑身热血都在一瞬间沸腾起来。

他结合之前的传闻，将娄安彤的话进行扩充和翻译。

那个让陆茶栀倾慕已久，念念不忘，并且狠心拒绝了她的那个坏男人，终于出现了。

无数次在他想象里发生的画面终于降临在现实里，李展庭跃跃欲试，抱着知己知彼百战百胜的态度，将目光紧锁在那个坏男人身上。

坏男人没再坐在长椅上，站了起来，没了枫叶枝丫的遮挡，一张脸完整露了出来。

李展庭在心里鄙夷。坏男人的眼光不怎么样，长得倒还不错，一看就是个四处招惹人的长相，也难怪女神会被他迷得晕头转向。

李展庭深吸一口气，做好了即将冲下楼和坏男人决一死战，替女神打抱不平的心理准备。

他动了动手腕，转身想往楼下走，余光却看见，他心心念念的初恋女神，主动扑进了那个不知好歹的坏男人的怀里。

李展庭一颗心卡在半空中，悬也不是落也不是，喉咙哽着说不出话。

他想象的剧本不是这样发展的啊。

本来该他英雄救美俘获女神芳心的情节，怎么突变成这个样子了？

到底是怎么回事啊？！

室外的温度比室内低了许多，风过，枫叶瑟瑟飘落。

许佑迟身上穿着一件宽大的外套，没拉拉链，恰好将陆茶栀裹进怀里。

她紧紧抓着他的毛衣后背，瘦弱的肩膀和身躯，比猫包里那只被关着的猫更为可怜。

许佑迟左手揽着她，右手轻轻抚上她的后脑。

陆茶栀埋进他的颈间，想把他身上的温度和气息一点不落地刻进自己的身体里。

她舍不得抬起头，鼻音浓厚，问："你什么时候来的？"

"没多久，刚到。"许佑迟微微低头，"是不是感冒了，吃药了吗？"

"吃了。"陆茶栀把脑袋埋得更深。

"头还疼吗，要不要去医院看看？"

怀抱松开，陆茶栀下意识就想拒绝去医院这件事情。她张了张唇，念及现在呼吸都费劲的身体状况，沉默半晌，最终还是点头，说："你等一下我，我上去跟老师请假。"

她刚想上楼，许佑迟拉住她的手腕，她茫然地回过头来。

许佑迟取下自己的围巾，戴到她的脖子上，说："外面很冷，等下再加件衣服。"

灰色的围巾松松软软，还沾着他的体温，贴在脖子上。一呼一吸间全都萦绕着属于他的味道，陆茶栀垂着眼，近距离看他细白修长的手指，一点一点替自己整理好围巾。

她压根没听清许佑迟到底说了些什么，就晕晕乎乎点点脑袋答应了下来。

周六下午原本就是发手机的时间，陆茶栀去办公室找梁知请病假，说是家里的哥哥接她去医院。

梁知嘱咐她照顾好身体，顺带将她的手机还给了她，眼睛里含着笑意，好奇道："你们这种年龄段的女生，都流行称呼自己喜欢的人是哥哥吗？"

陆茶栀没想到，向来以绅士温和博得画室里一众同学喜爱的梁知老师，背地里还有这样调侃人的一面。

她走出办公室，耳根涨红。

没走两步，娄安彤从转角处冒出来拦住她，身后还跟着那几个满脸都写着八卦的女生。

"栀栀，楼下那个真的是许佑迟哎。"娄安彤率先问，"他现在是你男朋友啦？"

陆茶栀顿了下，随即否认道："不是。"

"啊？"

几人纷纷露出疑惑不解的表情。

在一行人探究的眼神里，陆茶栀忽地弯了嘴角，绽开笑颜。

"是我的宝贝。"

请完假后，陆茶栀回了趟宿舍换了衣服，站到镜子前，才发觉生病带来的憔悴和狼狈都一览无余。脸上失了血色，只留下惨白，眼睑下覆着淡淡的鸦青，病态到弱不禁风的模样。

陆茶栀叹了口气，重新系好围巾，又戴了帽子和口罩，确保把自己的脸遮得严严实实，才离开宿舍。

许佑迟还坐在刚刚那张长椅上，见她过来，起身提起猫包，将奶咖玫瑰和布朗尼郁金香混搭的花束递到她的面前。

陆茶栀抬头，帽檐底下的眼瞳里划亮一簇光，比他预期中的更为动人。

许佑迟看着她，心口柔软，说："走吧。"

他突然就懂了，许行舟这么多年来，始终坚持着给赵蔓买花时的心情。

他早上开车到达画室这边时还不到七点，灰蓝的天边笼着薄雾，路灯还亮着，正在营业的除了早餐店，就只有一家花店，店主坐在门口修剪带着露水的花枝。

家里有个热衷于花艺的母亲，十多年耳濡目染的熏陶下来，许佑迟看见店主手里的玫瑰花，回想起之前，赵蔓有一次在客厅里摆弄插花时，对他提起："花是女性终生挚爱的命题，不论年龄。知道命题的满分答案是什么吗？"

赵蔓将最后一枝娇艳饱满的尼罗娜也放进花瓶里，笑起来："是玫瑰。"

剩下的话，赵蔓没再告诉他。

但许佑迟明白。

去见喜欢的女孩子时，是应该带着一束玫瑰的。

她喜欢花，你喜欢她。

换季时间流感盛行，医院里人流密集，陆茶栀独自坐在大厅的椅子上，困得眼睛都睁不开。

许佑迟取了药回来，在她身旁坐下，问："要回宿舍睡一觉吗？"

"不要。"陆茶栀摇摇头，"我回去就出不来了，我想和你多待一会儿。"

许佑迟订了附近一家民宿，打车过去先让她休息养病。

溪城是江南水乡，青砖黛瓦，烟雨人间。民宿占地广阔，由清代的庭园改建而成，融合了古式的静谧与都市的烟火气，隐于青石板巷里，背靠江边。

服务员依次领着他们穿过长廊，经过公共区的酒吧和泡池，将他们带到西边的独栋客房前。

勿相汪被关了这么久，终于有机会脱离猫包的束缚，在地毯上活蹦乱跳一会儿，又恢复了精气神，举着肉乎乎的软垫爪子，扒拉许佑迟的裤脚。

许佑迟站在中岛台前倒热水，裤子一直被猫抓着。他喷了声，没空理它，俯身拍拍它的脑袋让它一边玩去。

陆茶栀坐在沙发上，就着许佑迟递来的热水吃了药。

勿相汪观察了陆茶栀很久，猫最开始可能还有些怕生，但看主人不理自己，又和她那么亲近，于是在她喝完水后，预谋许久的猫终于敢抬起爪子，试探性地踩到她的腿上去。

一人一猫互相对视，勿相汪"嗷呜"叫了一声，毛茸茸的尾巴翘起来，陆茶栀伸出手，抚上它的脑袋。

和许佑迟家里那只黑乎乎看起来就很凶的大狗狗不同，论外表来看，眼前这只蓝金渐层猫生得好看了不止一点，大体浅金色的皮毛，头部和尾巴带着蓝，蓝色瞳孔，晶莹剔透。

同一家养的，猫狗的外表差异巨大，内里共同点倒是一致，胆小又乖巧，被陌生人摸的时候也很听话，没有一点攻击性。

陆茶栀挠了挠猫的下巴，抬头问："它叫什么名字？"

"勿相汪。"许佑迟站在书架前翻书，头也没回，语气淡淡，"三点水加个王的那个汪。"

意料之中的奇怪名字。

陆茶栀又撸了会儿毛茸茸的猫，像得了什么宝贝似的，爱不释手。

看时间差不多，许佑迟合上书页，走过来提醒她："去睡觉吧，等下起来再玩。"

陆茶栀百般不舍，终于还是被迫松开了怀里的猫，一步三回头地到楼上的房间去睡觉。

外面下起淅沥的小雨，拍打着庭院里的水池假山和芭蕉树。勿相汪玩累了，蹲在落地窗边看雨景。下午时分，许佑迟拿上雨伞出了趟门。

陆茶栀一直睡到了下午五点才醒来，她拿着手机下楼，刚好遇见许佑迟开门回来。

"你出去了吗？"她问。

"嗯，去买东西。"许佑迟换了鞋，将手里的纸袋放到一旁的架子上，"你饿不饿？"

"有点。"

房间里有菜品单，许佑迟打了电话订餐，陆茶栀坐在沙发上听着，除了她刚刚报的皮蛋瘦肉粥之外，许佑迟又加了几道菜，无一例外，全是口味清淡，适合病人吃的东西。

陆茶栀请了假，今晚在外面住，不回画室。

她还在感冒期，吃什么都没味道，喝了粥就窝在沙发上看电影，勿相汪趴在她的脚边，用温暖的身体蹭着她的小腿。

古早老套的青春疼痛片，剧情生硬无聊，除了男主角颜值能打一点，电影基本上挑不出任何出彩的地方。

陆茶栀倚着靠枕，盯着电视屏幕里的男主角看了几秒，又转头看向坐在她身旁的许佑迟。

客厅里开着空调，许佑迟脱了外套，穿一件奶白色的宽松毛衣，懒洋洋地靠着沙发，视线落在电视上。

她觉得无聊至极的电影，偏偏他看得还挺认真。

陆茶栀盯着他两秒。

比较完颜值后，再来论气质，并不是非要穿着白衬衫和校服，坐在教室里的男生才拥有少年感。

穿着平常的私服，在沙发上陪她看电影的许佑迟，少年感不知道比电影里的男主溢出了多少。

无论从哪个方面来比，许佑迟都是彻底碾压对方的赢家。

勿相汪又用柔软的身体蹭了下她的腿。

为了看电影，客厅里关了顶灯，只剩下周围一圈灯带，暖黄色的光落在许佑迟的头发上，蓬松又柔软，碎发搭在额前，陆茶栀突然就很想伸手去撸一把。

手感应该会比猫咪更好。

许佑迟早就察觉到陆茶栀的目光，见她看了自己这么久还没移开，终于垂眸和她对视，语气平静地问："你喜欢电影里这种男生？"

"嗯？"陆茶栀看向电视屏幕。

"这是电视自己放的，不是我点播的。"陆茶栀迅速撇清关系，想了想，又犹疑道，"我要是真的喜欢那种社会哥，你能往那方面靠吗？"

许佑迟喝了温水，放下玻璃杯，说："我试试？"

"你打算怎么试？"

"近期多看法制频道，先了解他们的基本人设。"

陆茶栀扑哧笑出来，笑得肩膀都在抖，喉咙发痒，又咳了几声。

"行了。"许佑迟伸了伸手，拿出袋子里的药盒，递到陆茶栀跟前，"别笑了，先把药吃了。"

陆茶栀看着药盒半晌，最终才皱着眉咽下胶囊和药片，喝了整整一杯水才冲淡舌尖的苦味。

许佑迟又给她倒了一杯温水。

她摇摇头，将水杯搁在茶几上，又缩回沙发上，这次没再看那个侮辱智商的电影了，捧着手机在刷微博。

许佑迟耐心地等，等她刷够了微博放下手机，才问："你现在可以告诉我了吗？"

"什么？"陆茶栀喝着水润喉，一时之间没反应过来。

"昨天晚上为什么哭？"许佑迟注视着她的眼睛，"真的只是因为画画吗？"

除了窗外的淅沥雨声，一片安静。

他的目光分明是平静的、无波无澜的，却给人莫名的压迫感。对上他的视线，没人能对他撒谎。

陆茶栀端着水杯的力道下意识加重，手指摩挲着杯壁，说："一半吧。"

"另一半呢？"

陆茶栀放下水杯，抿了抿唇，才肯小声说："因为你送我的御守，被我弄丢了。

"我们去江边写生，我回去打开画袋，御守就不见了……你之前跟我说，你不在的时候，它会保护我，可是我把它弄丢了。"

她低垂着脑袋，鼻尖泛酸，说："我是不是特别不好。我画不好画，连你送我的东西也守护不了。"

"丢了就丢了。"

许佑迟怎么也没想到，会是因为一个两年前他送的御守，让她难过到凌晨两点，哭着给他打电话。

又酸又软的情绪在心底缓慢膨胀。

许佑迟坐近了些，伸手摸摸她埋低的头，像极了她刚刚撸猫的姿势，说："你喜欢的话我再给你买。"

"不要怀疑自己。"他低声说，"你特别好。"

感冒药有助眠效果，陆茶栀又睡着了，睡在沙发上。许佑迟帮她把毛毯盖好，将空调温度调上去了些。

这一觉睡得很沉，似乎是因为许佑迟就坐在旁边守着她，在神经高度紧绷的画室集训状态下，她已经很久没有这样睡一个无比安稳的觉。

迷迷糊糊醒来，她感觉到许佑迟往自己的右手手腕上戴了一个东西。

她揉揉眼睛，适应了客厅里的暗光，等许佑迟松开，抬起右手放到眼前，有些诧异地开口："这是什么？"

一条粉和金细线混着编成的手链，中间穿着一个小小的圆形水晶，草莓的浅粉色，星星点点分布着或深或浅的沉淀，像草莓籽。

旁边编了一个平安结，挂着个金色的镂空圆形吊坠，雕出来的不是什么别的花纹，是一个单字，迟。

"草莓晶平安扣。"许佑迟问，"好看吗？"

透过灯光，圆润的草莓晶似乎也散着淡淡的一层光，陆茶栀细致地观察着，喃喃道："好看。"

手链的两根不同颜色的线中间打着一个结，经过特殊的编法缠绕在一起。

"为什么是两条颜色不一样的线，有什么寓意吗？"她问。

"中间的是莫比乌斯结，它还有一个别的名字。"

"什么？"她抬起眼。

"莫相离。"

寓意就在绳结的名字里。

陆茶栀笑起来，问："你下午出门就是去买这个吗？"

"嗯。"许佑迟说，"隔一条街就有一座寺庙，网上说这个平安扣很灵，我去求了一条。"

"谢谢。"陆茶栀掀开毛毯坐起来，往许佑迟的身边挪了点，"我很喜欢。"

她垂下眼，指尖轻轻摩挲着那个"迟"字吊坠，薄薄的刻字，紧靠着平安结。

许佑迟说："下午的时候，我前面排了对情侣。"

"然后呢？"

"他们也买了莫相离的平安扣，然后，刚戴上就吵了一架，分手了。"

陆茶栀手指一顿，幽幽望向他，说："你是想说什么？"

许佑迟轻轻笑了下，说："我只是想说，这些东西的寓意真假难辨，你不要太相信这些。"

"那你还送我平安扣。"陆茶栀语气沉闷，赌气似的垂下眼帘，不是很想理他。

窗外夜雨落在叶面、屋檐，也一滴一滴，落在陆茶栀的心尖。

大抵是那条草莓晶平安扣真的很漂亮，漂亮到让她可以在短暂的安静里忘记跟许佑迟生气这件事情。

她刚想开口，又听见许佑迟的声音。

"我想告诉你的是，保护你和不会离开你的从来都不是它们，是我。"

陆茶栀闻声怔住，睫毛颤动，感受着许佑迟缓缓靠近她僵硬的身体。

"御守和平安扣不是你的守护神。"

许佑迟扶着她的后脑，向她靠近。温热的吐息间，他低声说：

"我才是。

"所以，不要信那些虚无的传言，信我就够了。"

第十五章
私心偏向 可以带你回家吗?

在民宿睡了一觉,第二天天光大亮,好不容易得来的相处时光,陆茶栀起了大早,和许佑迟出门去逛街。

昨晚刚下过一场细雨,历史悠久的古城在烟雾朦胧之中,船只乘着流水慢悠悠荡向远方,卖艺人站在桥边吹笛,处处都透着独特的水乡风韵。

上午走过了博物馆和戏曲园林,在餐厅吃过当地的美食菜品,下午又去了美术馆看展,傍晚时分,许佑迟送陆茶栀回到画室上课。

他提着猫包,独自打车回到黎城。

时间流逝太快,昨晚的相逢恍若上一秒才发生,陆茶栀坐在画板前,想用画笔勾勒出一幅以许佑迟为主体的画。

她迟迟没有下笔,不知该从何画起。

集训三个多月过去,她没有画过一幅与许佑迟有关的画像。认识到自己浅薄的画工,才惊觉世间再细腻的笔触,都画不出许佑迟半分的美好。

每一幅画都是她搭建起来的浪漫宇宙,而在这个独属于她的宇宙中,她不崇拜世间任何的旷世大家,只想将许佑迟私藏于宇宙的最深处。

调色板是混乱的,涮笔水是混浊的。独独一个他,干净又敞亮,是整个宇宙里最耀眼的存在。

跨越距离奔向她的少年,应该被完好无损地放在心尖上。

陆茶栀抬头看见窗外的夕阳,少了夏日的秾丽饱满,天空中的光芒被压盖,落日在初冬时节也显得浅淡。

手腕上,刻着"迟"字的平安扣紧贴脉搏,连接着心脏同心跳共振。

画画很难。

但是,想和他一起去更远的地方,看更热烈的夕光。

美术联考在十二月初进行,考完后画室里有一部分人离开,剩下要参加校考的同学接着集训。

黎城九中的课外活动向来多，即使是课业繁重的高三，也要参加今年年底的那场英语剧表演，时间定在平安夜的晚上。

接近期末，班里同学们都在备战一模，没有高一高二那样充足的时间和精力来准备这次活动，草草定下了《白雪公主》的剧本和演员，抽晚自习排练了几次就上场表演。

许佑迟从最初就推了演员的名额，明诺和文娱委员商量许久，实在是不想浪费他这张好看的脸，便去掉了原本的背景音乐，让许佑迟全程在舞台的一旁弹钢琴配乐。

演出结束后，班里同学在门口的台阶上拍了大合照。背景和去年相同，只是今年，陆茶栀不在他的身边。

拍完照，许佑迟的手机上收到一条取件通知，他没再回礼堂看表演，去快递柜里取了件。

从溪城寄过来的包裹，礼盒里装着一个色泽鲜润的红苹果和一枝娇艳欲滴的红玫瑰，附带一张明信片：

【平安夜快乐呀，我的小王子。】

次日是圣诞节，一早陆茶栀就收到一个快递。时间显示，是两天前从黎城寄来的。

里头是条白色围巾，毛茸茸的质感，两端夹杂着粉色的软毛，组成了猫爪的形状。

贺卡翻开，立体雕刻的城堡，圣诞老人和驯鹿立在圣诞树旁。纸上的字迹独特，很有辨识度。在她认识的人里，鲜有人能把字写得像许佑迟那样凌厉飘逸。

他写着："Merry Christmas. 我的公主。"

联考的成绩在一月初出来，画室很快贴上表彰的奖状，又特意定制了一幅巨大的海报，印上喜讯。

黎城第九中学，陆茶栀，以294的超高总分，斩获黎城美术联考状元。

画室放寒假的时间和九中相同，都在一月十八号。陆茶栀被接回老宅，当晚的家庭聚餐，陆老先生和老夫人给她准备了礼物，是某奢侈品牌今年新出的手链。

细细的一条手链，铺上了切割精美的钻石，嵌成四朵樱花形状。

大概是每个女孩子见了都很难不心动的礼物，陆茶栀看了一眼，就把手链连带着盒子一同收进柜子里。

手腕上戴一条许佑迟送她的草莓晶平安扣就够了。

紧接着，陆雪棠从美国回来，家里又张罗着给她接风洗尘，陆茶栀只能将和许佑迟约着出门看电影的时间延后。

一月下旬，江城新冠肺炎暴发波及全国，电影院停业。

陆政千将陆茶栀送回了澜庭别院，强制要求她待在家里，所有需要外出的事情都交给保姆。寒假和许佑迟见面的计划便彻底泡汤。

这个新年和以往的任何一年相比，都过得无比冷清，街上行人寥寥无几，所有人都煎熬地等待着这场疫情结束平静下去。最大的新年愿望，是希望身边的人能够平安无事。

美院的校考时间也被推迟。

元宵节一过，到了既定的开学时间，学校和画室相继发出通知，让学生在家中上网课学习。

周末的时候，赵蔓新买的花苗寄到了，在露台上打理花枝。

许佑迟怀里还抱着匆相汪，走到赵蔓身后问："妈，您买了什么花苗？"

"茉莉、绣球，还有白木香。"赵蔓端着浇水壶，饶有兴味地回过头来，盯着他看了两秒，"怎么，你今天心血来潮关心起这些来了？"

许佑迟转了话题："有栀子花苗吗？"

"你要栀子花干什么，后花园里那一片全都是，不够你看？"

许佑迟说："我想自己种。"

赵蔓大概猜到了他的心思，挑眉笑道："自己种花，是想送给那个女生？"

许佑迟放下怀里的猫，跟她解释："跟她没关系，是我自己要去找她的。"

"我问你，你是认真的吗？"赵蔓神色平静，喜怒不形于色，走向露台另一角的花架，低头给面前的一株白色玛格丽特浇水。

"妈，我从来不做没有意义的事情，我一直都很认真。"许佑迟跟过去，又补了句，"等有机会，我就带她回来见您。"

赵蔓总算舒了舒眉梢，只是语气依旧端着架子："没有栀子花苗。你表现好一点，我等下忙完了考虑给你订。"

得到应允，许佑迟去楼下泡了壶花茶，端上来放到露台的玻璃桌上："谢谢妈。"

一句谢谢，非常孝顺和有礼貌，驳回赵蔓反悔的余地。

赵蔓忙着浇花，也没空再回过头来教育他。

等花苗寄到，许佑迟亲手种在后花园的空地里。

他算了算时间，在初春时节种下花苗，夏天的时候，这棵栀子树就能抽条开花，刚好到七八月份的暑假，就能把花枝折下来送人。

三个月的寒假，陆茶栀每天白天待在画室练习画画，晚上回到书房补习文化课的知识。日复一日待在这栋房子里，重复着相同的事情，日子沉闷无趣到让她感觉再不出门就要被关自闭。

　　开学返校的时间一拖再拖，延长了整整三次，关于疫情的形势一点点转好，终于定下在四月中旬开学。

　　开学前夕，许佑迟在房间里整理行李，敲门声响起，打开门后，赵蔓站在外面，开门见山地问："你说要带回家见我的那个女孩子，是你们学校的？"

　　"嗯，我们班的。"

　　"行，把这个给她。"赵蔓将一盒桃花酥递到许佑迟手里，"就当我提前送她的见面礼。"

　　许佑迟垂眼看手里的桃花酥。是之前许行舟出差时，从某个清朝宫廷御用糕点师的第三代传承人那儿买回来的，只带了两盒，成为近期赵蔓的最爱。

　　"发什么呆？"赵蔓拍拍他的手臂，"你呢，要是真有本事，就在暑假让我在家里见到她。"

　　分明是赵蔓自己想见别人了。

　　许佑迟有点想笑，没拆穿赵蔓，顺从地应下："知道了。"

　　赵蔓瞪了他一眼，没什么力度地威胁道："你最好是。"

　　说完便转身离去。

　　独留许佑迟倚着门框，低低地笑。

　　美术校考遥遥无期，陆茶栀也要重新返回班级，和五班的同学们共同上课。教室里的小组座位都没变过，许佑迟空了八个月的同桌位置再次坐上主人。

　　他将桃花酥送给陆茶栀，说："我妈让我带给你的。"

　　捕捉到他话里的主人翁，陆茶栀怔住，问："你妈妈知道我？"

　　"嗯。"

　　"阿姨会不会对我有意见？"陆茶栀好看的眉头不自觉皱起，语气里也带了分不自知的焦虑，问，"有没有什么办法，扭转一下阿姨对我的印象？"

　　"她要是真的觉得有什么，就不会送你这个了。"许佑迟将桃花酥放到她的课桌上，又出声补充，"你放心，我妈很喜欢你。"

　　有了他这句话，陆茶栀终于安心，长长地呼出一口气，把桃花酥放进抽屉里。

　　九中高三学生的学习进度已经进入了二轮复习阶段，开学一周之后就是全城的二模统考。即便是陆茶栀寒假上网课恶补了文化课程，也跟班里同学相差了一大截。

　　二模成绩下来后，她的年级排名还算看得过去，但放在平均分第一的重点班里，班级排名就跌到了中下游去。

考得最差的就是理综，拖了整体成绩的后腿。

她一上午的情绪都很低落。下午的体育课，许佑迟带她去了艺术楼的琴房，弹了钢琴给她听，才算是抚平了点她沉闷的心情。

回到教室，她拿着许佑迟近乎满分的理综试卷改完自己的错题，一道道弄懂后又开始复习别的科目。

周六下午，年级上又考了一次理综，陆茶栀的成绩依旧很不理想。

晚自习下课，许佑迟留下来给陆茶栀讲了她不懂的错题，见她低落的神情，他说："我看了你想考的那几个美院，文化课成绩大都在80分左右，学校出的试卷比高考难度高很多，没什么参考价值，你别太放在心上，把基础分拿到才是关键。"

"可是化学好难。"陆茶栀拿过试卷，翻到化学部分密密麻麻印着实验流程的那一页，抿着唇，怅怅道，"我还有好多东西都没学完，不会写实验大题。"

许佑迟想了想，问："之后你还想上体育课吗？"

陆茶栀抬头，不明所以地眨了眨眼。

"不上的话，"许佑迟缓声问，"就留在教室里，我给你单独补化学，这样可以吗？"

陆茶栀看着他，嘴角渐渐往上翘起，先前眼眸里的低落，逐渐被明亮嫣然的笑意取代。

少女清甜的音色覆上糖霜。

"好呀。"

高三课业抓得紧，但老师没占用体育课，聂萍还时常鼓励同学们多去操场上跑两圈释放压力，不要整天都待在教室里死读书。

但初夏一到，天气热起来，班里女生倦得不想动的时候，就会悄悄留在教室里吹空调聊天。

与之相反的是男生，他们对体育课的热情依旧高涨，恨不得一天上十节体育课，泡在篮球场上打一整天的球都不会累。

一周算上年级上的大体育活动，一共三节体育课，许佑迟倒真像是按他对陆茶栀承诺过的，拒绝了无数个来喊他下去打球的邀请，留在教室里给陆茶栀补习理综。

五班球场上痛失一员猛将，易卓每次看见许佑迟无比耐心地坐在座位上给陆茶栀讲题，总是半羡慕半惆怅，忍不住摇头叹息。

想当初那个高贵冷艳不看女人一眼的许少爷，一步步转变成现在这副眼睛里除了陆茶栀，再也装不下其他人的模样。

开学半个月，"五四"青年节的下午，成人礼也在操场上如期举行。因为疫情防控原因，家长们无法进入学校，成人礼的仪式只能在网络上同步直播。

男生穿上西装，女生换上礼服，在老师的陪伴下走过红毯和成人门，拍完班级大合照后便解散，让同学们自行拍照。

陆茶栀带了拍立得，和明诺她们在学校的各个角落都拍得差不多之后，回到教室，许佑迟站在走廊上。

他在等她。

陆茶栀第一次见他穿正装。

他身姿笔挺，肩线流畅，定制款的手工西装，衬出长腿和窄腰。矜贵小少爷走入凡间。

往上看，是纵使以陆茶栀那样审美苛刻的目光，都挑不出半点瑕疵的一张脸。介于男孩和男人之间的一种气场，成熟里夹杂青涩，不违和，很勾人。

天生英俊的美少年。

十七岁的许佑迟，光是站在那里，就熠熠生辉，高不可攀，惊艳了不知多少女孩的青春。

陆茶栀是其中之一。

只是，她比较幸运。少年主动走向了她。

易卓主动接过陆茶栀手里的拍立得，承担起摄影师的角色。

他举着拍立得，调整了半天的角度，迟迟没有按下快门，看得站在一旁的明诺气不打一处来，忍无可忍道，"易卓你到底行不行，形而上学，不行退学，一边去让我来拍。"

"嘘嘘嘘，你别吵我别吵我。"易卓弯下腰，将镜头对准了两人，说道，"哎对，我找到感觉了，就是这个角度，这个光线——"

按下快门，取出相片。

教学楼的走廊栏杆边，橙粉交映的落日余晖下，许佑迟和陆茶栀并肩而立，靠得很近，看向镜头。

一个黑色西装，一个白色礼裙。

易卓将拍立得还给陆茶栀，后知后觉，嘟囔道："我怎么感觉，我在给他们俩拍婚纱照呢。"

这年高考时间推后一个月，将在七月的七号和八号举行。又要多在学校里待一个月。

六月初，学校组织了一次高三年级的外出活动。说是三十日誓师，刚好也在高强度的三轮复习完后，让同学们放松身心，以最充沛的精力应对高考。

那日朝霞绚丽，早自习都没上，高三年级便坐上了大巴。前往城中的山。大巴开到山脚下便离去，留学生们徒步登山。

一直到下午两点，所有人才终于抵达山顶。

头顶的盛夏日光鼎盛，从寺庙的天台往下看，群山掩于云海之下绵延不绝，身后寺庙的敲钟声响起，回荡在云雾间，经久不散，跳动不安的心一下就沉静下来。

穿过烟雾缭绕的宝殿，寺庙后院正卖祈愿条。

陆茶栀在红条的正面写下"前程似锦"四个字，想祝福的人有很多，索性便不再写明祝福者，写下落款和日期，便合起马克笔。

她选了院子里一棵高大的白玉兰，因枝丫高，上面挂的红条并不多，不像其他的树那样密密麻麻。

或许这样，她的愿望能更容易被佛祖看见。

教室前方的高考倒计时牌的数字依次递减，温度计上的数字攀升，预热即将到来的夏日狂欢。

六月底拍毕业照的那天，晴空烈日，炽热的日光穿过云霄，洒在每个人穿着校服的肩头。年过半百的校长站在旗台上，手中握着话筒，嗓音中气十足："希望你们每一个人，都能够像今天的这烈阳一样，利剑出鞘，势不可当。用高中三年累积的所有的知识和热情，将分数收入囊中。去奔赴一个属于你们的，更广阔，更盛大的未来！"

"青春无疑是伟大的。而正值年少，有知而无畏的你们，就是青春最伟大的模样！"

铿锵有力的声音，通过广播，落进每一个人的耳朵里。

六月底的盛夏，蝉鸣聒噪，气温闷热不堪。所有人都穿着统一的藏青色校服外套，面对摄像机的镜头，朝气蓬勃，向着烈阳。

定格他们此生有且只有一次的，十七八岁青春。

年级合照拍完，等待拍班级合照的间隙，同学们三三两两凑在一起，在操场上拍照留念。

路旁立着一排排高大的香樟树，茂密葱绿的树叶间开着白色的花，树荫几乎盖住整条马路。陆茶栀和许佑迟站在树下，拍下第二张合照。

成人礼的合照是第一张。那张照片中，两人穿一黑一白的正装，并肩而立，小心保持着距离。

而在这一张照片里，两人穿着相同的校服外套，许佑迟单手揽着陆茶栀的肩膀，她笑脸明艳又动人。

易卓依然是两人的专属摄影师，他按下手机的摄像键，被照片里两人呈现出的亲密感激起了一身的鸡皮疙瘩。

"凑那么近干什么，腻死了。"语气比醋还酸。

许佑迟刚和陆茶栀拍完照，又被人强行拉过去和班里男生合影。他被人群簇拥，站在中央，长身而立，没什么表情地看向镜头。

照片被传到班群，易卓看了眼成品，一张小嘴又忍不住开始叭叭："少爷您这扑克脸原来还分人啊，跟陆茶栀拍照的时候，怎么就不是这样一副冷艳无情的样子？"

许佑迟漫不经心地扫他一眼。

易卓立马怂了，嘿嘿赔笑道："哪能啊，阿迟哥哥厌世的样子也是全世界第一帅，我超爱。"

百无聊赖地等待前面的班级拍照，许佑迟站在树荫下，倚着树干听易卓说话，忽然感觉到自己身边站了个人。

他看过去，是坐在他后面的那个女生。

叫林什么来着？他记不清。

林槿今天化了妆，脸颊不知是腮红拍得过重还是什么别的原因，在灼热的日光照耀下，红得有些过了头。

和许佑迟对视一眼，她慌忙低下视线，酝酿许久，终于将那个在心中排练无数遍的请求问出了口。

"可以跟我拍一张合照吗？"

堪堪十个字而已，似乎耗尽了她前半生所有的勇气。

心跳又急又烈，小鹿在乱撞，毫无章法地咚咚敲着胸腔。她能感受到许佑迟的视线落在她的头顶，私藏了两年的少女心思，在他的目光中，顷刻透明到一览无余。

她咬着下唇放缓了呼吸。

但实际上，让她从满怀期望到凉水兜头直下浇灭心头火焰，只过了短短不到一秒钟的时间。

"抱歉，不拍。"

她听见许佑迟的声音在她头顶响起，语气疏远，像从天边传来。

他波澜不惊，转身离去。

很不公平。他浸在世人爱慕的目光里，却是个不垂怜世人的神明。

林槿抬头望着许佑迟的背影。

今年的夏天太热了。她想。

因为不自觉从眼眶里涌出的泪水，都热气滚烫。

拍完班级的合照回到教室，黑板上方的白墙上贴着五星红旗和八个字牌："不负韶华，只争朝夕。"

珍惜当下的含义。

一万年的时间与永恒相比也只不过是眨眼的朝夕，岁月的确漫长，但也不足以让人奢侈到，可以随意浪费在无关于己的事情上。

吃过晚饭，窗外的夕阳霞光投进教室，没过阴影，照亮了堆满书页的课桌。头顶的风扇卷起阵阵凉风，吹动试卷和白日的热浪。

陆茶栀在复习化学笔记，许佑迟坐在她身旁，剥开那个和落日有八分相似的橘子。

他修长的手指，剥开厚厚的橘皮，饱满橘肉显露的刹那，酸涩橘汁立即迸溅在空气里，与夕光交汇，水雾散发出细碎光泽，晕开整片属于夏天的清新气息。

橘子被挑丝分瓣，最后被放进陆茶栀的手心。

陆茶栀享受着公主级别的待遇，边吃橘子边看完了电化学部分的内容。她合上笔记本，看见许佑迟拿着美工刀，似乎在雕刻着什么东西。

他微低着头，小刷子似的睫毛低垂，侧脸看起来格外专注和认真。

过了十多分钟，许佑迟将最后一瓣橘皮也雕刻好，放下了美工刀。

陆茶栀从化学书里抬眼，桌面上多出来一张白纸。上面贴着的橘皮，经过雕刻和拼凑，摆成南瓜马车的图案。

童话故事里，深夜的舞会结束后，女巫将南瓜变成马车，将穿着华丽礼服的公主接回家中。

而此时，许佑迟将亲手雕刻的南瓜马车放到她的跟前，轻声问："可以带你回家吗？"

大概是梦里才会出现的剧情。

出逃的公主被寻到后，王子低头臣服，牵着她走上南瓜马车，回到属于他的城堡里。

陆茶栀注视着他的眼睛。

那双状似桃花瓣的眼睛，漂亮且明亮，里面有光。

她听见自己的声音，对他说："好。"

高考试坐前夕，学校里其他年级布置好考场后便离开学校，晚自习时，高三组织了一场声势浩大的喊楼活动。

闷热的七月夏夜，教学楼灯火通明。

年级主任举着喇叭在一楼呐喊："优秀的九中学子们，将你们的愿望，你们的梦想，都用笔写在这张纸上。放飞手中的纸飞机，也是放飞你们自己的理想。在接下来的几天之内，带着信仰与荣光，为之不断奋斗吧！"

话音未落，雪白的纸飞机伴随着呼喊从教学楼往下滑落，带着热度的风顺着手臂挥动的动作灌进短袖袖口里。

欢呼声一阵高过一阵，终于走到了最后的紧要关头，攒积已久的压力与汗水在此刻得到释放，剩下的是一往无前到能冲破天际的勇气。

情绪高涨了一阵，回到教室，聂萍进行了简短的平复心情讲谈，让同学们自行复习。

晚自习下课，陆茶栀收完了东西，许佑迟不急着回家，和她一同走出教室，陪她到宿舍楼下。

宿舍公寓旁的树影摇晃，校园里流浪的黑猫敏捷地攀爬过树干，蹲在石柱上静静观望。

一路上，陆茶栀抱着怀里那本语文背诵全集，心底忐忑不安的，没由来的紧张。

许佑迟站定，看穿她的局促，说："会考好的，你别紧张。"

清澈的少年音色，像是冰凉如水的月光，落在夜幕中破茧而出的蝶翼上。抚平了颤抖，只剩下轻柔。

陆茶栀呼出一口气，开口："许佑迟，等考完你再陪我回杉城吧。我带你再见大婆婆，去吃火锅，去看我以前生活过的地方。"

"好，"他答应道，"你想去哪里我都可以陪你。"

陆茶栀对他笑着："那就这样说好了，迟迟晚安。"

许佑迟的回答是："公主晚安。"

第十六章
从前从前 有个人爱你很久。

高考两天的时间里，校园里四处拉着封闭的警戒线，志愿者在广场上分发免费的矿泉水，交警骑着摩托车驶在最前方，领着大巴，为高三考生的未来开道。

七月八号的下午，英语考试结束，悦耳悠扬的钢琴曲通过校园广播在播放。

陆茶栀走出考场，在楼梯的转角看见了许佑迟，他背靠着走廊的栏杆，像以往无数次在教室门口等她那样。

如织人流里，他准确无误地对上她的目光，对她说："走吧。"

陆茶栀看见他的身后，被天台顶楼圈刻着的那一小块天空里，呈现出澄澈的蓝色，有纯白的飞鸟成群掠过，飞向更辽远的天际。

这一瞬间，陆茶栀如释重负般呼出一口气。

漫长的高中生活结束了。随后而来的，会是一个充满着未知、惊喜和心动的全新夏日。

回到教室搬走了剩余的书籍，聂萍交代完明早英语口语的注意事项。同学们去食堂吃过晚饭后，到礼堂的大厅排练毕业典礼节目。

早在一个月前，班里就定下了此次表演的内容。大合唱周杰伦的《晴天》，许佑迟负责钢琴伴奏。

此前的时间，班里一直在准备高考，今晚是第一次排练。许佑迟的伴奏自然无可挑剔，加上《晴天》是众人皆知的曲目，在舞台上定好站位之后，不需要班长和文娱委员过多费心，排练进行得无比顺利。

合唱了三遍，明诺便宣布解散。

易卓对陆茶栀挤眉弄眼一阵，用眼神暗示了些什么，陆茶栀拉上许佑迟的手，率先离开礼堂。

连琴盖都没来得及盖上，许佑迟一路被陆茶栀拉着跑出去。

两人奔跑在校园的夜色里，有风吹乱额前的发，顺势拂过耳畔。

许佑迟问："怎么了？"

"跟我来。"陆茶栀说着，脚步未停。

高三教学楼的天台上，漆黑如瀑的夜幕笼罩之下，隔壁四班的学生们人手举着一根仙女棒，在这里录制明天毕业典礼上要播放的视频。

许佑迟和陆茶栀上楼时，正好碰上四班录完视频准备离开。

四班的现任班长是高一原五班的女生，和陆茶栀有过几个星期的邻桌情谊。短暂打了个招呼，她将几根仙女棒递到陆茶栀面前，问："你们要上去玩吗，这儿有剩下的仙女棒，要不要？"

陆茶栀接过，笑着道："谢谢。"

"不谢啊。"四班班长早就听闻年级上的传闻，暧昧的目光扫过眼前两人交握的手，打趣道，"高考都结束了，少爷和公主，金榜题名，甜甜蜜蜜呀。"

不等陆茶栀动手拍她，她已经笑着跑下楼梯。

空旷的顶楼天台空无一人，这里没有灯，远处的礼堂传来些许光亮。

陆茶栀和许佑迟并排坐到扶栏边，她点燃手里的仙女棒，看火焰在眼前闪烁，发出细小的燃烧声响。

她在看火花，许佑迟在看她。

等火焰燃尽，风扬起她的裙摆。

许佑迟突然伸手扣住她的后脑，转过她的头，一个轻轻的吻落在她的唇上。

天台幽黑寂静，夏夜却躁动难耐。

陆茶栀闭着眼，睫毛轻颤，眼眶里涌出了点泪珠。

察觉到她想躲开，许佑迟的亲吻温柔了一瞬。

安抚着她的嘴唇太过柔软，让陆茶栀感觉整个人像轻飘飘浮在半空，十足的虚幻感将自己的身体包裹。

可刚被安抚下来不到一秒，他就伸长了脖颈再次压上来，下颌线利落绷直。

像要把她融化和吞噬在亲吻里。

陆茶栀的思绪被他的吻搅得七零八落，脑海里仅存的唯一想法是：

此刻，将满腔的欲望都融入唇齿里，跟她接吻的人，是许佑迟。

……

他的额头贴着她的，用唇瓣摩挲她刚刚被刮到的那个地方，问："疼吗？"

"疼。"

不光嘴巴疼，连带着她的下颌，也在隐隐泛疼。

陆茶栀气不过，在他的上唇也咬了一口，但到最后也没舍得真咬，气势又软下来，说："你干吗这么凶啊？"

许佑迟轻轻笑起来，低声呢喃："对不起。"

"就这一句？"陆茶栀并不满意，问，"然后呢？"

"嗯？"许佑迟想了想，"下次还敢。"

许佑迟搂着她的腰，沉默着和她对视三秒，桃花眼里浓墨翻飞，他又捏着她的下颌亲上来。

他用亲吻来回应她的问题。

高考完后的第一个狂欢不眠夜降临。

易卓他们逃离出校园的牢笼，不再是处处受着家长和班主任管制的受气包。身份转变的喜悦来得太快，潜藏在身体里的不安分因子躁动着破开。一群男生大手一挥，直接在网吧定下了包夜，发誓不把高考前欠缺的游戏时间补回来不罢休。

夜里的网吧生意火爆，人满为患。保守估计，十分之九都是今天才得到解放的高三考生。

陆茶栀跟在许佑迟身后进到大包间里，其他男生早已坐在电脑前，在游戏世界里大杀四方。

易卓趁着游戏空当，抬眸往门口看了一眼，瞬间泪眼汪汪道："哇，你们俩终于来了。知道我们等你们等得有多辛苦吗，花儿都谢了，宝。"

许佑迟没搭理他，坐在座位上开了电脑，转头问陆茶栀："你想玩什么？"

"都可以。"电脑游戏她不熟，也不挑。

许佑迟输入账号密码登录 steam："GTA 可以吗？"

"我没玩过，是干什么的？"

许佑迟偏头看着她，倏然笑起来，说："带你'抢劫'。"

他穿一件简单的白 T 恤，明亮的灯光也温柔，洒落在他细长的睫毛之上，在眼下铺出扇形的阴翳。

带她去"抢劫"。

这样的话从许佑迟嘴里说出来，令人心动的程度呈指数倍不断攀升。

陆茶栀刚点了下头，另一边易卓的声音也紧跟着传过来："你们别自己玩啊，带我一个，等我打完这把就来——"

许佑迟没理会那边，将自己的游戏账号和密码都发到了陆茶栀的手机上，说："这个任务要满十二级才能玩，你玩我的号可以吗？"

"那你呢？"

"我用我朋友的。"

陆茶栀"哦"了声，手指在键盘上输入着账号。她刚要点击登录，动作一顿，转头看向他，说："你就这样把密码给我，不怕我对你的账号干什么吗？"

许佑迟用鼠标点开 steam，他看着电脑屏幕，表情很淡，不甚在意的模样，语气也云淡风轻："你想干什么都可以。"

"那……你现在跟我出去逛街。"

眼见许佑迟拖动鼠标下一秒就要关闭电脑，陆茶栀连忙出声阻止："我开玩笑的。"

"我很听话的，你说什么我都答应你。"

他神色认真，陆茶栀心底忽地一软，说："我知道啦。"

趁所有人的视线都在电脑屏幕上，陆茶栀快速凑上前。

"迟迟是天底下最听话的宝贝。"她说。

"你每天多亲我一下，我会更听话的。"他握住她的右手，使其不可抽离地贴在自己脸颊上，他贪恋着她柔软的手心，压低声音补充，"只听你的话。"

陆茶栀忙不迭点头答应，几乎是下一秒就能陷进他的眼瞳里去。

半分钟后，她终于感受到了一丝不对劲。

原来，许佑迟半诱半哄让她答应下来的，是每天都要亲他一下？

在许佑迟的带领下，陆茶栀对游戏也渐渐上手。最后电脑上的游戏画面定格，跳出几行大字。

【抢劫成功——佩里科岛抢劫任务！】

陆茶栀摘下耳机，用湿纸巾擦掉手心里的薄汗。

身边传来一声轻响，她转头看去。

许佑迟单手抠开了易拉罐的拉环，将水蜜桃味的汽水放到她面前。网管刚刚送进来的饮料，刚从冰箱里拿出来，罐身上还残留未干的水雾。

陆茶栀小声说："谢谢。"

许佑迟以相同的方式开了他的那听无糖可乐。

修长骨感的手指，食指屈起来，轻而易举就单手抠开拉环，冰镇可乐往外冒着气泡。

"刺啦"的细小声响里，一个个小小的可乐气泡，在碰到陆茶栀的心脏后，轻轻地消融掉。

她回想起来。她刚转来五班，在数学课上看到许佑迟转笔时，笔杆在他的手指间转动飞舞。和今天晚上，在礼堂的舞台看见他弹琴时，他的指尖在黑白琴键上轻快跳跃。

比转笔和弹琴的动作都更为出彩的，是他的手。

骨节分明，纤长漂亮。肤色是冷调的瓷白，手背上经络微突，可见内里青色的血管。

就在不久之前，这只手轻抚着她的下颌，轻轻地贴上她的唇。

而当下，许佑迟整个人靠着椅背，懒洋洋的少爷姿势。

再寻常的动作，由他做出来，也莫名勾人。

陆茶栀指尖滚烫，触碰到水蜜桃味汽水的瓶身。

冷饮的温度冰得透彻。

她拿起易拉罐，清甜的水蜜桃味从舌尖开始蔓延。

燥热难耐的夏天，在许佑迟单手抠开汽水拉环的那一瞬间，温度降了下来。

陆茶栀还保持着高考前的生物钟，一时半会儿改不过来，晚上十点多就自然而然困了，许佑迟打车送她回去。

夜晚的道路并不拥堵，出租车平稳地向前行驶。昏暗安静的车内向来催眠，陆茶栀戴着口罩，靠在许佑迟的肩上几近睡着。

许佑迟也戴着蓝色口罩，他没玩手机，单手揽着她的肩，看车窗外快速后退的夜景。

陆茶栀合着眼皮，但也偶尔能感受到晃过的光线。她将眼睛往许佑迟的脖颈间埋，直到一点光亮也看不见，才算找到一个舒适的睡眠姿势。

安稳睡了没几秒，许佑迟突然伸手捂上她的眼睛。隔着两层薄薄的口罩，吻上她的唇。

随后，他又扶着她的脑袋埋进自己的怀里，帮她重新找到刚才那个睡眠姿势，他低下头，用气声说："睡吧，我在。"

羽毛般轻柔的嗓音，像坠入了梦境。

但陆茶栀清楚地知道，不是梦境，是许佑迟。

喜欢着她的许佑迟。

口语考试和毕业典礼在同一天进行，学校要求学生们穿校服，早上九点就要到达学校。

陆茶栀在家里睡了一觉，套上九中的藏青色校服外套，司机送她到校门口。

口语考试按班进行，五班的考试结束，距离毕业典礼开场还有很长一段时间，同学们返回高三（5）班的教室里。等会儿需要上台演唱《晴天》，明诺开了电脑，单曲循环着这首歌曲，让同学们提前熟悉歌词和旋律。

聂萍从办公室里抱来毕业相册，分发完毕后，五班全体同学在熟悉的教室里，最后一次穿着九中校服，留下班级的大合影。

七月盛夏上午的阳光明亮，窗外梧桐枝叶与三年前相比更加繁茂。

教室里的陈设少了许多。班级赢得的那一张张奖状已经被揭下，白墙恢复原状，后面那块写满了加油语录的黑板报也被擦除干净。

桌椅摆放整齐，少了桌面和书箱里那一摞摞厚重的笔记和书籍，属于他们这一届高三（5）班的痕迹被抹去。

再过两个月的时间，会有一批十五六岁高一新生进入这里，续写属于这间教室的故事。

直到这一刻，面对着熟悉又陌生的教室，班里同学恍然明白属于他们的故事已经落幕。分离在即的伤感油然而生，不少同学四处拍照，留下高中教室最后的记忆。

陆茶栀和许佑迟站在讲台的电脑大屏幕旁，易卓去上洗手间，明诺便暂代摄影师的职位，举着手机，替两人拍下合照。

连续抓拍了两张后，明诺脸上挂着耐人寻味的笑，将手机递给陆茶栀，示意她自行欣赏。

第一张的背景，大屏幕上播放着周杰伦的《晴天》，进度条停在 1 分 53 秒。

正唱到的歌词是："从前从前有个人爱你很久。"

两人穿相同的九中校服，背靠墨绿色的黑板。陆茶栀笑着看向镜头，而在她身侧站立的许佑迟神色淡然。

光影、构图、意境都很美好，是高中年少和夏日阳光的模样。

滑到下一张，陆茶栀终于明白过来，明诺为什么笑得那么意味深长。

这一张照片里，歌曲往后播放了不过五秒钟，仍然是那句歌词。

她维持着笑容在看镜头，但许佑迟露出的不再是完整正脸。

穿着九中藏青色校服外套的少年偏了头，垂下眼眸。

目光所至，有且仅有陆茶栀。

毕业典礼在礼堂举行，四周的窗帘被拉上，将白日的光亮遮挡严密，混淆黑夜和白昼，仅剩礼堂顶部和舞台上的光。

艺术团的学生们在门口挨个分发了荧光棒，全体师生在座位上进行了毕业誓词的宣读，跟唱国歌和校歌，听完校长和老师的发言后，轮到优秀学生代表。

许佑迟走上舞台，进行他在高中时期的最后一次演讲。

摄像机架在舞台前方录像。许佑迟身姿笔挺，站在花团锦簇的演讲台前，肩上落着舞台的灯光。

"高中的三年时光转瞬即逝，我们都曾在这段岁月里迂回碰撞，经历了严寒的隆冬和酷热的盛夏，怀着对未来的憧憬和敬畏在九中母校结束高中的求学生涯。

"推迟而来的高考在昨日成为经历，关于毕业，我想讲的主题并不是告别，而是感谢。

"我很感谢在母校的这三年时光。感谢父母的悉心陪伴，感谢老师的谆谆教诲，感谢同学的并肩前行，这或许也是无数同学在高中时期与我相同的感受。

"但除此之外，我还想感谢一个人。是我在追逐学业梦想的过程中，遇见的那个，对我的人生理想产生了巨大且深远影响的人。

"在高一的诗歌比赛里，我曾写过这样一句：'相离沉睡于当下的相遇，在青山荒芜前，在山茶成树后觉醒'。"

"彼时的我私以为世间万物无一守恒，相遇即相离。我学识浅薄，是她让我懂得，有一样东西，会在漫长无垠的宇宙里永存，永生，又或者是，永不分离。"

数不清的目光落在陆茶栀的身上。

许佑迟演讲停顿的间隙，四周不断有人在起哄和打趣，连老师也朝这边望过来。

陆茶栀看见许佑迟隔着重重的人海，对她很轻地笑了一下。

"毕业的钟声悄然无声地回荡。三年前，我和无数学子在同样的初秋进入九中校园，现今的七月夏季，我们即将同母校告别，同我们的高中生活告别。雁过留声，就像迦梨陀娑在《沙恭达罗》里写，'黄昏下的树影，拖得再长，也离不了树根'。在高中的记忆里，总会留下某些特定的人和事物，在无边的未来里，同光相伴。

"进入高中，我们学到的第一篇课文里便写道：'恰同学少年，风华正茂'。语文老师叮嘱无数遍的首尾呼应在此刻融进现实里。风华正茂的十八岁，我们共同经历了成人礼，高中毕业并不单单代表着分别，真正代表的是，我们会迎接未来更加意气风发的自己。

"我的演讲完毕，谢谢。"

台下掌声经久不绝，许佑迟坐回自己的座位，陆茶栀牵住他的手，触碰到他温热的掌心。

"你是在对我说吗？"她抬眸问。

"我表达得很隐晦吗？"许佑迟沉默了一下，"那我下次加上姓名。"

陆茶栀下意识抓紧他的手指，说道："不要。"

许佑迟却反驳："不好。"

他望着她的眼睛，说："我还有很多想对你说的话，都没有说完。"

陆茶栀安静须臾，问："什么话？"

"关于你喜欢的夏天、大海、落日、画画，还有我对你的喜欢。"他口吻缓慢且淡，眼眸里却添上几分认真，"初稿写完之后，我删改了很多。那些话，与其在众目睽睽之下宣之于口，我更倾向于，在私下慢慢讲给你听。"

"你想说的时候告诉我吧。"陆茶栀轻轻捏着他的指尖，说道，"我听。"

心口难以抑制地，软得一塌糊涂。

许佑迟不自知，他真的很擅长，让人每一秒都比上一秒更加喜欢他。

五班的大合唱节目是毕业典礼的压轴。三角钢琴摆放在舞台的右侧，许佑迟独自坐在钢琴前为歌曲伴奏。

关了观众席的灯，台下寂静无声。偌大礼堂之内，只剩下舞台上的学生合唱声。

"等到放晴的那天，也许我会比较好一点——"

歌曲演唱到高潮部分，舞台上的灯却在此刻骤然熄灭。礼堂陷入一片漆黑，所有的声音都消失殆尽。

很奇怪，没有尖叫，也没有人再接着歌曲演唱。这不是意外停电该有的群体反应，倒更像是，有人在蓄意谋之。

独独一个人，被排除在事件的真相之外。

许佑迟垂下弹琴的手，耐心等待了五秒钟，灯光再次亮起。

只是，这一次，舞台上的光没有照亮背后合唱的同学。

单独的一束，准确无误，落在他一人身上，刺眼又明亮。

身后传来金属车轮碾压的声响，许佑迟起身，回过头去看。光线昏暗，易卓和姜卫昀他们那群男生费劲地推着推车走上舞台。

陆茶栀走在最前面。她的手里捧着蛋糕，数字"18"在烛光中摇曳。

震耳的音乐声再次响起，续唱着刚刚尚未唱完的歌曲。上千根荧光棒在许佑迟起身的瞬间开始发光和挥舞，台上台下所有人都继续唱：

"从前从前，有个人爱你很久。"

陆茶栀一步步向他走近，将十八岁的生日蛋糕，亲手递到他的面前。

"许愿吹蜡烛吧。"她明澈的眉眼，漾着温软笑意。

许佑迟顺从地闭眼。

易卓呐喊着倒计时："三——二——一——"

许佑迟睁眼，将烛火吹灭。

五颜六色的荧光棒持续地在台下的一片昏暗里晃动，舞台顶部的气球在一瞬间爆炸开来，碎冰蓝玫瑰的花瓣混着纯白色的羽毛从上方飘落。

宛若浩瀚宇宙里，一场盛大的流星坠落。

无尽的欢呼声几欲将他吞没。一千个不同的声音，在同一时间对他喊着同一句：

"许、佑、迟——生、日、快、乐！"

舞台上方，皎洁如雪的羽毛和花瓣持续散落，干冰雾气弥漫，将舞台地板装饰成冰雪之原。班里众人暗自筹备了几个月，呈现效果来得比想象中更加震撼。

许佑迟的十八岁，在高考完后的第二天，九中礼堂千人齐贺的欢呼声里拉开序幕。

姜卫昀他们几个男生合力将推车上的大纸盒搬到地板上，易卓催促道："阿迟快来拆礼物！"

许佑迟走过去，双手拉开包装纸盒的蝴蝶结丝带。

每个透明的气球里都装着颜色各异的玫瑰，一共十八只气球。随着纸盒的打开，气球从底部缓缓升起，下面系着的不是细绳，而是高中时期每一张和许佑迟有关的照片串起来的飘带。

陆茶栀放下蛋糕，拿起推车上的那束花。

"十八岁生日快乐呀。"她漂亮的眼睛带着笑，弧度微弯成月牙，"我答应过你的，每年都会陪你过生日，这是第三个。"

许佑迟接过她手里的碎冰蓝玫瑰花束。

十八枝白玫瑰的花瓣顶部混着蓝色渐变，蓝白色的满天星作为点缀，包裹在雪梨纸和白色牛皮纸之中，花蕊之间夹着一张明信片。

班里一共四十八个人，除开许佑迟本人，上面一共有四十七句"生日快乐"。

背面是陆茶栀单独的字迹，诗人黄礼孩在《晚安》里写下的三行诗句。

我喜欢目不转睛地看你

生活给我的荣光

我将永不妥协地去爱

他恍然记起，一年前，陆茶栀写在便利贴上送给他的那句：

【许佑迟小公主，只吃甜不吃苦。】

《晴天》结束，礼堂里的歌曲又换了一首。所有人都在唱"祝你生日快乐"，表达着诚挚的生日祝贺。

许佑迟低着头，轻轻笑起来，将明信片重新放回了花束中央。

被爱着的人，都是会收到花的。

毕业典礼过后，班里同学约了各科的老师，中午在外面的酒店宴会厅里举办谢师宴。

五班一行人留下来打扫了礼堂的舞台，才离开校园，浩浩荡荡地向聚餐地点出发。

易卓他们几个胆大包天的男生叫了红酒，被聂萍故作严肃地批评了一通，又打着哈哈蒙混过关，转头就和其他的老师举杯共饮。

禁止饮酒是高中生才需要遵守的守则，他们已经高中毕业，这项规定再也管不到他们头上。

许佑迟被易卓他们拉上，端着酒杯向各科的老师挨个敬酒。

饭局进行到尾声，班里不少同学都脱下了校服，拿出马克笔互相签名。

许佑迟坐在座位上，给很多主动来找他的人签了名字。他们走前回问他需不需要签名时，无一例外，被他拒绝。

陆茶栀和明诺她们去拍合照了，等她回到座位，许佑迟将自己的校服外套放到她的桌前。

"要我签名吗？"陆茶栀问。

"嗯，签这里。"

陆茶栀顺着许佑迟手指的地方看过去，校服左半边的上方，心脏所在的位置。

他的校服干干净净，体温未退，带着夏日阳光和柑橘的清甜淡香味。

陆茶栀打开马克笔的笔盖，低头在校服上写字。

宴会大厅的灯光下，许佑迟看着她耳边有几缕发丝垂落，认真好看的侧脸浸在光里，细嫩雪白的皮肤和侧颈。

几秒钟后，她合上笔盖，将校服还给他："好了。"

许佑迟看向校服左胸的那块布料。

并不只是单独的她的姓名，她加了前缀。

【永远（爱心）许佑迟の陆茶栀】

谢师宴结束，班里同学拍了大合照，依依不舍地告别老师后，又无缝转换了下一个娱乐地点，星河湾海边酒吧街的一家KTV。

最大的包间里，巨大的音乐声震得耳膜快要爆炸，一群人争抢着麦克风，撕心裂肺地唱着歌。

陆茶栀在看明诺翻书，身边的沙发陷下去一点。

许佑迟没再和男生们一起打游戏，在陆茶栀的身旁坐下，目光扫过明诺手里的塔罗牌，问："在占卜吗？"

明诺点头："是啊，少爷测吗？不灵不要钱。"

陆茶栀本以为许佑迟只是随口一问，却没想到他答应了下来，语气听起来还挺认真："我想测合盘。"

不需要许佑迟报出另一个人的姓名和生日，明诺已经光速懂得了他的意思："好的，稍等。"

"你是七月九号生日，栀栀是八月十五……"明诺笑眯眯地将书上的答案递到两人眼前。

书上只有四个大字：

前世情人。

陆茶栀感觉到，许佑迟牵着自己的手的力道在渐渐加重。

占卜店铺无人光顾，明诺收了摊，又从包里拿出两副扑克牌，喊上白雨瑶和何思萱，宿舍四个人聚在桌边玩扑克牌。

陆茶栀没许佑迟那么好的牌技，一连输了两局，她愿赌服输，刚要拿起啤酒，被许佑迟拦在半途。

"你玩，我来喝。"

他好听的声音从背后传来，轻轻落在耳郭，陆茶栀碰到玻璃杯的指尖一颤。好在包间里灯光昏暗，音量爆炸，没人发现她滚烫的脸颊。

白雨瑶她们的目光不住在两人身上打转。

明诺意味深长地"啧啧"了几声，又忍不住打趣道："少爷和公主，你们俩倒是来一个人喝啊，还打不打牌了。"

许佑迟仰头将玻璃杯里的啤酒一饮而尽。

牌局继续进行，不知是上天也偏爱着许佑迟，不舍得让他多喝，还是陆茶栀找回了手感，总之，在接下来的几局里，都没再让许佑迟碰过酒杯。

陆茶栀扔出手里仅剩的四张 K，炸掉明诺的三带一，突然有温热的气息从背后贴上她的耳郭。

"可以跟我出去吗？"许佑迟问。

包间里过于嘈杂，陆茶栀侧了侧头，靠近他的唇，让自己能更清晰地听到他的答案，问道："去干吗？"

良久的沉默过后，她再次听见许佑迟的嗓音，低低的，对她说：

"想亲你。"

黑暗的包间空无一人，零星的光从门缝里照进来，仍能听到从隔壁传来的音乐声。

陆茶栀背抵着墙，仰头感受着许佑迟带着酒气的吻，湿润灼热的喘息声在耳膜上不断放大。

她浑身发麻，下意识扭头想躲，被许佑迟圈着腰捞回来，锁在他和墙壁之间。

"去哪儿？"他贴在她的嘴角流连。

陆茶栀低声喘息，睁开水光潋滟的眼睛，近距离看着他鸦羽般的眼睫，浓长细密，根根分明。

她嘴唇湿润，上面残留着属于他的温度和气息。

她不忍和他分离，用双手攀上他的后颈，仰起头，踮脚向他贴近。

两张唇瓣再次严丝合缝地贴在一起。

他抱紧她细瘦的后腰，喉结滚动，下颌线绷紧。

陆茶栀掌心碰到他后脑的发丝，带了几分安抚的意味摸了摸。许佑迟的身体一僵，转瞬又柔软了下来，勾着她的舌尖舔舐吮吸。

再怎样近的亲昵，都满足不了与日俱增的贪心。

出来的时间太长，空手回去会让人起疑。陆茶栀让许佑迟陪她去买了杯星冰乐才重新回到包间。

推开厚重的玻璃门，明诺闻声望来，待陆茶栀在她身旁坐下，她才问出心里的疑惑："你们俩怎么出去这么久？"

陆茶栀用吸管搅动奶茶，佯装着无事发生的平静，说："去了趟星巴克，人很多，排队的时间太长了。"

"好吧。"明诺勉强被这个理由说服，也没再多想，打开手里的相册，放到陆茶栀面前，"你快来看。"

毕业相册里印着无数张照片，单人或合照都有，从高一进校的军训开始，按时间顺序，一直排到了高三的毕业照。

陆茶栀低头翻动相册，看到了高二那年冬天的英语剧表演。相册左上角的那张照片，拍下了结局的一幕。

高傲美丽的王子化为狠戾卑劣的小丑，为满足女巫永生的贪欲，不惜举刀剜出自己的心头血，遗愿仅仅是乞求女巫施舍给他一个亲吻。

舞台上一束远光，落在两人的身上，濒死之际的小丑虚弱无力，躺在竹椅里，嘴角带血，仰望着女巫。而感情淡漠的女巫只用指尖触摸着他惨白的脸，注视他死亡的全程。

是她设计的结局。

两个角色都带有浓烈的悲剧色彩，令人唏嘘叹息。

陆茶栀有些出神，回忆起许佑迟在舞台上望着她时的神情。湿润的眼眸，脆弱与爱慕死死纠缠交织，呼之欲出。

那时的她面无表情，另一只手的指甲陷进了掌心里，提醒自己这是戏剧。他的乞求再过可怜，她也不能擅自改动剧情俯身亲吻他。

这时，一双修长白净的手出现在她的眼前。

手机屏幕持续亮着，显示着一个没有备注的电话号码，将她从回忆拉回到现实里。

许佑迟将手机递给她，说道："有人给你打电话。"

陆茶栀接过，刚想按下接听键，电话已经挂断。她想拨回去，微信弹出来一条新消息。

【爸爸：晚上还要和班里同学聚餐吗？要不要去爷爷那里吃饭？】

美院的校考时间临近，明天还要去溪城的画室集训，陆茶栀说明了理由，拒绝陆政千的晚餐邀约。

【爸爸：好。那你早点回家，注意安全，收好去画室的东西，明天我有工作，早上让司机送你。】

陆茶栀回了个"嗯"，收起手机。

班里几个女生站在前面，握着麦克风唱着缱绻的情歌："爱你是孤单的心事。"

明诺被白雨瑶叫去点歌台，投射灯闪烁的KTV包厢，剩陆茶栀坐在沙发的角落里。

她翻完了相册放到一边，窝进许佑迟怀间，仰头细致地打量起少年清隽漂亮的侧颜。他轮廓分明的脸上，眉眼始终是纤尘不染的干净，远山之雪，隐隐透出只可远观的距离冷感。

暗光之下，眉骨高挺，眼睫浓长，下颌线弧度利落又流畅。

无论从哪个角度看，无一例外，他都是令人心动的。

等近距离欣赏够了他的侧脸，她支起身子，又靠回去，调整到一个更舒服的姿势。

"我等下要先走，估计不能吃晚饭了，要回家收拾去画室集训的东西。"

许佑迟垂下眼看她，问："去几天？"

"五天左右，之后有两个线上的美院考试，A大的十七号考，是线下。"

许佑迟轻声说："考完我陪你回杉城，然后你陪我回见我妈妈。"

"好。"陆茶栀笑起来，捏着他的食指，指腹相贴。

易卓今天倒霉无比，因为大冒险连续输，他实在是忍不了自己的破运气了，大声哭喊着让旁边的许佑迟也加入进来，还非要让他坐在自己刚刚那个位置上。

许佑迟径直坐到易卓的位置。游戏继续，塑料瓶口却在接下来很长一段时间里都没有对准过许佑迟，气得易卓更是头昏脑涨。

最后一局，大冒险终于轮到了许佑迟，他从桌上众多卡片中抽出一张。

【将你的网名昵称改成"喜欢×××（你右手边的人）24h"】

圆桌上，坐在许佑迟右手边的易卓看清楚字迹后眉梢一挑，立刻做出一副娇羞的模样："阿、阿迟宝贝，我也爱你啊。"

许佑迟拧眉推开他试图靠上来的身体，伸手将坐在他右斜后方沙发上的陆茶栀拽了过来，冷冷出声："不是你，是她。"

陆茶栀刷微博刷到一半，莫名其妙被扯着手腕拉过来。

她站在一旁，看着许佑迟一只手扣着自己的手腕，另一只手在屏幕上打字，将所有软件的账号昵称全部改成了"喜欢陆茶栀"。

她不由得有点想笑，但又觉得，这于许佑迟而言，似乎并不能算是大冒险。

桌上的那群男生好不容易才抓到许佑迟的一个破绽，显然没有这么轻易就让他过关的打算。一群人七嘴八舌，拼命号着"耍赖""不算数"，拿了个大玻璃杯倒上红酒，非要让许佑迟干了才行。

许佑迟眼都没眨一下就喝得一干二净。

他放下玻璃杯，在周围四起的起哄和打趣声里拿起那束碎冰蓝玫瑰，牵着陆茶栀走出包间。

陆茶栀看了眼手机屏幕上的时间，不知不觉已经过了下午六点。

海平面之上，白鸥滑翔而过天际，落日大概也是半醉，因脸红而蔓延的玫瑰云朵挂在明亮的天边。

下楼走出 KTV，陆茶栀瞥见许佑迟微红的脖颈，百般无奈，又生出酸楚，勉强跟上他极快的步伐。

路过花台边的一个长椅，许佑迟停下脚步坐了过去。他仰头靠着椅背，皮肤冷白，耳朵和脖颈却是红的。

陆茶栀站在跟前，居高临下地看着他轻合着的双眼，心里五味杂陈，心疼占了半数。

她打开手机查询快速解酒的办法，还没来得及看完页面，许佑迟牵住她的手，贴上自己的侧脸。

不知何时，他已经睁开了眼，仰头望着她，漆黑的瞳泛着湿漉的光。

是真的很可怜。

陆茶栀倏地笑起来，指尖触碰到许佑迟的脸，说："干什么，跟我撒娇啊？"

他偏头移开视线，用鼻音"嗯"了一声。

"许佑迟，你真的是在跟我撒娇吗？"

他就这样暴露出柔软的一面，陆茶栀深藏心底的某些情绪被轻易挑起，转瞬就破土而出，生根发芽。她轻声问："你是不是有个小名呀，叫许娇娇。"

他好可爱，好想亲他。

"没有。"

"许娇娇，"这个称呼喊得越发顺口，陆茶栀笑着道，"是不是我亲了你，你就可以站起来，跟我好好走了？"

"嗯。"许佑迟喉结滚了一圈，"你亲我一下，我就起来。"

大概是真的醉了，他与平日里形成了巨大的反差。

他睁开雾气迷蒙的眼，自下而上仰望着她，嘴唇轻合。

"求你。"

比落日更艳和漂亮的唇色。

一切都像是回到了高二冬日的舞台之上。只是，这一次，两个人物出演另一版结尾。

相贴的唇瓣分开时，陆茶栀微微抬了眼，恰好看见许佑迟勾起的嘴角。暧昧的桃花眼，瞳孔像琥珀一样透亮，溢着明亮又清澈的笑。

哪还有刚刚那副半醉不醒的娇弱模样。

骗子。

陆茶栀忍不住在心里想。

是书里总爱写到的喜出望外的傍晚。

远处蔚蓝的海水碰撞礁石，晚霞铺开在橙色的天空，拂过耳畔的风里弥漫玫瑰花香。

潮起潮落的海边，广播里放着陈奕迅的粤语歌。

夕阳无限好，却是近黄昏，

高峰的快感，刹那失陷，

风花雪月不肯等人，要献便献吻。

陆茶栀突然就明白。

热恋随着夏天一起到来。

班里同学结完账走出 KTV，就看见了这样一幕。

不远处的花台边，许佑迟坐在长椅上，拉着陆茶栀的手不知道说了些什么，陆茶栀便弯下腰亲了他一下。

叶哲飞难以置信，瞪大了自己的眼睛，说："是我喝醉了吗，还是迟哥喝醉了？"

作为和许佑迟一同长大的发小，姜卫昀拍了拍他的肩膀，故作深沉道："你不会真觉得就那半杯红酒就把阿迟灌倒了吧？看来你还是不够了解他，未免也太低估我们迟崽了。"

不远处的许佑迟起身牵着陆茶栀离开。

林槿停留在人群的最后，一直注视着许佑迟远去的背影，渐行渐远，最后消失在海岸边的人群里。

她看向花台旁那张早已无人的长椅，脑海里却一直回想着刚刚那两道亲密的身影。

她眼眶发酸，抱紧了怀里的一本《沈从文文集》，慌忙低头揉了揉眼睛。眼泪却猝不及防，掉落在手中尚未送出的书籍封皮上。

为什么会这样呢？

不是说爱会渗透日落，每一道金色的余晖里都藏着丘比特的神箭吗？今天的夕阳这样饱满热烈，为什么许佑迟还是没能感受到自己的爱意呢？

她抬头看向夕光，下意识用手指遮挡，不适地眨了眨眼睛。

太耀眼了，会将直视之人的心脏灼烧成洞口。

一如她在五班的教室里初见许佑迟时，跳跃在他身上的盛夏阳光。

窗外蝉鸣嘶哑，一束束金光透过梧桐枝丫的缝隙落进教室，洒在他干净整洁的校服上，将少年的身形衬得笔直又修长。

他站在讲台上自我介绍，简单利落，只有三个字。

许佑迟。

少年音色清澈动听。

那一刻，怦怦在心脏里，而他在怦怦里。

人类的天性就是对美好的事物心生向往。像呼吸是本能一样，喜欢上许佑迟，从来都不是一件难事。

在高中躁动的青春日子里，许佑迟自始至终都站在所有学生都仰望的顶端，一身傲骨，成绩、皮囊、家世，重重光环加身。在普通人十六七岁尚处于迷茫青涩的年纪里，他耀眼到刺眼，活得澄澈又意气风发，闪闪发着光。

他拥有一个美好幸福的家庭，一群偏爱他的老师，一堆仗义情深厚的兄弟。

他身高一米八七，生日七月九号，巨蟹座，家里有一猫一狗，会很多的乐器，不止钢琴。

他很少和女生交谈，不喜欢吃甜食，不喜欢有人碰他的东西。

他打牌很厉害，只喝无糖的可乐，喜欢打篮球，喜欢打游戏但不沉迷，喜欢的书籍很多，最爱看悬疑侦探小说，最喜欢的中国作家是沈从文。

他有一本旧了的《沈从文文集》，翻来覆去看了很多遍，但书皮一直保护得很好。

林槿始终都记得，有一次这本书掉在地上，是她率先捡起来，递给了他。

他说了一句"谢谢"。

从传言里，林槿自以为已经足够了解许佑迟。

可事实是，他很少和女生交谈，却主动帮陆茶栀接水剥虾。他不喜欢吃甜食，可陆茶栀给他的草莓慕斯和焦糖布丁他全然接受。他不喜欢别人碰他的东西，却主动将耳机分给陆茶栀。

相遇这件事本身就是一望无际的海洋，许佑迟是触不可及的冰川。

林槿只窥见了冰山一角，便以为他永远都是那般冷淡，后来才明白，埋藏海面之下完整的他，早已被陆茶栀私有。

林槿后来也买了一本《沈从文文集》。

她读到的是《月下》中的那句:

——"我要在你眼波中去洗我的手,摩到你的眼睛,太冷了。倘若你的眼睛真是这样冷,在你鉴照下,有个人的心会结成冰。"

许佑迟读的却是《从文家书》中的那句:

——"我走过许多地方的路,行过许多地方的桥,看过许多次数的云,喝过许多地方的酒,却只爱过一个正当最好年龄的人。"

难过的是,他爱的那个人不是她。

刚刚在包间里,林槿注视许佑迟的面容,唱"爱你是孤单的心事"。可他的目光自始至终,就没有落到过她的身上。

木槿花也是花啊。为什么他满眼只有栀子和山茶。

一个月前,在海殊寺里,她双膝跪在拜垫,向神佛祈求许愿:不奢求他喜欢我,让他看我一眼吧,就一眼。

伫立高堂的神像目不斜视,沉缓的钟声和缥缈的烛烟传递答案。

等到醇酒酿成葡萄,死灰燃烧成焰,飞鸟亲吻海鱼,他就会垂下眼眸,目光向你驻留。

可现实里,酒酿无法还原,灰烬不会复燃。飞鸟与鱼,也隔着世界上最遥远的距离。

少女心愿再轻再浅,也不得爱慕之人的垂怜。

高考前的纸飞机活动,年级主任让同学把愿望和梦想都写在纸上。

众人写的皆是自己向往的大学,可林槿看见,许佑迟在那张纸上,写下的只有三个字。

——陆茶栀。

他的愿望,他的梦想,都是陆茶栀。

他有着一双令人艳羡的桃花眼。

都说桃花眼是含情眼,林槿却只能看见冰冷的霜花。

情呢?

是全都留在了看向陆茶栀的每一个眼神里吗?

会后悔喜欢许佑迟吗?林槿的答案大概率是不会的。

她不是他故事里的女主角,只是他的万千仰慕者里最微不足道的那一个。

可那样一个骄傲的少年,灵魂里都染着光。

她向往着光。

高中夜晚的教室总是燥热,开着窗户也闷得透不过气,有时许佑迟坐在靠走廊边,她便一晚上每个课间都走出教室,透气也好接水也好,只为了经过他的身边。

夏日的夜空是深沉的墨蓝色，星星在其中闪耀。她不想看星星，只想看他的眼睛。

她也曾被光照亮。

喜欢着许佑迟，所以爱屋及乌喜欢上他最擅长的数学科目，喜欢上阅读书籍，从《沈从文文集》到《无人生还》，再到《傲慢与偏见》。

他坐在她的前桌，所以在高中无数个厌倦了学习，无法坚持下去的日子里，抬头看见他的背影，好像又找回了向前的动力。

高中毕业，她和许佑迟的故事也写到结局。

那些晚风习习，坐在教室的窗边写试卷，抬眼就能看到落日晚霞的夏日，终于成为记忆里怀念的年少时光。

所幸，故事并非全是遗憾。

她也曾和他看过两年的落日，往后漫长余生的落日，就留着，让陆茶栀在每一天的傍晚，吹着晚风陪他看完。

曾经的她多渴望他的神环黯淡。

但那个能够与他并肩的女孩子，早已站在他的心上，和他一样，熠熠发光。

他们都足够优秀与耀眼。而她安静又平凡。她注定无法和他们走上同一条路。

林槿坐公交车回了家，父亲还在外加班，狭小的出租屋内，母亲在厨房准备晚餐，传出炒菜的油烟气味。

窗帘拉开，客厅里夕光斑驳。林槿将那本全新的《沈从文文集》收进书架的最底层。

她和许佑迟从来就不是一路人，因高中的机缘短暂同行过一程，以后便再也不会顺路了。

她蹲在书架前，闭上眼，在心里默念。

十八岁的许佑迟，生日快乐。我希望你诸事顺遂，喜乐平安。最后的最后，和你爱也爱你的那个人，长长久久，永不分离。

过去两年，许佑迟是照进她疲惫生活里的一束光。

林槿知道，她抓不住光。

第十七章
被她私有 他是她的。

高考结束，依旧是炎炎夏日的晴朗天气。清晨八点，阳光金晃晃穿过葱郁枫林的叶隙。雀鸟轻快掠过树冠，衔着食物，向巢穴的幼崽奔去。

不少同学都还浸在暑假的深度沉睡之中时，陆茶栀已经抵达溪城枫林深处的画室。

梁知已经从画室辞职，这个月就要前往伦敦继续深造。他秉持着做事应有始有终的原则，这几日还留在画室，指导完陆茶栀的美院校考才会离开。

美术考试三门科目里，陆茶栀最擅长的就是梁知教的色彩。

在画室的最后一周，她按梁知的指导，有针对性地练习将自己的个人风格融进画卷，让画面更加鲜明。

回到黎城后，先是参加了两个美院的线上考试，最后才是十七号的 A 大线下考试，因疫情增设的考点定在了黎城的某座大学。

持续了半个月的高温曝晒过后，十七号那天下了一场瓢泼大雨。黑云压在半空，暑气被雷声和雨幕席卷，气温直降了十多度。

下午时分，陆茶栀结束了最后一门素描考试，背着画袋走出考场。

她撑伞走到路旁的一家咖啡厅外，里面灯光温馨，少年背脊瘦且直挺，坐在玻璃窗边看书。

英文原版的《呼啸山庄》。

垂眸认真阅读书卷的侧脸，好看到像是画中才会存在的美少年。

大概是比那个坐在壁炉边，就让凯茜惊叹是个漂亮宝贝的林顿，更加令人心动不已的小少爷。

陆茶栀屈起手指，轻轻叩响玻璃窗。

许佑迟从书页中抬眸，撞进她微弯的笑眼。他用口型无声地说："进来。"

陆茶栀收了伞，放进门口的伞篓里。

咖啡厅里有人坐在钢琴前弹奏安静的古典曲目，她取下画袋问："这是什么曲子？那个帅哥弹得还挺好听的，好厉害。"

"肖邦的升 C 小调圆舞曲 64 号第二首。"许佑迟抿了抿唇，又道，"这首曲子，以前在学校里我也给你弹过。"

陆荼栀完全忘了有这回事，困惑地眨眼，问："什么时候？"

"高三下学期刚开学，二模考试你的理综没考好，没去上体育课，我带你去艺术楼的琴房，弹了这个。"许佑迟用书签夹好书页，直视着她的眼睛，"你不记得了吗？"

陆荼栀顺着他的话，在过往的记忆里回溯，似乎是寻到了那么一小段与之有关的回忆。

很模糊。

她只记得，二模成绩出来的那天，气温闷热得仿若蒸笼。班级中等的排名，加之她手上隐隐作痛的旧伤，她的心情的确很烦躁。

许佑迟是带她去了琴房，她靠在窗边吹风，用勺子吃着他买给她的草莓圣代，看向窗外，蔚蓝色天空里飘过几朵白云。

冰凉的雪白色冰激凌在舌尖化开，草莓酱甜中带酸，好像这样就能取代那些沉闷难过的情绪。

琴房里安静得只剩下钢琴连贯流畅的音符声音，她神游天外，也没记清楚他到底弹了哪些旋律。

只是，那节课下课过后，她的心绪比之前平静了很多。

许佑迟很想告诉她，咖啡厅里正在弹钢琴的这个人，左手弹得过重，中间弹错了好几个音，节奏也没有找准，把圆舞曲弹得像是狂想曲，哪哪都能找出一堆毛病。

但这些想法，他一句也没说出口，放缓了语气，最后只道："你喜欢这个的话，晚上我回家到琴房可以打电话弹给你听。"

陆荼栀盯着他的脸半晌，扑哧笑出来，说道："知道啦，你最厉害。"

许佑迟的面色这才算是柔和了些。

陆荼栀拉上他去前台点单，点了焦糖玛奇朵和马卡龙打包，等待取单的空当，和许佑迟站在展柜橱窗前看水杯。

他的目光停留在一款黑色的玻璃杯上，陆荼栀也随之看过去。

展柜上的那个水杯，和她用了一年多的那个白色杯子是同一款式。

也是她当初在高二的寒假，给许佑迟选新年礼物时，听取白雨瑶和林槿的建议后，舍弃的那一款。

陆荼栀从展柜上移开视线，问："你不喜欢我之前送你的那个杯子吗？"

"喜欢，"他将黑色的玻璃杯拿下，"但是我更喜欢这个。"

"为什么？"

许佑迟很久都没说话。就在陆茶栀以为他不会回答这个问题的时候，他说："我想跟你用一样的。"

钢琴师起身离开了位置，曲子进入尾声就此结束。

陆茶栀从许佑迟手里拿走玻璃杯，原原本本地放回展柜上，温声说："我那个杯子用了很久了，我们之后去买情侣杯吧。"

许佑迟"嗯"了声。

前台服务生叫号，取了打包袋，两人乘坐公交车去另一个商圈吃火锅。

不是下班的高峰期，又恰逢暴雨天气，公交车上乘客稀少。投了硬币，陆茶栀牵着许佑迟在最后一排落座。

车门关闭，雨刷器扫落开前窗的雨幕，公交车晃晃悠悠驶进雨里。

雨天的夜晚降临得早些。吃完晚饭从火锅店里出来，繁华的城市华灯初上，各种各样的雨伞之下行人神色匆匆，路旁高大的树上也挂着明亮的装饰灯，在大雨里稍显几分落寞。

路上的寒风一吹，陆茶栀抱紧了手臂。

许佑迟也没穿外套。他停在路边，一手撑伞，另一只手将陆茶栀揽进怀里，低下头靠近她，问："去买件外套？"

陆茶栀伸手，隔着薄薄的T恤布料，圈住他的腰。

感受到他的手指轻轻抚摸着自己后脑的头发，她突然有些羡慕他家那只蓝金渐层猫。

这样被他哄着的时候，她就只想窝进他又香又软的怀里撒娇。

许佑迟没听到她的回答，又重复了一遍问题。陆茶栀点了点头，依依不舍地离开他的怀抱。

附近就有金融中心商城，买了两件情侣款的外套，许佑迟帮陆茶栀拉上衣服拉链。她突发奇想，说想吃冰激凌。

他眉头一拧，拒绝的话还没说出口，陆茶栀踮脚在他唇上亲了一下，双手抱着他的胳膊，撒娇道，"我想吃嘛。"

许佑迟妥协了。

买了杯草莓巧克力暴风雪后，两人在墙边的木桌旁坐下。

和从前一样，陆茶栀将正中间的第一口用勺子挖下，递到桌对面的许佑迟的唇边。

正在排队的小男孩看见这一幕，肉乎乎的手牵着妈妈的衣摆，奶声奶气地说："妈妈，你可不可以也像姐姐那样，喂我吃冰激凌呀？"

女人蹲下身子问："可是你的手可以用来拿勺子呀，为什么要妈妈喂？"

"可是哥哥也有手。"小男孩噘起嘴，白嫩的脸蛋皱在一起，葡萄似的大眼睛里已经噙着泪珠，"姐姐喜欢哥哥，就会喂哥哥吃东西。妈妈不想喂点点，是不是不喜欢点点了？"

女人连忙将男孩抱进怀里，又亲又哄，连连答应了喂他吃冰激凌，才终于将小哭包安抚下来。

店里客人并不多，母子两人的对话几乎没什么阻隔，就这样传入耳里。

许佑迟置若罔闻，将第一口冰激凌咽下。

陆茶栀没他那么镇静，略显为难地收回手，把勺子放进杯里，推到他的面前："你先吃吧。"

许佑迟视线扫过桌上的冰激凌，说："陆茶栀，一分钟都不到。"

他直勾勾地看着她，语气带着点漫不经心："你也不喜欢我了？"

陆茶栀忍不住笑出来，说道："我当然喜欢你呀，你还要我喂你吃吗？"

许佑迟没回答，陆茶栀想了想，从他的眼神里读出来的，应该不是拒绝的意思。

就这样喂他吃了大半的冰激凌，等她发现事情不对劲的时候，许佑迟才终于舍得开口："好了，剩下的你吃。"

纸杯里只剩下四分之一的冰激凌。

把谁当笨蛋哄呢？

陆茶栀按捺不住，刚想闹脾气，许佑迟径直拿走她手里的纸杯，用勺子舀了一口冰激凌递到她的嘴边，堵住她的不满和怨言。

"外面天气很冷，而且你才刚吃完火锅，吃太多凉的东西胃会受不了。"

陆茶栀非常想推开他的手，然后出声反驳。以前在杉城，别说是刚吃完火锅，就算是天寒地冻的深冬夜晚，她也能在麦当劳和方槐尔吃甜筒。

店里放着汪苏泷的《万有引力》，轻松欢快的情歌。

"夏天真的是闷得可以，带你去吃草莓冰激凌。如果你有一点坏心情，我为你弹肖邦圆舞曲。"

辩驳的话语卡在喉咙里。

当下，陆茶栀乖乖张唇，将那些义正词严的反抗，随许佑迟递来的那勺草莓味的冰激凌一同咽下。

回家的公交车上，陆茶栀靠在窗边听雨，右手和许佑迟十指相扣，突然碰到他腕上的手表。

许佑迟其实有很多块表，也更喜欢佩戴运动型的电子表，但自从两年前陆茶栀送了他一块定制的机械表后，他就一直没换过。

他的皮肤冷白，隐约可见青色血管脉络。手腕骨架清瘦，手指骨节分明。

手表戴上去，就衬得他本就诱人的手更为好看。

莫名的性感。

陆茶栀盯着他腕上的手表打量了一会儿，抽出自己和他紧握的右手，用食指在雾气模糊的玻璃窗上画出一个爱心。

许佑迟看着她一笔一画在爱心中央写字。

她写完最后一笔，转头笑吟吟地对他说："你表盘背后的刻字，是这个意思哦。"

A Chi。

不是阿迟。

她写的是——"爱迟"。

校考结束到高考成绩出来前，还有几天的闲暇时间。

出了枫城的机场，转乘高铁抵达杉城，七月酷暑的下午时分，刚走出高铁站，地表热气蒸腾，入耳便是夏蝉攀附在树上发出的声嘶力竭的叫声。

许佑迟一手拉着行李箱，另一手撑开遮阳伞。

陆茶栀戴了顶棒球帽，医用口罩遮住下半张脸。她走在伞下，挽住许佑迟的手臂小声抱怨："怎么会这么热。"

走进高铁站对面的便利店，陆茶栀坐在木桌边吹冷气。

许佑迟去买了个香草甜筒，撕开包装纸递给她。嫩白和浅绿相间的纹理，顶端覆着蔓越莓干和坚果碎。

等她慢慢悠悠吃完冰激凌，也吹够了空调，许佑迟在便利店门口拦了辆出租车。

回到久无人住的房子，院子里那棵柚子树在夏日里繁茂生长，青绿硕大的柚子垂在叶间。只有陆茶栀知道那看似饱满的外形之下，柚子果肉真实的苦涩。

树荫自围墙边洒下，院里满地散着树叶。

陆茶栀打扫卧室，许佑迟打扫客厅和庭院。分工完毕后，花费了剩下的半天时间，才堪堪整理干净这三个区域。

在便利店时顺便买了食材，傍晚时分，许佑迟进入厨房准备晚饭。

陆茶栀从衣柜里抱出棉絮，换上两套新的床单和被套，一套留给她自己，一套抱到客厅。

外婆和简菱的卧室都没法动，家里也没有多余的客房。和去年暑假一样，不住酒店的话，就只能委屈许佑迟睡在沙发上。

客厅里，陆茶栀将薄被折好，许佑迟端着一碗面条走出来，对她说："过来吃饭。"

陆茶栀进厨房洗手，许佑迟进来端另一碗面条。她关掉水龙头，从背后抱住他的腰，踮脚在他的下颌亲了下。

"谢谢。"

她的双手撤离，手腕细心地避开了他前面的衣服，没用湿手碰到他。

谢什么，她也没说。

许佑迟看向她的背影，莫名轻哂，走出厨房，在餐桌旁坐下。

青色瓷碗里盛着刚出锅的面条，雾气升腾，上面铺着菠菜叶和形状完整的煎蛋。

陆茶栀将色泽金黄的煎蛋放到一旁，先尝了一口面条。

挂面煮不出什么新鲜花样，差距都在调味料上体现。许佑迟做的这一碗，口感还算不错，能吃。

"好吃。"她主动夸赞。

喜欢的人做的东西，尽管只在及格徘徊，她也能夸成满分。

许佑迟从小含着金汤匙生长，非要说他十项全能倒也不是。

就比如厨艺，赵蔓从没在这方面对他有过要求，这么多年来让他进厨房的机会也屈指可数。

会做的最基本的烤吐司和三明治，已经是许少爷的厨艺天花板。

他第一次煮面条，是小学一年级的某次家庭实践作业。

那天晚上的面条，赵蔓却破天荒吃得一干二净，只是放下筷子后，嘴上仍是嫌弃。

"面条煮得太软，盐和醋都放多了。下次可以再加点蔬菜，素面不好吃也不好看。"

幼时的许佑迟懵懵懂懂，自己动筷尝了一口，味道又咸又酸，呛出了泪水。

初次尝试就遭到现实的重创，备受打击的许小朋友从此再没亲手煮过面条，赵蔓说的下次也成了十二年后的今日。

照着手机菜谱，调料试着放了两次，最后才端出来的面条，得到陆茶栀还算满意的评价后，许佑迟没太大的情绪，"嗯"了声。

只是在心里，把学做饭这项计划，列到了暑假安排里。

吃过晚饭，陆茶栀去洗澡。

家里没有洗碗机，不沾人间烟火气的许少爷生平第一次洗碗，等他收拾完厨房，陆茶栀恰好擦着头发从浴室走出来。

窗外的天色还是透亮的，有属于盛夏傍晚特有的澄澈。

她换上了夏季睡衣，浅白色的棉质短袖和短裤，赤足踩着拖鞋，湿润的发梢沾着水珠。

嫩白的天鹅颈、纤细手臂和腿部线条都赤裸着，露在客厅空调散发出的冷气里。

她从许佑迟身边经过，随口说了句："我洗完了，你去洗吧。"

沐浴露以花与叶为主题，在空气里留下玫瑰、薰衣草和月桂的清甜气息。

许佑迟调低了水温，在浴室待了近一个小时才出来。

吹干头发后，他走到客厅，陆茶栀正窝在沙发上看电影。

"帮我关下灯。"她不想动，于是见他出来，心安理得地让他帮忙。

夜晚静谧，客厅里的灯光也暗下去。许佑迟坐到沙发上，陆茶栀又道："你坐过来不行吗？"

他挪到她身旁，她终于满意，顺势躺到他怀里，细长的腿搭在沙发上，兴致盎然地观看电影。

本就馥郁的香气更加贴近，萦绕交缠在呼吸间。开了空调，气温却在攀升。

许佑迟将注意力转移到屏幕。明丽鲜艳的色彩，法国夏日的慵懒与青葱。

茶几上摆着瓶桃子味的苏打水，下午放在冰箱里冷冻过。

陆茶栀起身拿过，拧开瓶盖，沁凉的冰镇苏打水滑过口腔。

手心一空，她还没来得及反应过来，下巴已经被人用手抬起，柔软的嘴唇覆了上来。

视线被阻挡，许佑迟身后逆着电影画面的光，握住她的手腕，压着她，直到她的后背靠上沙发。

陆茶栀睁开眼，他湿热的呼吸尽数洒在她脸。

"怎么了？"她用气声询问。

许佑迟没回答，盯着她眼眸里倒映出的自己的脸上。

陆茶栀和他对视，几乎要深陷进他黑瞳中的旋涡里。

半晌，他极为克制地摇了摇头，鼻尖贴着她脸颊的线条，又轻又柔的吻，一下又一下，触碰过她的眉、眼和侧脸。

最后又回到她的唇上。

水蜜桃味的亲吻。

他落在其他地方的唇有多轻柔，气息交换时接的吻就有多热烈。舌尖扫过她口腔里的每一处，将她的每一寸都占满。

黑暗中仅有几缕微光存在于两人之间。

他的手心摸寻到她的右手，握住手腕，带到自己的后背上，附在她的耳边，低声道："抱着我。"

"……哦。"陆茶栀被亲得快要融化，头脑发蒙，双手环住他的腰。

真的很细。

鸣。

她刚刚，隐约还隔着衣服，摸到了他的腹肌。

许佑迟抱着她换了个方向，位置交换后，变成她躺在他的身上。

心跳尚未平复，陆茶栀滚烫的脸颊埋进他的肩窝，指尖触碰到他的锁骨，没敢多做停留，紧抱住他的后颈。

靠着那些浅薄的、游荡在禁忌边缘的知识，再不济，她也能明白，此刻抵在她大腿内侧的，到底是什么。

她感觉自己像是一个漂在深海的人，孤立无援，思绪被浪潮淹没，只靠着最本能的反应，抱住面前仅有的浮木。

殊不知，浮木才是海面下，正在翻涌着的澎湃浪潮。

两人都无心再去关注电影画面讲述了什么。

溪流边的少女沐着日光，裙摆随着林间的山风轻扬。她站在郁金香花圃旁，对着远去的金发少年挥手，一遍遍地呼喊：

"Je suis fou de toi！"

陆茶栀始终靠着许佑迟的脖颈，呼吸沾着他体温和气息的氧气。睡去的前一秒，听见了这一句。

许佑迟在初中时学过法语，自然也懂得这句话的含义。

——"我疯狂地爱慕着你。"

电影结束后，画面暂停在最后一幕，客厅里久久没有声音。

许佑迟想抬起胳膊，趴在他颈肩的陆茶栀很小声地呜咽了下，纤长的睫毛轻颤，侧脸继续贴上他的脖颈，睡着的样子很乖。

他拍拍她的脑袋，算作安抚，单手扯过沙发上的薄被，搭在她的身上。

临近晚上十一点，陆茶栀睡得安稳，没有转醒的迹象。

她中途迷迷糊糊醒来，隐约感觉到，有人抱起自己，随后，身体便陷进了柔软的被子里。

许佑迟帮她打开卧室的空调，调到适宜的温度后返回客厅，身体里的活跃因子一直到凌晨三点时，才渐渐消退下去。

阳光高照的上午，陆茶栀睡到了将近十点才醒，穿着昨天那套睡衣拧开卧室的门，许佑迟坐在沙发上看新闻。

她一愣，问："电视坏了吗？"

"没开声音。"许佑迟用遥控器关掉电视，"我买了馄饨，去给你热一下，你洗漱完了就过来吃。"

陆茶栀站在洗漱台前，樱桃味的牙膏在齿间化为绵密的泡沫，她注视着镜子里的自己。

所以昨晚不是做梦，是许佑迟抱着她回了卧室。不是普通的拥抱，是公主抱。

一大早，心里的小鹿就开始活蹦乱跳。

她洗完脸后坐到餐桌前，许佑迟从厨房端出两个碗，将其中一碗放到陆茶栀面前。

她用勺子舀起一个，由于皮薄，馄饨显得晶莹剔透，虾肉和猪肉混合的馅，汤汁清淡，含着紫菜和虾仁。是罗记的馄饨。

许佑迟也才开始动筷，陆茶栀问："你早上什么时候起的？"

"四点半。"他说。

好早。

她心里冒着酸酸软软的情绪，说不清到底是开心还是心疼占得多一点，又问："你买回来没吃吗？"

"没。"许佑迟低头吹了吹勺子里的馄饨汤，睫毛垂着，看不清他的神情，只听见他极其平淡的语气，"我回来又睡了会儿，等你起床一起吃。"

起了这么久没吃早饭，和电视没开声音，都是因为她还在睡。

吃完早饭，陆茶栀抢先收了碗筷，冲进厨房想洗碗，被许佑迟拉出去，推到沙发上坐好。

他问："等下有安排吗？"

"有。"她抬眼看着他，如实陈述，"大婆婆让我们中午去茶港吃饭。"

"那你先去换衣服，等我洗完碗就可以出门。"

陆茶栀被推进卧室，看着那扇从外面关上的卧室门，半晌，眨了下眼睫。

她来到衣柜前，回想着许佑迟今天的穿搭，脑海里有什么东西一闪而过。

是他脚上那双灰黑配色的球鞋。

她记得，她的鞋柜里，也有一双女款的。

一路走到槐花巷子，未到饭点，茶港正厅里没开灯，服务员忙着备菜。

周晓桂坐在收银台前，见两人到来，起身惊呼："哎哟，两个乖乖终于到了。"

餐厅里招够了厨师后，周晓桂的事明显少了很多，但也没彻底闲下来，除了监工，自己还担起了收银记账的职务。

在前台点完菜，周晓桂让两人先到二楼的包厢去。

大外公简兴善从后厨掀开帘子走出来，看见收银台旁立着的那两道正和周晓桂说话的身影。

随后那两人上楼，简兴善才走过去问："那个好像是吱吱吧，她旁边那个男生是谁啊？"

"噢，你是不是老糊涂啦。"周晓桂将账本收到柜子里，语气里带着点责备的嗔怪，"我跟你说过的啊，那是吱吱的堂哥，叫陆迟迟。"

"是吗？"简兴善挠了挠后脑，说道，"我可能忙忘了。"

"你刚刚看见没，"周晓桂压低了声音，但在空旷的餐厅里仍旧清晰，"兄妹两个长得那叫一个好看，走在一起一个美一个俊。而且你发现没，他们俩那个眼睛，看起来是不是还挺像的？"

简兴善不太感兴趣，点了点头，就又朝后厨走去，说："你先上去陪他们聊天，我去做菜，等会儿来。"

"不知道你在忙什么，交给别人就做不了了吗？"周晓桂看着他的背影，没好气道。

"我喜欢做菜。"简兴善摆了摆手，"你别管我。"

楼上，陆茶栀和许佑迟正在和圆桌对面的周晓桂寒暄。

周晓桂笑眯眯的，盯着两人身上风格类似的黑 T 恤看了半晌，随后道："你们兄妹俩感情真好。"

没人接话，周晓桂又问："哎，小迟啊，你今年多大了，读大学没？"

"我和栀栀一样大，和她同班，也是刚高考完。"

"哦，同班啊，这么巧。不过好像还挺好的，正好培养了你们兄妹的感情嘛，怪不得她去黎城那边才一年，就把你带回老家来了。"

茶杯里盛着刚泡好的苦荞茶，茶籽颗粒浮在深棕色水面上。

周晓桂端着茶杯喝了口温茶，继续说："我最开始还担心吱吱去黎城那边受委屈嘞，现在看你们关系这么要好，我就放心了，至少有你这个哥哥护着她。陆家也不全都是跟她那个没人情的爸一样的冷血动物嘛。"

许佑迟看向身侧的陆茶栀，她低着头在看手机，脸上没什么表情，侧脸清艳又安静。

他收回目光，认认真真地"嗯"了声："我保护她是应该的。"

陆茶栀原本在手机屏幕上打字，看似对谈话内容并不上心，却在听到这句话后，维持着面上的波澜不惊，在暗处捏了下许佑迟的手臂。

也没真用力。许佑迟感知到的力道，跟勿相汪的猫爪垫覆到他手臂上来让他抱时差不了多少。

周晓桂没注意到两人细小的互动。

她顿了几秒，揣摩着许佑迟话里的意思。

但仔细想来，好像也没什么毛病。她最后放下茶杯，干巴巴地接话道："也是，哥哥是要好好保护妹妹哈。"

长辈关心的事情无非也就那么几个，话题又换到两人在学校里的表现和今年的高考上。

寥寥几句对谈，周晓桂脸上笑意只增不减，对陆茶栀这个堂哥是越看越喜欢。

富养出来的小少爷，骄傲但不自负，沉稳又懂得收敛，把控着适当的距离，和他聊天令人非常舒服。

不得不说，如果许佑迟想让别人对他产生好感，只要他想，就实在是一件再容易不过的事情。

服务员端着菜摆上玻璃转桌，简兴善换下厨师服，随后进入包厢。

等服务员关上包厢的门，周晓桂张罗着动筷，陆茶栀牵起许佑迟的手，在两位长辈半疑惑半惊恐的目光中，主动开口。

"大婆婆，大外公，我想先跟你道个歉。"

周晓桂放下筷子，脸色变得无比难看，刚刚对许佑迟累积起来的好感，顿时烟消云散。

简兴善也没好到哪里去，面容紧绷，等着陆茶栀的下文。

明显能看出两人都想歪了，陆茶栀连忙又补充："不是你们想的那样。其实，他不是我的堂哥，我和他也不是亲戚，没有血缘关系。"

说到这个，陆茶栀抿了抿唇，觉得有些难以启齿，但还是硬着头皮继续解释。

"我去年那样说，是因为当时情况太复杂，我没想好怎么向您解释，我和他的关系。"

"他也不叫陆迟迟，他叫许佑迟。"

短短两分钟，周晓桂和简兴善的心情如坐过山车般跌宕起伏，幸好，最终平稳落地。

许佑迟握紧了陆茶栀的手，拇指摩挲过她的手背，安抚着她的情绪。

他将目光从她身上移开，对着面前的两位长辈，语气认真道："抱歉，是我没及时解释。"

"你们两个小孩也真是的。"周晓桂收起了刚刚那副惊愕又隐隐带着怒意的表情，嗔怪地瞧着两人交握的手，"大婆婆又不会吃人。"

陆茶栀双手端起茶杯，甜苦适中的苦荞茶入口，她小声嘟囔："我知道您舍不得骂我，这不是怕您担心我嘛。"

"好了好了。"简兴善将筷子硬塞到周晓桂手里，当起了和事佬的角色，打圆场道，"孩子大了，高考也结束了，正正常常谈恋爱，很好很好。现在是吃饭时间，吃饭吃饭。"

周晓桂夹了一筷子凉菜，又开始询问有关许佑迟的个人问题。

家里情况怎么样，父母知不知道他谈恋爱了，父母态度怎么样，是不是第一次谈恋爱，是不是以结婚为前提谈的恋爱……

简兴善看不过去，出声打断："你怎么吃个饭还查户口呢？"

"你懂什么，我必须问几个问题，这可关系我们吱吱的终身大事，"周晓桂瞪他一眼，"吃你的饭去。"

简兴善哼了声，没跟她拌嘴。

陆茶栀默默吃着菜，碗里被放进一只剥好了的白灼虾。

她愣怔地抬眼，门恰好从外面被打开，服务员将金汤酸菜鱼端上桌。

包厢里四个人，都清晰无比地听见许佑迟的那句：

"大婆婆，这是我第一次谈恋爱，可能有一些做得并不完善的地方，但是我会学着去爱她的。"

他语气稍显克制，又道："会永远爱她。"

陆茶栀恍然察觉，从手机的锁屏密码，到耳机里的《夏天的风》，再到如今面对长辈的承诺。

许佑迟一直都在说的那个字，是"爱"。

比"喜欢"更为郑重的词。

约这顿午饭的最初目的，就是想跟大婆婆解释清楚"堂哥"事件的乌龙。

目的已经达成，吃完饭后，时间已经过了中午十二点。正值饭点，茶港生意火爆，正厅里也座无虚席。

陆茶栀没打算多做停留，同长辈告别后，和许佑迟去了趟杉城一中。

小城的学习抓得紧，为了升学率不惜压榨学生的假期。即使是七月中下旬，初中部放了暑假，高中部也要留在学校集体补课到八月。

陆茶栀高一时期曾是升旗演讲的常驻选手，轮到他们班值周时，每次也都会来校门口查校服。

门卫对这个漂亮的小姑娘有点印象，知道她是趁着假期回到学校，便按下电子门锁放行。

中午十二点半到一点半都是就餐时间，下课铃一响，穿着校服的那群高中生几乎是以百米冲刺的速度拥向食堂。

杉城一中和黎城九中一样，升年级不换教学楼，只换班牌。高考完后，高三的老师和学生都不在学校，整栋教学楼显得安静空荡。

陆茶栀带许佑迟走到她原来的班级，门没锁，一楼的教室采光很好，窗外梧桐绿意盎然。她给许佑迟指了下靠窗的一个位置："我以前就坐那儿。"

身后有人在喊陆茶栀的名字。

她回过头，看见了自己高一时期的班主任李烨。

李烨看清陆茶栀的容貌，走近道："我差点以为我眼花了，结果真的是你。"

陆茶栀解释："高考完回杉城，我就想来学校看看。"

李烨知道她转学的情况，问了她一些高考成绩的情况，又将目光放在她身旁的少年身上。

少年身形高挑，相貌很优越，大概是放到学校里，就非常容易让青春期的少女们心生萌动的类型。

李烨对这种让爱慕概率增长的学生向来头疼。而且眼前这位少年，是他的话，爱慕率应该用飙升来描述。

他生得极为好看，颇冷的气场给人一种距离感。

莫名地，李烨觉得他有点熟悉，问："这位是……"

"我男朋友。"陆茶栀挽住他的胳膊，介绍道，"这位是我高一的班主任。"

许佑迟礼貌地说："老师好。"

李烨终于想起来在哪里见过这个男生。

之前校庆时来过学校的，学校最大的捐助商许董家的孩子，可不就长这副模样嘛。

许佑迟没自我介绍，李烨也不好主动询问他，又和陆茶栀寒暄了几句后，看了下腕上的手表，说："时间差不多了，我还得去教务处整理毕业生的资料档案。你们接着逛，我就不打扰了。"

"好，"陆茶栀笑着说，"李老师再见。"

"再见啊。"李烨看着两人挽着的胳膊，也跟着笑起来，"你们俩很配。"

他在心中感叹，年轻多美好。

热恋中的少男和少女，赤诚又耀眼的十八岁。从外形到气质，都是绝配。

告别李烨，陆茶栀又和许佑迟四处逛了逛。通向操场的林荫路旁立着一排排告示栏，陆茶栀在上面发现了自己的照片。

告示栏的右上角印着两张照片。

上面那一张，是高一那年的十二月，短暂的黎城之旅，在九中的社团嘉年华上跳完舞之后，学生们共同拍的大合照。

而就在那张合照的下方，照片被放大和裁剪，单独留下站在正中央的两个人。

图片下方还有配字：

【左：××××级3班陆茶栀 右：××××级6班（学生会会长）闻启泽】

照片一旁贴的文字，是关于黎城之旅的心得与体会，里面特别提到了陆茶栀学妹在此次旅行中的认真付出与优异表现。

作者闻启泽。

合照和文章背后的含义再明显不过。

陆茶栀可以确定，她还在一中的时候，绝没有见过这一版告示栏，不然这张暗示意味十足的合照不可能现在还留在这里。

她会要求删掉或者是换掉这张照片。因为不喜欢，所以不想给别人任何的遐想空间。

陆茶栀隐约感受到周围细小的气氛变化，她抬眼看向许佑迟。

他偏薄的唇抿着，桃花眼瞳色漆黑，神情比先前更冷淡了几分。

陆茶栀捏捏他的指尖，说道："我不想看这个了，我带你去别的地方转转。"

一路走到学校的超市，陆茶栀买了支黑色马克笔，又回到那排告示栏前。

她拧开笔盖，马克笔的酒精气味散在空气里。

她在合照下找到自己的名字，画了一个增添文字的"V"形符号，落笔第一个字是"许"。

她笔尖停顿，回头问："写许大少爷可以吗？"

许佑迟知道她想做什么，眼神微沉，说："我不是少爷，你不要听易卓他们乱喊。"

"噢。"陆茶栀又问，"那我写什么？"

许佑迟不回答，她起了捉弄他的心思，笑意愈发张扬，将称谓一一列举。

"许娇娇？

"许甜甜？

"许公主？

"你喜欢哪个？"

许佑迟说："都不要这些。"

"嗯？"陆茶栀故作恍然大悟，说道，"那我知道了。"

她又往告示栏上添了几个字。

"这样可以了吗？"她笑着回眸，许佑迟的目光落在她添改的地方。

名字前面多了四个字，连起来是：

【许佑迟の陆茶栀】

校园午间广播介绍的是歌手陈奕迅，他在《富士山下》里唱着：

"谁能凭爱意要富士山私有。"

许佑迟接过她手里的马克笔，在告示栏上增添两个字。

他目光灼灼，直视着她的眼睛道："比起你是我的，我更想被你私有。"

像是在迟字前面加上她的姓氏，又或是告示栏上那一行字。

【私有许佑迟の陆茶栀】

他也被陆茶栀所私有。

他是她的。

从一中的校门出来，正午刚过，进入午休时间，身后的校园随着铃声逐渐安静。

烈日当空，灼热地将小镇炙烤。小镇陷入倦怠的午间休息期，马路上行人少之又少。

路过街上的水果店，一靠近，便能闻到四溢的果香。风扇摇头吹出凉风，让风吹过摊上的新鲜水果，驱走蚊虫。

小镇上人际关系网小而繁复，几乎是和谁都扯得上那么点关系。虽和老板娘非亲非故，但陆茶栀得叫她一声"罗姨"。

买了西瓜和荔枝后，罗姨又往水果袋里装了几个大杧果，说是额外赠送的。

许佑迟单手提着两袋水果，另一只手用来牵着陆茶栀。

陆茶栀又去了张爷爷的杂货店，几个老人坐在门口的树荫下，用老式的长旱烟斗抽着叶子烟，围成一桌在打长牌。

几乎全是和曾外祖母同辈的老人，陆茶栀和他们问好后，才走到冰柜前，挑了几个小布丁，拎着轻飘飘的塑料袋回了家。

她打开客厅的空调，将水果放进冰箱冷冻，洗了个澡，穿着棉T恤和短裤，便窝进沙发里看电视。

翻拍的十多年前的青春校园爱情片，看得人困意涌上眼眶。

客厅里没拉窗帘，冷气弥漫，日光穿过落地窗投进来，照了一室的明亮。

许佑迟洗完澡换了身衣服出来，就看见陆茶栀已经闭眼睡着，手里还握着电视的遥控器。

他放轻了动作，将遥控器抽出来。陆茶栀迷迷糊糊睁开眼，抓住许佑迟的手，和他十指相扣，小声嘟囔："冷。"

许佑迟调高了空调温度，又拿过一旁的薄被搭在她身上，盖住那两条交叠裸露在空气里的腿。

电视声音也被关闭，空调安静地运作。院子里的柚子树上，栖息着大婆婆家的花猫，蝉鸣也因关门而小了好几个度。

午后的阳光灿烂又慵懒，格外催人入眠。

陆茶栀一觉睡到下午五点半，她睁开眼睛，许佑迟已经不在沙发上。

厨房里传来一声清脆的声响，菜刀坠落在瓷砖上的声音。

陆茶栀连忙起身，没来得及穿鞋，赤脚跑进去，看见许佑迟正弯腰捡起菜刀。

"怎么了？"她跑过去，将刀捡起放进水池，抓住许佑迟的左手，看见食指上一道细细的伤口，正在洇出血滴。

菜板上摆着切得大小不一的黄瓜丝，确切一点，也可以叫黄瓜条。

陆茶栀握着他的手，低头不说话，气氛稍沉。

许佑迟看不见她的神色，放轻了语气："没事，伤口不深，不小心割到了。"

陆茶栀拉着他走出厨房，让他坐到沙发上，她从柜子里找出碘酒和棉签，帮他简单清理了伤口，再贴上创可贴。

陆茶栀沉默着收了碘酒，紧紧抱住许佑迟的腰，脸贴着他的胸膛，闷闷出声："你不会切菜就不切嘛，我们出去吃就是了。"

"我想学。"许佑迟抬手，环住她的肩膀。

"学来干什么？"

他垂下头，慢慢靠近她的耳边，说："给你做你喜欢吃的东西。"

陆茶栀一点脾气都没了，心里只剩下软绵绵的，对他数不尽的喜欢。

她撑着他的肩膀，起身在他唇上亲了一下。唇瓣轻轻相贴，她用气声呢喃："亲亲就不疼了。"

许佑迟压着她的腰往下，拥抱变得密不透风。他扶着她的脑袋，让她换了个姿势，坐到自己的腿上来。

亲吻结束，鼻尖贴着鼻尖，四目近距离相对，呼吸混在一起。

没过多久，他闭上眼，再次吻了上来。

陆茶栀听见他低低地"嗯"了一声："亲亲就不疼了。"

许佑迟的食指受伤，陆茶栀没再让他做菜，切到一半的黄瓜条也被她收进冰箱。

隔着窗，她看见太阳高挂，天空仍是澄澈一片。

她从卧室拿了防晒喷雾出来，和许佑迟都收拾好后，才一同出门到街上觅食。

历史悠久的钟鼓楼下，生长着一棵巨大的常绿桉树。一家麻辣烫店开在一楼，总共只有两间店面，装潢和木制桌椅都很老旧，顾客却爆满，桌子摆到了路上。

老板是个中年男人，身上系着灰色围裙，给最外桌的客人添上茶水。他刚要转身，看见了站在一旁的陆茶栀。

陆茶栀喊："刘叔。"

男人面上惊喜，用方言询问："吱吱来了，几位？"

"两位。"陆茶栀笑着说，"就我和我男朋友。"

"哦哦好，里面有一桌客人刚走，正好你们俩坐里面去，还可以吹空调。你们先坐，吃鸳鸯锅还是红油锅？"

陆茶栀看向许佑迟问："你能吃辣吗？"

"能。"

话是这样说，但顾及着少爷娇贵的胃，陆茶栀纠结了一会儿，说："那牛油锅……微辣可以吗，这个不是很辣。"

"可以。"许佑迟说，"你想吃什么都行，我不挑。"

坐进店里的正厅，老板给他们腾出来的那桌靠墙边，除了空调还能吹到头顶的风扇。

牛油锅底被端上桌，等待油块化开的时间，陆茶栀和许佑迟去冰柜前选菜。

数根竹签串着菜品下锅，陆茶栀给许佑迟夹了一串香菜牛肉，她吃到一半，恍然想起来，刚刚调蘸料时，许佑迟刻意避开了香菜。

她抬眼，正好看见许佑迟和她的吃法一样，将裹着的香菜挑出来，吃下了牛肉。

她放下筷子，在手机上发消息问易卓。

【落日出逃：许佑迟在吃的方面有什么忌口吗？】

易卓回得很快。

【易卓：少爷的忌口可太多了，我觉得我能写一篇论文交给你。】

【易卓：不吃甜食，不吃冷冻肉制品，不吃街边摊，不吃垃圾食品，不吃零食，不吃芹菜、苦瓜、冬瓜、茼蒿、莴笋、鱼腥草。】

【易卓：他最讨厌的两个，番茄和香菜，应该可以说是厌恶。】

【易卓：我们上一次吃火锅，姜卫昀把几根香菜倒进去了，还非要把番茄煮辣锅，阿迟就没再动过筷子:)】

陆茶栀盯着手机屏幕上那几行字，又忆起刚刚被许佑迟挑出来的香菜。

"别看手机了，"许佑迟对她说，"碗里的快凉了，先吃饭。"

"噢。"陆茶栀将手机锁屏，放到一旁。

她碗里全是刚刚许佑迟替她夹的菜，已经不再像刚出锅那样烫，入口温度刚好。

她安静地吃了一串脆皮肠，许佑迟又拿了一串鸡翅，放进她的碗里。

"这个熟了。"

陆茶栀垂着眼，将鸡翅裹上蘸料，脑子里仍是许佑迟刚才吃下的那串香菜牛肉。

虽然没有吃香菜，但牛肉多多少少会沾上味道。对于很多不吃香菜的人来说，即使是沾上一点味道都难以忍受。

许佑迟还偏偏是一个，压根就接受不了香菜的人。

陆茶栀叹了口气。

明明就是个难伺候得不行的少爷，还非说自己什么都不挑。

迁就谁呢。

吃过晚饭，走到马路上，夕阳正悬落，暮色连了半边天。

陆茶栀牵着许佑迟的手，说想带他去看江边的夜景。

夜市正准备开场，小贩已经在路旁摆起了摊位。江水汹涌奔腾，晚风拂过树梢，带着潮湿的气息，取代了白日的闷热。

沿江一路都是夜市，随处都是最原始的市井繁茂。散步的行人用杉城的方言聊着天，广场上还有两群不同组织的老年人跳着舞。

一直到天色暗下去，一整排的红灯笼在同一时间亮起，混在霓虹之间，映在江面上。

夜市的烧烤摊在这种时段最受青睐，陆茶栀看见了一个眼熟的身影。

于旭将一桌客人的菜端上桌，转头便看见了站在路旁的陆茶栀。

他诧异地张了张唇，连忙跑过去。

记忆中被人欺负的小可怜，在初中三年间飞速成长，如今他的个子已经比陆茶栀还要高出一些。

"陆姐姐。"于旭红着脸喊完，看向和陆茶栀牵手的许佑迟，迟疑片刻，小声问，"这个，是你男朋友吗？"

"是呀。我救你的那天晚上，最后带我们走，还给你买了药的就是他。"

说完，她勾起嘴角，抱住许佑迟的手臂，炫耀似的口吻："好看吧？大帅哥，我的。"

和她牵手的男生高而清瘦，很夏日的穿搭，休闲的宽松白T，气质和身后的江雾同样冷淡。

很有辨识度的一张脸，轮廓深邃立体，冷白皮，桃花眼。跟于旭模糊的记忆里，那个在雨夜救下他的少年重合。

于旭不打算多问，只万分诚恳道："谢谢哥哥和陆姐姐。"

烧烤摊的老板娘将烤好的烤串放到盘里，隔空喊道："小旭，快过来把菜端给七号桌。"

于旭回头应道："来了，马上。"

他很快又转过头，看向面前的两人，面露难色道："我得先去忙。你们吃东西吗，要不要先坐一会儿？"

烧烤摊的客人很多，一时半会儿忙不过来。

陆茶栀说："你去吧，我们挑几串吃的。"

"嗯嗯，菜都在柜子里，你挑好了给我就行。"于旭笑了笑，"菜都随便拿，我请你们吃，我先去忙了，等下再跟你们聊。"

陆茶栀其实不太吃得下，拿菜时询问许佑迟的意见，他摇摇头，说："我不饿，你拿你想吃的。"

随便挑了几串，陆茶栀便将塑料篮子递给于旭，俯身从柜子里拿了两听冰镇啤酒。

这一带的江边用竹藤编成栅栏，隔出来了浅水区，里面摆放着石桌和石凳。

脱了鞋坐进去，就可以感受冰凉的江水冲刷过脚踝。

选的菜不多，陆茶栀和许佑迟在石椅上没坐几分钟，于旭便端着烤串上桌。

他穿的是凉鞋，可以直接下水。

陆茶栀问："你还忙吗？"

于旭摇摇头，莞尔道："没事，我跟我妈说了，可以陪你们坐一会儿。"

陆茶栀了然，原来不是中考完后打暑假工，而是帮自己家人分摊工作。

她将烤串推到于旭面前，说："你也吃点。"

于旭没推拒，顺从地啃着一串鸡翅尖，将目光落到许佑迟身上，还是没忍住问："哥哥，你是杉城人吗？"

"不是，"许佑迟用食指抠开易拉罐，递给陆茶栀，"我住黎城。"

"噢噢。"于旭拿着竹签又啃了口烤肉，声音不太清晰，又说，"哥哥你真好看，跟陆姐姐好有夫妻相。我见你的第一眼，就觉得你跟陆姐姐都这么好看又善良，你们俩天生一对。"

许佑迟"嗯"了声，细听的话，能听出来他语气里的愉悦。

隔壁桌的客人起身离开，于母喊于旭过去算账。

于旭走后，陆茶栀将啤酒倒进杯子里。冰川纹理的玻璃杯，杯口溢出啤酒绵密的气泡，消融在夏夜的热浪里。

和许佑迟碰杯后，陆茶栀喝了一口啤酒。

夜里宽阔的江面倒映着灯火阑珊，呼吸着江风，脚背上滑过水流，冰镇后的啤酒从口腔蔓延到心口。

陆茶栀放下酒杯，踩在透凉的江水里，在许佑迟的腿上坐下。

许佑迟单手抱住她的后腰，低头问："怎么了？"

陆茶栀搂着他的脖颈，闭眼靠在他的肩上，神色疲倦："晚上走了好久，脚疼，你等下要背我回家。"

"好。"

她又临时反悔改口："不要背，要抱，像昨天晚上那样的公主抱。"

"好。"

"我回去想吃荔枝，你给我剥。"

"好。"

"还想吃杜果，你给我切。"

许佑迟亲了亲她的额头，回道："你想怎么样都可以。"

她没再说话，又靠回他的怀里，拿走了他左手里的酒杯，将他下午切菜受伤的食指攥在手心里。

"许佑迟，你还记得吗，散学宴那天，明诺说我们是前世情人。"

"记得。"是星座的合盘。

"刚刚，于旭又说我们是天生一对。"她松开手，双手攀住许佑迟的后颈，和他在夜色里对视。

像一年前在地铁上无意间的接触那样，场景还原，这一次，她有意将亲吻落在他利落的下颌线条上。

抱着他修长漂亮的脖颈，她低声说：

"许佑迟，我真的，好喜欢，好喜欢你呀。"

等于旭忙完后，再回到浅江边的石桌旁，先前坐在这里的两人早已离开，玻璃杯下压着张一百块的纸币。

陆茶栀没真让许佑迟一路抱着她回家，两人牵着手走出夜市，马路上路灯昏黄，行人渐少，她才朝许佑迟张开双手。

许佑迟俯身，将她拦腰抱起。

陆茶栀窝进他的怀里，借着头顶昏黄的路灯，从侧面看见细微的光线在他睫毛上跳跃起舞，在眼睑下打下阴影。

忽明忽暗的光，落在他线条明晰的侧脸，从鼻梁到嘴唇，光影交叠，棱角分明。

怀里抱着人，他的步伐依旧沉稳。

陆茶栀靠着他，安心地闭上眼。

大概是在她很小很小，还和简菱一同生活在黎城的时候，晚上在沙发上睡着，次日才会在卧室醒来。后来随着年龄的增长，如果在沙发上入睡，没过多久就会被喊醒，然后独自回到卧室去。

说来也新奇，十多年后，她还能再次经历自己五六岁时才会发生的事情。

到了家里，陆茶栀先去冲澡，换了身睡衣，随手擦了下头发，就坐到沙发上去。

她刚刚洗澡的时候，许佑迟已经将荔枝从冰箱里拿出来，剥壳去核后放进玻璃碗里，摆在沙发上。

许佑迟很快就洗完澡从浴室出来，他吹了头发走到客厅，陆茶栀蜷着腿坐在沙发上看电视，肩上搭着毛巾，长发还是湿的。

室内空调温度调得低，许佑迟走到她面前，问："要不要去吹下头发，不然等会儿感冒了。"

"不要。"陆茶栀将手机丢到一旁，倾身抱住他的腰，侧脸贴在他的腰腹上，"我不想吹头发。"

她任性又散漫，许佑迟为她让步，问："那我给你吹？"

陆茶栀思虑几秒，勉为其难地答应："好吧。"

许佑迟将吹风机接到沙发旁的插座上，热风吹干水滴，他白皙的手指，穿过陆茶栀柔顺的发间。

陆茶栀就坐在沙发上刷微博，咽下一个许佑迟为她剥出来的冰镇荔枝，沁甜而冰凉的汁水在唇齿间绽开。

她用手指捏起一个饱满的荔枝，仰头伸直了手，递到许佑迟的唇边。

他低着眼睑为她吹头发，神情认真而专注。微微张唇，咬下她递来的荔枝，凸起的喉结微动。

耳边是吹风机带着热度的轰鸣，陆茶栀难得反思自己，她放下手机，眼前浮现今日发生的一件件事情。

好像，她只需要负责吃喝玩乐，其余的事情，都有许佑迟帮她完成。

原来，娇生惯养的小少爷谈了恋爱，人设就会变成真·绝美人妻。

吹干了头发，许佑迟又拿了梳子帮她梳顺，才将吹风机收到洗手台旁的柜子里去。

他回到客厅，刚坐到沙发上，陆茶栀就扑进他怀里，闻到他身上刚洗完澡后干净清洌的气息。

喜欢的男孩子的怀抱，天生有着致命的吸引力。拥抱里面藏着的仪式感，大抵和无线充电相近。

和他拥抱，后台积攒着的困乏倦怠，都能以极快的速率被清理干净，取而代之的是安全感和满足感。

许佑迟半个身子陷进沙发里，手指抚着陆茶栀脑后的头发，四周的空气扩散开属于她的香气。

陆茶栀抱紧了他的腰腹，脑袋在他手心里蹭了蹭。

许佑迟穿的本就是宽松的短袖 T 恤，衣服领口下滑，冷白色调的皮肤格外晃眼，脖颈之下，那道精致的锁骨便露了出来。

他没动，只是用食指轻轻碰了碰陆茶栀的头顶，语调慵懒，找回了往日少爷的姿态："你是猫咪吗，这么喜欢蹭我？"

陆茶栀安分下来，趴在他的肩头，眼里显露几分认真，说："那你喜欢勿相汪还是喜欢我？"

许佑迟很轻地笑了下，说："勿相汪没你这么黏人。"

陆茶栀面无表情，直勾勾地看了他三秒钟，起身离开他的怀抱："我走了——"

话音未落，又被许佑迟扯回去，锁在他的怀里，陆茶栀动了动，挣脱不开。

她索性不挣扎了，视线落在他的侧颈上，用目光估测该从哪里下口最为适宜。

许佑迟不是喜欢看《吸血鬼日记》吗，他怕是没有一点自知之明，他这样漂亮的脖子，隐约可见血管和青筋，才最让吸血鬼垂涎欲滴。

不啃上一口，都深觉可惜。

"我不会让勿相汪趴在我身上睡觉。"许佑迟收缩了手臂，将她抱得更紧。

陆茶栀还没被哄好，沉浸的思路又临时被他打断，她偏过头，不太想跟他讲话。

她合上眼皮，视线短暂陷入黑暗，等了一会儿，又听见他的声音，低而缓，像深夜故事那般轻柔动听。

"我只喜欢你。"

陆茶栀睁开眼，下巴垫在他的胸膛，四目相对时，许佑迟看出她的欲言又止，和眼里藏着的复杂情绪。

"想说什么？"他问。

陆茶栀支吾道："这个要求……可能有点为难你，我也不知道你能不能做到。"

"嗯，"许佑迟目光平静道，"你说，我尽量让你满意。"

他的神色不像是在骗人，陆茶栀松了口气，试探道："那我说了。"

许佑迟安静地等她的下文。

她双手撑着他的肩膀，身子往上攀了点，极为小心翼翼，附到他的耳边。

"我想，摸你的腹肌。"

过了很久，陆茶栀伏在许佑迟的怀里，等得都快要睡着，许佑迟才给出一个含糊不清的回答："换一个可以吗？"

盛烈的嚣张气焰，却在触及他的眼眸时，突然就被湮灭。

他的眼睛干净澄澈，像是仙境里的湖面，坠入了一滴墨色，与爱交织的欲望却深藏其中，在湖面下汹涌翻滚。

对视不过两秒，他移开视线，将陆茶栀的脑袋重新压回怀里。

他闭了闭眼，浓黑的睫毛微颤，嗓音带着低沉的磁性和质感："……今晚不行。"

此刻，无论是他的声音还是他的表情，都是彻底碾压了锁骨和腹肌的一种，更高级别的性感。

陆茶栀很想将这一秒钟，对她柔软示弱的许佑迟珍藏起来。

她端起玻璃杯喝了口温水，最终将条件更换，让他抱自己回房间。

缩在被子里，她看见门缝底下，从客厅传来的灯光很快熄灭，许佑迟大概也睡了。

她的思绪晕晕乎乎，耳尖还是红的，将被子拉下来，蒙住了眼睛。

喜欢一个人的时候，喝水都能宿醉，拥抱也会激起最原始的生理反应。

次日，陆茶栀照旧在吃完早饭后便和许佑迟出门，走过杉城的大街小巷，带他融入进自己生长的环境。

高考成绩很快就要出来，回黎城的机票订在明天下午。傍晚在外面吃过晚饭，两人便回家收拾行李。

陆茶栀顺便打扫了下书房，整理出自己要带回黎城的东西。许佑迟帮她搬出书架上的书籍，用抹布擦干净柜子，再重新放回去。

陆茶栀在擦拭旁边的书架。

这一面墙的架子上，都放着她从小到大的学习资料，她一直没扔，从小学到高中的，书本笔记试卷，全都按时间顺序堆放在一起。

擦完书架，许佑迟将她高一上册的那摞教科书放回柜子里，一本信息技术教材滑落在他的脚边。

书页散落，里面夹着的一沓纸张也掉了出来。

许佑迟俯身，拾起书本和纸张。

陆茶栀注意到这边的情况，看见那几张泛黄的纸，记忆霎时如潮水般涌向她的大脑。

她眼睛微睁，惊呼："你别看！"

晚了一步，许佑迟已经清楚看见了纸张上的内容。

是几张草稿纸，上面除了各种各样的算式，正中间都被她特意圈出来一个区域，画着同一个人的漫画形象。

T恤长裤，手里撑着伞的少年，表情高傲又淡漠，和画像的本人大概有七八分神似。

画像旁边，还配上了有关画手心路历程的文字。

【这到底是什么绝世大帅哥，连头发丝都能完美贴合我的审美点！太好看了，我死了。】

【他加我微信了吗加我微信了吗，我真的好想知道T-T】

【我还没跟他说过话呢，他长得那么好看，声音应该也好听，有机会一定要让他在微信发语音条给我听TvT】

【呜呜呜，没有手机好难过，想跟"冷面人"聊天。】

【冷漠无情的男人，呕！！！】

看到这里，许佑迟抬眸，脸上是单纯的不解："为什么骂我？"

陆茶栀拿过他手里的那几张草稿纸，叠在一起，吞吞吐吐，费力地向他解释原因："因为我那个时候，难过嘛……

"我为了看你有没有加我微信，特意骗我班主任说我胃痛，才拿到手机，结果发现，你根本就没有加我。"

"我就……以为你不喜欢那种搭讪方式。"她越说声音越小，泄气般低下头，"我以为你讨厌我了。"

沉默过后，许佑迟轻声说："对不起。"

"我不是怪你，是我那个时候，确实太冲动了。"陆茶栀吐出一口气，将那几张纸放到自己的画册里夹好。

她踮脚将画册放回书架，直白地剖析自己："但是我还是觉得，我对你不能叫见色起意，是一见钟情才对。我不单单是看你长得好看才喜欢你的，你还救了我，电视剧都是这样演的，我喜欢上你，再顺理成章不过了。"

许佑迟的目光始终定格在她的身上，他笑意很淡，顺着她的话，说："嗯，我知道。"

她始终认为杉城巷子里的相遇才是故事的开端。

是他在记忆里圈刻困住自己的牢，所以，余出的那十年，他自己承受，就足够了。

整理完书房，陆茶栀抱出冰箱里冷冻的西瓜，从中间切开，拿了两个银勺出来，和许佑迟一人一半。

盘腿坐到沙发上，陆茶栀用勺子挖出西瓜正中央那一块，递到许佑迟的嘴边。

她发现自己好像特别喜欢给他投喂东西，喂的还都是一些以往并不在他接受范围里的东西。

但他从来没有拒绝过她，每一次都接受得无比坦然。

对于陆茶栀来说，将冰激凌尖端的第一口，和冰西瓜正中的那一勺分出去，是她表达喜欢最明确的方式。

喜欢一个人的时候，最甜和最好的，她便都会下意识，想要放到他的面前。

许佑迟值得。

陆茶栀也知道，世间的事物再美好，也比不过此刻就坐在她身旁，陪她一夏又一夏的许佑迟。

他才是，世间美好一词的本身。

第十八章
永远爱你 写进诗的结尾。

回到黎城后，因疫情原因，这个高考假期无法旅行，易卓他们那群人永远精力充沛，便拉上许佑迟整日网吧、球场、餐厅三点一线。

高考成绩出来的前一天晚上，许佑迟跟易卓他们还坐在网吧包间里，偶然打开手机，才看见赵蔓打了十几通电话催他回家。

这一天晚上，其他的高三毕业生都还深陷在等待成绩的痛苦中饱受折磨，许佑迟家中的电话已经被省招办和国内顶尖的那几所大学打爆。

近年来关于高考成绩的报道在逐渐减少，但省招办仍提前放出了消息。

2020 年的理科省状元，黎城九中五班，许佑迟。

顶尖学府向他抛出条件丰厚的橄榄枝，他没急着定下究竟去哪所大学，回到家里，刚和赵蔓没聊两句，手机在外套口袋里振动，是陆茶栀的电话。

许佑迟边上楼，边按下接听键。

"恭喜你呀。"她语调轻快，在电话那头对他祝贺，"迟迟你真的好厉害呀。"

许佑迟按下卧室的门把，问："你的成绩查到了吗？"

"还没呢，我刚画完画，在群里看到易卓他们的消息，就给你打电话了。我的成绩应该要等到明天才出来。"陆茶栀想到了什么，问，"你想好去哪个学校了吗？"

"没。"他说，"还在考虑。"

陆茶栀"噢"了声，又和他分享了一些今日的琐事，约了几天后去看电影，便挂断电话。

许佑迟洗了个澡，刚走出浴室，敲门声响起。

打开门，赵蔓手里端着一盘切好的水果拼盘，问："准备睡了？"

许佑迟接过果盘，说："快了。"

赵蔓直白地问："去 A 大还是 B 大？"

"明天再说吧，我还没想好。"

"明天你就想好了？"赵蔓挑眉问。

"也不一定。"

赵蔓很明显能看穿他的想法，一语戳破："恋爱脑。"

她懒得多说，转身离开时叮嘱："早点睡。"

脚步一顿，她又补充："记得你考前跟我说的话，早点把你女朋友带回来。"

A大和B大是国内排名前两名的院校，附属的美院也都是国内顶尖。但两所学校的地理位置却一南一北，相隔千里。

赵蔓自然知道许佑迟还在考虑什么。

无非就是，他那个宝贝女朋友，最后到底是去哪所美院。

用"恋爱脑"三个字来描述许佑迟，恰如其分。

次日上午，陆茶栀报考的那三所美院的校考成绩接连公布。

她到手的三张合格证里，同时斩获A大美院和另一所独立美术学院美术学类的全国第一名。

有她这么一个稀世珍宝作为活招牌，画室动作迅速又轰动，喜报几乎是立刻就发上了微博和公众号。连远在大洋彼岸的梁知，都在微信上给她发来红包。

下午，黎城考生的高考成绩发布，陆茶栀自己还没来得及查，就接到了教导主任的电话。

2020年理科艺术类学生的文化课最高分，黎城九中五班，陆茶栀。

她按捺住自己的情绪，将高考分数在微信上告诉了许佑迟。他没再用文字回应，转而拨来语音通话。

"你比我更厉害。"他认真地将她昨晚的话，如数奉还。

八月中旬，两张相同的A大录取通知书，比灼灼的烈日阳光更盛，足以照亮这一年的整个夏天。

大学的事情都被处理完毕，去许佑迟家的时间很快定了下来。

赵蔓比许佑迟这个正牌男友更加积极，早早就从许佑迟那里打听到陆茶栀的偏爱和喜好，从吃的喝的到用的，保证一应俱全。

日期将近，陆茶栀在头天晚上失了眠。

恋爱没谈多久就要去见家长，她心里没底，潜意识里害怕，和许佑迟的妈妈相处时，会像和简菱相处那样，生出裂缝和嫌隙。

她在床上辗转反侧许久，后半夜也睡得很浅，醒了很多次。

是真的很怀念，在杉城的那两天，窝在许佑迟怀里，被他哄睡时的感受。

次日清晨，陆茶栀化了个淡妆，将衣柜里那些黑色为主的各种酷盖衣裙都搁到一旁，换上浅色的连衣裙和玛丽珍鞋。

她站在全身镜前看了又看，确保自己乖得不行，是长辈们百分之百会喜欢的类型，才走下楼梯，去吃早餐。

她喝着李姨熬的红豆花生粥，许佑迟发消息来，说已经到了她家门口。

她三下五除二喝完了剩下的小半碗粥，提上包就出了家门。

出租车上，她心里又开始忐忑不安，问：“你爸妈会不会不喜欢我呀？”

“我爸去公司了，家里只有我妈在。”许佑迟牵着她的手安抚她，“你放心，我妈会比喜欢我，更喜欢你。”

本以为他会说他妈妈会爱屋及乌之类的话，陆茶栀没懂，许佑迟说的到底是什么奇奇怪怪的比较。

直到她走进许家，才真切体会到，许佑迟话里的含义。

玄关处的换鞋区，她坐在软椅上，许佑迟打开鞋柜，帮她拿出全新的女款粉兔子拖鞋。

赵蔓听到开门的声响，即刻从客厅沙发上起身，快步走了过来。

陆茶栀正低头弯腰，打算解开鞋扣。赵蔓见此画面，率先出声，横眉冷目，对着鞋柜旁的许佑迟，说：“看不见别人要换鞋？你的手多娇贵，是不是只能用来拿拖鞋？”

陆茶栀抬起头，眼前站着的妇人眉黛春山，秋水剪瞳，一身墨绿色的绸缎旗袍，勾勒出婀娜玲珑的曲线。

即便是踩着家居拖鞋，也难掩她气质里的矜贵和雅致。

家世显赫的豪门贵妇人，是不同于简菱骨子里的傲然的另一种，既冷艳，又贵气的美。

岁月从不败美人，此话不假。

无论是从赵蔓的外貌状态还是气质上来看，她顶多不过三十岁。很难让人相信，她的真实年龄还得再往上加十多个数。

此前在杉城一中，陆茶栀见过许佑迟的父亲，此刻，再见到他的母亲，不由得感叹，有着父母强大的美貌基因，许佑迟那张脸，连每一个棱角，都是无可挑剔的好看。

英俊里不失细致和秀气，继承了母亲的冷白皮，和那藏着万种风情的动人眉眼，天生勾人的弧度。

陆茶栀有些愣怔，随即反应过来，对面前的妇人喊：“阿姨。”

“哎。”一听到她的声音，赵蔓眼睛都要笑得眯起来，“你就是栀栀吧，真漂亮，实在是太漂亮了。”

目光看见许佑迟，赵蔓霎时又换了副面孔，说：“干什么呢，还不给你女朋友换鞋？"

许佑迟半蹲到陆茶栀脚边，作势要去帮她解开鞋扣。

陆茶栀面颊一红，伸手将他拦在半空。

"不、不用了，我自己可以换……"

"别舍不得使唤他。"赵蔓斜睨着许佑迟，"他又不是什么娇气大少爷。"

不，他是您的儿子，他就是衣来伸手的娇气大少爷。

陆茶栀只敢在心里偷偷反驳。

现实里，她的手指紧紧攥着软椅的坐垫，尴尬又僵硬地绷着身子，许佑迟蹲在她跟前，握住她的脚踝，动作神色都极为认真，帮她脱鞋又穿鞋。

见到此情此景，赵蔓总算满意地回到客厅。

陆茶栀感觉到自己的脸和耳朵，早已悄无声息地晕染开绯红与热意。

一楼的客厅光线通透，浅金色阳光穿过落地玻璃照在木地板上。

墨绿和浅白搭配的室内装潢，随处可见的鲜花和绿植，茶几上也摆着梅子青的瓷瓶，里面插着粉芍药，像是误闯入了书中描绘的森林深处。

赵蔓坐在沙发上，热络地朝她招招手："来，宝贝，坐。"

陆茶栀坐到赵蔓的身边，不敢太过接近，暴露自己的紧张和拘谨。她小声说："阿姨，您可以叫我吱吱。"

"吱吱。"赵蔓重复了一遍这两个字，将这个称呼于唇齿间认真研磨。

她笑起来，看向陆茶栀，说："真可爱，这是小名吗？"

陆茶栀抿抿唇。

本以为见家长的气氛应该是严肃又苛刻，没想到进门不过三分钟，她已经连着被许佑迟的妈妈夸了两次。

她点头道："因为我小时候很闹，我妈妈说我像小鸟一样，每天都叽叽喳喳的。"

"真可爱，我真的是太喜欢你啦。"赵蔓握住她的手，"宝贝，你跟阿姨说说，你是怎么看上许佑迟这个……"

她话音止在半途。

但很明显能听出，应该不是什么太好的描述。

安静坐在一旁，握着水果刀削梨的许佑迟动作一顿，掀起眼皮，看向这边。

陆茶栀也好奇地抬眼，和他的视线碰撞。

下一秒，赵蔓沉沉叹了口气："唉，算了，宝贝，你是怎么看上他的呀？"

许佑迟在家里家外的反差到底是有多大，才能让他亲妈，话里话外，对他的不满都溢于言表。

许佑迟手里的雪梨削到一半，轻嗤一声："我还是您亲儿子吗？"

"吱吱才是我的亲女儿，懂？"赵蔓姿态高傲，扬着下巴，"上门女婿就要有上门女婿的自觉，我女儿看上你是你的福气，快点给我女儿削水果知道吗？"

她一字一顿，重复道："上、门、女、婿。"

上午阳光温柔，煦风吹动白色纱帘，家里那只蓝金渐层猫懒洋洋地趴在木地板上晒太阳。

许佑迟将削得完完整整的雪梨放进象牙白瓷盘里，起身去洗了个手，回来又被赵蔓一通数落。

"你不切出来，整个梨摆在这儿，让人家怎么吃？"

许佑迟坐回到沙发，漫不经心用眼尾扫过茶几，回道："不能分梨。"

陆茶栀一开始没听懂，反应过来他说的是谐音梗，随后便轻声笑了笑。

得凭母子多年培养出的熟悉，他一句话就将赵蔓堵得哑口无言。

赵蔓一看到瓷盘上那整个雪梨就糟心，强忍着想把许佑迟赶上楼去的念头，叹了口气，又道："不切梨就算了，你刘姨买了葡萄回来，在厨房的冰箱里面，去洗一下。"

许佑迟起身，走了两步，又回过头，抬眼看向陆茶栀，问："想吃葡萄冻撞奶吗？"

"啊……"陆茶栀说，"我都可以。"

许佑迟"嗯"了声，走向厨房，留下一句："过来帮我剥葡萄。"

"阿姨，我去帮他。"陆茶栀说完，起身快步离开，在赵蔓出声之前，回绝掉她的阻拦。

虽然赵蔓热情又温柔，处处都让许佑迟照顾着她，但陆茶栀终归想在赵蔓面前留下个好印象，不能什么事情都一味地让许佑迟做完。

家里的厨房不是开放式，用一扇门将餐厨隔开。

陆茶栀穿过餐厅，刚一走进去，腰身就被一股强硬的力道圈住，整个人被禁锢在许佑迟和门板之间。

"啪嗒"一声，身后的门应声关上。

属于他的熟悉气息，铺天盖地将她包裹。

他的手心覆在她脑后，她仰着头，承受他的亲吻。

陆茶栀双手攀扶着许佑迟的手臂，他始终靠得很近，低垂着头，柔软的唇似有若无，贴在她的嘴角流连。

"不是要剥葡萄吗？"陆茶栀背靠着门板，没力气，声音也软趴趴的。

眼尾沾染春色，扫过他的脸，半控诉，又半是像在撒娇。

"嘘，"他的吻又从她耳边再次落回到她唇上，"不需要你剥，你亲我就够了。"

当厨房的门被关上五分钟，而里头未传出任何的水声和别的响动，赵蔓后知后觉，终于发现了事情的不对劲。

许佑迟这个大逆不道的儿子。

她气急攻心，走到厨房前拧下门把，很清楚地感知到压在门板上的重量。

刚推开门不过毫厘，又"啪"的一声，被里面的人迅速合上。

赵蔓深吸一口气，尽力维持着语气里的严肃和平静："许佑迟，亲够了就开门滚出来。"

陆茶栀早在听到赵蔓脚步声时就心脏狂跳，伸手想推开许佑迟，他紧紧将她箍在怀里，任她怎么挣扎都无动于衷。

赵蔓的话音落下，陆茶栀终于得到喘息的机会。

许佑迟单手抵着门板，喉间溢出一声低沉的浅笑。

宁静的厨房，阳光从百叶窗倾泻。

这样的场面，堪比偷情被父母当场抓包。

他的声音是无形的药剂，奇怪的酥麻感涌现在身体里每一个细枝末节，陆茶栀的指尖都不受控制地发颤。

他松开抵着门的手，手臂从背后环住她的腰肢，将她抱进怀里。

呼吸被他的嘴唇封缄，陆茶栀闭着眼，睫毛轻颤。

听见他的声音再次响起，对门外的赵蔓说：

"知道了，再等五分钟。"

五分钟后，厨房的门被打开，暧昧旖旎的氛围随之消散。

许佑迟从冰箱里拿出葡萄，和着面粉洗净，修长骨感的手，剥了葡萄皮，放入水中加热。

陆茶栀坐在岛台边，观赏着他安静专注的侧脸。

不得不说，过了一个月，他在厨房的表现进步了不止一星半点。每一个步骤都不疾不徐，游刃有余。加上他那张轮廓立体的脸，构成一幅赏心悦目的画卷。

等他将煮沸的葡萄冰粉水放入冰箱冷藏，陆茶栀做好心理准备，才跟他一同走出客厅，去见赵蔓。

赵蔓从电视屏幕抬眼，目光落在许佑迟身上，冷嗤："你就不能矜持一点？"

许佑迟牵着陆茶栀在沙发上坐下，桃花眼里多了抹笑意，嗓音懒倦又散漫："这不是，您女儿太漂亮了，我没忍住嘛。"

赵蔓的忍耐边缘一而再再而三地被触及，最终将这个逆子，连带着他的那只黑色大狗，一同都赶上楼去，勿相汪紧随其后。

陆茶栀和赵蔓单独聊了会儿天，赵蔓上楼去拿了本相册下来，厚重的一本，相片的质感和像素都在逐步提升，记录着许佑迟从小到大的成长历程。

从被赵蔓抱在怀里的奶团子，到如今这个身如玉树，眉眼清隽的小少爷。

陆茶栀看见了一张合照，她将照片从内页薄膜中取出来，清楚地看见照片上的两个小孩。

一男一女，身高相近，牵着手，手肘和膝盖都戴着溜冰的护具。

男孩面容白净稚嫩，漂亮的眼睛似桃瓣，看向镜头时面无表情，自幼就是个傲慢的小少爷。

女孩穿着白裙子，柔顺的一头长发，扎成蓬松的两根麻花辫，别着五颜六色的山茶花小发夹。笑容比手里的那个纸杯蛋糕更甜。

两个漂亮小孩，合照摄于许佑迟六岁生日那天。

赵蔓靠近陆茶栀的脸，看见这张照片，弯唇："你看，你小时候就已经比他更好看，更讨人喜欢了。"

陆茶栀将相片放回相册里，又往后翻了翻，看见了很多他和父母的合照，学校，动物园，海洋馆，游乐场，钢琴表演的颁奖舞台……

他站在父母的中间，每一张照片，都彰显着他温馨又和谐的家庭关系，和令人艳羡的童年经历。

陆茶栀问："阿姨，许佑迟的名字，有什么特殊含义吗？"

"许佑迟刚出生时身体很不好，一直在生病，那个时候他爸爸工作忙，很多时候半夜两三点，还得跟我一起带他去医院。"

赵蔓回忆着往事，慢慢说："'佑'字是我取的，希望神明庇佑他健康成长的意思。迟字是他爸爸取的，他在傍晚 6 点零 3 分出生，落日迟暮。连起来就是许佑迟。"

不求他功成名就，爱欲荣华。只求他被神明庇佑，喜乐顺遂。

陆茶栀的心口柔软，缓缓塌陷下去一块。

许佑迟是在爱里长大的小孩，名字里就蕴含着父母无尽的爱意。

翻完相册，赵蔓看出陆茶栀的拘束，没再让她待在客厅，带她上楼，交给了在书房里翻阅书刊的许佑迟。

复古装潢的书房，弥漫着木质淡香。这是第一次，陆茶栀进入一个，完完全全属于许佑迟的区域。

勿相汪趴在墙边的布艺单人沙发上，面前摆了个 iPad，猫爪时不时贴到屏幕上去，陆茶栀略好奇地看过去。

平板上的画面，是一款捕鱼小游戏。

它的主人倒还真是惯着它。

许佑迟在书架旁翻书，随手合上书页，放到桌上，拉住陆茶栀的手："我妈有没有为难你？"

"没有。"陆茶栀摇摇头，赵蔓真的是个再温柔不过的长辈，全程没有一丝不耐烦，再一联系上许佑迟先前在出租车上说的那句"我妈会比喜欢我，更喜欢你"。

确实，他的答案贴切又诚恳。

"阿姨给我看了你的成长相册……"她说着，目光落到墙壁上悬挂的画框上。

玻璃里嵌着画纸。

一张画工并不精细的蜡笔画，左边一朵红山茶，右边一朵白栀子，被簇拥包围在片片脉络分明的墨绿叶片之中。

蜡笔画的右下角，是一笔一画歪扭的字迹。

【送给6岁的右右，希望你可以，永远记住我的名字——陆茶栀】

记忆在脑海中迅速倒带，回放到陆茶栀小时候在黎城最后的那段时光。

那年暑假，简菱给陆茶栀报了室内轮滑的教学班。

克服心理恐惧后，陆茶栀学得很快，不出一个星期，便能得心应手地穿着旱冰鞋，滑过那一连串摆放复杂的障碍物。成为那个班里，所有小朋友都羡慕的对象。

加上她长得精致白净，穿个小裙子，就是童话故事里小公主最真实的原型。

学旱冰里的同学里，和陆茶栀同年龄的男生小张，因为发育早，个子高，便自诩男生里的大哥，最爱出些让小朋友都感到莫名其妙的风头。

比如在刚报滑轮班的那一天，就非要在喜欢的女孩子面前耍帅，然后摔掉了门牙。

还比如，非要在喜欢的女孩子吃雪糕的时候，抢走她的雪糕扔掉，将自己做的小饼干塞给她，还要自以为非常狂拽酷炫地说一句："喂，我亲手为你做的，你不吃完就是看不起我。"

不知道是深受当年哪部霸道总裁电视剧的茶毒，小小年纪就净干些让人觉得匪夷所思的事情。

陆茶栀一度觉得妈妈给自己报的滑轮班非常晦气，因为遇到了小张这么个倒霉蛋，自己还不幸地成为那个被他一见倾心的女孩子。

陆茶栀那个时候公主脾气也大，生起气来，抬手就将那盒黑乎乎看起来就难吃的小饼干扔进垃圾桶，毫不留情地扭头离去，送给小张八字箴言：

"癞蛤蟆想吃天鹅肉。"

天鹅公主放狠话的时候气势汹汹，自己悄悄躲到楼梯间，回想起早晨妈妈单方面同爸爸的争吵，和自己被蛤蟆小张扔掉的草莓雪糕，她鼻头一酸，抱着膝盖，眼泪就掉了出来。

她哭够了，起身想回到旱冰场，才看见，楼道里不止她一个人。

还有一个人，坐在上楼的那个转角处，安安静静地注视着她。

她唰一下红了脸，低下头，手足无措地站在原地。

觉得丢人，不是因为偷偷哭被别人看见，而是因为，坐在楼梯上的那个人，长得很漂亮，比她更像天鹅公主。

那人走到她面前，将手里的纸杯蛋糕递到她手里，转身离开。

陆茶栀茫然地抬头，接过纸杯蛋糕后，便连忙追上前面那人。她快步小跑起来，勉强才能跟上。

两人一同走进旱冰场，陆茶栀眨了眨眼，在心里感叹缘分的奇妙："你也在这里学旱冰吗？"

那人没说话，自顾自在墙边的泡沫地板上盘腿坐下，闭上了眼。

陆茶栀不在意他冷淡的态度，跟着坐下，笑起来，问道，"你会滑吗？不会的话我可以教你，我很厉害的。

"你不说话是因为嗓子不舒服吗？我妈妈生病的时候也会这样，我家里有药，我明天可以给你带。

"你是一个人来的吗？我也是，这样我们以后就可以一起玩啦。"

许佑迟睁开眼，漆黑的眼瞳冷得仿若能结霜，直视着面前的女孩子。

今天是他的六岁生日。

赵蔓嫌他性格无趣又冷淡，今天非要将他从书房搜出来，送来这个室内的旱冰场，美其名曰要锻炼他的交际能力。

知道他不喜欢吃甜食，但为了将生日的仪式感进行彻底，赵蔓路上给他买了个纸杯蛋糕，小小的一个，奶油上放着草莓。这已经是赵蔓做出的最大迁就。

来到旱冰场，和教练沟通好后，上课时间，赵蔓去逛商场，独留许佑迟一个人面对一群和他同龄的小孩。

他实在是不想训练，脱下笨重的旱冰鞋，进到楼梯间里消耗时间。顺便思考一下，怎么解决手里这个光是看外形就甜得发腻的纸杯蛋糕。

扔掉的话，太糟蹋妈妈的一番心意。让他吃下去，也过于强人所难。送给面前这个哭得稀里哗啦的女孩子，顺便还能安抚她的心情，一举两得，正好。

许佑迟本以为，他和这个女孩子这辈子大概也就一块小蛋糕的交集，没想到她跟了上来，在自己完全不接话也不搭理的情况下，还丝毫不觉尴尬与落寞，能将那一连串的问题，轰炸似的扔给他。

许佑迟首次发现，世界上，原来真的有人，比赵蔓更为聒噪。

小陆茶栀捧着手里的纸杯蛋糕，和面前坐在泡沫地板上的人对视了几秒。

这人和她差不多高，白白瘦瘦的，又一直没有说话，加上漂亮的面容和桃花眼，她下意识就认为，这应该和她一样，是个女孩子。

嗯，冷酷型的女孩子。

她小心地挖起蛋糕顶端的那一颗草莓，连同勺子一起递出去："你的蛋糕全给我是不是不太好呀，你要不要也吃一点，我们一起吃可以吗？"

赵蔓一回到旱冰场，看到的就是自己平日里浑身上下都写满了"生人勿近"的儿子，身旁坐了个可爱软萌的小姑娘。

两个人，似乎还在一起分享蛋糕。

赵蔓深觉欣慰，越发觉得这是个良好的开端。改善许佑迟的性格，指日可待。将他送来旱冰场，实在是明智之举。

赵蔓自曝了身份，又和小姑娘聊了几句，举起数码相机，想记录下这感动人心的一幕。

陆茶栀站到许佑迟的身边，赵蔓指导着："两个宝贝再靠近一点，亲密一点就好啦。"

陆茶栀想了想，垂在身侧的小手，牵住许佑迟的。

家里拍合照的时候，妈妈一直都是牵着她的手的。

这样，应该就够亲密了吧？

许佑迟扭头，惊愕地看向陆茶栀。

她看着镜头，浑然不觉他的抗拒，依旧笑容绚烂。

举着相机的赵蔓满意一笑，出声提醒："阿迟，看这边。"

这便是相册里那张合照的来源。

在许佑迟六岁生日这天，给出了人生中和女孩子牵手的第一次。

后来他再去旱冰场，一个人滑冰，一个人休息，陆茶栀总会在人群里准确地认出他来，即使他态度冷淡，她也不厌其烦地跑来跟他聊天。

问到他的名字时，他终于舍得开口："许佑……"

属于男孩子的声音一出，陆茶栀诧异得瞪圆了双眼："你，你是男生吗？"

犹如五雷轰顶般的重击，陆茶栀想起自己甚至主动牵了他的手，万分痛苦地闭上了双眼。

天啊，这到底是什么魔幻剧情。

不过，将震撼和后悔都抛去一边，陆茶栀扪心自问，自己还是比较喜欢面前这个，名为"许右"的男孩子。

百分之十的原因，是因为他在初次见面时送给了自己小蛋糕。

还有百分之十，因为他长得好看，让陆茶栀自己都不禁怀疑，自己的审美，是不是按着他这张脸形成的。

剩下的百分八十，是因为他妈妈漂亮又温柔。每次来接他回家时，都会给陆茶栀带小零食。

所以，她勉为其难，爱屋及乌地，也喜欢一下他吧。

得知楼梯间初遇那天是"许右"小朋友的六岁生日，自己还吃掉了他的蛋糕后，陆茶栀深感愧疚，连夜画出一幅画来。

作为知道了他名字后的交换，她将自己的名字画进了画里。

余光瞥见地上的那本《沈从文文集》，是简菱买给她，让她在假期尝试阅读的书籍。

但对于这个年龄段的陆茶栀来说，这本书晦涩难懂，看得她实在是云里雾里，只随便勾画了开篇的两句，来应付简菱的检查。

陆茶栀心下一动，将这本书与画一同装进自己的包里，打算在明天，将这份迟来的生日礼物，赠送给不爱说话的"许右"小朋友。

后来许佑迟总算是愿意和她聊天，滑完冰后，偶尔还会带她去超市里，请她吃冰激凌。

赵蔓渐渐发现，自己打算让许佑迟在假期结交到一百个新朋友的进度，第一天，他完成了百分之一。

至此，进度条再也没有增长过。

许佑迟依旧是那个眼高于顶，不屑与人攀谈的高傲小少爷。

大概是一个半月后，赵蔓便再也没有见过那个每日都和许佑迟黏在一起的女孩子。

许佑迟也从没跟她提起过退课，每日都准时准点抵达旱冰场训练。

九月初开学，许佑迟进入市里的公办小学念一年级。

开学第一天，赵蔓就被请了家长，年轻的女班主任打来电话，说许佑迟在班里和男生打了架。

赵蔓急匆匆赶到学校，许佑迟和另一个高个子男生，背手而立，一同站在办公室里。

两人脸上都带了伤，但高个子男生明显伤势更重一点，许佑迟打得他嘴角渗出血丝，下巴也瘀青了一整块。

看了监控，又找班里同学调查清楚原因后，才知道，这位个子高的张姓男同学，在课间时间撕掉了许佑迟的语文课本，并率先出言嘲讽。

具体说了什么班里同学记不太清，关键词是“哑巴”“聋哑人”“你也配”“我和她亲过了”。

听起来，是一场情敌之间，你死我活的战争。

许佑迟神色冰冷恹戾，踢翻张同学的课桌，混战就此触发。

张同学的父母都是进城务工人员，见赵蔓打扮得光鲜亮丽，贵气逼人，她的儿子又是先动手的那个，夫妻两人便打定了狠狠讹上一笔的主意。

报出了自以为是天价的医药费和精神损失费后，办公室里，当着众老师的面，赵蔓不由得嗤笑出声。

等许氏的律师到场，赵蔓便踩着 8 厘米的高跟鞋，法拉利车身飞扬，载着许佑迟去了医院。

事情的结局，张氏夫妇没得到一分钱的赔偿，反倒是写了一篇长长的道歉文书，经律师之手，转送到赵蔓手上。

而那时的赵蔓，早已经办理好许佑迟的转学手续。

六岁的夏天格外漫长，陆茶栀记得小孩聚集的室内旱冰场，欢笑哭闹声音喧闹。

那年的每一个盛夏傍晚，天边的火烧云都在变换着形状与颜色，仿佛橘色汽水洒落了漫天。

在放学前，沉默寡言的男孩，总会和她一同去到冰柜前，一人手里拿着一个牛奶布丁雪糕，乖乖坐在楼梯上等着家长来接。

那时的陆茶栀其实跟许佑迟的交流不多，两个小孩不在同一个老师的课上，教学进度也不统一，她能成为许佑迟在轮滑场唯一的朋友，多半还是靠着他妈妈的功劳。

所以在出事后，她没有任何心理负担就和简菱一同离开了黎城。

在她的认知里，她走了，那个男孩不用再每天受到妈妈的胁迫，强迫他和她待在一起，他应该是庆幸和愉悦的。

毕竟，那个时候，无论从哪个方面看起来，他都好像真的不太愿意和她接触。

那时的许佑迟话少得实在可怜，情绪也淡薄，导致很多旱冰场上的小朋友都以为他有点生理缺陷。

连陆茶栀也不能确定她和他到底算不算朋友关系。两个人唯一的相处，就是在下课后的傍晚会坐在一起吃雪糕。

幼时的许佑迟在陆茶栀记忆里留下浅浅的一笔，后来她去到杉城，在最初的那一年，偶尔也会想起那个生性冷淡的小男孩。

他呢，他也会想起她吗？

陆茶栀不知道，他于她而言是童年交情短暂的玩伴，分开以后想起他的次数也屈指可数。

在杉城的小镇上，她不愿意面对全新的环境，封闭自我，整日躲在卧室的角落里，锁上门，戴着耳塞，甚至刻意忽视门外的简菱和外公外婆，蜷缩进自己小小的圈子。

夏天的颜色，从绚烂的橙红变为昏沉的墨蓝。那一年的夏末，随着柚子树上的最后一声蝉鸣，消散在深夜凉风里。

不同于海滨城市的纸醉金迷，小镇节奏慢而安宁。

那个生性冷淡的男孩，和他光鲜美艳的母亲，都在此后十年的深远时间里，被她渐渐忘记。

等她再次想起，是在高二的那场篮球赛上，他随手将柠檬汁扔进垃圾桶里，抬手的弧度云淡风轻，勾起她关于旱冰场的回忆。

她始终以为，她和许佑迟的故事，应该始于杉城雨夜重逢时，她的率先动心。

但面前这张存留了十年的画纸，和他在学校里不时翻阅的文集，都将她的想法全盘推翻否定。

她回想起一年前，许佑迟给她的那封信里，他写道："在两个完全不同的年龄和境遇里，会喜欢上同一个女孩子。"

直到这一刻，她终于明白这句话的含义。

他的喜欢，比她所想，更为漫长。

陆茶栀转身，主动张开双臂抱紧了跟前的少年。她眼圈微热，偏着脸躲开他投下的视线。

许佑迟怔了怔，敏锐察觉到她的低落，抬手将她回抱。

陆茶栀踮了脚，越过他的衣服布料，毫无阻隔地将侧脸贴到他的颈间，肌肤相贴的亲昵。

她指尖苍白，从背后攥住他的衣服，低声说："我觉得，我好像缺席了你生命中，很长很长的一段时间。"

许佑迟靠在她的头顶，声音带上点温柔，轻轻地抚平她的情绪，说："比如呢？"

"就是在我去杉城的那十年……还有我去美术集训的时候，高三上学期，我也错过了好多跟你有关的事情。"

她抿抿唇，问："许佑迟，你为什么能喜欢我这么久？"

抱了很久，许佑迟低下头，发丝蹭过她的脸。

她睫毛扑闪，有些痒。

"跟我来。"许佑迟说。

陆茶栀被他牵着，走进他的卧室里。靠窗的书桌上，游戏本电脑和几本外文名著整齐摆放。他从一旁的架子上取出毛毡笔记本，灰色的封皮，递到她的手边，示意她打开。

陆茶栀接过，迟疑了两秒，翻开封皮。

是许佑迟高三那年的日记本，从入学的第一天，记录到高中毕业。他写得不多，日期间隔在两三天，但每一页，字里行间，所有的东西，都关于陆茶栀。

【9 月 13 日

陆茶栀去美术集训了。班主任想让我和别人同桌，我没同意，我只想和她坐在一起。】

【10 月 15 日

没见面的第 49 天。她不知道，我很想她。】

【11 月 17 日

见到了。她会一直平平安安的。

我很贪心。除了拥抱，我还想亲她。】

【12 月 10 日。

今天英语剧《白雪公主》定角色，公主是班里一个女生演，明诺她们跟我说，让我演王子。我拒绝了，我不想去。】

【12 月 24 日

她给我的平安夜礼物寄到了。】

下面贴了一张拍立得的照片，拍下了她从枫城给他寄来的苹果和明信片，明信片上有她手写的一行文字：【平安夜快乐呀，我的小王子。】

照片下面，许佑迟的字迹清晰，他接着写。

【我只想成为她一个人的，小王子。】

一篇又一篇的日记，以文字形式，将她未曾经历过的高三时光弥补完善。

她很快翻完了日记，许佑迟将日记本从她手里抽走，看着她的眼睛，轻声问："现在呢，你还觉得缺席了吗？"

说不出是什么情绪，酸酸软软，盛在薄膜气泡里，无声地破碎在心脏壁。

陆茶栀垂着眼睫，说："不一样的，我在杉城生活了十年，我的圈子很小，我在那里只有方槐尔一个朋友。但是你不一样。"

她哽咽住，有些艰难地继续开口："你在黎城，有很多喜欢你爱着你的人，你爸爸妈妈，你的朋友，你的老师和同学。

"我跟你之间隔了这么多的东西，十年之后，为什么还会喜欢我呢？"

积压已久的沉重念头，起始于她去画室集训的前一天晚上，问许佑迟的那句："我看不见你，你会不会就不喜欢我了？"

那个时候，生病让她有时间去思考，自己与许佑迟之间的差距与隔阂到底在哪里。现存的别离与未来的未知性，让她自己都没有底气去思考和许佑迟能够坚持多久。

而那时的许佑迟就能不假思索地给出他的答案。

他说不会。

在此之前，他也曾直白地对她说过，不止一遍，会永远爱她。

她不明白，他怎么能那么确定呢。

她忽然被人抱住，后腰被人用双臂环绕。她靠进他的怀间，耳边传来一声微不可闻的轻叹。

"为什么会那样觉得呢，真正觉得难过的，不应该是我吗？"

陆茶栀稍一愣怔，隔着衣服柔软的布料听见他的心跳，也听见他继续说。

"我很遗憾，错过了你在杉城的那十年。那天见了大婆婆，去了你的学校，见了你的高中班主任，还看见了别人对你的表白。我在想，如果那十年我也在杉城，至少，还能作为背景板，旁观你生动丰富的过往经历。"

陆茶栀恍然间想起来，在杉城一中的那天，看见告示栏上的合照后，许佑迟紧抿的唇线。

原来他那时的情绪，不是吃醋……

她回神，感受到许佑迟一点点收紧了这个拥抱。

"我在这边的生活枯燥到只剩下学习，但是你有滑板，有画画，你在那边的亲戚朋友圈子，是我的很多很多倍，我很羡慕你。"

陆茶栀说不出话。

沉默了很久，他低下头，埋在她的颈侧，说："你的小名，不是你名字的那个栀字，你从来都没有告诉过我。"

颈间传来他的温热呼吸，陆茶栀闻到他身上好闻的香气。她僵硬地立在原地，几乎要窒息在这一瞬间。

耳边是他低闷的嗓音，缓缓说："我今天才知道。"

陆茶栀垂落在身侧的手，指尖轻颤。

她犹豫良久，慢慢抬起，手心碰到他脑后的发丝。

是真实的触感。

令人难以置信。

许佑迟这是在，对她，撒娇？

她顺着他的头发摸了摸，又揉了揉，此前的灰霾心情似乎都在这几秒里一扫而空，她慢慢弯了弯嘴角。

手里的触感比撸猫时更柔软。

许佑迟深吸了一口气，将陆茶栀抱得越发紧密。他始终埋着脸，任她触碰自己的头发。

陆茶栀看不见，他露在外面的深红耳根和那截冷白的脖颈，形成鲜明对比。

很久之后，他喉结滚动，闷闷地说。

"陆茶栀，我真的很想把你娶回家。"

她手指陷在他的黑发里，好奇道："这算求婚吗？"

"不算。"他靠在她的肩窝，声音含糊，"我只是想告诉你，我真的很喜欢你，每一天都比前一天更喜欢你。"

陆茶栀双手捧起他的脸，脱了拖鞋，踩在他的脚背上，吻落在他红透的耳垂上。

"我知道的。"

——分离之后，他也会想起她吗？

时隔多年，陆茶栀终于在她所空缺的时光里寻到答案。

他的喜欢，即使在未曾见面的日子里，也与日俱增。

相离这个词与等待二字共生共存，拥有着同样漫长而无望的含义。

熬过漫漫岁月，会被上天眷恋的。会再相遇的。

像她送给他的那本《沈从文文集》里，第一篇散文末尾，她勾出的那句。

——"我明白你会来，所以我等。"

下楼吃过午饭，陆茶栀陪赵蔓看了会儿电视。室内空调制冷，抵挡得住热气，却抵挡不住夏乏。

陆茶栀困得厉害，赵蔓关了电视，关切地问："要不要去楼上睡会儿？"

陆茶栀忍着困意："可以吗？"

赵蔓失笑道："当然可以。客房没打扫，去阿迟房间睡吧，睡这儿会着凉的。"

陆茶栀浑身乏力，刚想起身，被许佑迟打横抱起走上楼梯。

等走出赵蔓的视线范围，她红着脸捶了下许佑迟的后背，靠在他耳边和他咬耳朵："阿姨看着呢，你干吗啊？"

"你担心什么？"

陆茶栀勾着他的脖子，格外郑重地提醒："等会儿阿姨又要说你不矜持了。"

许佑迟眼皮轻抬，扯唇戏谑道："也就你会被她骗到。"

"嗯？"

"我上午亲完你之后，我妈在微信上，给我发了十个封顶的红包。"

他气定神闲，看向她时，眉眼间尽是无所谓的笑意："你要吗，我都转给你。"

陆茶栀偏过头不愿再看他："你自己留着吧我不要。"

躺到许佑迟的床上，他帮她打开空调，又拉好被角。事无巨细地照顾完一切，他在书桌前坐下。

"我坐在这儿，你有什么事就叫我。"

陆茶栀"嗯"了声，侧身过来面对着他的背影。

他低头翻开书页，藏着衣服下的背脊清瘦单薄，隐约可见蝴蝶骨的轮廓。

自始至终，都是个漂亮小孩。

陆茶栀的目光被笔筒旁的一团粉色所吸引，很眼熟。她细细看着，认出那是一个，粉色的毛绒兔子钥匙扣。

她无声地弯唇，想起三年前，许佑迟来到杉城，还给自己的那一个。

起初她没察觉，后来认真看了看，就发现，钥匙扣上的那个兔子玩偶很新，耳朵上原本应该是缺失了的一朵小花，也重新出现。

她只以为是那个旧的兔子玩偶被许佑迟弄丢，他才买了一个一模一样的新的还给她。不想戳穿他让他为难，她便一直没提过这件事。

原来，兔子玩偶不是被他弄丢了，而是被他私自扣押了。

陆茶栀暗自腹诽，这个兔子钥匙扣，现在还被他完好无损地保留着，那应该算得上是，她和许佑迟的定情信物了。

陆茶栀午觉睡醒时，已经接近下午五点。她掀开被子一角，揉了揉眼眶。许佑迟听到声响回望过来，问："要不要喝点水？"

陆茶栀喉间发哑，点了点头。

他很快端着玻璃杯回来，扶着她的上半身，将温水喂给她喝。

陆茶栀的眼睛还是睁不开，喝完水后抱着许佑迟，窝在他的肩上闭着眼醒神。

等她清醒过来，洗了脸和许佑迟一起下楼，赵蔓在 iPad 电子杂志上看新一季度的服装，招招手让陆茶栀过去陪她一起挑选。

不多时，保姆备好晚餐，吃过饭之后，许佑迟带陆茶栀去了庭院花园。

巨大的法式复古风花园，蔷薇缠绕的拱门之内，大片的绣球和玫瑰肆意盛放，一花一叶都是赵蔓多年打理出的宝贝心血。

夕阳的霞光洒落，温柔得像是油画里的场景。

带有天使神像的水池旁，种着一排的栀子树，弥漫甜稠的花香。

许佑迟在最旁边的一棵矮栀子树前蹲下，陆茶栀连忙拦住他要去摘花的手，问："阿姨同意了吗？"

他将枝叶里挂着的金色名牌抽出来给她看，眼尾轻挑，说："这棵是我种的。"

名牌上刻着"迟"字。

他摘完栀子，放到铺有白色桌布的方桌上，又在角落里找到修剪器，摘了几朵他种下的白玫瑰和洋甘菊。

陆茶栀坐在雕花椅子上，单手撑着头，食指在侧脸轻点，看他裁开牛皮纸和雪梨纸，将花束包裹。

动作娴熟，一气呵成。

"你以前学过花艺吗？"陆茶栀问。

"没有。"他素白修长的手指，将细绳系成蝴蝶结，"昨天跟我妈学了下，只会包这一种。"

他整理好纸张的细节，拿起来打量，问："好看吗？"

"好看。"陆茶栀点头。

他笑起来，将花束放到她的面前，说："送你的。"

陆茶栀捧着白色花束，垂眸看去，满眼皆是如雪般干净的颜色。是许佑迟亲手种下，亲手包装的花。

栀子的枝叶常青，经过三个季节的守候，只在夏天开出满树的花，花语却是永恒的爱。

她看向他的眼睛。

浅浅的双眼皮褶皱，扇形的桃花弧度，眼尾细而微弯。

时常会显得冷淡，里面是冰川，是冷月。

和喜欢的人对视，里面是清酒，是情诗。

天空像是酒杯，云朵被伏特加和蔓越莓汁调制的 Sea Breeze 染色，由此酿成半边的晚霞，另外半边，由微醺的爱意添补。

陆茶栀对他满心的喜欢里，衍生出一丝遗憾来。

许佑迟是在爱里长大的小孩，明白爱的含义之后，再来爱她。

遗憾的是，她没能和他一起种花，再陪他长大。

疫情原因，A 大的开学时间推迟到十月。

9 月 23 日，秋分。傍晚时候，海湾边举办一场盛大轰动的音乐节与夏日烟火大会。

易卓他们叫上了很多尚未开学的高中同学，约好了在这天聚会。

一行人下午在商场超市扫荡一圈后，很早便到了海边，在沙滩上占到绝佳的观赏烟火的位置，嬉戏打闹着铺好蓝白相间的方格野餐垫，摆放木质托盘和水果。

海风吹来咸湿的气息，热度不减。海浪浅唱低吟夏日的末章，澄澈浅蓝色天空里，夕阳余晖缱绻。

男生们去海滩边的酒吧买来冰块和精酿啤酒，在十来个啤酒杯碰撞的清脆声响里，天空里绽放第一簇烟花。五光十色，光怪陆离。

海边的广播里放着周杰伦的《七里香》。

易卓他们拿出骰子，掌声和起哄声四溢，不断有人将玻璃杯中的酒液一饮而尽。

陆茶栀和明诺她们聚在一起聊天，白雨瑶翻看着手机，忽地靠向陆茶栀的肩膀："我微信给你转了个东西，你记得看！"

陆茶栀打开手机。

点开白雨瑶给她转发的那篇文章，是黎城九中的微信公众号在五分钟前发布的，高三优秀毕业生写给新生的寄语。

陆茶栀有印象，栏目编辑的学妹在两周前特意联系了她，她的寄语也排在里面。

她往下滑，看见了有关许佑迟的那一版块。

编者在小字部分解释，由于没添加上许佑迟学长的联系方式，所以没能得到他的寄语。但许佑迟学长的个人经历太过耀眼，重重光环，深受学弟学妹们膜拜和关注。

所以在这篇文章里，编者放上了一张许佑迟在礼堂里演讲的照片，并且详细叙述了他在高中时期的各种获奖情况和优异成绩。

最下面，附上了一篇，他在高一时期，参加校园诗歌比赛时所写的诗篇，也同样是他在毕业典礼上提到过的那一首。

陆茶栀看完了一整首诗，开篇和末尾，他都提到了"山茶"二字。

海边吹来的风里，除了烟花炸开的声音，还有周杰伦在歌里唱着的那句。

"把永远爱你写进诗的结尾。"

很早很早的以前，在她毫不知情的时候，许佑迟就已经做到。

许佑迟没再和易卓他们喝酒，过来坐到陆茶栀的身边。

她口腔里是清甜的桃子味酒气，脸颊发烫，收起手机，靠在他的怀里，闻到他身上淡香的味道。

熙攘的人群，摇骰子那边酒局暂停，数道八卦又炙热的余光，都落在亲密倚靠的两人身上。

在易卓等人暧昧的注视下，陆茶栀抬起右手，手心捧起许佑迟的侧脸，仰着头，吻上了他的唇。

酒局里爆发一声怒喝："这是我这个没谈过恋爱的纯情少男能看的吗！"

陆茶栀贴着许佑迟的额头，嘴角扬起一个极好看的弧度。看向他时，她亮晶晶的眼睛里，漾开醉醺醺的笑意："许佑迟，你听。"

许佑迟垂眼，手臂揽住她的腰，问："听什么？"

"听落日和大海，都在帮我告诉你，我很爱你。"

她合上卷翘的眼睫，脑袋滑落在他的肩头，贴在他侧脸的手心也顺势垂下。

单支烟花绽放完毕，下一瞬间，震耳的爆炸声和欢呼声沸腾响起，和无数朵绚丽的烟火一起，从海岸边，霎时攀上布满落日夕光的天际。

陆茶栀缓缓睁开了眼睛。

许佑迟看见烟火的光彩交相辉映，悉数映在她清澈透亮的眼瞳里。

夏日烟火大会上，最灿烂的瞬间，烟火绽放声，喧嚣人声，海浪潮声。

他准确又清晰地，辨别出属于陆茶栀的声音。

——"不止在夏天爱你，也不止今年爱你。"

——"岁岁年年，我永远爱你。"

夏天周而复始，海浪潮起潮落，玫瑰盛放凋零。世间万物都拥有期限，爱意也会随时间的推移而消耗流逝。

但落日时分，在海天晕染的蓝与橘里热吻时，相爱会被定格而永垂不朽。

相爱是疯狂又热烈的夏天，海边落日的颜色。

是夕阳炽热滚烫的橘色，是云朵柔和烂漫的粉色，是海潮忠诚永恒的蓝色。

岁月从不败少年与少年赤诚且绵延不绝的浪漫主义。

热恋同落日浪潮一样没有完结篇。

夏天永存于莎翁瑰丽的十四行诗间。

相爱日复一日，年复一年。永存于少年亲笔写下的情诗尾篇。

相离沉睡于当下的相遇

在青山荒芜前

在山茶成树后觉醒

浓烈短暂的爱情
化为月桂、水仙、鸢尾、向日葵

迟暮是落日的结局

俗世凋零时
我将山茶的深红和心脏的滚烫
交给你

——许佑迟

【正文完】

番外一

许的愿望 想带她见妈妈，想把她娶回家。

A 大开学日期临近，许佑迟飞 A 市的前一天，赵蔓将狗富贵和勿相汪都送到了宠物托运公司，寄到许佑迟在大学附近的那套新公寓去。

回到家里，赵蔓看见许佑迟在二楼卧室收拾行李，她静悄悄地倚着门框看着他的背影半晌，倏忽间又红了眼眶。

许佑迟回眸，刚好瞥见赵蔓用指尖擦去眼角的湿润，他无奈道："我过两个月就回来了。"

赵蔓从门框上起身，抑制住即将再次涌出眼眶的酸意，说："你在那边照顾好自己知道吗？暑假你做饭也学得差不多了，有空就自己做来吃，少出去吃那些不健康的东西。"

"自己都是个娇气少爷，还非要养猫养狗。"她不住地倾诉着苦水，语气里全然都是不饶人的不满，"我真是懒得伺候你，你最好寒假也待在 A 市别回来，过年让吱吱来陪我过就够了。"

许佑迟想了想，说："那我寒假留校？"

赵蔓仿佛听到了什么天方夜谭，恶声呵斥："你敢！"

"我不敢。"他低声轻笑，从书桌上扯出两张纸巾递给赵蔓，"你别哭了，再哭我爸等会儿听见就得骂我了。"

赵蔓接过纸巾，许佑迟又打商量道："我元旦就回来了，再把吱吱一起带来，这样行了吧？"

赵蔓被好声好气哄了一通，才勉强松口："你自己在那边听话一点，对女朋友好一点，让我省心。"

"我知道。"他懒懒地笑道，"放心，我会照顾好您亲女儿的。"

次日上午的飞机到达 A 市，和陆茶栀一同取了行李后，两人先打车去了趟许佑迟的新公寓。

许佑迟在暑假定好设计稿后，赵蔓很早就让人将公寓布置和打扫完毕。双层的复式结构，家居陈设一应俱全，还配有单独的琴房，可以直接入住。

在客厅放下行李箱，陆茶栀和许佑迟一同去楼下的超市买了午餐食材，又和他一起下厨做了芝士肥牛焗饭。

大部分的工序都是由许佑迟完成，陆茶栀切了胡萝卜丁，就在一旁等待着验收许佑迟时隔三个月后的厨艺成果。

番茄酱混着买来的盒装米饭翻炒，平铺着马苏里拉芝士和煎蛋，色泽鲜嫩的肥牛卷、火腿片和胡萝卜丁嵌在上面。

奶酪芝士香气浓郁，无论是卖相还是口感，都堪比日料餐厅的原版焗饭。

吃完饭后，宠物托运公司的员工也按照约定时间，将一猫一狗都送到公寓。

检查完猫狗的身体状况，陆茶栀窝进沙发里，躺在许佑迟怀里睡午觉，不忘抬头亲了亲他的嘴角，以此奖励他今天做的这顿午餐和他飞速进步的厨艺。

等陆茶栀午觉睡醒，许佑迟陪她去学校报到。

这两天都是新生报到的高峰时期，偌大的校园内处处拉着横幅和彩旗，随处可见的志愿者，从校门口一路排到宿舍楼。

大一阶段，陆茶栀没打算住在外面。

宿舍楼里有电梯，这几天也允许家长陪同进出。许佑迟陪她把行李箱拉到宿舍门口，她进去和三个舍友简单打了个招呼，又和许佑迟一起去了校园超市买日用品。

许佑迟站在公寓楼道里，等陆茶栀整理完所有事宜走出宿舍。到了分别的时候，她紧紧抱着他的腰，埋在他胸前，黏黏糊糊不想撒手。

许佑迟背抵着墙，抱着她的脑袋，低头问："那再一起去吃个晚饭？吃完饭还可以再陪你逛会儿学校。"

陆茶栀点头答应，回宿舍去拿手机。

她一进门，坐在靠门位置的那个舍友便神色激动地扭过头来，说："我刚刚打水回来的时候看到了，外面那个抱你的男生，是你男朋友吗？他好帅呀！"

"嗯，是的。"陆茶栀笑了下，"是我男朋友。"

陆茶栀的坦诚让舍友们纷纷停下手里的动作，加入这个话题里，往更深的地方探究去。

"你男朋友陪你来的啊，他也是我们学校的？"

陆茶栀拔下手机充电的数据线，说："嗯，他是经管院的。"

"学长？"

"不是，他是我高中同班同学。"

"噢噢，你们俩好般配啊！浓颜系的帅哥和美女，绝美爱情。"汤绮语气郑重地点评。

陆茶栀莞尔道："我先走啦，晚上再回来。"

许佑迟陪她在离宿舍楼最近的食堂吃过晚饭，又牵着手去湖边散了步消食，天色渐晚，送她回到宿舍。

许佑迟不住学校，但仍保留了宿舍床位，舍友在中午的时候就在宿舍群里艾特他，让他有空来填下新生报到的信息表。

从女生公寓楼下离开，许佑迟去了趟自己的宿舍。

A大的宿舍按班级分配，四人寝，舍友都是班上同学。早在开学前一周，尚未见面时，便从班群里面拉人，建立起了宿舍的四人群。

金融一班的班群里，最为活跃的季嘉寒算是个小网红。他自认长相和成绩都还算出众，在毕业后，靠着一条在家复盘高中学习经历的露脸vlog，在网络上小火了一把，微博上每天都有私信对他那张脸进行表白。

——"哥哥你真是太好看了，每看一遍你的视频，我就被帅到痛哭流涕。西湖的水不是水，是我为你的帅脸而流的泪。"

季嘉寒在班群里加好友时，看见自己某位舍友的昵称后，沉默了足足有两分钟有余。

眼前，"喜欢陆茶栀"这五个大字，如出鞘利刃，默不作声地刺穿单身十八年的少年的心。

他深深叹气。

长得好看有什么用，现实生活里女孩子见到帅哥又不敢搭讪。就像他，这么多年过去了，不还是一样没有女朋友。

A大的九号公寓434宿舍，最让季嘉寒感到好奇的舍友，莫过于那位昵称就已经嚣张地带上自己女朋友大名的许佑迟同学。

已经到了开学报到的最后一天，除开不住校的许佑迟，434里其余三个舍友早在下午就已经到齐。

许佑迟在一楼的宿管处领了钥匙，打开434的门锁，正盘腿坐在床上，在游戏里厮杀的季嘉寒抬眼看过来。

一秒，两秒，三秒。

时间仿佛停止了般，直到季嘉寒耳机里传来水晶崩塌的破碎声，紧随其后是那道女声"Defeat"，宣布着令人心碎的游戏结局。

季嘉寒刷新了下自己长达十八年的认知，脑子里只剩下十三个字。

——"我去，这才是真正的大帅哥。"

季嘉寒讪讪地握着手机，记起私信里那个网友的调侃。

如果用西湖的水来形容为他而流的泪。那太平洋和大西洋，大概都向许佑迟奔涌而去。

今年 A 大把军训推迟到了来年的暑假，开学后有一周的时间，举办各式各样的迎新活动，让新生充分熟悉校园。

为了丰富新生的社交生活，学校开展了跨院迎新的班级团建活动。简言之，就是两个不同的学院，号数对应的两个班级，在班主任的带领下，共同展开进入大学后的第一次联谊团建。

时间统一定在了开学后的第一天下午。

美术学院油画一班和经济管理学院金融一班被分到一起。

为了充分展现联谊活动的社交性质，两个班级的班主任帮同学们按宿舍分了组，每组八人，四男四女，从两个班里各出一半。

勿相汪在上午出现了呕吐症状，许佑迟在来学校前带猫去了趟宠物医院，检查结果说是水土不服，医生开了药，让他近期注意猫的饮食。

在宠物医院待了三四个小时，出来时已经接近下午的团建时间，许佑迟没时间再把猫放回家里，打车到学校，提着猫包踩点进入教室。

团建活动地点在上大课的教室，左右十六个座位分隔开，正好小组八人坐一排。

两个班级的学生被拉进了一个大群里，按分组名单来坐，许佑迟和陆荼栀这两个名字挨在一起。

艺术生里不缺美人。

季嘉寒早在走进教室的那一刻，就被站在正中央过道的那个女生吸引了目光。

又甜又酷的金色长发，绝艳的五官，短款吊带外套了件薄薄开衫，阔腿长裤衬出细瘦腰身和长腿，身形纤瘦高挑，她和旁边的女生说着话，明媚笑眼微弯。

长相和气质都顶尖的，人间在逃迪士尼公主。

随后，她在与季嘉寒右手边隔了三个座位的位置上坐下。

哦吼。

季嘉寒怎么也不可能忘记，群里发出来的那张巧合到让他直呼离谱的座位名单表。

他将这个金发女生与她的名字联系起来。

嗯，真不愧是帅哥的女朋友，和宿舍里那位高冷帅哥同样有个性。

许佑迟踩点，但并不是全场最后到的。

人员未到齐，两个班主任站在讲台上调试 PPT，底下的同学也随意聊着天，等待活动的开始。

许佑迟从后门进来，坐到陆茶栀的身旁，将猫包放到课桌上。

舍友骆振是个身高一米八五，体格健硕的男生，他好奇地凑过来问："你家的猫？"

"嗯。"

"哇，这么可爱。"骆振隔着透明猫舱看了会儿，又嘀咕道，"我从小到大最喜欢猫了，但我妈不同意我养，可以放出来看看吗？"

许佑迟拉开猫包拉链，将猫从里面抱出来，勿相汪酸软无力地趴在他怀里。

"它生病了，刚喂它吃完药。"

可可爱爱的毛绒动物，永远都是男生无法抵御的神奇物种。

许佑迟身后的几个男同学也都过来轮番摸了摸勿相汪的脑袋，可怜巴巴的猫咪躲进许佑迟的臂弯里，等许佑迟低下头给它顺毛，才被安抚下来。

骆振猛男身躯下藏着的一颗少男心都要被萌化了，说："它太可爱了吧，它很害怕我？"

许佑迟说："它比较胆小，怕生。"

话音刚落，下一秒，几个男生便眼看着勿相汪小声呜咽，挣开许佑迟的怀抱，转而趴到了他右手边那个金发女生的腿上。

陆茶栀双手托起勿相汪，右手拇指在它额前轻抚。勿相汪钻进她怀里，像累极了，倦怠地闭上了眼睛。

说好的胆小怕生？

怎么，害怕还分对象，面对美女就不怕了？

陆茶栀摸了摸勿相汪的耳朵，问："医生怎么说？"

"没什么大事，水土不服，开了药，过几天就好了。"许佑迟答。

"那狗狗呢？"

"它没事，在家里。"

两人的谈话，看似平淡无奇，落到旁听者的耳朵里，似乎有那么一丝不对劲。

这不是新生的联谊活动吗？怎么你们两个原本应该是陌生人的同学，聊天的语气和口吻都已经这么熟悉了？

许佑迟这才刚坐下五分钟吧，是他们中途错过了什么吗？

陆茶栀的那三个舍友倒是都知道两人的关系，三个女生嘴角疯狂上扬，带着意味深长的姨母笑在宿舍群里发消息。

从猫咪的举动和两人的对谈里，暗嗑着这对比翼齐飞的情侣之间的甜蜜互动。

季嘉寒玩着手机，感觉到自己的肩膀被人拍了下。

他回头看去，坐在他身后的那位寸头哥们儿背着手放在嘴边，说道："喂，你看见没，你们这排，那个金发妹妹真是太好看了。"

"好兄弟我跟你说，"寸头哥们儿压低了声音，嘘声补充道，"我好像遇见爱情了。"

季嘉寒无情地打破他的幻想："好兄弟你别想了，看不见人家有主了吗？"

寸头哥们儿眨巴眼睛，显然没明白，问："什么意思？"

"你知道咱班群里，有个人的昵称叫'喜欢陆茶栀'吗？"季嘉寒扬扬下巴，"喏，就那个带猫来的大帅哥。"

这个昵称过于张扬，无比高调地将"恋爱"二字公之于众，大概班群里每位同学都对其有印象。

寸头哥们儿一脸茫然道："知道啊，咋了，陆茶栀应该是他女朋友的名字？"

"嗯，是他女朋友的名字。"季嘉寒严肃道，"所以你知道他旁边那个妹妹叫啥名不，你去看看群里那个分组表。"

"叫啥？"寸头哥们儿打开手机锁屏，还没打开群聊，就霎时间反应过来了些什么。

"不会是叫陆茶栀吧？"

像是为了印证他话里的猜想，他抬起眼看过去，看见他心仪的金色长发的漂亮妹妹，怀里抱着猫，和她旁边那个男生说着说着话，就靠到他肩上去了。

寸头哥们儿："啊这……"

今年大一新生入学的那一周，最为人津津乐道的话题，莫过于美院和经管院的跨院系联谊。咫尺 CP 从高中一路走进大学，并以令人惊叹的颜值在某天晚上霸屏 A 大表白墙。

十月中旬，开学第一周的新生适应期过去，在教务系统选完选修课程后，A 大也正式开始了授课阶段。

周五晚上金融系六个班级有统一的思修课，分在挨在一起的三个教室共同上课。

晚上七点到八点五十的课，在八点时下起了淅沥的小雨，不出三分钟便演变为倾盆的瓢泼大雨。夜里冷风狂劲有力地呼啸，吹动教室外的树梢簌簌作响，云层间传来阵阵沉闷的雷声。

陆茶栀洗完澡穿着睡裙坐在宿舍书桌前看美剧，汤绮找她借荧光笔，她取下耳机，才听到外面如瀑的雨声。

她从笔筒里抽出荧光笔递给汤绮，起身去阳台上看了一眼，又坐回书桌前，打开手机，给正在上课的许佑迟发消息。

【落日出逃：外面下雨了，你带伞了吗，要不要我去接你？】

思修课上正进行着小组讨论环节，教室里说话声此起彼伏，真正在讨论问题的寥寥无几，大多数是在商量着，如何在这场突如其来的暴雨中完好无损地回到宿舍里。

季嘉寒他们在和前桌的女生商讨对策，许佑迟不住宿舍，不像季嘉寒他们那样只带本书就来上课，他包里一直备着把雨伞。

他看着陆茶栀发来的消息，对着手机屏幕沉默两秒，决定忽略掉包里那把雨伞，回复道。

【喜欢陆茶栀：没带，你来接我吧。】

【落日出逃：好，你在哪上课？】

【喜欢陆茶栀：一教 A101，八点五十下课。】

陆茶栀回了个"OK"的表情，她等时间差不多，就换了白色及膝的裙子和骑士靴，和舍友简单打了个招呼，便拿着伞离开宿舍。

下课铃打响，老师结束了 PPT 的放映，宣布下课后学生们从门口鱼贯而出，走廊内侧站着一排又一排无伞回寝的学生，在屋檐下焦急地等待着外界施以援手。

许佑迟将自己的伞给了另外三个舍友，季嘉寒感激涕零之余，不忘好奇道："你把伞给我们了你怎么回去？"

"我女朋友来接我。"许佑迟没什么语气地说着，走出教室就看见站在不远处教学楼底下的陆茶栀。

看见那抹白色身影，他眼神里晕开了点悄无声息的温柔，说："我先走了。"

季嘉寒他们连道谢都来不及说出口，许佑迟已经头也不回地离开教室后门口，和他们隔开好长一段距离。

暴雨如注，陆茶栀撑着把黑伞站在台阶之下，看见许佑迟后，她主动向他走来。

许佑迟快步走在教学楼的廊间。

这一幕画面，像把时间拉回了三年前，十五岁的夏末，他和陆茶栀在杉城的高铁站相遇的那一天。

她也曾在雨中向他奔来。

她穿着白裙子，清冷澄净仿若白瓷的颜色，是她让世间万物都失色。

这一次，与之不同的是，她是一头金色的长发。

但依然，伞面之下，她纤长卷翘的睫毛之下，透亮的大眼睛映出他的面容。她唇形娇嫩，弯起笑的弧度。

与当年如出一辙，是他捧在心尖上的洋娃娃。

一见面陆茶栀便扑进他怀里，许佑迟接过伞柄，等她抱够了松开手，他才说："走吧。"

陆茶栀挽着他的手臂离开的这一幕，被身后无数个困在暴雨里的金融系学子看在眼里，羡慕两个字被刻在心里。

早在入学的第一天，一班那位昵称为"喜欢陆茶栀"的许佑迟同学，在联谊班会活动上和女朋友之间的恩爱互动就已经传遍整个年级。

但在今天的年级大课之前，除了一班，其余班级的同学对这对情侣的印象只停留在文字和话语的描述。这一晚，见到两人的真容，不少人暗自咂舌感叹。

美人总是被造物主偏爱的。

这对情侣的长相，是真的很绝。光是并肩远去的背影，都好看得无与伦比。

回到许佑迟在校外的公寓里，他在玄关的鞋柜前蹲下身，帮陆茶栀换好拖鞋。

许佑迟去浴室洗澡，第二天是周末，陆茶栀也不着急回宿舍，盘腿在沙发上看电视。

许佑迟的手机放在沙发旁的矮几上，不时有新消息提示音传出来。等浴室水声停下，许佑迟擦着头发走出来，陆茶栀抬眼，目光跟随着他的身影，说："有人一直在给你发消息。"

他走到冰箱前，拿出一串葡萄，说："帮我看看是谁。"

陆茶栀有些迟疑，等他在岛台的水池边洗净了葡萄，关上水龙头，她才问："我看你手机会不会不太好……"

"有什么不好的。"他将那盘洗好的葡萄放到矮几上，在她身边坐下，有些好笑道，"我又没有秘密不能让你知道。"

陆茶栀扬眉问："真的没有吗？"

许佑迟没接话，拿过一旁的手机递给了她，此举动的含义不言而喻。

他刚洗完澡，头发还是半干的，身上沐浴露的香气浓郁。陆茶栀抱住他的胳膊，埋进他的颈窝里，闭眼嗅着他身上好闻的气息。

"不要，你自己看。"

许佑迟单手搂着她的腰，另一只手打开手机。

他看完了消息，拍拍陆茶栀纤瘦的背脊，说道："你看看这个。"

陆茶栀不情不愿地抬起头，双手环住许佑迟的脖子，垂眸看着手机屏幕上的消息。

【张悦悦：帅哥！我们刚刚拍了一张你和你女朋友的背影照，还挺好看的，想投稿到校墙上，你跟嫂子商量一下可不可以呗 qwq】

【张悦悦：［图片］】

【张悦悦：就这张，没有露正脸。】

陆茶栀点进那张照片。

由于是夜里，加上距离远，照片的像素不太清晰，拍下了她和许佑迟在雨里撑伞离开的背影，两人挨得很近，她穿着白裙，许佑迟穿着白T恤，手里撑着一把黑色雨伞，路灯昏黄的光被雨割裂破碎，飘零坠落在伞面上。

她看完照片，又退出到聊天框里。

许佑迟解释："是我班上的人。"

陆茶栀点了点头，仰头亲了亲他的下颌线，问："你同意吗？"

许佑迟眸色沉了沉，扶着她的后脑和她接吻，再开口时，嗓音里多了分磁性的低沉："你同意我就同意。"

陆茶栀低下头，刚回复完一个"OK"的手势表情。许佑迟抽走她手里的手机，将她抱到自己腿上，完全禁锢在怀里，压着她的腰亲了许久，最后也没分开，贴着她的唇瓣低喃："今晚你还回去吗？"

陆茶栀快要被他呼吸间的灼热气息烫化，看似是她作为主导者坐在许佑迟身上，实则她柔软无力地抱着他的脖颈，全靠他托着她的身体才能坐好。

许佑迟凑上来亲了她好几下，力道似有若无般轻柔，含住她的唇瓣舔吮，陆茶栀背脊骨酥麻，彻底丢了力气。

除开交缠在一起的呼吸声，唯一还剩下的便是落地窗外的迅猛的暴雨声，在光影交织的夜景里，冲刷城市积压的燥热与尘埃。

"我都可以。"她闭着眼，感受到许佑迟的吻落在了自己的耳垂上。

湿热的口腔与舌尖，裹着烫红的耳垂，她第一次这样近距离地听到他的声音，在耳膜上震动和跳跃。

深知他的声线好听，但没想到，他的每一个音节和吐息，都能在此刻化为勾动旖旎的诱引。

"那不回了吧，你睡我房间，我去睡客房。"

"好……"陆茶栀的回答融进他再次覆上来的嘴唇里。

家里备了陆茶栀专属的洗漱用品，等她吃了葡萄，洗漱完毕，许佑迟将她打横抱起，抱到他的床上。

狗富贵和勿相汪停留在卧室门口张望，似乎是在揣摩进来是否会打扰到主人和他女朋友的亲昵相处。不等一猫一狗琢磨明白，许佑迟转身，毫不留情地关上了卧室门。

被隔绝门外的狗富贵可怜兮兮地"嗷"了一声，爪子拍了拍门板，听见里面传来主人冰冷无情的指示："走开。"

被主人嫌弃和驱逐，一猫一狗耷拉着脑袋和尾巴，只能回到宠物活动室地板的软垫上，安慰着相拥而眠。

卧室里，陆茶栀躺在床上，许佑迟替她盖好被子，她伸出双手环住许佑迟的身体，把他也拉到枕上，蹭了蹭他的侧脸，突然想起来些什么，问道："狗富贵是什么品种的呀，我以前好像都没有见过它那样全黑的狗狗。"

"黑色拉布拉多和金毛杂交的。"

陆茶栀嘀咕："难怪长得那么凶。"

"你很怕它？"许佑迟问。

"不是。"陆茶栀右手的指尖贴着他脖颈处薄薄的皮肤。安静的空间里，一举一动的感知都被放大到清晰，卧室里全然是属于他的领域。

她安心地枕在他的胸膛上，想了想，说："我就是第一眼见到它的时候有点害怕，之后就不怕了，我第一次见到那么乖的大狗狗。"

许佑迟抱着她换了个姿势，低下头埋进她的颈间。撒娇这项技能，他似乎使用得越来越得心应手。

陆茶栀心软了一片，抚摸过他带着香气的发丝，听见他闷声道："你知不知道，今晚所有的雨水，都是你喜欢那只黑狗，我吃醋流下的泪。"

陆茶栀的指尖顿住，不由得笑起来。感受到许佑迟将她抱得越发紧密，她捏了捏他的耳朵，说道："哪有。这场雨明明都是你跟别的女生说话，我吃醋流下的泪。"

"我什么时候跟别的女生说话了？"许佑迟拧眉。

她神色坦然，陈述道："刚刚在手机上找你聊天，说要投稿的，难道不是吗？"

许佑迟静默了几秒，牙齿轻咬了下她颈侧的皮肤："你别冤枉我。"

陆茶栀没感觉到疼，身体僵硬了一瞬，反倒是另一种从思绪到感官都涌出的奇怪反应，将她裹挟和淹没。

许佑迟只轻轻地咬了一下，怕她疼。亲着亲着，他像是还觉得有些不甘心，不忘撇清自己："回她消息的，是你。"

陆茶栀闭了闭眼，说："那其他的呢，你就没有跟她们聊天吗？"

"没有。"许佑迟没再动，倚在她的肩膀上，语气说不出的餍足和懒散，"我的昵称是你，我身边的人也都知道你。而且，我手机刚刚不是交给你了吗，你随时都可以翻，我发誓我没跟除了你之外的女生聊过天，我很乖的。"

说到昵称，陆茶栀想起来，暑假和他聊天时，由于一直都有备注，她也没怎么注意到他的昵称到底是什么。

前几天听自己的舍友们在感叹许佑迟对她的示爱方式有多么明目张胆，她才知道，许佑迟的昵称，到现在都还是高考完那天，和易卓他们一起玩大冒险后输掉改的那个"喜欢陆茶栀"。

当初卡片上的要求是二十四小时，许佑迟却保持了三个月之久。

她轻声问："为什么不改昵称，早就过了你们大冒险的时间了。"

"这个不好吗？"许佑迟支起背脊，后背靠着枕头，重新把陆茶栀捞回怀里，轻飘飘扫了她一眼，"我挺喜欢的，不改。"

陆茶栀觉得今晚的许佑迟过分可爱了，她手心摸着他的脸，夸赞："许佑迟小朋友，你这么乖啊。"

"对啊，"他懒洋洋地笑着，理所当然的少爷模样，"所以你要不要多亲亲我。"

陆茶栀佯装纠结了一会儿，才妥协道："那好吧，奖励你一个亲亲。"

许佑迟闭上眼。

他刚洗完澡，躺在深蓝色的床单上，穿着柔软的棉布白T恤，强烈的色彩对比感。他浑身上下都是又香又甜的，她喜欢的味道。

他头发没吹干，只用毛巾擦过，碎发随意地搭在两侧，露出光洁白净的额头，五官线条精雕细琢，眉眼显得安静而温顺。

有些不合时宜，但陆茶栀确实是联想到了幼时看过的那个童话故事。

A大校墙在两小时前发布了一条投稿，配图是张悦悦发消息给他看过的那张他和陆茶栀的背影照。

【po一下我们班那位巨帅的帅哥和美院那个巨漂亮的小姐姐。今晚下暴雨，美女姐姐超级宠男朋友！！亲自来接男朋友放学！！我们这群没有带伞的单身狗只能在雨幕中含泪目送他们离去。这不结婚真的很难收场！！！（照片和投稿已经过本人同意）】

在校墙点赞数基本上维持在一两百的那一串说说里，这一条的点赞数量格外瞩目，在短短两个小时之内便已经破千，评论区也是久违的热闹。

【校友A：我知道我知道！帅哥的昵称是"喜欢+他女朋友的名字"，金融系都传遍了，宠女朋友第一人。我这辈子就不奢求了，希望下辈子能遇到个这样懂事的男朋友呜呜。】

【校友B回复校友A："喜欢×××"，懂了，新情侣ID模板有了。】

【校友C：上一次被女人接放学是幼儿园时我妈来接我。为什么他都大学了还有人来接他，长得好看就可以为所欲为吗。/再见】

【校友D：@校友E，哎好兄弟，你看看，这个金发美女是不是你开学那天说好看想追的那个？美女好像有男朋友了啊。】

【校友E回复校友D：老子的初恋啊啊啊，我心碎了。】

这条评论下面跟了一连串的"哈哈哈哈哈哈哈笑死我了"，这个冰冷的城市和雨夜，连陌生人也纷纷对校友E施以更加绝情的嘲笑。

再接着往下翻了许久，一串祝福和羡慕的评论里，许佑迟看见一个熟悉的备注。

【季嘉寒：我的亲兄弟！同宿舍的亲兄弟！！怎么就这样心甘情愿地入赘美院了@喜欢陆茶栀/流泪/流泪】

许佑迟怀里抱着因身体的酸软疲惫而熟睡的陆茶栀，他兀自勾了下嘴角，给这条艾特他的评论点了个赞。

陆茶栀在许佑迟怀里睡到了次日上午九点，睡梦中像是听见了开门的声音，再然后，便感到胸口被压得生疼。

先前她模模糊糊地睁开眼睛，看见勿相汪熟练又矫健地跃起，两只前爪扒拉开卧室门的门把，光线便溢进昏暗的房间。随后，猫咪轻松一跃便上了床，走了两步，趴在陆茶栀的心口上。

陆茶栀从勿相汪身上移开目光，再转头，大打开着的卧室门口，狗富贵坐在地板上，也安静地凝视着她。大概是因为它们真正的主人许佑迟还没醒来，一猫一狗都没发出叫声。

小猫咪清澈的大眼瞳再次对上陆茶栀的视线，它往上挪了点，毛茸茸的小脑袋，开始一下又一下地蹭她的颈窝。

陆茶栀一觉醒来便见了这样的一幕，她枕在许佑迟的手臂上，眼睛还泛着刚睁开的酸，心里叹了口气，已经软得一塌糊涂。

她抱着猫调整了一下睡姿，轻轻闭上眼，抬手慢悠悠地摸过勿相汪的后脖颈和背脊。

她合眼的瞬间，许佑迟恰巧掀开眼皮，他在天色蒙蒙亮时才睡着，此刻还没睡醒，眉心拧了拧，漆黑的眸注视着她怀里的猫两秒。

勿相汪敏锐地察觉到主人目光中的不善，小猫咪被无声地凶了，缩了缩身子，自觉地挣开陆茶栀的手弯，跳到地板上去。

许佑迟隔着被子伸手，将从他手臂上离开的陆茶栀拦腰捞回来。陆茶栀眼睫颤了颤，睁开了眼睛，许佑迟的脑袋埋在她的颈窝，好巧不巧，刚好是刚刚勿相汪埋过的那个位置上。

她摸摸许佑迟的发丝，许佑迟的吻印在她右肩下瘦直深邃的那一道锁骨上。陆茶栀感受到，他咬了咬，又舔了舔。

"你被吵醒的吗？"他没抬起脸，嗓音有些含糊地问。

陆茶栀用鼻音回了个"嗯"。

"我下次锁门。"许佑迟说。

陆茶栀没带睡衣，睡前换下了裙子，身上穿着的是许佑迟的 T 恤，很长，但不知何时，下摆边缘已经卷到了腰侧。许佑迟在被子里的手臂环过她的腰，触到她嫩若凝脂的肌肤。

她似乎没感觉到，没什么反应，依旧软软地抱着他。许佑迟将手往上挪了两寸，隔着衣服布料，覆在她纤薄的背脊上。

"你还困吗，想不想再睡一会儿？"他问。

陆茶栀没什么力气，软绵绵地开口："不困，饿了。"

"你想吃什么？"

她不过多挑剔，却仍旧将要求限制："你做的我都想吃。"

许佑迟从她颈侧离开，拉开一段距离，看着自己手臂里抱着的陆茶栀。

她仰着脸，晶莹润泽的眼眸和他对视，又在被子里摸寻到他的手指，攥紧在手里，用柔软的唇贴上他的下颌线。

仅剩的那么点睡意也消散殆尽，许佑迟彻底醒了，捏了捏她的耳朵，起身去给她做早餐。

他走时顺便带上了家里那两只不安生的宠物，关上卧室门，让陆茶栀能再睡一会儿。

早餐做了玫瑰贝果和溏心蛋，餐盘里摆放切好的草莓和蓝莓，搭配的饮品是生椰拿铁，咖啡里弥漫浓郁的牛奶和椰子甜味，苦甜搭配格外和谐。

陆茶栀吃前拍了好几张照片，在心里感叹完绝美人妻属性的许佑迟，又在中岛台边抱着他亲亲他的侧脸。

许佑迟好笑地拍拍她的头顶，微弓着背将她从腿弯处抱起。失重感袭来时，陆茶栀双手下意识环住他的脖子，被他稳稳当当地放到餐桌边的椅子上去。

又是她在小孩子时期，被父母抱过的姿势，许佑迟现在用来抱她……

吃完早餐，陆茶栀便坐到客厅的地毯上去修图发了条说说，只有图片，什么文字都没配，短短十分钟内，评论便已经热火朝天。

【周景羿：栀姐，我冒昧问一下，右上角那只手是谁的？】

【方槐尔回复：除了她亲爱的老公还有谁。】

【白雨瑶回复：除了她亲爱的老公还有谁。】

【易卓回复：除了她亲爱的老公还有谁。】

……

此后还跟了有七八条，周景羿是她在杉城的高中同学，但这丝毫不影响她在黎城的那些同学在周景羿的评论下面跟着调侃，连姜卫昀和向帆他们都出来蹦跶了两下。

等姜卫昀评论完陆茶栀的这条说说，转而在"猛男妙妙屋"的群聊里发起了语音通话。许佑迟将洗好的碗放到碗柜里，刚在陆茶栀身边坐下，语音电话便弹了出来。

他点进去，姜卫昀和易卓在有一搭没一搭地拌嘴。

易卓深深叹气："你大清早不睡觉打电话干啥，扰人清梦会遭报应的你懂不懂？"

"你觉得我瞎，我看不见你在说说底下的评论是吗？"姜卫昀嗤笑一声，着急地催促道，"赶紧起来上号，我特地算过了，今日晴天无云，宜上大分！"

"你拿脚算的？"

"不会说话就闭嘴嘛，我求你。"姜卫昀怄得不行，不想搭理易卓，看见语音通话里许佑迟的头像亮起，瞬间一喜，"迟崽来了啊！"

许佑迟盘腿坐在地毯上，勿相汪从落地窗边走过来爬到他的腿上，他将手机放到一边，开了免提："干什么？"

姜卫昀语气轻快道："迟崽别只给你老婆做早饭啊，什么时候给我做一顿，我也想吃嘛。"

向帆紧接着附和："我也想我也想。"

易卓被两人的语气恶心了一番，抖了抖胳膊，嫌恶得不想说话，又默默开始心疼起许佑迟来。

纵使许佑迟对他们这种时不时犯病的情况已经司空见惯，听见旁边的陆茶栀抱着他的胳膊低低地笑，他也沉默了几秒钟，开口："没事挂了。"

姜卫昀惊呼："别啊！有事有事，这不找你打游戏嘛，五排上大分！"

许佑迟没回应，低头看向陆茶栀。

她靠在他的肩上，笑容没收敛，弯眸用气声对他说："去吧，我在客厅里看电视。"

许佑迟对电话那头说了句"等半小时，你们先开"，随后挂断。他从冰箱里拿出一小篮草莓，倒进玻璃碗里，用盐水泡了一遍，再用刀将一个个草莓蒂都切下来，才端到沙发前的矮桌上。

他又从流理台前端来一杯早餐多做的生椰拿铁，帮陆茶栀把iPad打开，架好。准备好这一切，他单腿蹲在陆茶栀身边，左手扶着她的后颈，亲了下她的嘴角。

他几乎是贴着她的唇瓣说话："那我去了，你有事就叫我。"

早餐吃了玫瑰贝果，里面的玫瑰酱浓蜜甜稠，这个吻也是玫瑰味的。离得这样近，陆茶栀望着他的眼睛，认真感受着他嘴唇的开合。

她目光忽闪，昨晚的记忆翻涌而上。

他的唇，几乎是亲遍了她身上的每一寸地方，他的每一个吻都带着缱绻又灼热的温度，在她身体上一点点地点燃欲望的火焰。

她连忙撤去记忆里印象最深的那个画面，慌乱地点头："嗯嗯，你去吧，我就在这儿。"

许佑迟又恋恋不舍地亲了亲她才起身。看到他进到房间里开了电脑，陆茶栀坐在矮桌前，手背蹭过微红的面颊，她吐出一口气，在 iPad 上打开电影。

勿相汪趴在她腿上，猫爪压得有点重，她从沙发上拿了个抱枕来，垫在勿相汪的身下，这样一来，小猫咪也刚好能够看到电影画面。

电影放到一半，耳边传来微信通话的铃声。

她将 iPad 上的电影暂停，循着声源看见了沙发上的手机，是许佑迟的。

她托着勿相汪的身体将它抱起，拿上手机起身，去找卧室里的许佑迟。

卧室门没关，许佑迟坐在电脑前，戴着耳机，电脑屏幕上的游戏界面飞速拖换着视野，映在他冷白的皮肤和冶丽的五官上，修长骨感的手指按过机械键盘。

长得好看的人，连按键盘的声音听起来都不会让人觉得吵闹，反而是悦耳动听的。

他没说话，表情也少，原本认真盯着电脑屏幕，余光看见向他走近的陆茶栀，他抬眼看过来，手里的动作也随之停顿了几秒。

他操作的英雄卡牌大师打蓝打到一半，buff 被他拉脱了。

姜卫昀玩的猫咪附身在卡牌身上，看见许佑迟突然不动了，蓝 buff 也在逐渐回血，他不由得在群聊的语音通话里发出疑问："阿迟干啥呢，挂机了？"

下一秒，回应他的并不是许佑迟本人。五排车队里的所有男生，都听见语音里传来一个女孩子的声音。

"阿姨给你打电话了，你现在接吗？"

好，许佑迟身为五排车队里唯一一个拥有女朋友的人，成功秀了一波恩爱，拉了一波羡慕嫉妒的仇恨，还吸引了队里另外四人的全部注意力。

四人默契地闭嘴，谁也不说话，全都静悄悄地等待许佑迟接下来和他的宝贝女朋友的恩爱对话，但许佑迟压根没给他们八卦和偷听的机会，切到语音通话的界面，将自己的麦克风关了。

他摘下头戴式耳机，挂在脖子上，点了点头："接。"

他将椅子往后退了点，陆茶栀坐到他的腿上，点开微信视频通话的接听键。

她举着手机调整了一下角度，让摄像头只拍到许佑迟的脸，照不到她。

电话接通，许佑迟的视线还在电脑上，他操作着游戏界面，过了几秒钟才垂眸看向手机屏幕。

赵蔓很明显能看出他的注意力刚刚并不在电话上，于是问："你在干什么？"

游戏里刚打完一波龙团，许佑迟双手将陆茶栀圈在怀里，操作着英雄往中路走，承认得简洁又详细："在抱着您亲女儿打游戏。"

被他抱在怀里的陆茶栀：打游戏就打游戏，非要提她干什么。

她伸手掐了下许佑迟的腰侧，他也没躲，眸里噙着笑，扫了她一眼。

赵蔓很快反应过来，咳了一声，跟许佑迟聊了几句大学新生活的事情，又嘱咐他照顾好女朋友，便挂了电话，不再打扰情侣二人相处。

陆茶栀将手机放到桌上，单手钩着许佑迟的脖子，刚刚掐得不解气，她又在他腰腹上捏了一下，说，"阿姨都说了让你矜持一点，你怎么还这么肆无忌惮？"

他抬手揉了揉她的头发，无所谓地笑道："我陈述事实而已。"

她鼓了鼓脸，埋进他的颈窝。

许佑迟恢复了刚才的模样，安安静静地打着游戏，房间里唯一的声音就是键盘和鼠标声。只是他的打法远没有他的神色那样平淡，又凶又狠。

陆茶栀侧了侧眸，瞥见他清晰的下颌线，再往上，是认真又漂亮的侧颜。

他的睫毛纤长浓密，眼眸漆黑清亮，映出游戏画面。陆茶栀有些恍神，就是他这副最为冷淡清绝的表情，和昨晚他眼里流露出的热烈与痴迷，形成剧烈的反差。

都很令人着迷。

陆茶栀看了一会儿，欣赏到心满意足，才抱着勿相汪想起身，被许佑迟单手抱着后腰揽住。

他将她搂在自己腿上，侧眸看过来问："干什么？"

陆茶栀诚实地说："我想吃草莓。"

他切好的那一碗草莓，在外面客厅里。

"别走，等下我去给你拿。"他松开抱住她后腰的右手，重新落到键盘上。

陆茶栀察觉到他开始黏人了，也没再起身，乖乖坐在他腿上抱了他一会儿。他拖动视野的频率很快，看得陆茶栀眼花缭乱，她别过眼，靠着他的肩膀问："我坐这里，你打游戏不会不舒服吗？影响你操作。"

"抱着你就不会。"他没什么语气，说话的时候又收下对面打野的人头。

陆茶栀看着他们一路顺风推到对面中二塔，在心里"啧"了一声："你知不知道剑谱第一页写的是什么？"

"嗯？"

"心中无女人，拔剑自然神。"她捏捏他白皙如玉的脸颊，说，"你这样黏着我，是上不了大分的。"

"哦。"他面无表情地越了对面高地，拿下 Triple Kill 时还剩大半管血，"那你知不知道剑谱第二页写的什么？"

陆茶栀问："什么？"

他淡声答："怀中抱妹，伤害翻倍。"

陆茶栀看他们队伍飞速推掉对面水晶，画面中央出现硕大的"胜利"二字。许佑迟松开手里的键盘和鼠标，拍了拍坐在陆茶栀腿上的勿相汪。小猫咪听话地跳到地板上，软软地"喵呜"一声，在求主人的夸奖。

许佑迟没理它，双手揽着陆茶栀的腰，一点点收紧力道，直到她密不透风地，被完全圈在他的怀抱里。

他浅浅笑起来，桃花眸底的疏离被抹去，染上笑意后，本就漂亮的脸更是好看到晃眼："你知不知道剑谱最后一页写的是什么？"

陆茶栀不知道，静静地眨眼，等着他给出答案。

许佑迟脑海里回忆的是早上陆茶栀发的那条说说的评论区。

——"除了她亲爱的老公还有谁。"

和姜卫昀跟他在电话对谈里，提到了陆茶栀的那句。

——"别只给你老婆做早饭啊。"

他不说话，陆茶栀近距离跟他对视，双手搭在他的肩上，忍不住低声问："是什么呀？"

他垂下长睫，收敛笑意，喉结滚了一圈，凑上前吻住她的唇。

"亲亲。"

十二月初，大一新生不过刚熟悉学校的时候，一场夜雪昭示着冬日的降临。

黎城位于南方，海滨城市即使在冬天，温度也暖和宜人。A市却位于北方，在入冬降温过后，鹅毛大雪加大了和前些日子的温差。

周五的夜里，美院一楼的画室灯火通明，开着空调，窗帘没拉，可见窗外悄然而落的雪，堆叠在窗台。

教室里零散坐着几个学生。

陆茶栀坐在画板前，对着陶罐和水果绘静物素描。手上沾了铅灰，她用铅笔细细地对灰面的光影进行排线。

她戴着医用口罩，时不时轻咳，眼尾泅出难耐的泪珠和红润。她抽了张纸擦去眼角因咳嗽而沁出的泪，包里的手机开始振动。

她放下铅笔，走出教室，在走廊上接通电话。

许佑迟问："你还在画室吗？"

"嗯。"她音色又沙又哑，咳了两声，嗓子泛疼，她强忍着不适继续开口，问，"你下飞机了吗？"

夜里的机场人流依旧如织，数模比赛的带队老师领着A大学生往行李盘的方向走去。

听到陆茶栀沙哑的声音，许佑迟走在人潮里，心口窒了窒，问，"你还很难受吗，我现在去找你好不好？"

原本只是感冒带来的生理不适，听到许佑迟温柔的语气，这几天的委屈和难过都涌上来，陆茶栀眼眶又泛起雾，说了句，"你快点来。"

取了行李，许佑迟没和其他学生一同坐大巴回学校，他打车抵达学校门口，在微信上给陆茶栀发了个消息。

出租车开到美术学院的画室楼下时，陆茶栀刚好收完画具，洗了手走出大门。

教学楼洗手间没有热水，她将手上的铅灰洗干净，细长雪白的手指也被凉水冻得僵硬又通红。

车上开了暖气，一上车，许佑迟便牵住陆茶栀冰冷的手握在手心里，贴在唇边，呵出口气暖了暖。

发觉自己的体温不足以给予足够的热度，他的大衣外套没扣扣子，又将她的手揣进温热的衣服内里盖住。

出租车行驶在夜里的校园内，车厢内昏暗而安静。

感冒让思绪昏沉，嗓子也疼，陆茶栀一直没说话，她闭着眼睛，许佑迟一手环住她的肩膀，让她靠在自己身上休息。

她戴着口罩，难掩脸上的疲倦。路灯光影忽闪而过，许佑迟垂着眼，看见她双眸紧闭，像没睡安稳，纤长卷翘的睫毛在轻轻颤动。

他将吻落在她的额头，贴着她的头顶低喃："对不起。"

陆茶栀很困，但睡不着。听见他这句话，被他捏在手心里的手指动了动，下一秒，又被他紧紧缠住。

他似乎很害怕她抽走手指，握得很紧。

他低下头，又在她的耳边低声重复："对不起。"

他亲了亲她的耳朵。

陆茶栀的耳朵冰冷，属于许佑迟的湿热气息喷洒在上面，距离近到让陆茶栀脑海里产生了一阵短暂的眩晕。

她睁开眼睛看了他几秒，许佑迟亲吻她的眼睛和睫毛，她便合眼。下意识贪恋着与他的温存，依偎在他怀里。

出租车司机看了眼后视镜，投来奇怪的目光。

这对情侣这么亲密，也不像是吵架了，为什么男生一直在道歉啊。

回到公寓，许佑迟打开中央暖气，问陆茶栀："饿不饿？"

快晚上十点了，她还没吃晚饭。在画室坐着画画的时候没觉得多饿，空下来才发觉胃里难受，脑袋也乱糟糟的。

她点了点头，许佑迟摸摸她的头发，说："有什么想吃的？"

"都行。"

许佑迟打开冰箱看了看食材，问："皮蛋瘦肉粥可以吗？"

"好。"连说话都有些费力，她哑声说完，等许佑迟做饭的间隙，上了二楼。

周末或者没课的时候，陆茶栀偶尔会住到许佑迟这边来。

一楼琴房隔壁的空房被装修成了画室，放着她未完成的油画作品。客厅里摆着山茶、玫瑰、百合和小盼草的插花。二楼衣帽间里的柜子里，他的衬衫旁便是她的裙子。

双层的公寓里，留有她和他共同生活的气息。

在衣帽间拿了换洗衣物，陆茶栀走进浴室，坐进热气蒸腾的浴缸。她闭上眼睛，感受着热水一点点漫过前胸、锁骨、脖颈。

她春夏时节都很少生病，但每年都会固定在秋冬交替降温的时候感冒，严重的时候发烧也是常态。

疫情形势严峻，她在深夜独自在医院隔离测核酸时，许佑迟远在千里之外的黎城，参加为期一周的数学建模比赛。

所幸核酸检测结果是阴性，她在医院隔离，闻了两天的消毒水气味，输液等体温降下来后便回了学校。

等今天下午，许佑迟的比赛结束，打来电话，陆茶栀才跟他说了自己生病的事情。

像他那样的笨蛋，才一遍遍地道歉。

嗓子又开始难受，她趴在浴缸边咳嗽。

许佑迟将食材放进锅里开始煮粥，用玻璃杯接了杯温水上楼。他站在浴室门口犹豫了一会儿，听见她的咳嗽声，才屈起手指，敲了敲门。

陆茶栀咳红了脸，眼睛湿漉漉的，将身体藏进水面浮着的泡沫底下。

"你进来吧。"

许佑迟打开门。

浴室里温度升腾，水雾模糊了玻璃和镜子。他端着水杯走到浴缸旁边，俯下身，温声问："喝水吗？"

陆茶栀张了张唇，他扶着她的后脑，一点点将温水喂给她喝。

粥还没煮好，她坐在沙发上，打开了电视，许佑迟在一旁帮她吹头发。

她头发长得很快，受不了每隔几天就去理发店补金色，十一月初便染回了较深的发色。

热风穿过发丝，他最后用梳子帮她把柔顺的长发梳好，搭在肩后。收好吹风机，他去盛了碗热粥，用勺子喂陆茶栀吃完。

倒真是把她当生病的瓷娃娃来对待。

吃晚饭，许佑迟去洗碗，陆茶栀躺在沙发上又看了会儿电视，快要睡着的时候，许佑迟走过来，坐在她身旁，亲了下她的嘴角，说："乖，把药吃了再睡。"

陆茶栀忍着困意睁开眼，接过许佑迟递来的药片，一股脑吞下去，喝了口温水便全咽了。

她又累又困不想说话，许佑迟抱着她上楼，解开她的睡袍。躺进温热的被窝，她几乎是立刻就睡着了。

许佑迟帮她掖好被角，去浴室洗了澡，才回到卧室，躺在床上。

窗外飘着雪，陆茶栀合着眼睑，窝进许佑迟怀里。她的皮肤有点病态的苍白，隐约可见青色的筋络和血管，眼下有淡淡的鸦青。

许佑迟用指腹蹭过她的眼睫，轻声说："对不起。"

——还是没能照顾好你，让你一个人在医院被隔离。

陆茶栀半梦半醒间听见他的话语，她没精力再去深究他话里的含义，拧着眉往他怀里蹭，嗓音有气无力："睡觉了迟迟。"

许佑迟低头又含着她的唇亲了亲，才抱着她入睡。

夜里陆茶栀又开始咳嗽，嗓子像被砂石碾过，传来阵阵火辣辣的疼痛感，生理泪水顺着眼角滑落。

她睁眼醒来的时候，许佑迟刚好下床，他没开灯，踩着拖鞋离开了卧室。

黑暗里，陆茶栀怔怔地望向打开的卧室门口，看见外面逐渐亮起灯光。

心底好像空了一块，失落的、难受的。

下一秒，更剧烈的痒意和痛感从喉咙传来，她俯到床边，咳到震动得胸腔都开始窒息和泛疼。

许佑迟去楼下拿了止咳糖浆，又倒了杯热水上楼。

陆茶栀听到他的脚步声抬起头，许佑迟打开夜灯，对上她湿润的眼眶和惨白的脸色。

心脏像被人用力揪了一下，许佑迟唇线绷紧。

他单膝跪在床上，扶着她的后背坐起来，喂她喝下甜得腻人的止咳糖浆，又喝了点温水，陆茶栀才总算止住咳嗽。

许佑迟拉上被子将她裹好，一手环住她的肩膀，一手轻轻抚摸着她的头发。

"睡吧。"

陆茶栀紧紧抱着他的腰，重新睡了。

时间已经快凌晨三点，许佑迟没再睡着。

雪没停，刮着风。卧室里晶莹的盐块夜灯亮着柔光，英国梨和小苍兰气味的香薰浸透空气。

许佑迟看向自己怀里的陆茶栀。

她和他肌肤相贴，呼吸平缓，偶尔轻咳。浑身都是香气和暖意，是他亲手擦上去的身体乳。

许佑迟眸光沉了沉，低头在她没涂身体乳但依旧细腻的颈间摸摸又亲亲。

陆茶栀起初还有所察觉，醒了几秒钟，别说推他，连说话的力气都没有，便闭上眼睛睡了过去。

任他想怎么亲都行。

后半夜里，陆茶栀因为咳嗽的原因醒了很多次，窝在许佑迟怀里，被他轻拍背脊哄着也没怎么睡着。

上午起床吃了早餐，许佑迟用口罩、围巾和大衣把她包裹得严严实实，在衣服内侧贴上暖宝宝，再带她去中医院开药。

由病毒性感冒到后期引起的扁桃体炎，医生开了药方，陆茶栀坐在大厅的椅子上，手里抱着杯热饮，等许佑迟去窗口取中药。

回家路上，许佑迟顺便在宠物店里取了猫和狗。

陆茶栀眼皮沉重得不行，一回家就躺到床上去补觉。等她一觉睡醒，已经是下午三点多了。卧室里没开灯，暖气弥漫，勿相汪乖巧安静地躺在她的枕边陪她睡觉。

她给许佑迟发了个消息，问他在哪。

许佑迟在书房里练字，雪白宣纸平铺在书桌上。

手机在一旁轻响，是特殊的音效，他将毛笔搁上砚台，拿起手机来看了一眼，没回消息，但很快上楼推开卧室门。

一见到他，陆茶栀悬着的心一瞬间就安定了下来，从被窝里钻出来，朝他张开手臂。

许佑迟托着她的腰把她抱起来，陆茶栀在他颈侧蹭了蹭，软绵绵地倚着他说："你抱我去洗澡吧。"

她借着生病为所欲为，许佑迟也都依着她。

他在浴缸里放了水，又下楼把浸泡好的中药放到锅里定时煎着，才再上楼抱陆茶栀去浴室。

等给她洗完澡，他去厨房看中药熬得差不多，把药渣倒掉，盛了一小碗，拿上瓷勺回卧室。

陆茶栀抱着猫在玩 iPad，见他进来，自觉地往旁边挪了挪。许佑迟将中药放到一旁晾着，躺到床上陪陆茶栀刷了会儿微博。

等中药晾到温热的程度，他直起身子，坐在床边喂陆茶栀喝药。

盛着中药的瓷勺被递到嘴边，陆茶栀闻到浓郁的苦味，她知道这服药方里有黄连和当归，拧了拧眉，还是张唇喝了下去。

第一口入喉，又苦又呛的味道在口腔里蔓延，她没忍住咳了出来，许佑迟连忙放下碗和勺，给她递来一杯温水。

陆茶栀喝了大半杯温水，再抬眼时红着眼眶问他："可以不喝这个了吗，我吃别的药好不好？"

"可是你吃了一周西药都没用。"见她这副可怜样，许佑迟很难不心软，但这是唯一一次没向她妥协，他将碗放到她的手边，"很苦的话就自己端着一口气喝下去，这样就没那么苦了，可以吗？"

陆茶栀抿抿唇，垂眼睨着黑乎乎泛苦的中药。她半晌都没说话，再有动作时，她直接别开了脸，脑袋藏进被窝里。

许佑迟一噎，拉了下被子，轻声哄着她："乖，不喝完的话就再喝一口，最后一口。"

闻言，缩在被窝里的陆茶栀犹犹豫豫，只露出一双水汪汪的眼睛，说道："你知道吱吱公主为什么要在落日的时候出逃吗？"

许佑迟端着碗，看见她眼底的水光，又放软了语气，十分耐心地配合道："不知道。为什么？"

陆茶栀神色认真道："因为她恶毒的'许后妈'喂她喝毒药。"

许佑迟轻笑道："行，从堂哥到后妈，你觉不觉得你给我安排的身份都还挺新奇的。"

许佑迟和她对视着，她的手悄悄从被子里伸出来，捏住许佑迟的手指，抬了抬下巴，终于肯从被子里露出小脸。

"你说的哦，最后一口，喝了就不喝。"她小声说。

他用拇指的指腹蹭过她的手背作为安抚，才抽出手，垂下长长的眼睫，舀了一勺中药递到她嘴边："嗯，最后一口。"

陆茶栀呼出一口气，做足了心理准备，才咽下那勺中药。

苦得她又想掉眼泪。

许佑迟摸摸她的侧脸，又舀起一勺。

陆茶栀仰起脸，震惊得瞪圆了眼控诉："你刚刚都说了那是最后一口了！"

许佑迟面不改色道："是吗，我不记得了，现在再喝最后一口可以吗？"

陆茶栀算是知道，他压根就是在骗自己喝药了。她气鼓鼓又缩回被子里，拉上被子把自己整个身体都裹住，从床头滚到了床尾去，不愿意再跟许佑迟说话。

"不喝了不喝了，晚饭吃甜的好不好？我给你熬银耳汤。"他吻过她的眼睛，低声细语地安慰。

陆茶栀攥着他的衣服，被他紧抱着，委屈地"嗯"了一声。

许佑迟下楼去做晚饭，带走了盛着中药的瓷碗。陆茶栀在卧室里待了会儿，套上毛茸茸的睡袍去楼下找他。

开放式的厨房，许佑迟在切瘦肉，锅里熬着冰糖雪梨银耳汤，陆茶栀很远就闻到了甜丝丝的香气。

她坐到沙发上，勿相汪非要缠着她抱，伏在她的身前，两只前爪都扒在她的肩膀上。

陆茶栀没带手机下楼，许佑迟的手机就放在矮桌上，她伸手拿过来，解锁打开，屏幕上是浏览器界面。

——中药里面可以加糖吗？

回答已经被拖到了底端，陆茶栀往上翻了翻，有说糖本身就是一味药可以加进去的，也有说加糖会破坏中药的结构成分的。问题的答案五花八门，并不统一。

微信里有消息跳出来。

陆茶栀看着手机屏幕，思考了半分钟，手指轻轻点进去。

【Mom：我帮你问过医生了，喝中药不可以加糖的，一口气喝下去忍一忍就好了。】

【Mom：吱吱生病了？】

【Mom：不是让你好好照顾她吗，你这个月生活费没了，自己喝西北风去吧。】

陆茶栀将手机锁屏，走到厨房的中岛台边，从背后抱住许佑迟的腰。

她又探进他衣服下摆，用冰凉的手指碰了碰他的腹肌。

她为非作歹了好一阵，指尖绕着腹肌打圈。

许佑迟切菜切到一半，顿住，隔着衣服布料握住她的手指。

她能懂他无言的暗示，手指不再乱动了，手心安安分分地贴在他的腰腹上。

她看见了岛台台面上，被搁置在一旁的那一小锅中药。是许佑迟下午熬好，还没来得及装进中药包里的。

许佑迟切完了瘦肉丝，将刀冲洗干净，又将姜块切碎榨成汁，放进皮蛋粥里。

他盖上熬粥的盖子，听见陆茶栀没头没脑地来了句："迟迟，你不是恶毒后妈，你是我最喜欢的宝贝。我会好好养你的。"

他没怎么在意，随口答应："好。"

陆茶栀将手从他衣服下摆抽出来，从他的手臂下钻到他的跟前。

她勾着他的后颈，踮脚亲亲他的下巴，郑重道："是真的，我上个月那幅油画比赛的奖金发了，再加上之前的很多比赛的奖金，你有没有什么特别想要的，或者什么愿望，我都可以满足你。"

许佑迟望进她写满了认真的眼睛，他想了想，说："是有一个愿望。"

"是什么？"

他轻轻笑起来，桃花眼尾微弯，暧昧又温柔的弧度，轻而易举便勾动陆茶栀心头的涟漪。

没有人能比他更让陆茶栀喜欢了。

这是这一天里，她对许佑迟的第一百〇八次心动。

他推开菜板，将她圈在自己和岛台之间，低下头和她接吻。

"过几天再告诉你。"

吃完饭，喝下许佑迟亲手熬制的银耳汤。冬日雪天里，浓甜的味道从舌尖一路暖到了心尖。

许佑迟上楼去洗澡，陆茶栀坐在窗边的地毯上画速写。画完一张许佑迟刚刚做饭的模样，她放下速写本，去把那碗没喝完的中药放到微波炉里加热。

许佑迟用毛巾擦着头发下楼的时候，正好看见陆茶栀站在中岛台前，仰头喝了那碗中药。

她一口气咽下汤药，苦得舌根发麻，皱着眉放下空碗，对上了楼梯口许佑迟的目光。

她一时僵在原地，莫名觉得自己先前跟他闹脾气不喝药的模样有些无理取闹。

她看着许佑迟一步步朝自己走近，停在她面前，他用指腹擦过她的嘴角，问："苦吗？"

陆茶栀闷声答："好苦。"

他给她倒了杯温水，又从冰箱里取出没喝完的银耳汤，开火加热。

蓝色火焰在看不见的地方跳跃，窗外又下起雪。

许佑迟背对着岛台，陆茶栀抱着他，闭上眼，闻了闻他身上的香香的味道，仿佛这样就能盖过嘴里余留的苦涩。

她的下巴突然被人用手抬起，她睁开眼的瞬间，许佑迟的嘴唇覆上来，她的唇缝被他用舌尖抵开，口腔被他湿热的气息占据。

绵长的吻里，她不得已要仰起头，他手心贴在她的后颈扶着她，另一只手揽住她细瘦的腰肢。

"干什么啊……"她低声喃喃。

"亲你。"他托着她的上身将她抱起来，失重感袭来，陆茶栀本能地用双腿环住他的腰。

被抱到台面上，她的视线扫过他的嘴唇，问："不苦吗？"

"不能让你一个人苦。"

和许佑迟对视间，陆茶栀伸手捂住他那双极为漂亮的眼睛。许佑迟闭上眼，她用食指近距离地一根根数着他的睫毛。

才数到一半，许佑迟攥着她的手，睁开了眼。

"我还没数完呢！"陆茶栀小声抱怨。

他拉下她的手放在自己腰间，闭眼凑近她的脸。贴着她的唇瓣，他的语气比飘零的纯白色雪花更为轻软和温柔。

"我想亲你。"

沉溺在湿润且认真的亲吻里。

他一这样，陆茶栀是真的抵抗力降低为零。

陆茶栀连续喝了几天的中药，许佑迟每日给她熬不同的甜汤，总算是止住了她的咳嗽。

十二月底还没到期末结课的时候，但课程渐少，二十四号的平安夜是周四，一直到下周一陆茶栀和许佑迟都没课，两人便打算一同回黎城过圣诞。

易卓就在本地上大学，提早知道消息后约了几个同学，周五圣诞那天一早就到了许佑迟的那栋独栋别墅里，拆开许佑迟的那一堆快递盒，和他一起装饰室内。

陆茶栀在晚餐前抵达别墅，开门时还误以为自己闯入了冰雪森林的花园。

客厅中央放着一棵巨大的圣诞雪树摆件，暖黄色的挂灯在小铃铛和透明球间闪耀着，底座边堆叠着无数礼物盒。

墙上挂有槲寄生编织的花环，玫瑰、蔷薇、山茶、松果枝和常春藤在墙边和楼梯上堆叠成花丛。

吊灯上也缠着花藤，光线柔和，蜡烛在烛台上燃烧，发光的麋鹿立在圣诞树下。

几个男生都挤在厨房里争相展现厨艺，许佑迟给陆茶栀倒了杯热水，拉着她的手，陪她坐在沙发上。

姜卫昀端着碗筷走出来，看见沙发上坐着的两人，不由得停下脚步开始沉思。

不对啊，他们不才是客人们？

好在陆茶栀很快也发觉了这一点，走进厨房去帮忙端菜。

锅里炖着番茄玉米排骨汤，易卓关了火。

"哎，栀栀你帮忙把这个盛一下，我把烤鸡先端出去。"

"好。"她答应。

易卓将蜂蜜迷迭香烤鸡摆到餐桌上，回到厨房里，看见陆茶栀将排骨汤分成了大小不一的两份，正在用筷子将小的那份排骨汤里的番茄块一个个挑出来。

"你干吗呢？"易卓站在流理台边，不由得发问，"你不吃番茄？"

"不是。"陆茶栀垂眸耐心地边挑着番茄，边说，"这是许佑迟的，你不是跟我说过他不吃番茄吗？"

易卓记得，他的确在暑假的时候，跟陆茶栀提到过许佑迟在饮食方面的忌口。

但他是真没想到，陆茶栀能为了许佑迟做到这种程度。吃饭都得顾及少爷的口味，给他分出单独的一份。

他发自内心地感叹："不吃番茄不就得了嘛，您还得给他挑出来。公主，您对他可真好。"

陆茶栀也没否认，挑出最后一块番茄，将排骨汤端了出去。

2016 年的木桐红酒在宽带醒酒器中醒了两个小时，许佑迟将倒了酒的波尔多杯放到陆茶栀面前。

一行人吃饭喝酒聊天，易卓偶然间瞥见，许佑迟夹了块鱼肉，将鱼刺一根根剔干净，最后放进了陆茶栀的餐盘里。

易卓忽然觉得，口中酸度适中的葡萄酒，瞬间就变得尖锐了。

这对情侣，一个少爷病天花板，一个公主病天花板，还都能互相迁就着把对方宠到天上去。

真是绝了。

吃过饭，易卓他们帮忙收拾了碗筷，洗完碗后便告别离开，给两人留下了充分的单独相处空间。

陆茶栀坐在沙发前的地毯上，放了部电影，《真爱至上》，讲述的是十个关于圣诞的短篇爱情故事。

"I'll just be hanging around the mistletoe, hopping to be kissed."

当里面的女主角说到这句话时，坐在一旁的许佑迟凑过来，陆茶栀顺从地接受他的亲吻。

墙上的槲寄生花环间点缀有白莓，按照圣诞的习俗，在槲寄生下索取爱人的吻，是不能被拒绝的。

"你还记得去年圣诞我给你写的明信片吗？"许佑迟的手心摩挲过陆茶栀

的侧脸。

"记得呀。"她碰了碰他的嘴角，说道，"Merry Christmas."

"圣诞快乐，迟迟。"她温声说着，笑唇微弯。

"今年也有明信片。"许佑迟打开沙发旁众多礼物盒中的一个，陆茶栀本以为那是装饰品，没承想许佑迟给她的礼物就放在盒子里。

她接过许佑迟递来的明信片。

客厅里光线昏暗，等陆茶栀看清上面的花体英文字迹后，许佑迟说出和明信片上相同的话语。

他今年没有写"Merry Christmas"，他说的是——

"Marry me, please."

他身后是那棵他精心装扮的巨大圣诞树，缠在上面的小型挂灯发着微光，棕色麋鹿戴着圣诞帽，在树下详静地微笑着。

陆茶栀觉得他这句话很耳熟。

是了，是高二那年的英语舞台剧，他也曾这样望着她，眼里溢出数不尽的爱慕之意。

他那时说——"Kiss me, please."

"Please"一词有很多种翻译，放进那时的语境里，那句话被译成："吻我，求你。"

他逆着光，单膝跪在陆茶栀的面前，戒指静静地立在戒盒里。陆茶栀望着他的眼睛，说："你刚刚说的 please，是请的意思吗？"

许佑迟说："是求你。"

"求婚是我求着你嫁给我。"他轻声问，"所以，你愿意吗？"

他一向最是沉静清冷，仿佛一切事情在他面前都能迎刃而解。

但此刻，陆茶栀却听出了他声音里细微的颤抖。

她嘴角无声上扬，眼睛弯起笑的弧度。

"我愿意。"

许佑迟将戒指套上她右手的中指，内壁雕刻着的山茶花终于落得归属。

他将吻落在陆茶栀白皙细腻的指背和指尖上。

她握住他的手指将他拉起来，问："你是什么时候开始萌生想娶我的念头的？"

他坐在地毯上，抱着陆茶栀坐到自己身上，说："那个粉色的兔子玩偶钥匙扣，你还记得吗？"

陆茶栀伸手环住他的脖颈，将下巴搁在他的肩上，回道："记得。"

是她在杉城见他的第二面，故意塞给他让他联系自己的那个定情信物。

"如果不想和你结婚的话，一开始，我就不会加你的微信。"

他今天穿着一件宽松的低领毛衣，黑白撞色的搭配，胸前的白色刺绣是一朵山茶花的图案。

他的身边，山茶花这个标志物出现的频率在日渐增多。从家里的插花，到他的游戏 ID，再到最日常不过的衣服。

他好像很喜欢山茶，并且毫无保留地向世人宣告。

她将侧脸亲密无间地贴在他的颈窝，又偏过脸，一下又一下地，从他的锁骨一路往上，亲到耳后。

她的呼吸落在他的耳郭，陆茶栀感受到许佑迟抱着她的手臂加重了力道，在一点点地缩紧。

她对着许佑迟的耳朵轻轻吹了口气，他便紧揽着她的后腰，深重又裹挟着欲望的吻覆上她的唇瓣，他轻咬了下她的舌尖。

陆茶栀笑着往后躲，用拇指指腹抚摸过他的侧脸问："我前几天不是说满足你一个愿望吗，你现在想好了吗？"

愿望。

这个词始终便与磅礴的野心挂钩。

是心愿。是欲望。

十五岁之前，许佑迟许下的愿望，是找到那个在轮滑场与他不告而别的女孩子。

在英语剧的舞台上，他扮演的角色放弃王子的身份成为卑劣的杀人魔。王子需要保护城民，而他许下的愿望，是 Joker 永远守护女巫。

十七岁那年，他许下的愿望，是要在每一年的夏天带她去海边看日落，要一直陪她过夏天，岁岁年年。

他贴着陆茶栀的额头，手指摩挲过他在五分钟前亲手套在她手指上的求婚戒指。

他摇了摇头道："我已经没有愿望了。"

"什么意思？"陆茶栀稍怔。

他和她十指相扣，轻轻地吻上她的嘴角。

柔软的唇瓣相贴，他说："你答应嫁给我，我的愿望，就已经全部实现了。"

他最大的野心与愿望，无非是十六岁那年，陆茶栀陪他过的第一个生日，让他对着仙女棒许愿。

他许的是什么愿望呢？

好像是——

"我终于把陆茶栀找回来了。

我好喜欢她。

想带她见妈妈。

想把她娶回家。"

番外二

山栀月亮 永不残破，永悬不落。

　　大一下学期的那一年春季格外漫长，受冷空气影响，北方入夏时间比南方晚了很多。当黎城接连发布高温预警后，A 市的温度才开始缓慢上升。

　　五月的最后一天恰好是周五，金融一班在下午举行团生会。结束后，窗外天色已经沉了下去，本就浅淡的薄暮被月色覆盖。

　　虽说气温回暖，但当夜晚降临，从窗户吹进教室的冷风仍让温度骤降。

　　季嘉寒坐在窗边，冷风灌进衣领，他抱臂打了个哆嗦，起身将窗户关上。

　　班里有同学今天过生日，正在组织一场晚上的火锅聚餐。

　　张绪刚跟前排的几个女生说完这件事，转过头来看向许佑迟邀请道："迟哥也来呗！"

　　许佑迟从手机屏幕的股市页面上抬眸，不等他先开口，坐在身旁的季嘉寒凑过来钩住他的肩膀，抢声帮他答应："我们迟肯定一起去啊。"

　　对上张绪满是期待的目光，许佑迟点了下头："生日快乐。"

　　得到肯定的答案，张绪刚想去约别人，忽然想到了什么，又笑嘻嘻地回过头说："不为难少爷，可以带家属哈。"

　　许佑迟"唯陆茶栀主义"的作风，班里同学算得上是有目共睹。

　　金融专业忙，大一学期课业就排满了，比赛也多，别人闲下来打是篮球、打游戏和好友聚餐。而许佑迟空闲下来，是陪陆茶栀上课、陪陆茶栀画画、陪陆茶栀写生。

　　像离开老婆就活不下去。

　　季嘉寒没谈过恋爱，也曾在某个课间认真问过许佑迟这个问题。

　　彼时许佑迟看着课桌上那本满是英文的经济学资料，右手握着支黑色签字笔，拇指将笔盖推开，食指又将其合上，反复几次。

　　听见季嘉寒的话，黑笔在许佑迟手指里转了个圈，啪嗒一声落在课桌上。

　　许大少爷终于舍得懒懒抬眼："对啊，离开她我就是活不下去。"

回答得合情合理，又理所当然。

堵得季嘉寒哑口无言。

平日里除了上课和各种比赛，班级活动基本看不到许佑迟的身影。

这一次，趁着有同学过生日，包括季嘉寒在内的 434 三个舍友，早已树立誓死也要留住许佑迟的决心。

张绪离开后，季嘉寒收回钩住许佑迟肩膀的手臂，边收拾书包，边顺嘴说："把嫂子也叫上呗，过生日，人多热闹嘛。"

许佑迟背抵着课桌椅，在手机上发消息，没立即答应，只答："我问问她。"

等班里同学都收拾得差不多，大家都起身走出教室，前往学校附近商圈的聚餐地点。

陆茶栀没回消息，许佑迟耐心等着，没跟班里同学一起走。从教学楼出去，他向陆茶栀宿舍所在的那栋女生公寓楼走去。

走到宿舍楼下，微信里仍旧没有回复消息。

他拨通陆茶栀的电话，长时间无人接听，电话被自动挂断。

许佑迟拧了下眉。

他记得，周五下午，陆茶栀没课。

宿舍里没开灯，拉着窗帘，仅剩墙上的投影幕布画面发出微弱光芒。电影正片结束后，进入长列的黑底白字工作人员表。

陆茶栀起身坐回自己的书桌前，拔下数据线插口，手机屏幕亮了一瞬。

她没来得及看微信，先看见未接来电里有两个许佑迟打来的。

她回拨电话，将手机放到耳边。不出三秒，电话就被接通。

"怎么啦？我刚刚在跟舍友看电影呢，手机在充电。"

她总这样，跟他说话的时候，语调不自觉就柔软下来。

听到她的声音，许佑迟抿着的嘴角松开，静静地叹了口气，问："我们班有同学今天生日，去吃火锅，你要不要跟我一起去？"

她有些迟疑，询问："你们班同学……我去会不会不太好？"

"不会。"许佑迟立在路边一盏路灯下，将先前张绪的话重复，"可以带家属。"

陆茶栀看向自己右手上的那枚戒指，内壁的山茶花雕刻贴着薄薄的手指皮肤。十指连心，他的真心，连接着她的心脏。

在未经自己允许就被许佑迟纳进"家属"这一范畴里这件事情，让陆茶栀感受到了，比想象中来得更愉悦。

"你现在在哪儿？"她问。

"你宿舍楼下。"

陆茶栀顿了下，说："那你等我一会儿。"

许佑迟"嗯"了声，挂断电话前，又补充道："晚上冷，你多穿点。"

陆茶栀翻完微信上的未读消息，才看见许佑迟从半个多小时前就一直在给自己发消息。

她对着桌上的梳妆镜匆匆补了个妆，换上鞋子提包下楼。

刚过下午六点，夜色已经完全下沉，弯月掩在新叶梢头。

路灯亮起昏黄光芒，拉长许佑迟在萧瑟冷风中的身影，他长身鹤立的孤影，在春末时节显露些许不知名的温柔。

陆茶栀跑过去将他抱紧，深埋进他的怀里。她的侧脸贴着他的心跳，垂下细密的眼睫。想将他身上好闻的味道，刻进自己身体记忆的最深处。

"你等我很久了吗？"她问。

许佑迟一手绕到她的后背环住她的腰，另一只手拍了拍她的头顶。

"刚到，没多久。"

骗子。

陆茶栀松开手臂，用自己温热的手心，牵起他有些冰凉的手指，十指相扣，揣进他的外套口袋里，说道："走吧。"

出了学校，打车到商圈大约十分钟的车程。商场负一层开着超市，许佑迟推着购物车，陆茶栀选了几束蓝白相间的月季和桔梗放进里面，又让许佑迟从酒柜上选几瓶酒，打算做成啤酒花束的礼物，送给许佑迟那位今天生日的同学。

超市出口有自助结账机，许佑迟将购物车里的东西拿出来一一扫描，等待面前的机器显示结算金额，余光瞥见身侧的陆茶栀正低着头打开微信。

"你要给别的男人买花？"他扫一眼她刚刚打开的付款码。

"生日礼物，我买跟你买不是都一样吗？"陆茶栀说完，触着手机屏幕的指尖一顿，将手机锁屏收起，抬眸望向许佑迟的眼睛，"你付。"

许佑迟多看了她两秒，将自己的手机放到扫描区。

超市外休息区有空的桌椅，陆茶栀和许佑迟一起坐在那里，礼品袋底部先垫上花泥，再把啤酒和鲜艳饱满的花都放进去。

准备好这份礼物后，许佑迟一只手提上啤酒花束，另一只手牵着陆茶栀起身，去楼上聚餐的火锅店。

走进空无一人的直达电梯，陆茶栀伸手按下数字九，电梯门缓缓闭合。

安静密封的空间里，她静静地等待电梯上升，却忽然感受到，耳尖上传来一阵裹挟着轻微力道的温热。

从薄薄的耳朵皮肤上开始激起过电般的酥麻，在刹那间随血液涌到大脑皮层。

许佑迟低着头在咬她的耳朵。并不是弯腰靠近说话的咬耳朵，而是货真价实的，用他的牙齿，咬她的耳朵。

力道很轻，或者说他根本没用力。不疼，只是恰好能让她感受到他口腔中湿热气息的程度。

明确意识到这一点后，热意在陆茶栀的脸颊迅速蔓延升腾，她歪头躲开，许佑迟也随之松口。

电梯里除了他们没有别人。陆茶栀红着脸挣开和许佑迟交握的那只手，拍在他的手背上羞恼道："许佑迟！"

她抿着嘴角，那双睁大的漂亮眼睛里，说不上是羞还是恼的情绪占比更多一点。清亮的瞳孔，映出面前这个惹她如此的罪魁祸首。

"在呢。"罪魁祸首牵起她的手紧紧握在手心，不让她再有可以挣脱的机会。

仿若无事发生般的平淡口吻，甚至带点少爷般的漫不经心。

只是，从刚刚在超市出口的结账开始，他所做出的举动背后的含义，远不如他语气里那样波澜不惊。

耳尖上残留的余温散去，陆茶栀突然就不打算跟他计较了。

许佑迟视线平直，看着电梯门，陆茶栀歪头注视他的侧脸。

大概是受到原生家庭的影响，比起灵魂伴侣不动声色的心有灵犀，陆茶栀更习惯于明确至诚的情绪。

父亲陆政千沉静内敛，母亲简菱那些复杂交错的情绪永远埋在心底随时间发酵，直至最后落得无法挽回的结局。

陆茶栀的行事作风，和她的画有着很大差别。笔下的意象和色彩表达着画面的深层含义，她却喜欢直接又炽热地表达或接收感情，爱着一个人时，要极端的赤诚，要他坦荡地自我剖析。

所以，明知，也要故问。

"你吃醋了？"

许佑迟瞥陆茶栀一眼，平静地将问题又抛给她："不可以吗？"

她不说话。

许佑迟刚要再开口，陆茶栀偏过头来，踮起脚，用双唇封缄他的声音。

她还念着刚刚被他咬耳朵的事情，也在他的下唇轻咬一下，灼热滚烫的吐息与他交互融合，她又亲他一下道："可以。"

她用气声补充："我以后只给你买花。"

许佑迟静默地望着她，抬起另一只提着花束的手，要拉钩。

陆茶栀觉得他真的好可爱好可爱，钩住他的小指，小幅度晃了下，说道："拉钩上吊，一百年不变。"

他开口道："永远不许变。"

不论是他给她写过的情书，还是对她说过的话，约定期限都是从宇宙诞生至荒芜的永远。

陆茶栀满心都是对他的喜欢，弯唇答应他："好。"

电梯抵达商场九楼，火锅店外排着长队，内里座无虚席，服务员领着两人走进包间。围坐圆桌的那群人，一见两人交握的双手，便开始拖腔拉调地调侃打趣，让迟到的人罚酒。

许佑迟右手牵着陆茶栀，左手将装满啤酒花束的礼品袋递给今天的寿星，淡声祝贺："生日快乐。"

陆茶栀挽着许佑迟的手臂，微微笑着，也说："生日快乐。"

"谢谢谢谢！"张绪将礼物收下，又抬手招呼他们，"迟哥和嫂子快坐啊。"

两人还没来得及坐下，季嘉寒还念叨着罚酒的事，无比热心地开了听冰啤酒，倒进玻璃杯中，推到许佑迟的面前说道："少爷，请。"

蜜桃乌龙茶果啤度数低，顶上带有尚未晕开的雪沫。

许佑迟牵着陆茶栀的右手没松开，仰头将杯中啤酒饮尽，这群人才终于肯松口让两人坐下。

一顿晚饭，纵然许佑迟和陆茶栀基本没开口说话，但以这对的颜值，光是坐在那儿，让人努力抑制自己想不注意到都不行。

余光一瞥，又刷新了同学们心中，对许佑迟"满眼只有宝贝老婆"这一程度的认知。

陆茶栀就只是坐在位置上，饿了有许佑迟夹菜，渴了有许佑迟递水，手指一伸就有许佑迟给她拿纸巾。

陆茶栀的筷子，根本就没用来夹过锅里的菜。而她旁边的许佑迟，基本上没吃几口东西。等陆茶栀不想再吃了，他才有空开始往自己碗里夹菜。

陆茶栀坐在一旁看手机，抬起另一只手将垂落的发丝钩到耳后。许佑迟忽然就不吃东西了，放下筷子直勾勾地注视着她。

等到她的那一只手垂下，许佑迟将其紧握在手心里，才开始重新吃饭。

这么黏老婆……真离谱。

同学们眼里那个高贵冷艳不近人情的大少爷人设完全崩了。

吃完饭一行人去了酒吧，陆茶栀没有参与他们的酒桌游戏。人声嘈杂的卡座，她靠在许佑迟肩上，桌前放一杯属于她的调酒。

草莓切碎铺在底部，百利甜酒里混一颗香草冰激凌球，鲜艳的整颗草莓置于顶端做装饰。

陆茶栀端起酒杯，草莓甜奶般浓醇顺滑的酒液滑过喉腔。

坐在酒吧二楼，靠近栏杆，陆茶栀低下视线，看见一楼舞台上的驻场歌手又换了人。一个男人弹着电子钢琴，一个女人戴顶鸭舌帽，低头拿着麦克风。

耳边是嘈杂的交谈声，她仔细去听，听清了歌词。

"那是我一直想要只带你去的海边。"

她抬起眼，看见近在咫尺的，许佑迟线条流畅的俊朗侧脸。酒吧里落下几缕昏暗光线，她目光越过他的薄唇、鼻梁，最后停在那如鸦羽般的眼睫上。

口腔余留酒精气息，她在这一瞬忽地失神，视线缓慢聚焦后，以灼灼目光为画笔，一寸又一寸，刻画描摹她爱慕着的眉眼。

桌上有人罚酒，许佑迟垂下眼帘，俯身凑近陆茶栀的耳畔，问："怎么了？"

她呼吸里带着微醺的热气，将亲吻落在他微凉的耳边，低喃："想去海边。"

她补上一句："想带你去海边。"

后来，关于许佑迟是如何带她告别同学先离开酒吧，坐上前往海景公园的车，陆茶栀困意上头，对这段记忆模糊又零碎。她在许佑迟怀里一觉睡醒，车已抵达目的地。

深夜十一点，行人同星星一样寥寥无几的海景公园，远处的矮山脚下几盏灯火，亮起缥缈悠远的光点。

陆茶栀脱了鞋，赤足踩上细软沙滩，闻到咸湿冰冷的海风，是与黎城的海岸完全不一样的感受。

冷。

冷风吹动长到脚踝的裙摆，陆茶栀拢了拢身上的羊毛衫外套，往许佑迟怀里钻。

许佑迟替她提着鞋，微微俯身，手臂探到她的膝弯，将她抱进怀里。

陆茶栀失神地望着他的侧脸，鬼使神差地，凑上去贴在他的嘴角，与他共享舌尖上残留的草莓百利甜酒气。

"这里好冷。"她说。

许佑迟默不作声地又将她抱紧了点，问："那去酒店睡？"

陆茶栀摇了摇头："想回家。"

她踮脚在许佑迟唇上轻轻啄了下，说道："然后跟你抱抱睡觉。"

许佑迟显然对这样似有若无的触碰并不满意，扣着她的腰往自己怀里按，低下头去向她索取更深更重的亲吻。良久，他才从两张紧密相贴的唇瓣里溢出一句："嗯。"

打车回程的路上，大概是先前睡足了的原因，陆茶栀一直保持着清醒，握着许佑迟的手，看窗外从郊区到市中心的夜景变化。

回到许佑迟的复式公寓，陆茶栀从柜子里取出浴袍，想了想，又将白色浴袍放到一旁的椅子上。

她趿着拖鞋走到客厅，许佑迟坐在沙发上，听见脚步声，视线从手里的平板上移到她身上。

勿相汪原本在软垫上睡着，半途被开门声音吵醒，此刻趴在许佑迟的大腿上昏昏欲睡。

许佑迟骨节分明的雪白手指，覆在毛茸茸的猫咪头上，有一搭没一搭地给猫顺着毛。

陆茶栀抿抿唇，向许佑迟走过去。停在沙发前，她俯身伸出手，指尖轻轻拍了拍勿相汪的身躯。

猫咪在临睡的前一秒惊醒，最后在主人的手心里蹭了蹭，才恋恋不舍地跳到地面。

许佑迟静静望着，陆茶栀抽走他手里的平板，坐在他的腿上，完全取代了勿相汪先前的位置。

怕她跌下去，许佑迟揽住她的后腰，往自己怀里带，听见她说："许佑迟，你不要摸猫了。"

他"嗯"了声，低下头，嘴唇在她白净柔软的脸颊上吻过，回应："不摸了。你不去卸妆洗澡吗？"

陆茶栀伸出纤瘦双臂，环住他的肩膀，上身往前蹭了点，和他贴得更紧。

"我好困哦。"她靠在他的肩窝，有气无力地合上眼睫。

陆茶栀早晨醒得很早，小心翼翼地移开搭在自己身上的许佑迟的手臂，从他的怀里起身，洗漱好后去了一楼的画室里。

她在画板上用纸胶带粘好素描纸，伴随着唰唰的细微声音，铅笔尖划过纸面，勾勒出一个腰细腿长的少年。

他本身就是世间独一无二的艺术品。

画作完成后，她将纸胶带撕下，画纸藏进架子上的画册里，等着许佑迟在未来的时间里自己发现。

走出画室，看见许佑迟在吧台边准备早餐。

高瘦挺立的少年身影，站在从百叶窗透进来的那束清晨灿光里。

透明的玻璃花瓶里盛有清透水液，一簇白荔枝炸绽花瓣，冷调白色花朵堆积在繁绿枝叶里，让早晨的清冽空气里都泛着甜蜜花香。

狗富贵趴在许佑迟的脚边，漆黑毛发沐浴着浅金晨光，勿相汪在猫爬架上灵活攀爬。

陆茶栀坐到沙发前，看见茶几上有一本《夜莺与玫瑰》。

她随手拿起，想起昨晚的那个睡前故事，问："你最近在看王尔德吗？"

许佑迟将杧果切块装进瓷盘，回眸看了一眼，说："送你的礼物。"

书里夹着书签，陆茶栀翻开那一页，其中一段话被许佑迟标注了下划线。

"用死亡来换一朵玫瑰，是很高昂的代价。生命于每个人而言都是瑰宝，每天坐在翠绿的枝头，看那太阳驾着金色的马车，月亮乘着银色的玉辇经过天穹，是一件多么惬意的事情！山楂花是那么芬芳，躲在山谷中的蓝色风铃花，在山丘上开放的欧石楠也是那么芬芳！可是爱情却比生命更珍贵，与人心相比，我的心又算得了什么呢？"

陆茶栀看向手里的书签，正面一朵纯净雪白的山栀子形状，背面写着字。她无比熟悉的漂亮字迹。

礼物从来都不是童话故事篇章。

是许佑迟一字一句，亲笔写下的情书诗行。

倘若
熄灭夏夜月光

贫瘠荒土上
生出寂静腐败的红色月亮

清醒悲悯的主判出罪行：
"失去控制的火
燃尽破碎无用的浪漫主义
荒谬心跳 欲望病燎"

我无须洗清罪名

窒息前的心跳

为山栀月祈祷

永不残破 永悬不落